SCHIMMENSPEL

Joanne Harris

Schimmenspel

DE KERN

Oorspronkelijke titel: Sleep Pale Sister
Oorspronkelijke uitgever: Black Swan
Copyright © 2004 Joanne Harris
Copyright © 2005 voor deze uitgave:
Uitgeverij De Kern, De Fontein bv, Postbus 1, 3740 AA Baarn
Vertaling: Monique de Vré
Omslagbelettering: Teo van Gerwen
Omslagfoto: Graham Ovenden
Opmaak binnenwerk: v3-Services, Baarn
ISBN 90 325 1024 X
NUR 302

www.uitgeverijdefontein.nl

Nogmaals voor Kevin

Dankwoord

Hartelijk dank aan iedereen die heeft geholpen dit sluimerende boek weer tot leven te wekken. In de eerste plaats Christopher, die het meteen mooi vond; Serafina, Howard en Brie; mijn lieve redacteur Francesca en al mijn vrienden bij Transworld; Graham Ovenden voor het ontwerpen van het omslag dat ik altijd gewild heb; de boekverkopers, vertegenwoordigers en leveranciers die werken om mijn boeken op de plank te houden, en ten slotte alle fans van mijn eerdere boeken die hebben geschreven, gefulmineerd, aangedrongen, geïnformeerd en luidkeels geroepen om dit boek weer in druk te krijgen.

Voorwoord

Je moet een bepaald soort mens zijn om de doden op te willen wekken. Vooral met dode boeken moet je oppassen: voor elke verloren schat liggen er honderden flessendoppen te wachten om opgegraven te worden door de onvoorzichtige schatgraver. Daarom was ik er de afgelopen tien jaar aan gewend geraakt *Schimmenspel* te beschouwen als een overblijfsel uit een voorbije tijd. In de warme zomer van 1993 bracht ik een dochter ter wereld en een boek. De een bleef in leven, de ander stierf een zachte dood; wat mij betrof was concurrentie tussen de twee niet mogelijk. De wereld was voor mij in één klap veranderd. Ik was nu een ander mens en plotseling leek gepubliceerd worden niet meer zo belangrijk als voorheen. In 2003 was het boek allang uit de roulatie; ik had geen exemplaar meer ingekeken sinds het uitkwam: ik dacht er zelfs zelden meer aan.

Anderen deden dat echter wel. Sommigen hadden het gelezen, sommigen waren boekverkopers, sommigen waren fans, sommigen wilden alleen maar zien hoe de auteur van *Chocolat* de sprong van een typisch Engelse griezelroman naar de Franse liefde voor eten gemaakt had. Ik werd overstelpt met verzoeken om exemplaren. De paar honderd die amazon.com in voorraad had, verdwenen in een oogwenk. Mijn uitgevers werden bedolven onder brieven met verzoeken om een herdruk. Ten slotte besloten we het erop te wagen. Ik heb de oorspronkelijke tekst een klein beetje veranderd – misschien niet zo veel als had gemoeten, maar ik besefte algauw dat deze patiënt veel te kwetsbaar was voor een ingrijpende operatie – en een aantal kleine fouten gecorrigeerd. Terwijl ik daarmee

bezig was, merkte ik tot mijn verbazing dat dit verhaal en de hoofd-
personen me nog steeds na aan het hart liggen. Mijn boek was toch
niet dood: het sliep slechts. Ik ben blij dat het een tweede kans heeft
gekregen.

Inleiding

Manuscript afkomstig uit de nalatenschap van
Henry Paul Chester

januari 1881

Terwijl ik naar mijn naam kijk en naar de letters die erop volgen, word ik vervuld van een grote leegte. Alsof deze Henry Chester, de schilder die tweemaal zijn werk tentoongesteld heeft gezien in de Royal Academy, niet mijn persoon is, maar een wazige schepping van iemands fantasie, de kurk van een fles die een geest van subtiele boosaardigheid bevat, die mijn hele wezen doordringt en me in een domein van gevaarlijk avontuur brengt, waar ik op zoek ga naar de bleke, doodsbange schim van mezelf.

De naam van de geest is chloraal, die duistere metgezel van mijn slaap, een tedere bedgenoot die me slechtgezind is geraakt. We zijn inmiddels echter te lang met elkaar verbonden om uit elkaar te gaan, de geest en ik. Samen zullen we dit verhaal schrijven, maar ik heb zo weinig tijd! Terwijl de laatste flarden daglicht van de horizon vallen, lijk ik de vleugels van de zwarte engel in de donkerste hoek van de kamer al te horen. Ze heeft geduld, maar niet tot in het oneindige.

God, de subtielste der folteraars, zal zich verwaardigen me een beetje tijd te schenken om het relaas op te schrijven dat ik mee zal nemen naar mijn koude cel onder de aarde, hoewel die beslist niet kouder zal zijn dan dit lijk waarin ik opgesloten zit, deze woestenij van de ziel. O, Hij is een jaloerse God: onbarmhartig, zoals alleen onsterfelijken kunnen zijn, en toen ik hem in mijn smerigheid en leed aanriep, glimlachte Hij slechts en antwoordde Hij met de woorden die Hij vanuit de brandende braamstruik tegen Mozes sprak: *Ik ben die Ik ben.* Uit zijn blik spreekt geen mededogen, geen tederheid. Er ligt geen belofte van verlossing in, geen dreiging van straf. Ik zie niets dan een enorme onverschilligheid die slechts vergetelheid belooft. Maar hoezeer verlang ik daarnaar! Wegsmelten in de aarde, zodat zelfs die alziende blik me niet zou kunnen vinden... en toch verzet het kind in mij zich tegen het donker en schreeuwt mijn arme, verzieke lichaam om meer tijd... Nog wat meer tijd, nog één verhaal, nog een laatste spel.

De zwarte engel legt haar zeis bij de deur en komt naast me zitten om nog één keer de kaarten te delen.

Ik moet eigenlijk niet schrijven wanneer het donker is. 's Nachts worden de woorden onbetrouwbaar, verontrustend, en toch hebben de woorden 's nachts de meeste kracht. Scheherazade verkoos de nacht om haar duizend en één verhalen te weven, die stuk voor stuk een deur waren waardoor ze kon wegglippen met de Dood als een boze wolf op haar hielen. Ze kende de kracht van de woorden. Als het verlangen naar de ideale vrouw in mij niet was gedoofd, zou ik op zoek zijn gegaan naar Scheherazade: ze is lang en slank, met een huid die de kleur heeft van Chinese thee. Haar ogen zijn als de nacht; ze gaat blootsvoets, is arrogant en heidens en wordt niet gehinderd door moraal en fatsoen. Ook is ze geslepen: telkens weer speelt ze tegen de dood en wint ze, elke nacht herschept ze zichzelf, zodat haar bruut van een echtgenoot elke nacht een nieuwe Scheherazade aantreft die met het ochtendlicht verdwijnt. Elke ochtend wordt hij wakker en ziet hij haar in het daglicht, bleek en stil na haar nachtelijke arbeid, en zweert hij dat hij zich niet weer beet laat nemen! Maar zodra het begint te schemeren, weeft ze weer haar web van fantasie, en denkt hij: nog één keer...

Vanavond ben ík Scheherazade.

De kluizenaar

1

Kijk me niet zo aan: ik kan er niet tegen! Je denkt: wat is hij veranderd! Je ziet de jongeman op het schilderij met zijn gladde, bleke voorhoofd, krullende donkere haar en onbekommerde blik, en je vraagt je af hoe ik dat kan zijn. De zorgeloos arrogante lijn van de kaken, de hoge jukbeenderen en de lange, spitse vingers lijken te duiden op een verborgen, exotische afkomst, hoewel de houding onmiskenbaar Engels is. Dat was ik op mijn negenendertigste – bekijk me aandachtig en onthoud wat je ziet... Jij had het kunnen zijn.

Mijn vader was dominee in de buurt van Oxford, mijn moeder de dochter van een welgestelde landeigenaar uit Oxfordshire. Mijn jeugd was onbezorgd, beschermd, idyllisch. Ik herinner me dat ik op zondag naar de kerk ging en in het koor zong, en dat het gekleurde licht als een regen van bloemblaadjes door de glas-in-loodramen op de witte koorhemden van de koorjongens viel...

De zwarte engel lijkt zich even te verroeren en ik voel dat haar ogen het onbarmhartige begrijpen van God weerspiegelen. Dit is geen moment voor nostalgisch gefantaseer, Henry Paul Chester. Hij wil je waarheid horen, niet je verzinsels. Denk je dat je God voor de gek kunt houden?

Belachelijk dat ik nog steeds de drang voel te misleiden, ik die veertig jaar lang slechts een leven van bedrog heb geleid. De waarheid is een bitter brouwsel: ik zie ertegenop de fles voor deze laatste ontmoeting te openen. En toch ben ik wat ik ben. Voor het eerst kan ik durven om Gods woorden op mezelf toe te passen. Dit wordt een onopgesmukt verhaal. Dit ís Henry Chester: vel een oordeel, als je dat wilt. Ik ben wat ik ben.

Het was natuurlijk geen idyllische jeugd. Mijn eerste levensjaren kan ik me niet herinneren: mijn herinneringen beginnen bij mijn zevende of achtste jaar – onzuivere, nare herinneringen, omdat ik ook toen al de slang in mij voelde groeien. Ik kan me geen periode herinneren waarin ik me niet bewust was van mijn zonde, mijn schuld: geen koorhemd, hoe wit ook, kon die verbergen. Hij gaf me slechte gedachten, deed me lachen in de kerk, deed me liegen tegen mijn vader en deed me mijn vingers kruisen om de leugen uit te wissen.

Op alle muren in ons huis hingen merklappen met teksten uit de bijbel, geborduurd door mijn moeder. Ik zie ze nog steeds voor me, vooral die in mijn kamer, opvallend op de witte muur tegenover mijn bed: IK BEN DIE IK BEN. In de zomers en winters van mijn jeugd keek ik tijdens mijn momenten van rust, of wanneer ik mijn eenzame fouten overdacht, naar die merklap, en soms protesteerde ik in mijn dromen luid tegen de wrede onverschilligheid van God. Maar ik kreeg altijd dezelfde boodschap, die nu voor eeuwig in de complexe patronen van mijn geheugen geborduurd is: IK BEN DIE IK BEN.

Mijn vader was een man van God en hij boezemde me meer vrees in dan God zelf. Zijn ogen waren ondoorgrondelijk en zwart en hij kon tot in de verborgen hoekjes van mijn schuldige ziel zien. Zijn oordeel was even onbarmhartig en onpartijdig als dat van God zelf, zonder een spoor van menselijke tederheid. De weinige genegenheid die mijn vader bezat, schonk hij met gulle hand aan zijn verzameling mechanisch speelgoed, want hij was een soort antiquair en had er een hele kamer vol van, van de eenvoudigste houten figuurtjes met contragewicht tot de onwerkelijke precisie van zijn Chinese draaiorgel met de honderd dansende dwergen.

Natuurlijk mocht ik er nooit mee spelen – ze waren te kostbaar voor een kind – maar ik herinner me nog wel de dansende Columbine. Ze was van fijn porselein gemaakt en bijna even groot als een kind van drie. Vader vertelde me op een van zijn zeldzame informele momenten dat ze tijdens de decadente jaren vóór de Franse revolutie gemaakt was door een blinde Franse ambachtsman. Terwijl hij zijn vingers over haar smetteloze wang liet glijden, vertelde hij me het verhaal: dat ze had toebehoord aan een verwend bastaardkind van de koning en was achtergelaten tussen het rottende brokaat toen het schrikbewind toesloeg en er zowel goddeloze als onschuldige hoofden rolden. Dat ze was gestolen door een arme vrouw die het niet kon aanzien dat ze werd stukgesmeten en vertrapt door de *sans-culottes*. Dat de vrouw haar kind aan de honger had verloren en Columbine in een wiegje in haar armzalige hutje had gelegd en haar had gewiegd en slaapliedjes voor haar had gezongen, totdat ze haar vonden, gek en uitgehongerd en alleen, en haar meenamen naar het gekkenhuis om er te sterven.

Columbine overleefde het allemaal. Ze kwam terecht in een antiekhandel in Parijs in het jaar waarin ik werd geboren en vader, die van een reis naar Lourdes terugkwam, zag haar en kocht haar meteen, hoewel haar zijden jurk vergaan was en haar ogen door de verwaarlozing en de ruwe behandeling in haar hoofd waren gevallen. Zodra hij haar zag dansen, wist hij dat ze bijzonder was: als je aan de sleutel onder in haar rug draaide, begon ze te bewegen, eerst stijfjes, daarna met gladde, niet-menselijk vloeiende bewegingen; ze hief haar armen op, boog vanuit het middel en trok haar knieën op, waardoor de mollige rondingen van haar porseleinen kuiten onder de dansrok zichtbaar werden. Na maanden van liefdevol restauratiewerk had ze haar schoonheid weer helemaal terug en nu prijkte ze in haar volle glorie, in blauw-wit satijn gestoken, in mijn vaders verzameling tussen de Indiase muziekdoos en de Perzische clown.

Ik mocht haar nooit opwinden. Soms, wanneer ik 's nachts wakker lag, kon ik achter de gesloten deur een licht getinkel horen, zacht en intiem, bijna zinnelijk... Het beeld van vader in zijn nachthemd met de dansende Columbine in zijn handen was absurd verontrustend. Onwillekeurig vroeg ik me af hoe hij haar vasthield, of hij zijn hand onder het schuimende kant van haar onderrokken zou durven laten gaan...

Mijn moeder zag ik zelden; ze voelde zich vaak niet goed en bracht veel tijd in haar kamer door, waar ik niet mocht komen. Ze was een beeldschoon raadsel met donker haar en paarse ogen. Ik herinner me dat ik toen ik op een dag haar geheime kamer in keek, een spiegel zag, sieraden, sjaals en armenvol prachtige japonnen op het bed. Tussen dit alles hing de geur van seringen, de geur van mijn moeder wanneer ze zich vooroverboog om me welterusten te kussen, de geur van haar linnengoed wanneer ik mijn gezicht verborg in het wasgoed dat de meid te drogen hing.

Mijn moeder was een grote schoonheid, vertelde de kinderjuf me. Ze was tegen de wil van haar ouders getrouwd en had geen contact meer met haar familie. Misschien bekeek ze me daarom soms met die blik van oplettende minachting; misschien leek ze me daarom nooit te willen aanraken of vasthouden. Ik aanbad haar echter: ze leek zo oneindig ver boven me te staan, zo teer en puur dat ik mijn aanbidding niet onder woorden kon brengen, dat ik verpletterd werd door mijn eigen onvolkomenheid. Ik gaf mijn moeder nooit de schuld van wat ik door haar deed: jarenlang vervloekte ik mijn eigen corrupte hart, zoals Adam de slang moet hebben vervloekt om Eva's overtreding.

Ik was twaalf. Ik zong nog in het koor, maar mijn stem had die bijna niet-menselijke zuiverheid van toon bereikt die het eind van de kinderjaren inluidt. Het was augustus en die hele zomer was het mooi weer geweest: lange, blauwe, dromerige dagen, gevuld met zinnelijke geuren en langoureuze momenten. Ik had met vrienden in de tuin gespeeld en ik was warm en dorstig. Mijn haar stond overeind als dat van een wilde en er zaten grasvlekken op de knieën van mijn broek. Ik sloop stilletjes het huis in; ik wilde snel andere kleren aantrekken voordat juf doorhad hoe ik eruitzag.

Er was niemand, behalve de meid in de keuken – vader was in de kerk voorbereidingen aan het treffen voor de avondpreek en moeder wandelde langs de rivier – en ik rende de trap op naar mijn kamer. Op de overloop stond ik stil: ik zag dat de deur van mijn moeders kamer op een kier stond. Ik weet nog dat ik naar de deurknop keek, een ding van blauw-wit porselein met bloemen erop. Een geur van seringen kwam me vanuit de koele donkerte tegemoet en ik kon me niet bedwingen: ik liep erheen en gluurde naar binnen. Er was niemand te zien. Vol schuldbesef keek ik om me heen; ik duwde de deur open en liep naar binnen, mezelf ernstig voorhoudend dat als de deur open had gestaan, ik niet beschuldigd kon worden van snuffelen. Voor het eerst van mijn leven was ik alleen in mijn moeders privé-vertrek.

Een minuut lang stond ik alleen maar naar de rijen flesjes en snuisterijen bij de spiegel te kijken, maar toen waagde ik het een zijden sjaal aan te raken, daarna het kant van een onderrok, het gaas van een onderjurk. Al haar spullen fascineerden me, de geheimzinnige flesjes en potjes en de kammen en borstels met de haren er nog in. Het was bijna alsof de kamer mijn moeder wás, alsof hij haar essentie gevangen had. Ik had het gevoel dat ik, als ik iedere nuance van die kamer in me op kon nemen, kon leren hoe ik haar moest vertellen hoeveel ik van haar hield, in het soort taal dat ze zou kunnen begrijpen.

Toen ik mijn hand uitstak om mijn spiegelbeeld in de spiegel aan te raken, gooide ik een flesje om, dat de lucht vulde met een zwaar destillaat van jasmijn en kamperfoelie. Mijn gehaaste poging de fles op te rapen leidde er alleen maar toe dat ik een doos poeder over de toilettafel morste, maar de geur had zo'n vreemd effect op mijn zenuwen dat ik in plaats van in paniek te raken, zachtjes begon te giechelen. Moeder zou nog wel een poosje wegblijven; vader was in de kerk. Een beetje verkennen kon geen kwaad. Ook voelde ik een zekere opwinding en kracht toen ik in mijn moeders afwezigheid haar spullen bekeek. Een ketting van amber lonkte naar me in het halfduister; ik pakte hem op en deed hem impulsief om mijn hals. Een doorzichtige sjaal, zo licht als een ademtocht, streek in het voorbijgaan langs mijn blote arm. Ik bracht hem naar mijn lippen, zodat ik haar huid leek te voelen, haar geur leek te ruiken.

Voor het eerst begon ik een ongewone gewaarwording te voelen, iets prikkelends in mijn hele lichaam dat zich steeds sterker tot een punt van verrukkelijke spanning leek samen te ballen, een toenemende frictie die mijn geest vulde met half-herkende beelden van zinnelijkheid. Ik probeerde mezelf wijs te maken dat het de kamer was die dat met me deed. De sjaal wílde liefdevol om mijn nek gewikkeld worden. Armbanden gingen vanzelf aan mijn arm. Ik trok mijn overhemd uit en bekeek mezelf in de spiegel en bijna zonder erbij na te denken trok ik mijn broek uit. Er lag een omslagdoek op mijn moeders bed, een fijn, doorzichtig ding van zijde en volle kant: bij wijze van experiment sloeg ik hem om; ik streelde de dunne stof en stelde me voor dat hij haar huid raakte, stelde me voor hoe ze eruit zou zien...

Ik begon slap in de benen te worden, gedesoriënteerd te raken, en de kracht van het gemorste parfum besprong me als een onzichtbaar leger van succubi – ik kon hun vleugels horen slaan. Op dat moment wist ik dat ik in de greep van de duivel was. Het een of andere niet-menselijke instinct dwong me door te gaan en hoewel ik wist dat wat ik deed een grote zonde was, voelde ik me niet schuldig. Ik voelde me onsterfelijk. Mijn handen, die de doek vastknoopten en beetpakten, leken bezeten van een demonische intelligentie: ik begon als een bezetene extatisch rond te dansen... Plotseling verstijfde ik echter in opperste verlamming en sloeg ik dubbel door de kracht van een onvoorstelbaar genot. Even was ik boven de wolken, hoger dan God... toen viel ik als Lucifer, was ik weer een kleine jongen en lag ik op het kleed met de zijden doek geplet en gescheurd onder me en de sieraden en snuisterijen potsierlijk om mijn schriele ledematen.

Eén moment van sprakeloze onverschilligheid, maar toen kletterde de omvang van wat ik had gedaan als een hagelbui om mijn hoofd neer en begon ik hysterisch van angst te huilen. Met trillende handen en knikkende knieën hees ik me in mijn kleren. Ik pakte de omslagdoek en rolde hem op tot een bal, die ik in mijn overhemd propte. Ik pakte mijn schoenen op en rende mijn moeders kamer uit. In mijn eigen kamer verborg ik de doek in de schoorsteen achter een losse steen en ik nam me voor hem te verbranden zodra juf er een vuur in aanlegde.

Toen mijn paniek wat afnam, waste ik rustig mijn gezicht en verkleedde ik me; daarna ging ik tien minuten op bed liggen om mijn trillende lichaam tot rust te brengen. Een vreemd gevoel van opluchting overviel me: ik was aan ontdekking bij heterdaad ontsnapt. Angst en schuldgevoel sloegen om in blijdschap: zelfs als ik werd gestraft voor het feit dat ik in mijn moeders kamer was geweest, zou het allerergste nooit bekend worden. Het was mijn geheim en ik bewaarde het opgerold als een slang in mijn hart. Daar groeide het met me mee, en het groeit nog steeds.

Het is natuurlijk niet onontdekt gebleven: de gemorste poeder en het gemorste parfum verrieden me, evenals de diefstal van de omslagdoek. Dat gedeelte bekende ik aan mijn vader: dat ik de kamer was binnengelopen omdat ik nieuwsgierig was, dat ik onhandig was geweest en per ongeluk op de kant van het doek had getrapt en hem had gescheurd en dat ik de doek om straf te ontduiken in de vijver had gegooid. Hij geloofde me en prees me zelfs om mijn eerlijkheid (de duivel in me lachte en danste!) en hoewel ik voor mijn domheid zweepslagen kreeg, nam het gevoel van opluchting, of zelfs van opwinding, niet af. Mijn vader was plotseling niet meer die almachtige man: ik had hem om de tuin geleid, tegen hem gelogen, en hij had het niet geweten. Wat mijn moeder betreft: misschien vermoedde ze iets, want ik zag haar een paar keer met een vreemde uitdrukking op haar gezicht naar me kijken, maar ze sprak nooit over het voorval en het was ogenschijnlijk spoedig vergeten.

Wat mij betreft: ik heb de doek die ik in de schoorsteen had verstopt, nooit verbrand. Wanneer ik alleen was, haalde ik hem wel eens uit de bergplaats en streek ik over de zachte plooien, totdat hij door jaren van aanraken en opstijgende rook bros en zo bruin als perkament was geworden en spontaan uiteenviel, als een handje herfstbladeren.

Mijn moeder stierf toen ik veertien was, twee jaar na de geboorte van mijn broer William. Ik herinner me dat haar mooie kamer werd omgevormd tot een ziekenkamer, met zware bloemenslingers aan elk meubelstuk en zij bleek en mager, maar tot het eind mooi.

Mijn vader zat de hele tijd met een ondoorgrondelijk gezicht bij haar. Toen ik op een dag langs de kamer liep zonder binnen te gaan, hoorde ik hem in volle overgave huilen, en mijn mond vertrok uit minachting: ik ging er prat op dat ik niets voelde.

Ze kreeg een graf op het kerkhof vlak bij de ingang van de kerk, zodat mijn vader het kon zien wanneer hij zijn parochianen begroette. Ik had me vaak afgevraagd hoe zo'n strenge, godvrezende man zo'n teer, werelds wezen kon hebben gehuwd. Dat hij misschien hartstochten had die ik niet kon bevroeden, maakte me onrustig en dergelijke gedachten bande ik meteen uit.

Toen ik vijfentwintig was, stierf mijn vader. Ik was destijds mijn *Grand Tour* aan het afronden en hoorde het pas toen het allemaal voorbij was. Hij scheen tijdens de winter een kou te hebben opgelopen, die hij had verwaarloosd – hij legde zelden een vuur aan in huis, behalve wanneer het bitter koud was – en hij had geweigerd in bed te gaan liggen en op een dag was hij in de kerk in elkaar gezakt. Hij had koorts gekregen en stierf zonder bij bewustzijn te zijn gekomen, waarna ik achterbleef met een aardige som geld en het onverklaarbare gevoel dat hij, nu hij dood was, al mijn gangen zou kunnen nagaan.

Ik verhuisde naar Londen: ik had een zekere aanleg voor tekenen en ik wilde me als schilder vestigen. Daar ontdekte ik het British Museum en de Royal Academy en ik zoog me vol met schilderkunst en beeldhouwwerken. Ik was vastbesloten naam te maken; ik huurde een atelier in Kennington en de eerste vijf jaar was ik alleen maar bezig met het vergaren van voldoende werk voor mijn eerste tentoonstelling. Ik schilderde vooral allegorische portretten, waarbij ik veel van mijn ideeën aan Shakespeare en de klassieke mythologie ontleende. Ik schilderde voornamelijk met olieverf, omdat dit medium het geschiktst was voor het nauwgezette, gedetailleerde werk dat ik het liefst deed. Een van de mensen die mijn werk kwamen bezichtigen, zei dat mijn stijl 'zeer prerafaëlitisch' was, wat me heel blij maakte, en ik droeg er zorg voor deze gelijkenis te koesteren; ik ontleende zelfs onderwerpen aan Rossetti's poëzie, hoewel ik het gevoel had dat de dichter als man heel ver afstond van het soort persoon met wie ik me zou willen meten.

Mijn grootste probleem was het vinden van geschikte modellen, want ik had weinig vrienden in Londen en durfde na een uiterst gênante ervaring in de buurt van de Haymarket geen geschikte vrouwen meer te benaderen met een aanbod van werk. In het schilderen van mannen stelde ik weinig belang: ik vond de vrouwelijke vorm poëtischer, en dan ook nog een bepaalde vrouwelijke vorm. Ik zette advertenties in *The Times*, maar kwam tot de ontdekking dat van de twintig vrouwen die reageerden, er slechts één of twee ook maar een beetje aardig waren om te zien, en dat geen van hen een 'fatsoenlijke' vrouw kon worden genoemd. Zolang ze hun vulgaire mond dichthielden, klaagde ik echter niet, en dat is de reden waarom ik, wanneer ik terugkijk op een aantal vroege werken, mijn geheugen niet goed durf te vertrouwen, omdat ik me herinner dat de schattige *Julia* een onwettig kind had of dat de onschuldige

Assepoester verslaafd was aan gin. Ik leerde in die tijd meer over vrouwen dan me lief was. Ondanks hun mooie gezichtjes verachtte ik hen wanneer ik hen hoorde praten, wanneer ik hoorde hoe wellustig ze waren, hoe onrein hun gedachten waren.

Sommigen van hen lieten hun goedkope verleidingstrucs op mij los, maar in die tijd had ik de slang in mij goed onder controle: ik ging iedere zondag naar de kerk, schilderde overdag in mijn atelier en ontspande me 's avonds in een respectabele club. Ik had een kleine kennissenkring, maar had weinig behoefte aan gezelschap. Ik had per slot van rekening mijn kunst. Ik verbeeldde me zelfs dat vrouwen geen macht over me hadden, dat ik de neigingen van mijn zondige vlees eindelijk bedwongen had. Een dergelijke verwaandheid is het rad waarop God zondaars breekt; ik beschik echter niet over veel tijd en ik moet dan ook drie jaar overslaan, tot ik bij de tijd kom dat ik net drieëndertig was, tot de heldere herfstdag waarop ik mijn wraakgodin ontmoette.

Ik was al een tijd kinderen aan het schilderen; het was altijd gemakkelijk een mooi kind te vinden wier moeder bereid was haar een paar uur per dag af te staan. Ik betaalde hun een shilling per uur en dat was meer dan sommige van deze vrouwen zelf verdienden. Ik was dan ook in het park aan het wandelen, zoals ik vaak deed, toen mijn oog plotseling op een vrouw en een kind viel: de vrouw was een slonzig, in het zwart gekleed type, het kind een meisje van een jaar of tien, met zo ongewone en opvallende gelaatstrekken dat ik stil bleef staan om haar na te kijken.

Ze was een mager kind, gehuld in een lelijke zwarte cape die eruitzag als een afdankertje, maar ze bewoog met een gratie die ongewoon was voor iemand van haar leeftijd en haar haar had een heel afwijkende kleur: een tint dichter bij wit dan bij goudgeel, zodat ze even een oud vrouwtje leek, een vreemd element tussen de blije kinderen met roze wangen om haar heen. Haar gezicht was puntig en bijna kleurloos, op haar grote, diepliggende ogen na; haar lippen waren vol voor die van een kind, maar bleek; haar uitdrukking was vreemd tragisch.

Ik wist meteen dat ik haar als model moest hebben: er lag een oneindige belofte van expressie in haar gezicht, elke beweging was een meesterwerk van verfijning. Toen ik naar haar keek, wist ik dat dit kind mijn redding zou worden; haar onschuld ontroerde me evenzeer als haar onaardse schoonheid, en er stonden tranen in mijn ogen toen ik naar het tweetal toeliep. Even was mijn hart te vol om te spreken.

Het meisje heette Effie, de slonzige vrouw was haar tante. Ze woonde met haar tante en haar moeder boven een kleine hoeden-zaak in Cranbourn Alley. Het waren fatsoenlijke lieden: de moeder, mevrouw Shelbeck, was weduwe en moest van weinig geld rond-komen. Een irritante vrouw met een schelle stem, zoals ik later ontdekte, die in geen enkel opzicht de knappe trekken van haar dochter had, en die mijn aanbod van een shilling per uur aannam zonder de bescheidenheid en reserve waarmee de betere families dat meestal doen. Ik vermoed dat het even gretig zou zijn aangeno-men als ik de helft had geboden, maar onder de omstandigheden had ik zelfs met vreugde het dubbele geboden.

Effie kwam diezelfde week nog naar mijn atelier – keurig begeleid door haar tante – en ik besteedde een hele ochtend aan schetsen van het kind vanuit diverse gezichtspunten: en profil, driekwart profiel, en face, met opgeheven hoofd, met het hoofd iets naar opzij... elke tekening was nog bekoorlijker dan de vorige. Ze was een volmaakt model: ze schuifelde niet met haar voeten en friemelde niet zoals andere kinderen en ze babbelde en lachte niet. Ze leek diep onder de indruk van het atelier en van mij; ze nam me heimelijk op met een uitdrukking van respectvolle verwondering op haar gezicht. Ze kwam weer; na de derde keer kwam de tante niet meer mee.

Mijn eerste schilderij van haar droeg de titel *Mijn zus valt in slaap*, naar een gedicht van Rossetti, en ik deed er twee maanden over: slechts een klein doek, maar ik vleide mezelf met de gedachte dat ik de uitdrukking van Effie had weten te vangen. Ik schilderde haar liggend op zo'n smal bedje als kinderen gebruiken, met aan de witte muur boven haar een kruis en op het nachtkastje naast haar een vaas met hulst, de concessie van de familie aan de kerst-gedachte. Haar broer zat op de grond naast het bed, zijn hoofd in de sprei verstopt; haar moeder stond, in het zwart gekleed, aan het voeteneinde met haar gezicht in haar handen. In het schilderij stond Effie centraal; de andere figuren waren gezichtloos en droegen donkere kleding, maar zij was in het wit gekleed; ze droeg een nachthemd met roesjes dat ik voor het schilderij had gekocht en haar haar lag om haar heen gespreid op het kussen. Haar armen waren bloot: de ene hing slap neer, de andere lag kinderlijk onder haar wang. Het licht dat door het raam viel, transformeerde haar, beloofde verlossing in de dood, de zuiverheid van de onschuldige die jong sterft. Het was een thema dat me na aan het hart lag en ik zou het de komende zeven jaar nog vele malen herhalen. Soms kon ik haar 's avonds bijna niet laten gaan, want ze groeide zo hard dat ik nauwelijks een uur van haar gezelschap wilde missen.

Effie sprak nooit veel: ze was een stil meisje, nog niet aangetast door de verwaandheid en ijdelheid die andere meisjes van dezelfde leeftijd tentoonspreiden. Ze las gretig, vooral poëzie: Tennyson, Keats, Byron, Shakespeare, niet echt geschikt voor een kind, maar haar moeder scheen weinig aandacht aan dat feit te schenken. Ik waagde het Effie er op een dag op te wijzen en merkte tot mijn vreugde dat ze luisterde naar mijn raad. Ik zei tegen haar dat poëzie, hoewel die bijvoorbeeld voor een jongeman uitstekende lectuur was, voor een gevoelig jong meisje eigenlijk te moeilijk was. Het onderwerp was te vaak grof, de hartstochten te heftig. Ik bood haar aan haar een paar goede boeken te lenen waar ze iets uit kon leren en ik was verheugd toen ze die plichtsgetrouw las. Ze had niets eigenzinnigs: ze leek geschapen om alle vrouwelijke deugden te belichamen zonder een spoor van de perversiteit die haar sekse kenmerkt.

Ik had nooit vrijgezel willen zijn, maar mijn wantrouwen jegens vrouwen, voortkomend uit mijn beroepsmatige contact met hen, had me doen betwijfelen of ik ooit de 'één uit duizenden' van de Heilige Paulus zou vinden die deugdzaam en gehoorzaam is. Toen ik Effie echter meer zag en in de ban raakte van haar schoonheid en lieftallige manieren, besefte ik dat er toch een weg was om dat ideaal te bereiken.

Effie was onbezoedeld: ze was absoluut zuiver. Als ik haar goede eigenschappen kon voeden, als ik een vaderlijk oog op haar ontwikkeling kon houden, wist ik zeker dat ik van haar iets zeldzaams, iets prachtigs zou kunnen maken. Ik zou haar tegen de rest van de wereld beschermen, haar opleiden tot mijn gelijke. Ik zou haar vormen, en dan, als dat af was... terwijl ik het idee aan het formuleren was, confronteerde mijn geest me met de herinnering aan een kleine jongen in een kamer vol verboden wonderen en leek de vluchtige, nostalgische geur van jasmijn de lucht te vullen. Voor het eerst kleefde er aan het beeld geen schuldgevoel: ik wist dat Effies zuiverheid me zou verlossen. Ze had niets wereldlijks, niets sensueels; ze had de koele onverschilligheid van de ware onschuld. Zij zou mijn redding zijn.

Ik nam privé-leraren voor haar in dienst – ik wilde dat ze zo weinig mogelijk met andere kinderen in aanraking kwam – en ik kocht kleren en boeken voor haar. Ik nam een fatsoenlijke huishoudster voor haar moeder en tante in dienst, zodat Effie geen tijd zou hoeven verspillen aan meehelpen in huis. Ik raakte op goede voet met haar vervelende moeder, zodat ik een excuus zou hebben Cranbourn Alley regelmatig te bezoeken en ik zorgde ervoor dat er geld binnen bleef komen.

Ik schilderde Effie nu bijna onophoudelijk; ik gaf al mijn andere modellen op, tenzij ze nodig waren als figuranten in de compositie. Ik concentreerde me op Effie: Effie op haar twaalfde, langer, gekleed in de mooie witte jurken met blauwe sjerpen die ik haar moeder stimuleerde te kopen; Effie op haar dertiende, veertiende, met een dansersfiguurtje zo gracieus als een veulen; op haar vijftiende, met ogen en lippen die donkerder van kleur werden en een gezicht dat een meer volwassen vorm kreeg; op haar zestiende, met het bleke haar in een keurige krans om haar voorhoofd, een mond als een tedere boog, lieftallige regenkleurige ogen met zware oogleden en een huid daaromheen die zo fijn was dat hij bijna gekneusd leek.

Ik moet Effie wel honderd keer getekend of geschilderd hebben: ze was Assepoester, ze was Maria, ze was de jonge novice in *De passiebloem*, ze was Beatrice in de hemel, Julia in de graftombe, getooid met lelies en slierten winde in *Ophelia*, gehuld in lompen in *Het bedelaresje*. Mijn laatste portret van haar was destijds *De schone slaapster*, dat qua compositie erg op *Mijn zus valt in slaap* leek en waarop Effie weer helemaal in het wit, als een bruid of een novice, op hetzelfde kleinemeisjesbed lag, terwijl haar haar, dat nu veel langer was dan toen ze tien was – ik had er steeds op aangedrongen dat ze het nooit zou laten knippen – op de grond hing, waar een eeuw aan stof ligt. Het zonlicht filtert door het dakraam op de grond en door het raam beginnen klimopranken naar binnen te groeien. Een geharnast skelet, waar de oprukkende klimop zich omheen heeft geslingerd, waarschuwt voor de gevaren die het storen van de slapende onschuldigen meebrengt. Effies gezicht is naar het licht gekeerd; ze glimlacht in haar slaap, zich niet bewust van de desolate sfeer om haar heen.

Ik kon niet langer wachten. Ik had een betovering geweven zodat ze al die jaren op mij had gewacht: nu was de tijd gekomen dat ik die moest verbreken. Ze was nog steeds heel jong, wist ik, maar als ik nog een jaar wachtte, liep ik het risico haar voor altijd te verliezen.

Haar moeder leek niet eens verbaasd dat ik met haar dochter wilde trouwen. De gretigheid waarmee ze het aanzoek verwelkomde, deed me zelfs vermoeden dat ze al rekening had gehouden met de mogelijkheid. Ik was per slot van rekening een rijk man: als Effie met me trouwde, was ik zeker verplicht haar verwanten te helpen en ik was bijna veertig, terwijl Effie zeventien was. Wanneer ik stierf, zou mijn hele fortuin voor haar zijn. De ongehuwde tante – een benepen mens wier enige positieve karaktertrek was dat ze Effie zeer was toegewijd – keurde het af. Effie was te jong, zei ze, te gevoelig. Ze begreep niet wat er van haar verlangd zou worden wanneer we getrouwd waren. Haar bezwaren lieten me koud. Effie was het enige wat voor mij telde. Ze was van mij: ze was ervoor opgeleid om via mij omhoog te groeien, zoals klimop op de stam van een eik.

Ze trouwde met me in dezelfde antieke geborduurde jurk die ze had gedragen voor *De schone slaapster*.

De ster

2

'En ik zeg: Wandelt door den Geest en volbrengt de begeerlijkheden
des vleses niet.
Want het vlees begeert tegen den Geest, en de Geest tegen het vlees;
En deze staan tegen elkander; alzo dat gij niet doet, hetgeen gij
wildet.
Maar indien gij door den Geest geleid wordt, zo zijt gij niet onder de
wet.
De werken des vleses nu zijn openbaar; welke zijn overspel, hoererij,
onreinigheid, ontuchtigheid,
Afgoderij, venijngeving, vijandschappen...'

De zwarte karavaan van zijn woorden slingerde voort, en ik was
blij dat ik voor de dienst laudanum had genomen. Mijn migraine was helemaal over en vervangen door een koele, donkere
holte waarin al mijn gedachten zich terugtrokken, zo ver als de
sterren.

'... toorn, gekijf, tweedracht, ketterijen...'

Ik glimlachte in mijn eigen stille holletje.
Het ritme van de verzen was wreed, maar desalniettemin was het
poëzie, even bekoorlijk als de heidense cadans van de touwspring-
liedjes die ik vele jaren geleden op straat zong, voordat ik met meneer Chester trouwde:

Hoe hoger we springen
hoe hoger ze gaan.
In de rondte, in de rondte af en aan.

Terwijl ik terugdacht aan het liedje kreeg ik een misselijk gevoel, omdat die tijd, toen moeder nog goed was en vader nog leefde en we samen gedichten lazen in de bibliotheek van ons oude huis, vóór Cranbourn Alley, zo ontzettend ver achter me lag. In die tijd was naar de kerk gaan iets vreugdevols, een gelegenheid om te zingen en blij te zijn. Mijn handen knepen abrupt samen toen de misselijkheid heviger werd, en ik beet op mijn lip om het weeë gevoel te onderdrukken. William, die links van me zat, grijnsde droevig naar me, maar ik hield mijn hoofd gebogen; meneer Chester wilde me in de kerk niet met een lach op mijn gezicht zien. Boven het hoofd van de dominee baadde St. Sebastiaan met een lichaam vol pijlen in het zonlicht.

Hoe hoger we springen...

Het gezicht van St. Sebastiaan was koel en onbewogen, als dat van Henry.

Plotseling viel ik, mijn armen maaiden in paniek rond, mijn mond opende zich in een grote, stille O van angst... maar ik viel naar bóven, naar de hoge gewelven van het kerkplafond en ik zag het verguldsel en de krullen en de koude glans in de ogen van St. Sebastiaan... Toen mijn vaart minderde, keek ik duizelig op de gebogen hoofden van de parochianen neer en mijn angst maakte plaats voor ontzag en euforie. Hoe kon ik hier zijn? Was ik gestorven en had ik mijn lichaam verlaten zonder het te beseffen? Droomde ik? Ik huppelde en danste in de lucht, draaide juichend rondjes om het kale hoofd van de dominee, als een engel op de knop van een speld. Niemand hoorde me.

Ik beproefde mijn nieuwe vermogen en vloog onzichtbaar over de zee van donkere hoofden; terwijl ik dat deed, besefte ik dat mijn gezichtsvermogen en gehoor scherper waren dan ooit en dat elk detail een wonder van precisie was. Ik zag de woorden van de dominee zelfs opstijgen, als rook uit een fabrieksschoorsteen. Ik zag de somberheid van de parochianen, af en toe onderbroken door de heldere straal van de onoplettendheid van een kind. Toen ik aandachtig keek, merkte ik dat ik op de een of andere manier ín mensen kon kijken: ik zag hun essentie als zonlicht dat door glas-in-lood valt. Achter een masker van vlees en het zure gezicht en de scherpe tong van een oude vrouw, bloeide een onaardse schoonheid; een kind straalde simpele vreugde uit en een jonge vrouw met donker haar was een angstaanjagende afgrond van duisternis en dood. Wat ik in die donkerharige vrouw zag, gaf me de rillingen, en ik spoedde me zo snel ik kon opwaarts.

Onder het gewelf inspecteerde ik mijn eigen afgelegde lichaam: een bleek gezichtje verscholen in de donkere holte van mijn muts, witte lippen en gesloten oogleden zo blauw als gekneusde plekken. Ik was geneigd minachting voor mezelf te voelen: wat een min wezentje! Ik kon beter naar meneer Chester kijken, met zijn strenge, knappe gezicht, of naar William, met dat blonde haar dat voor zijn ogen hing.

'Marta!'

De stem schalde door de kapel; ik keek nieuwsgierig, maar de parochianen reageerden niet.

'Marta!' De toon was nu dringender, maar de dominee hield geen seconde op met preken. Alleen ík hoorde het. Ik keek naar beneden, maar zag alleen maar gebogen hoofden en gevouwen handen.

Helemaal achter in de kapel stond een vrouw; haar gezicht was aandachtig opgeheven. Ik zag een gezicht en een massa koperkleurige krullen onder een frivole goudkleurige hoed, en toen hoorde ik iemand mijn naam roepen.

'Effie!' William had zich naar mijn levenloze lichaam gekeerd en toen hij zag dat ik in een diepe flauwte lag, maakte hij de linten van mijn muts los. Lichaamloos als ik was keek ik enigszins geamuseerd toe, terwijl hij in mijn tasje naar reukzout zocht. Arme William! Zo onhandig en oprecht. Zo anders dan zijn broer.

Ook Henry stond op, wat een rimpeling van belangstelling in de rij mensen op de bank teweegbracht. Zijn mond was een harde streep. Hij zei niets, maar zette me rechtop en begon me, gevolgd door William, over het gangpad voort te duwen. Een paar mensen staarden het groepje na, maar anderen glimlachten toegeeflijk naar elkaar en richtten hun aandacht weer op de preek. In haar positie was het per slot van rekening heel gewoon dat mevrouw Chester flauwviel.

Hoe hoger we springen...

Plotseling voelde ik me onverklaarbaar duizelig; ik keek weer in de ogen van de arme, met pijlen doorboorde St. Sebastiaan en werd me bewust van een misselijkheid en draaierigheid diep in mijn maag, alsof ik aan het vallen was. *In de rondte, in de rondte...*

Ik besefte wat er aan het gebeuren was en verzette me vergeefs.

'Ik wil niet terug!' protesteerde mijn geest. 'Wil niet...'

Ik herinnerde me vaag dat ik tijdens het vallen in de ogen van de vrouw met de goudkleurige hoed keek. Ik zag haar lippen bewegen en de mij onbekende naam 'Marta' vormen... Toen was er duisternis.

Henry's gezicht hing boos boven me toen zijn handen naar mijn lijfje gingen om het open te maken. Terwijl ik tussen droom en bewustzijn hing, had ik de tijd om de puurheid van de vlakken van zijn gezicht te zien, de rechte wenkbrauwen en de taxerende ogen, zijn haar dat veel donkerder was dan dat van zijn broer en dat streng kort was geknipt. William stond er op de achtergrond onzeker bij. Toen hij mij mijn ogen zag openen, sprong hij met het reukzout naar voren.

'Effie, ben je...'

Henry keerde zich met een koude woede naar hem om. 'Sta daar niet zo dom!' snauwde hij. 'Houd een rijtuig aan. Snel!' William liep weg en wierp me over zijn schouder nog een laatste blik toe. 'Die jongen denkt veel te veel aan jou,' voegde Henry eraan toe. 'En dat laat hij zien ook...' Hij zweeg. 'Kun je weer staan?'

Ik knikte.

'Komt het door het kind?'

'Ik geloof het niet.' Het kwam niet bij me op hem te vertellen over de wonderlijke ervaringen in de kerk; ik wist uit ervaring hoezeer mijn 'vreemde ideeën' hem ergerden.

Ik probeerde in het rijtuig te stappen; even werd ik weer overvallen door misselijkheid en ik viel bijna. Henry sloeg zijn arm om me heen en hees me met gemak omhoog, het rijtuig in, maar toen ik naar opzij keek en zijn gespannen profiel zag, wist ik dat hij afkeer, angst voelde. Op dat moment besefte ik vaag dat hij báng voor me was, voelde ik de diepte van zijn verwarring, maar dit intuïtieve idee vervaagde al voordat ik er vat op kon krijgen, want ik viel weer in zwijm.

3

Ze verloor natuurlijk ons kind. Onder invloed van laudanum sliep ze toen het door de vroedvrouw bij haar werd weggehaald en in het laken genaaid. Ik heb niet gevraagd mijn zoon te mogen zien. Ik wachtte tot ik vernam dat mijn vrouw volledig zou herstellen en ging toen naar mijn atelier om te schilderen. Ons huis stond in Highgate en ik had opzettelijk een atelier op enige kilometers afstand gehuurd. Dat gaf me het gevoel van isolement dat ik nodig had wanneer ik werkte en het licht was er heel helder en koud, kloosterachtig licht, zodat mijn schilderijen, waarmee de kale witte muren spaarzaam behangen waren, schitterden als vlinders die onder glas gevangen zijn. Hier was ik hogepriester, met Effie als mijn dienstmaagd; haar lieve gezicht keek me aan van vrolijke doeken en bleke pastels en dikke vouwbladen bruin perkament – mijn zielen-Effie, onaangetast door de vloek van onze verhitting en ons vlees. Die avond sliep ik, niet voor het eerst, in het atelier op het kleine bed dat ze had gebruikt voor *Mijn zus valt in slaap* en *De schone slaapster* en toen ik de verse linnen lakens koel tegen mijn gloeiende huid voelde, ervoer ik eindelijk weer enige tevredenheid.

De volgende ochtend om tien uur kwam ik terug en vernam ik van de bedienden dat de dokter vroeg in de ochtend was weggegaan. Tabby Gaunt, onze huishoudster, had bijna de hele nacht bij Effie gewaakt en haar af en toe laudanum en warm water gegeven. Ze keek op toen ik de ziekenkamer binnenkwam en legde de blouse neer die ze aan het zomen was geweest. Ze zag er moe uit en haar ogen waren rood, maar haar glimlach was zo open als die van een kind toen ze haastig overeind kwam en haar kap rechtzette op haar weerbarstige grijze haar.

'Mevrouw slaapt nu, meneer Chester, sir,' fluisterde ze. 'De dokter zegt dat ze nog een beetje zwak is, maar dat komt Gode zij dank niet door de koorts. Een paar dagen bedrust, heeft hij gezegd.'

Ik knikte. 'Dank je, Tabby. Je kunt mevrouw Chester wat chocola brengen.'

Ik wendde me naar het bed waarin Effie lag. Haar bleke haar lag los en wijd uitgespreid over de sprei en het kussen, en haar hand lag bij haar wang terwijl ze sliep, als die van een klein meisje. Ik kon maar moeilijk geloven dat ze achttien was en net van haar eerste kind bevallen. Ik kon het niet helpen, maar ik huiverde bij de gedachte. Wanneer ik terugdacht aan hoe ze eruit had gezien, hoe haar zwangere vlees onder haar kleren had gevoeld wanneer ik haar aanraakte, kreeg ik een onrein, onrustig gevoel. Het was veel beter haar zo te zien, in bed; ze had haar tengere arm over haar ogen gelegd en de kleine ronding van haar borsten (het woord verontrustte me zelfs in gedachten en ik duwde het boos weg) was bijna onzichtbaar bij het snelle stijgen en dalen van haar nachthemd.

Ik werd overvallen door een plotselinge tederheid en ik stak mijn hand uit om kuis haar haar aan te raken.

'Effie?'

Ze maakte een geluidje terwijl ze begon te worstelen om wakker te worden. Haar geur steeg naar me op, een prikkelende geur van talk en koorts en chocola, als haar kindertijd. Haar ogen gingen open, focusten zich op de mijne en ze kwam abrupt en vol schuldgevoel overeind, als een schooljongen die in de klas heeft zitten dagdromen.

'Ik... Meneer Chester!'

Ik glimlachte. 'Het is goed, liefje. Niet bewegen. Je bent nog te zwak. Tabby komt zo met een warm drankje voor je.'

Effies ogen vulden zich met tranen. 'Het spijt me,' zei ze hakkelend. 'Dat ik flauwviel... in de kerk.'

'Het geeft niet. Ga nu maar lekker zitten en houd je rustig. Hier, ik kom naast je zitten om je vast te houden. Dat is beter, hè?' Ik ging op bed zitten en duwde een kussen tegen Effies onderrug. Terwijl ik mijn arm om haar schouders legde, zag ik haar gezicht ontspannen en er verscheen een dromerig lachje. Nog half slaperig mompelde ze: 'Dat is prettig, dat is heel prettig, net als vroeger... voordat we trouwden.' Ik verstijfde onwillekeurig en toen de implicatie van wat ze had gezegd tot haar koortsachtige brein doordrong, schoot ze in paniek overeind.

'Het kind! Hoe is het met het kind?'

Onwillekeurig schoof ik een eindje bij haar vandaan. Ik kon de gedachte aan het kind niet verdragen.

''Toe, Henry, vertel het me! Tóé, Henry!'

'Noem me niet zo!' snauwde ik, overeind springend; daarna, in een poging me te beheersen, dwong ik mezelf weer vriendelijk te klinken. 'Probeer het te begrijpen, Effie. Het kind was ziek. Het had niet in leven kunnen blijven. Het was te klein.'

Effies stem steeg onbeheerst in een hoog, woordloos gejammer. Ik pakte haar handen, half smekend, half berispend.

'Je was te jong om een kind te krijgen! Het was gewoon niet goed. Het was een vergissing. Het was...'

'Nee-eeee!'

'Hou daarmee op!'

'Nee-nee-eee!'

'Hou op!' Ik pakte haar schouders beet en schudde haar door elkaar en ze bracht instinctief haar handen naar haar gezicht; haar ogen stonden wild en haar wangen waren gemarmerd door het huilen. Even vond ik haar tranen diep erotisch en ik wendde me af, terwijl ik rood werd van kwaadheid.

'Het is beter zo, Effie,' zei ik op vriendelijker toon. 'Nu kunnen we weer verdergaan zoals het eerst was, mijn liefste. Niet huilen, Effie. Je bent gewoon te fijn gebouwd om een kind te baren, dat is alles. Je bent jong. Hier.' Ik pakte het flesje laudanum en het glas en liet voorzichtig zes druppels in het water vallen. 'Drink dit op, dat kalmeert je zenuwen.'

Geduldig hield ik het glas vast terwijl Effie dronk, zich vastklemmend aan mijn arm en tranen en medicijn in gelijke hoeveelheden wegslikkend. Ik voelde haar lichaam tegen het mijne aan geleidelijk ontspannen, totdat ze helemaal gekalmeerd was.

'Zo ben je braaf. Zo is het beter, hm?'

Effie knikte slaperig en draaide haar hoofd in de holte van mijn arm. Terwijl ze in mijn armen opnieuw wegdoezelde, was ik me even bewust van een plotselinge geur van jasmijn – echt of verbeeld? De indruk was te vluchtig om dat te weten.

De negen van zwaarden

4

Ik was een paar weken ziek; het winterweer belemmerde mijn herstel, want ik vatte een kou die me na de voortijdige geboorte van mijn kind een tijd aan bed kluisterde. Ik herinner me gezichten boven me die kwamen en gingen, met grimassen van medeleven, maar mijn hart was steenkoud en hoewel ik hen wilde bedanken voor hun bezorgdheid, kon ik in de woorden geen betekenis vinden. Tabby, die vanaf mijn vroege jeugd bij me was geweest in Cranbourn Alley, verzorgde me en bekeek me hoofdschuddend en voerde me bouillon terwijl ik in bed lag; mijn dienstmeisje, Em, borstelde mijn haar en trok me mooie kanten nachthemden aan en roddelde over haar familie en zusters in het verre Yorkshire; Edwin de tuinman stuurde me soms een handje vroege krokussen of narcissen uit zijn dierbare bloembedden, met de gebromde verzekering dat 'ze een beetje kleur op de wangen van de jonge mevrouw zouden brengen'. Ondanks hun vriendelijkheid kon ik me echter niet uit mijn lethargie losrukken. Ik zat met een dikke sjaal om mijn schouders bij de haard, waar ik soms borduurde, maar vaker gewoon in het vuur staarde.

William, die me misschien een beetje tot leven had kunnen brengen, was naar Oxford teruggekeerd, waar hem een baan als aankomend onderzoeker wachtte; hij was beurtelings blij geweest met de erkenning voor zijn jaren van studie en ongerust omdat hij me in zo'n slechte conditie moest achterlaten.

Henry was een en al zorgzaamheid: bijna een maand lang mocht ik geen bezoekers ontvangen – niemand mocht me van streek maken, zei hij – en ging hij niet éénmaal naar zijn atelier. In plaats daarvan werkte hij thuis, waar hij tientallen schetsen van me maakte, maar hoewel ik ooit verrukt was geweest van zijn werk, kon het me nu niets schelen. Ooit had ik gehouden van de manier waarop hij me tekende, van de nadruk die hij op mijn ogen en de puurheid van mijn gelaatstrekken legde, maar nu liet zijn kunst me koud en ik vroeg me af waarom ik hem ooit getalenteerd had geacht.

De schilderijen, zoals ze daar breeduit als trofeeën op elk vrij stuk muur in elke kamer hingen, maakten me misselijk. Het ergste was *Het bedelaresje*, dat geschilderd was toen ik pas dertien was en nu in de slaapkamer hing, en dat me achtervolgde als mijn eigen schaduw. Een achterbuurt in Londen, minutieus gereproduceerd, van het vocht op de stoepen tot de uit de modderkleurige lucht neerdalende roetdeeltjes. Een broodmagere kat snuffelt aan een dode vogel in een goot. Daarnaast zit een stervend kind, blootsvoets en met slechts een hemdjurkje aan, met lang haar dat tot op de stenen om haar heen valt. Haar kapotte bedelnap ligt op straat en een verdwaalde lichtstraal valt op haar opgeheven gezichtje. Op de lijst, ontworpen door de kunstenaar, staan acht versregels uit een gedicht van zijn hand dat dezelfde titel draagt:

Gij onschuldige, door wereldse zaken onberoerd,
niet bevuild door de vleselijke zonde van de liefde,
doe afstand van uw sterfelijke lijf, zo welgevallig,
maar o, zo zwak; stijg op, gehuld in stralend licht.
Gij waart een der minsten van alle stervelingen
en toch buigen voor u de hemelse heerscharen
nederig hun hoofd; want aan de zijde van de Almachtige,
op een troon van extase, zijt gij gezeten als Zijn bruid.

Ooit was ik één en al bewondering geweest voor de meneer Chester die bijna moeiteloos echte gedichten kon schrijven. Ik had geen kritiek op hem gekend, had gehuild van frustratie om de onvriendelijke woorden van meneer Ruskin bij zijn eerste expositie. Ik kon me nog vaag de tijd herinneren waarin ik hem aanbeden had, elk woord dat hij me schreef, elke schets die hij weggooide, gekoesterd had. Ik herinnerde me de ontzagvolle dankbaarheid toen hij had aangeboden mijn leraren te betalen, de sprong van vreugde die mijn hart maakte toen ik mijn moeder en Henry in de bibliotheek met elkaar hoorde praten. Tante May had geen vertrouwen gehad in een huwelijk met een man die zo veel ouder was dan ik. Maar mijn moeder was verblind geweest door de gedachte aan alle kansen die meneer Chester haar dochter kon geven. En ik... ik was verblind door meneer Chester zelf. Toen ik zeventien was, trad ik met hem in het huwelijk.

In het huwelijk!

Ik stak mijn naald woedend in mijn borduurwerk – één halve kruissteek, twee kruissteken – en zwol plotseling op van haat en razernij. Het borduurwerk was half af, het ontwerp was bedacht door Henry en had mooie, warme kleuren: de schone slaapster op haar bank, omrankt door klimrozen. Zelfs in deze onvoltooide staat leek het gezicht van het slapende meisje al op het mijne.

Eén kruissteek, twee halve kruissteken... Ik ramde de naald in de stof en deed geen poging meer steken te maken; ik stak met stijgende woede toe en trok aan het tere borduurwerk, aan de gouden draad. Zonder me ervan bewust te zijn zat ik hardop te huilen, zonder tranen – een hees, primitief geluid dat me op ieder ander moment angst zou hebben aangejaagd.

'Maar juffrouw Effie!' Dat was de stem van Tabby, die zo geschrokken was dat ze vergat me op de juiste wijze aan te spreken.

Met een schok ontwaakte ik uit mijn woedetrance; ik schrok en keek op. Tabby's mollige, goedaardige gezicht was verwrongen van ongerustheid.

'Ach, wat hebbu gedaan? Uw arme handen! En dat mooie beduurwerk! Ach, mevrouw!'

Ik keek verbaasd naar mijn handen: uit een dozijn naaldenprikken stroomde bloed. Het borduurwerk was gebrandmerkt met een bebloede hand, waardoor de helft van het gezicht van het slapende meisje onzichtbaar werd. Ik liet het bedorven kleed los en probeerde te glimlachen.

'Ai,' zei ik losjes, 'wat onhandig van me.' En toen Tabby iets wilde zeggen – de tranen sprongen haar in de ogen – zei ik: 'Nee, Tabby. Er is niets met me aan de hand, dank je wel. Ik zal mijn handen gaan wassen.'

'Maar mevrouw, u neemt toch zeker wel wat laudanum! De dokter...'

'Tabby, zou je zo vriendelijk willen zijn mijn borduurspullen op te ruimen? Ik heb ze vandaag niet meer nodig.'

'Ja, mevrouw,' zei Tabby met een effen gezicht, maar ze maakte geen aanstalten om de opdracht uit te voeren, totdat ze me vaag de kamer uit had zien stommelen en met mijn bebloede handen als een moordlustige slaapwandelaar moeizaam de deurknop had zien omdraaien.

Bijna twee maanden lang was ik er niet al te best aan toe; toen verklaarde de dokter me fit genoeg om bezoek te ontvangen. Niet dat ik veel mensen zag; mijn moeder kwam een keer bij me om over haar kleren te praten en om me te verzekeren dat ik nog genoeg tijd had om een gezin te stichten. Tante May kwam tweemaal rustig bij me zitten en praatte met me over algemeenheden met een vriendelijkheid die heel ongebruikelijk voor haar was. Lieve tante May! Als ze eens geweten had hoezeer ik ernaar verlangde met haar te praten, maar ik wist dat ik haar, als ik de sluizen eenmaal had opengezet, alles zou moeten vertellen, dingen die ik zelf nog niet eens onder ogen wilde zien, dus hield ik mijn mond en deed ik alsof ik gelukkig was en dit koude, nauwgezet gerunde huis mijn thuis was. Niet dat tante May zich ook maar één seconde liet misleiden, maar ze probeerde om mijnentwille haar afkeer van Henry te verbergen; ze converseerde met stijve, korte zinnen en zat rechtop met haar rug tegen de leuning van de stoel.

Henry mocht haar evenmin als zij hem en merkte zuur op dat ik er na haar bezoeken altijd doodmoe leek uit te zien. Op díé opmerking gaf ze een scherp antwoord. Triomfantelijk opperde Henry dat ze misschien weg moest blijven totdat ze een meer verfijnde manier van converseren had aangeleerd: hij wilde niet dat zijn vrouw aan dit soort praat werd blootgesteld. Dit ontlokte tante May enige onbeheerste uitlatingen en ze vertrok terwijl de verwijten op haar neerdaalden. Door mijn raam zag ik haar vertrekken, heel klein en grijs onder de koude lucht, en ik wist dat Henry zijn zin had gekregen. Ik was alleen van hem, voor altijd.

Het was maart en hoewel het nog heel kil weer was, scheen de zon en hing er al een beetje lente in de lucht. De salon biedt een fraai uitzicht op de tuin met zijn vijver en keurige bloembedden en die ochtend zat ik model voor Henry voor het brede erkerraam. Ik was nog wel mat, maar met het heldere zonlicht op mijn wangen en mijn losse haar was ik me bewust van een gevoel van tevredenheid en welbehagen.

Ik wilde dat ik op dat moment in de tuin was, met de koele lucht tegen mijn huid en het vocht op het gras tegen mijn enkels. Ik wilde de aarde ruiken, gaan liggen en erin bijten, als een spelende kat in het groen rollen...

'Effie, zit toch stil!' Henry's stem bracht me met een schok terug in de werkelijkheid. 'Driekwart profiel graag, en laat de dulcimer niet wegglijden. Ik heb er heel wat voor betaald, hoor. Dat is beter. Onthoud, als het even kan, dat ik het schilderij af wil hebben voor de tentoonstelling en dat ik dus niet veel tijd heb.'

Ik corrigeerde mijn houding en verschoof het instrument op mijn schoot. Henry's jongste idee, *De dame met de dulcimer*, was al vier weken in de maak en ik zou erop figureren als de mysterieuze dame uit het gedicht van Coleridge. Henry zag haar voor zich als 'Een opgroeiend meisje, geheel in het wit gekleed, zittend op een rustieke bank met één been onder haar lichaam gevouwen, op charmante wijze opgaand in haar muziekoefening. Achter haar bevindt zich een landschap met bomen en in de verte ligt de mythische berg.'

Ik kende het gedicht uit mijn hoofd en had er vaak zelf over gemijmerd, en ik had gewaagd te zeggen dat ik het gevoel had dat een 'Abessijnse maagd' iemand zou moeten zijn die wat kleurrijker en exotischer was dan de bleke jonkvrouw die ik voorstelde, maar het antwoord van meneer Chester had me geen twijfel gelaten over zijn lage dunk van mijn smaak op het gebied van beeldende kunst, literatuur of anderszins. Mijn pogingen tot schilderen en dichten waren daar afdoende bewijs van. En toch herinnerde ik me bepaalde momenten voordat Henry me verbood mijn tijd te verspillen aan bezigheden waarvoor ik geen talent had. Zo herinnerde ik me dat ik als een boze werveling van sterren naar een doek kon kijken en vreugde kon voelen, vreugde en iets dat op het begin van hartstocht leek.

Hartstocht?

De eerste nacht van ons huwelijk, toen meneer Chester met schuldgevoel en opwinding in zijn ogen bij me was gekomen, hadden me alles geleerd wat ik over hartstocht hoefde te weten. Mijn eigen onschuldige vurigheid had de zijne onmiddellijk bekoeld; het zien van mijn lichaam had hem op zijn knieën gebracht, niet van vreugde, maar van berouw. Vervolgens was zijn liefdesdaad een daad van boetedoening voor ons beiden geweest: een koud, troosteloos samenkomen, als van twee motoren. Nadat het kind was verwekt, hield ook dit op.

Ik heb het nooit begrepen. Vader had me altijd verteld dat er geen kwaad stak in de lichamelijke daad tussen een man en een vrouw die van elkaar hielden; het was Gods beloning voor de voortplanting, had hij gezegd. We zijn wezens met gevoel, zo zei hij altijd, onschuldig totdat boze gedachten onze onschuld wegnemen. Onze erfzonde was niet het zoeken naar kennis, maar de schaamtegevoelens van Adam en Eva voor hun naaktheid. Het was het schaamtegevoel dat hen uit de hof verjoeg en dat ons nog steeds uit de hof weghoudt.

Arme vader! Hij zou de ijzige minachting op Henry's gezicht toen hij zich uit mijn armen losmaakte, nooit hebben kunnen begrijpen.

'Ken je geen schaamtegevoel, vrouw?' had hij gevraagd.

Schaamtegevoel? Vóór Henry wist ik niet eens wat het was.

En toch school er een vuur in me dat zich noch door de dood van mijn kind, noch door de kilheid van mijn huwelijk geheel liet blussen. Soms voelde ik dat er achter de kille, beklemmende sluier van mijn leven méér leefde, iets wat bijna beangstigend was. Toen ik naar Henry's gezicht keek terwijl hij me zat te schilderen, werd ik plotseling door een sterk gevoel van walging overvallen. Ik had de dulcimer wel op de grond willen gooien, op willen springen, naakt rond willen dansen en zonder schaamtegevoel in het lentezonlicht willen ronddartelen. Het verlangen overweldigde me en voor ik het wist, was ik overeind gekomen en riep ik luid met harde, wanhopige stem... Maar Henry hoorde me helemaal niet. Hij bleef tevreden fronsend naar zijn papier staren en keek even op naar een voorwerp vlak achter me; daarna richtte hij zijn aandacht weer op zijn schets. Ik keerde me abrupt om en zag mezelf nog steeds in dezelfde stand de dulcimer op mijn schoot vasthouden.

Ik werd een gevoel van intense opluchting en vreugde gewaar. Ik had met niemand gesproken over wat er zich in de kerk had afgespeeld, hoewel ik er vaak aan gedacht had en er steeds meer van overtuigd was geraakt dat het door de laudanum was gekomen en dat het zich waarschijnlijk niet nog eens zou voordoen. Deze keer had ik echter een dag al geen druppels genomen. Ik was niet ziek en ik had helemaal niet dat misselijkmakende, draaierige gevoel van de vorige keer gehad. Oplettend keek ik neer op mezelf: mijn nieuwe 'lichaam' was een witte, naakte replica van het lichaam dat ik tijdelijk had verlaten. Het leek een zwak, zilverachtig licht uit te stralen en ik kon de pool van het tapijt onder mijn voeten en de frisheid van de lucht tegen mijn huid voelen. Ik bruiste van energie en opwinding; al mijn zintuigen functioneerden beter en kregen een nieuwe dimensie nu de weerstand van mijn lichaam er niet meer was.

Voorzichtig naderde ik mijn fysieke lichaam. Ik vroeg me af of ik, als ik het aanraakte, gedwongen zou zijn erin terug te keren; mijn hand ging zonder enige weerstand door de kleren en het vlees heen. Even was ik me bewust van de eigenaardige gewaarwording in geen van beide toestanden te zijn. Mijn lichaam sloot als een half uitgetrokken nachthemd om mijn echte, levende zelf; daarna dwong ik mezelf terug te gaan. Even schikte de wereld zich weer lusteloos om me heen, maar toen sprong ik er weer uit, één en al vreugde bij de gedachte dat ik deze handeling blijkbaar naar believen kon uitvoeren. Mijn zelfvertrouwen nam snel toe en ik bewoog lichtjes door het vertrek. Aangespoord door een nieuw gevoel van vrijheid daalde ik op de kruin van Henry's hoofd neer en draaide ik een pirouette, maar hij was op geen enkele manier af te leiden van zijn tekenwerk. Ik sprong naar beneden en rende naar het raam om naar buiten te kijken; ik had zin om door het glas te springen, maar durfde mijn lichaam niet al te ver achter me te laten. Na één snelle blik achterom wist ik dat alles in orde was en gooide ik alle waakzaamheid samen met al mijn andere aardse lasten van me af en ging door het raam heen de tuin in.

Zo zou de rups van vliegen kunnen dromen, of de pop in haar donkere, zijden wieg.

En ik? Tot welk moordlustig wezen zal ik mij ontpoppen?

Zal ik vliegen?

Of zal ik steken?

5

Ze liegt, hoor. Ik heb haar nooit onvriendelijk bejegend, nooit. Ik heb meer van haar gehouden dan waar een vrouw recht op heeft: ik heb haar aanbeden, mijn ziel voor haar gegeven. Ik heb haar gegeven wat ze maar wou: een bruiloft in het wit, een mooi huis, mijn kunst, mijn poëzie. De dag waarop ze met me trouwde was ik de gelukkigste man van de wereld.

Zíj is degene die het verpest heeft, net als Eva in de hof van Eden. Het zaad lag in haar, ondanks mijn aandacht en zorg. Ik had het kunnen weten.

Wat heeft ze je verteld? Dat ik haar heb afgewezen? Dat ik koud was? Ik weet nog dat ze me opwachtte in onze kamer toen het bruiloftsfeest voorbij was: helemaal in het wit, met haar haar los en op de kussens en het ledikant uitgespreid, afhangend tot op de grond. Even dacht ik dat ze sliep. Ik sloop naar het bed, bang haar wakker te maken, en mijn hele lichaam werd overstroomd door een ontzettend grote tederheid. Meer dan wat dan ook wilde ik naast haar liggen, haar geur inademen, de seringengeur in haar haar. Op dat moment was ik gezegend: de enige lust die ik voelde was de lust tot slapen, het lieve en onschuldige in haar te ervaren, en met tranen in mijn ogen legde ik mijn gezicht op het kussen naast het hare.

Even heerste er rust, toen sloeg ze haar ogen op. Ik zag mijn gezicht als in de kristallen bol van een heks, een speldenknopje op haar pupillen. Haar koele, bleke handen gleden om mijn nek. Ik voelde mijn handen reageren, of ik wilde of niet. Ik had haar nog nooit zelfs maar gekust en toen haar lippen zich op de mijne drukten, ging ik in haar op, vulden mijn handen zich met haar haar en haar zachte borsten...

Ik had toen moeten doodgaan: geen man zou de gelukzaligheid en de kwelling die ze me liet beleven, moeten hoeven ondergaan. Ik kon haar warmte door de dunne stof van haar nachthemd heen voelen; de in mij opgewekte reactie – plotseling was ik weer in mijn moeders kamer op die dag, had ik weer de jasmijngeur in mijn neusgaten, voelde weer de hete, zwavelachtige opwinding die me had bezeten en die me nog steeds bezit. Ik kon niet bewegen. Ik durfde me niet eens af te wenden. Misschien riep ik luid uit wanhoop en zelfverachting. Effie klemde zich als een furie aan me vast; toen ik haar van me af probeerde te schudden, bleef ze kronkelend op me liggen en duwde ze me tegen het kussen, haar lange benen om me heen geslagen, en drukte ze haar mond op de mijne.

Ik proefde zout op haar lippen en verdronk in haar: Effies haren waren in mijn mond en in mijn ogen en om me heen als het web van een helse spinnengodin. Ze had haar nachthemd laten afglijden, zoals een slang zijn huid aflegt, en zat schrijlings op me als een verschrikkelijke centaurvrouw, met haar hoofd uitdagend in haar nek, alle fatsoen en zedigheid aan haar laars lappend. Onwillekeurig reageerde ik even, overheerst als ik werd door lustgevoelens.

Toen ik weer kon denken, lag ik in afgrijzen aan de matras genageld: waar was mijn bedelaresje, mijn schone slaapster, mijn bleke zuster? Waar was het kind dat ik had opgevoed? In het duistere vuur van haar verlangen was ze ineens volledig volwassen. Toen ze haar ogen sloot, wist ik me onder haar hypnose uit te werken en duwde ik haar weg met alle geweld dat ik met mijn zwakke ledematen kon opbrengen. Haar ogen gingen open en ik moest alle mogelijke moeite doen om niet opnieuw erin te verzinken, maar ik klampte me aan mijn laatste restje gezond verstand vast en wendde mijn gezicht af.

Ze kende geen schaamte. De laatste hoop op redding was me met dit meisje ontzegd, en het besef maakte me bitter. Het zout van haar kus voelde ik nog op mijn mond en de herinnering aan haar aanrakingen lag nog listig op mijn huid en ik vervloekte mijn zwakke, zondige vlees. Ik vervloekte ook haar, deze Eva die mijn val was: vervloekte haar blanke huid en haar grote ogen en haar haar dat me gek van verlangen naar haar had gemaakt. De tranen stroomden over mijn wangen en ik zonk op mijn knieën en bad om vergeving. Maar God was er niet en het duister was vergeven van de demonen van de lust. Effie begreep niet waarom ik me had teruggetrokken en een tijdlang probeerde ze me met tranen en liefkozingen uit mijn boetedoening te halen.

'Wat is er?' vroeg ze zacht, en als ik niet had geweten dat ook zij tot in de kern bedorven was door dezelfde demon die mij bezat, had ik gezworen dat ze puur was. Haar stem was onvast, als die van een klein meisje, en haar handen om mijn nek waren even zacht en liefhebbend als toen ze tien was.

Ik durfde geen antwoord te geven; ik duwde haar met woedend geballe vuisten weg.

'Toe... Henry...' Het was de eerste keer dat ze me bij mijn voornaam noemde en de intimiteit die ervan uitging deed me verstijven van berouw.

'Noem me niet zo!'

Ze was verward en haar hand gleed in de mijne: of ze mij of zichzelf wilde troosten weet ik niet.

'Maar...'

'Stil! Heb je niet al genoeg kwaad aangericht?'

Misschien wist ze echt niet wat voor onherstelbare schade ze had aangericht: ik voelde haar verwarring en ik haatte haar, met haar vertroebelde, bezoedelde onschuld. Ze begon te huilen en toen haatte ik haar nog meer. Haar dood zou beter zijn dan deze vleselijke worsteling in de hete nacht! Het was beter dat ze dóód was, herhaalde ik fel. Met haar schaamteloosheid had ze mijn kleine meisje vermoord, juist in de nacht waarin ze de mijne had moeten worden. Ze had ons beiden verdoemd en nu zou ze de rest van haar leven bij me zijn, als een levende herinnering aan de ondergang van al mijn illusies.

'Ik begrijp het niet. Wat heb ik verkeerd gedaan?' Effie klonk heel oprecht, heel kwetsbaar in het donker.

Ik lachte bitter.

'En ik dacht nog wel dat je zo puur was. Al zijn alle andere vrouwen hoeren, zelfs mijn eigen moeder, ik dacht dat jij in ieder geval aan die bezoedeling was ontsnapt.'

'Ik begrijp niet...'

'Lúíster!' snauwde ik woedend. 'Ik heb je zien opgroeien. Ik heb je bij andere kinderen vandaan gehouden. Ik heb je beschermd. Waar heb je dit geleerd? Wie heeft je dit geleerd? Toen ik je schilderde als Maria en Julia en de Kloosterbloem, lag je toen al 's nachts te kronkelen in je bed, lag je toen al van je minnaar te dromen? Keek je op de avond vóór 1 mei in de spiegel en zag je hem toen naar je kijken?' Ik greep haar schouders beet en schudde haar. 'Zeg op!'

Ze rukte zich trillend los. Zelfs het zien van haar lichaam wekte mijn lust op en ik wierp een deken over haar heen.

'Bedek je, in godsnaam!' riep ik, op mijn lippen bijtend om de hysterie tegen te gaan.

Ze trok de deken strak om haar schouders. Haar ogen waren groot en ondoorgrondelijk.

'Ik begrijp het niet,' zei ze ten slotte. 'Ik dacht dat je van me hield. Waarom ben je zo bang om me tot je vrouw te nemen?'

'Ik ben niet bang!' snauwde ik boos. 'We zouden heel veel samen kunnen delen. Waarom verlaag je dat omwille van deze ene daad? Mijn liefde voor jou is zuiver, zo zuiver als de liefde van een kind voor zijn moeder. Jíj maakt er iets schandelijks van.'

'Maar iets dat genot verschaft...' begon Effie.

'Nee!' viel ik haar in de rede. 'Niet de ware, onbevlekte vreugde van een zuiver huwelijk. Dat kan alleen in God bestaan. Het vlees is het domein van de duivel en al zijn geneugten bestaan uit smerigheid en bederf. Neem van mij aan, Effie: wij staan daarboven. Ik wil dat je onschuldig blijft. Ik wil dat je mooi blijft.'

Ze had haar gezicht echter naar de muur gekeerd. De deken hield ze strak om zich heen getrokken.

De page van munten

6

Hartenboer, beste kerel, hárten. Geef me alsjeblieft de juiste titel. Ook een boer heeft zijn trots, moet je weten. Ik heb zo veel harten! Ik schonk er een aan de maîtresse en een aan de vrouw, en een aan het bedelaresje dat zit in het nauw – let wel: alleen om haar uit het nauw te halen. En wat kreeg ik ervoor terug? Een paar zuchten, wat gerollebol en zo veel tranen dat ik er mijn badkuip mee kon vullen. Vrouwen! Ze zijn mijn ondergang geweest en toch kan ik niet zonder hen; in de hel zal ik nog naar de kleine duivelinnetjes lonken – ik heb ze graag heet.

Wablief?

O, het verhaal. Ja, het verhaal. Ik merk dat ik je tegensta. Tja, je hebt me nu voor een poosje in de schijnwerpers gezet en daar ga ik dan ook niet zomaar uit. Dus rook rustig je pijpje, oude man, en schuif eens op. Ik zal me even voorstellen.

Moses Zachary Harper, dichter, gewezen schilder, zondaar, aartsflirt, levensgenieter, hartenboer en aas van staven, voormalig minnaar van mevrouw Euphemia Chester.

En onze brave Henry?

Laten we zeggen dat er sprake was van wat tegenslag; misschien een vrouw (wie weet?)... misschien een waarheid, in scherts gesproken ten koste van de vrome meneer Chester. Laten we het houden op: er was een koelheid, maar dan een beroepsmatige koelheid. Meneer Ruskin zag wel wat in mijn *Sodom en Gomorra* en had gunstig over mij geschreven. Dat was nog eens een schilderij! Driehonderd elkaar in vervoering omhelzende, kronkelende lijven! En elke centimeter vrouwenvlees veroverd terrein! De domineeachtige meneer Chester verachtte me uit de grond van zijn hart, maar benijdde me om mijn connecties. Eerlijk gezegd had ik er geen – dat wil zeggen: aan de juiste kant van het bed – maar ik had via mijn vrouwelijke 'relaties' een paar armzalige gunsten weten los te peuteren.

Stel je de gesprekken tussen ons boven de kopjes thee voor; de arme Henry met zijn brave ouwevrijstersgezicht. 'Wilt u misschien een kop thee, meneer Harper? Ik heb gehoord dat uw tentoonstelling enig succes heeft geoogst...' En ondergetekende in nachtgoed – geen hoed en het overhemd niet dichtgeknoopt – die berekenende beledigingen staat te verkondigen ('Ik meen de invloed van Sir Joshua Reynolds in dat laatste doek te zien, beste kerel...'). Ik moet bekennen dat ik een luis in zijn pels was. Die arme Henry was totaal niet in de wieg gelegd voor het schildersvak; hij had geen artistiek temperament, maar toonde juist een verontrustende voorkeur voor een rein leven, kerkgang en zo meer, dingen die mij altijd tegen de haren in hebben gestreken.

Stel je dan ook mijn verbazing voor toen ik bij mijn terugkeer van een lange reis in het buitenland hoorde dat hij getrouwd was! Mijn eerste reactie was hilariteit, en vervolgens ongeloof. O, hij is op zijn manier wel knap, maar iedere vrouw met een beetje verstand kan zien dat er evenveel hartstocht in hem schuilt als in een stuk ham. Waarmee ik maar zeggen wil dat de meeste vrouwen geen greintje verstand hebben.

Mijn tweede reactie was hevige nieuwsgierigheid. Ik wilde dat exemplaar van het misleide vrouwendom wel eens zien dat die man gestrikt had. Een gewoon meisje, stelde ik mij voor, ongetwijfeld een steunpilaar van de plaatselijke kerk, die goed kon aquarelleren. Ik stak mijn licht op in artistieke kringen en vernam dat Henry nog geen jaar getrouwd was, dat zijn vrouw een zwak gestel had en dat ze in januari een dood kind gebaard had. Volgens iedereen was ze tamelijk mooi, op een ongewone manier. Toevalligerwijze had Henry, zo vertelde men mij, een tentoonstelling gepland op hun trouwdag, en wetende dat dit waarschijnlijk de enige manier was waarop ik door de oude blauwkous ontvangen kon worden, nam ik het besluit die te gaan bezichtigen.

Hij had besloten de expositie thuis, op Cromwell Square in Highgate, te organiseren – naar mijn idee een vergissing. Hij had een kleine galerie moeten huren; bijvoorbeeld op Chatham Place. Maar hij zou nooit het lef hebben gehad zich onder de neus van zijn prerafaëlitische idolen te vertonen. Trouwens, vanaf het begin had hij de pretentie in de academie te exposeren, en ik kende hem te goed om van hem te verwachten dat hij met minder genoegen zou nemen. Er verscheen keurig een annonce in *The Times*, gevolgd door een aantal bescheiden uitnodigingen aan diverse invloedrijke critici en kunstenaars (niet aan mij, uiteraard).

Ik arriveerde om ongeveer twaalf uur; ik had geluncht in een eethuisje in de buurt en toen ik het huis naderde, zag ik een kleine groep mensen bij de ingang rondhangen, alsof ze niet zeker wisten of ze welkom waren. Ik herkende de Heilige Hunt en Morris, die heel kwaad keek om een opmerking van Hunt – de vrouw die bij hem was, was mevróúw Morris: ik zou haar overal herkend hebben van Rossetti's schilderijen, maar ze pakte naar mijn smaak iets te groot uit. Henry zou echter tevreden zijn, zolang hij niet met hen hoefde te praten: hij kon niet tegen excentrieke of directe mensen, en afgaand op wat ik over Morris had gehoord, was hij niet het type dat een pompeuze kwal als Henry goed verdraagt.

Na dit groepje arriveerden twee van mijn vrienden en ik voegde me bij hen, me de hele tijd afvragend waarom ze überhaupt de moeite hadden genomen om te komen. Hij was een jonge armzalige dichter die Finglass heette, en zij, Jenny, was zijn muze. Ik grijnsde toen ik hem haar aan die stijve, ouwe huishoudster hoorde introduceren als 'mevrouw Finglass' – de huishoudster wist zowel sceptisch als beleefd te kijken – en we gingen samen naar binnen.

Toen ik het huis binnenkwam, bedacht ik dat het echt iets voor Henry Chester was om een tentoonstelling *à domicile* te organiseren vlak nadat zijn vrouw, afgaande op de berichten, erg ziek was geweest. Ik weet zeker dat hij diep beledigd zou zijn geweest als iemand hem erop had gewezen. Ik wist hoe Henry was. Al zijn ex-modellen waren het erover eens dat hij, hoewel hij heel goed betaalde, een 'echte Tartaar' was wanneer hij aan het schilderen was. Hij werd razend als een meisje ook maar even ging verzitten, hij vergat zijn modellen pauzes te geven en daarbij sprak hij de ongelukkigen ook nog eens streng moraliserend toe. De meesten werkten op straat om redenen waar ze niets aan konden doen, en waren als model gaan werken omdat dat veel beter betaalde en een meer respectabele vorm van prostitutie was.

Er was misschien in totaal een dozijn mensen; sommigen tuurden naar de ingelijste doeken in de gang, maar de meesten waren in de salon, waar het gros van de werken hing. Henry liep ertussenin, vlot pratend tegen een verrukt kringetje non-entiteiten met een glaasje sherry of amandellikeur in de hand. Hij wierp een blik op me toen ik binnenkwam en gaf met een kort knikje te kennen dat hij me herkend had. Ik glimlachte innemend, schonk voor mezelf een glaasje sherry in en liep op mijn dooie gemak naar de schilderijen, die even slecht waren als ik had verwacht.

De man had geen vuur in zich: zijn schilderijen waren flets, slap en ontzettend grillig en de sentimentaliteit van zijn alledaagse ziel was even duidelijk als zijn gebrek aan passie. O, hij kon denk ik wel schilderen, en het model was zeker interessant, moet ik toegeven, maar er ontbrak kleur. Ze was kennelijk zijn favoriete, want haar gezicht staarde me vanuit bijna alle lijsten aan. Het was een vreemd kind, heel anders dan wat men heden ten dage als een schoonheid beschouwt, maar met iets middeleeuws in haar kinderlijke figuurtje en losse, lichte haar. Misschien een lievelingsnicht?

Ik las de titels die op de lijsten stonden: *Julia in de graftombe*, *Nausicäa*, *Het bedelaresje*, *De koude bruiloft*... Logisch dat het meisje er zo treurig uitzag: elk werk toonde haar in de een of andere macabere, sombere rol... stervend, dood, ziek, blind, verlaten... mager en meelijwekkend als een overleden kind, gewikkeld in haar lijkwade als Julia, in lompen gehuld als het bedelaresje, verloren en angstig kijkend in rijke zijden en fluwelen gewaden als *Persephone*.

Ik werd uit mijn kritische mijmerijen gewekt door de deur die openging en tot mijn grote verbazing kwam het meisje zelf de kamer binnen. Ik herkende haar gelaatstrekken, maar Henry had haar beslist geen eer aangedaan. Het was een verrukkelijke nimf, als een zilveren berk, met een allerliefste slanke taille, lange, fijne handen met puntige nagels, en een mond die alleen een kus nodig had om tot bloei te komen. Ze was ingetogen gekleed in grijs flanel en zag eruit alsof ze nog lang geen twintig was. Ik dacht dat ze het nichtje was, of misschien een beroepsmodel dat hij op had gepikt. De gedachte dat dit mevrouw Chester zou kunnen zijn kwam op dat moment helemaal niet bij me op, en ik begroette deze verbluffende schoonheid dan ook in alle onschuld.

'Ik heet Mose Harper. Hoe maakt u het?'

Ze bloosde en mompelde iets en keek met die grote, gekwelde ogen om zich heen alsof ze bang was met mij gezien te worden. Misschien had Henry haar voor mij gewaarschuwd. Ik glimlachte.

'Henry had nooit moeten proberen u te schilderen,' zei ik. 'Ik vind dat je de natuur niet moet willen overtroeven. Mag ik u vragen hoe u heet?'

Weer een zijdelingse blik naar Henry, die nog steeds opging in het gesprek.

'Effie Chester. Ik ben...' Weer die nerveuze blik.

'Familie van vriend Henry? Wat interessant. Niet de nuchtere kant van de familie, hoop ik?'

Weer die blik. De Schoonheid boog resoluut haar hoofd en mompelde, en dat zeker niet uit gemaakte bedeesdheid. Ik besefte dat ik haar werkelijk in verlegenheid had gebracht en daar ik vermoedde dat ik met een blauwkous te maken had, veranderde ik van tactiek.

'Ik bewonder Henry's werk zeer,' loog ik er lustig op los. 'Je zou kunnen zeggen dat ik een collega... léérling van hem ben.'

De paarse ogen lichtten even op, van amusement of minachting. 'Werkelijk?'

Verdorie! Dat brutale nest lachte me uit! Het licht in die ogen was absoluut een lach en plotseling lichtte haar gezicht onweerstaanbaar op. Ik grijnsde.

'Nee, het is niet waar. Bent u teleurgesteld?'

Ze schudde haar hoofd.

'Ik houd niet van zijn stijl. Op het basismateriaal heb ik niets aan te merken. De arme Henry is een schilder, maar geen kunstenaar. Geef hem een aardige, rijpe appel en hij zal hem voor een zijden scherm leggen en hem proberen te schilderen. Zinloze verspilling van energie. Noch de appel, noch het publiek waardeert het gebaar.'

Ze wist niet wat ze ervan denken moest, maar ze was geïntrigeerd. Ze keek nu niet meer telkens wanneer ze sprak naar Henry.

'Goed. Wat zou ú dan doen?'

'Ik? Ik denk dat je, als je naar het leven wilt schilderen, het leven moet kénnen. Appels zijn om op te eten, niet om te schilderen.' Ik knipoogde besmuikt en grijnsde naar haar. 'En mooie jonge meisjes zijn net appels.'

'O!' Ze sloeg haar handen voor haar mond en haar blik wendde zich af en vloog naar Chester, die zojuist Holman Hunt onder de gasten had ontdekt en gewikkeld was in een ernstig, pedant gesprek. Ze wendde zich, bijna in paniek, af. Nee, een flirt was ze niet – verre van. Ik pakte haar arm vast en draaide haar zachtjes naar me toe.

'Het spijt me. Ik maakte maar gekheid. Ik zal u niet meer plagen.' Ze keek me recht aan om te kijken of ik de waarheid sprak. 'Ik zou willen zeggen: "Op mijn woord van eer", maar ik heb geen eer,' zei ik. 'Henry had u voor me moeten waarschuwen. Heeft hij dat niet gedaan?'

Ze schudde zwijgend en zeer gereserveerd haar hoofd.

'Nee, dat zal wel niet. Vertel me eens, hoe vindt u het om model te zitten? Deelt Henry u met zijn vrienden, vraag ik me af? Nee? Verstandig van hem. O, wat is er nú weer?' Ze had zich afgewend en ik zag op haar gezicht een uitdrukking van diepe, oprechte verlegenheid.

Haar handen klemden zich vast aan de zachte stof van haar japon en ze sprak zacht en heftig. 'Alstublieft, meneer Harper...'

'Wat is er?' Ik wist niet of ik nu geïrriteerd of bezorgd moest zijn.

'Wilt u alstublieft niet over model zitten praten! Wilt u het alstublieft niet over die akelige schilderijen hebben. Iederéén wil iets over de schilderijen weten. Ze staan me zo tegen!'

Dit begon interessant te worden. Ik dempte samenzweerderig mijn stem. 'Mij eigenlijk ook.'

Ze moest onwillekeurig grinniken en de verdrietige blik verdween uit haar ogen. 'Ik vind het vreselijk elke dag dezelfde rol te moeten spelen,' vervolgde ze bijna dromerig. 'Altijd maar lief en rustig zijn en borduren en in aantrekkelijke houdingen zitten, terwijl ik eigenlijk wil...' Weer hield ze op, misschien omdat ze besefte dat ze op het punt stond de grenzen van wat gepast was te overschrijden.

'Maar hij betaalt u toch zeker goed?' voerde ik aan.

'Geld!' Haar minachting was duidelijk en ik liet de gedachte varen dat ze beroeps was.

'Ik wou dat ik er net zo'n gezonde afkeer van had als u,' zei ik luchtig. 'Of in ieder geval, dat mijn schuldeisers dat hadden.'

Weer grinnikte ze.

'Ja, maar u bent een mán,' zei ze, ineens bij haar positieven komend. 'U kunt doen wat u wilt. U hoeft niet...' De rest van de zin bleef triest in de lucht hangen.

'En wat zou ú dan willen?' vroeg ik.

Even keek ze me aan en zag ik bijna iets op haar gezicht... als de belofte van een naargeestige passie. Toen was er niets. De matheid keerde terug in haar gezicht.

'Niets.'

Ik wilde iets zeggen, toen ik me ervan bewust werd dat er iemand bij mijn elleboog stond. Ik keerde me om en zag dat Henry met zijn onberispelijke timing eindelijk Hunt had losgelaten en zich onder zijn andere gasten kon mengen. Het meisje aan mijn zijde verstarde; haar gezicht werd strak en ik vroeg me af welke greep Henry op haar had dat ze zo veel ontzag voor hem had. Het was ook geen gewoon ontzag: er lag iets van afgrijzen in haar ogen.

'Goedendag, meneer Harper,' zei Henry overdreven hoffelijk. 'Ik zie dat u mijn werken hebt bekeken.'

'Inderdaad,' antwoordde ik. 'En hoewel ze fraai zijn, moet ik toch opmerken dat ze de charme van het model nog niet helemaal weten te vangen.'

Dat had ik niet moeten zeggen. Henry's mildgestemde ogen vernauwden zich tot ijzige speldenprikken. Op killere toon stelde hij haar eindelijk aan me voor.

'Meneer Harper, dit is mijn vrouw, mevrouw Chester.'

Zoals je misschien wel gemerkt hebt, beschik ik over een zekere dosis charisma: ik wierp het allemaal in de strijd om mijn eerdere *faux pas* uit te wissen en een goede indruk te maken. Na een paar minuten van schaamteloze vleierij ontdooide Henry weer; ik zag het berkenmeisje een paar maal naar me kijken en op dat moment nam ik me heilig voor haar mijn hart te schenken. Althans, een poosje.

Het eerste dat ik voor elkaar moest zien te krijgen was dat ik toegang tot de schoonheid kreeg. Echt, er komt geduld en strategisch inzicht aan te pas als je een getrouwde vrouw wilt verleiden, en je moet ook een stevige voet tussen de deur van het vijandelijke kamp hebben, en eventjes had ik geen flauw idee hoe mijn wellustige persoon haar leven en genegenheid zou moeten binnendringen. Geduld, Mose, dacht ik. Voor het zover is, moet er nog heel wat afgebabbeld worden!

Tijdens onze conversatie stelde ik alles in het werk om niet de echtgenote, maar de echtgenoot te verleiden. Ik sprak mijn bewondering voor Holman Hunt uit, van wie ik wist dat Henry hem bewonderde. Ik betreurde de recente decadente neigingen van Rossetti, ik sprak over mijn ervaringen in het buitenland, toonde belangstelling voor Henry's nieuwste werk (een verachtelijk idee dat al zijn voorgaande verachtelijke ideeën overtrof) en gaf uiteindelijk de wens te kennen door hem geschilderd te willen worden.

'Een portret?' Henry was een en al oor.

'Ja...' Ik zei dit aarzelend en met de juiste mate van bescheiden reserve. 'Of een historisch stuk, bijbels, of middeleeuws... Ik heb er nog niet zo over nagedacht. Ik bewonder uw stijl echter al een tijd, weet u, en na deze zéér fraaie tentoonstelling... Ik had het er onlangs nog over met Swinburne – hij was eigenlijk degene die met het idee van een portret kwam.'

Dat kon ik gemakkelijk zeggen, want ik wist dat een puritein als Henry niet gauw een gesprek zou aangaan met een man als Swinburne om dit na te trekken, en hij wist even goed hoe de verstandhouding tussen Swinburne en de Rossetti's was. Hij werd van verwaandheid zo bol als een koffervis. Hij nam mijn gezicht aandachtig op.

'Fraaie gelaatstrekken, als ik het zeggen mag,' zei hij peinzend. 'Ik zou me er niet voor schamen ze op het doek over te brengen. Wat denkt u: helemaal en face? Of driekwart profiel?'

Ik begon te grijnzen, maar veranderde mijn vulgaire, wellustige grijns snel in een vriendelijke lach.

'Ik laat het geheel aan u over,' zei ik.

7

Toen de deur openging en ik hem voor het eerst zag, wist ik zeker dat hij me had gezien. Niet dit lichaam, maar mijn esséntie, in mijn meest naakte, hulpeloze vorm. Het was een doodenge, maar tegelijkertijd bijzonder opwindende gedachte. Even wilde ik voor deze onbekende paraderen en dansen, met een vertoon van schaamteloosheid dat het bleke omhulsel van vlees oversteeg dat ik naar believen kon afleggen. Mijn echtgenoot stond erbij zonder het te zien.

Ik kan niet uitleggen wat voor vreemde bandeloosheid me beving. Misschien kwam het doordat mijn waarnemingsvermogen verscherpt was door mijn recente ziekte, misschien kwam het door de laudanum die ik eerder had genomen voor mijn hoofdpijn, maar de eerste keer dat ik Moses Harper zag, wist ik dat dit een totaal lichámelijk wezen was, dat zich liet leiden door de eigen verlangens en geneugten. Terwijl ik hem gadesloeg en met hem sprak onder het niet-ziende oog van mijn echtgenoot, begreep ik dat hij alles was wat ik niet was: hij straalde energie, arrogantie, onafhankelijkheid en zelfgenoegzaamheid uit als de zon. Maar het mooiste was dat hij geen schaamte kende, helemaal geen schaamte, en dat gebrek aan schaamtegevoel oefende een onweerstaanbare aantrekkingskracht op me uit. Toen hij mijn arm aanraakte en zacht en liefkozend sprak, een en al belofte van sensualiteit, voelde ik mijn wangen rood worden, maar niet van schaamte.

Tijdens zijn gesprek met Henry sloeg ik hem heimeli'' ~ade. Ik kan me totaal niet herinneren wat hij zei, maar de klar stem deed me huiveren van plezier. Hij was misschien ti ger dan Henry; hij had een hoekig figuur, scherpe gelaatstrekken en een satirische uitdrukking op zijn gezicht. Zijn haar was lang en achter in de nek in een excentrieke, ouderwetse stijl vastgebonden. Ook zijn kleding was opzettelijk informeel, zelfs voor een ochtendbezoek, en hij droeg geen hoed. Zijn ogen bevielen me: ze waren blauw en een beetje toegeknepen, alsof hij de hele tijd lachte, en hij had een vrolijke, spottende lach. Ik weet zeker dat hij zag dat ik naar hem keek, maar hij glimlachte alleen maar en ging door met praten.

Ik was stomverbaasd dat hij een schilderij door mijn man liet maken: uit het weinige dat ik eerder over hem had gehoord, had ik begrepen dat Mose Harper een onbeschaamde vlegel was, die alleen maar viezigheid schilderde en geen greintje verstand en nog minder smaak had. Nu vertelde Henry me op toegeeflijke toon dat Mose 'een jonge schelm' was wiens reizen rond de wereld 'hem veel goed hadden gedaan' en dat hij op een dag ongetwijfeld een 'goede schilder' zou worden, daar hij 'uitstekend kon tekenen en een zekere originaliteit in zijn stijl' had.

Henry zette zijn ideeën aangaande het portret uiteen en opperde en verwierp diverse onderwerpen, zoals *De jonge Salomo* en *De Jacobijn*. Mose had zelf een lijst met ideeën opgesteld, waaronder *Prometheus*, *Adam in de hof* (door Henry verworpen vanwege 'de mate van zedigheid waarmee zo'n onderwerp behandeld dient te worden') en *De kaarters*.

Deze laatste titel intrigeerde Henry en hij besprak hem later met Mose in zijn atelier. Mose zei tegen hem dat hij op dat idee was gekomen toen hij een gedicht las van een Franse dichter die Baudelaire heette (ik heb nog nooit iets van hem gelezen, maar ik heb gehoord dat hij zéér shockerend is en ik vind het helemaal niet vreemd dat hij een van de favorieten van Mose is), en dat daarin:

Le beau valet de coeur et la dame de pique
Causent sinistrement de leurs amours défunts.

Mose vond deze regels uiterst beeldend en zag een doek voor zich 'met een groezelig Parijs café als decor, met zaagsel op de vloer en flessen absint op tafel. Aan tafel zit een jongeman die de hartenboer in zijn hand houdt; naast hem zit een mooie dame die de schoppenvrouw heeft neergelegd'.

Henry liep niet onmiddellijk warm voor dit idee, dat hij nogal laag-bij-de-gronds vond. Hij voelde er meer voor Mose in middeleeuwse kledij te schilderen, misschien als *De klaagzang van de minstreel*, 'die onder een rustieke zonnewijzer zit en een vedel vasthoudt, terwijl achter hem de zon ondergaat en een stoet gesluierde dames met diverse muziekinstrumenten in hun handen gezeten op paarden langskomt'.

Mose toonde beleefd zijn gebrek aan enthousiasme voor dit onderwerp. Hij zag zichzelf niet als een middeleeuwse minstreel. Bovendien moesten ze ook aan de achtergrond denken. Het schilderen van het middeleeuwse landschap met de dames te paard kon maanden vergen. Het was vast eenvoudiger als hij voor het donkere interieur koos en zich concentreerde op het portret.

Daar zat iets in en Henry's weerstand nam af. Er stak geen kwaad in het onderwerp, concludeerde hij, zolang het smaakvol werd uitgevoerd. Bij het aanbrengen van het Franse gedicht op de lijst hield zijn medewerking op, maar Mose verzekerde hem dat dat niet noodzakelijk zou zijn. Henry begon plannen voor het nieuwe doek te maken en liet tot mijn grote opluchting *De dame met de dulcimer* even voor wat het was.

Welke prijs Mose Henry voor het schilderij had beloofd, weet ik niet, maar mijn echtgenoot had er grote verwachtingen van: met zijn relaties zou Mose het ongetwijfeld in de Royal Academy opgehangen krijgen en dat zou een doorbraak in Henry's carrière kunnen worden. Ik schonk er weinig aandacht aan. Henry en ik waren voor ons inkomen niet afhankelijk van Henry's kunst. Alles wat hij verdiende, was voor hem een bron van persoonlijke voldoening, een bevestiging van zijn talent. Het enige wat mij aan zijn nieuwe schilderij interesseerde, was dat de lange en frequente sessies betekenden dat ik de gelegenheid zou hebben Mose bijna elke dag te zien.

8

Ik heb Moses Harper nooit gemogen. Een door en door gevaarlijke en berekenende vent: er gingen geruchten dat hij betrokken was bij talloze louche zaakjes, van vervalsing tot afpersing, hoewel geen van de geruchten, die onverklaarbaar genoeg tot nog meer succes bij de vrouwen leidde, ooit bewezen werden.

Ik persoonlijk vond hem een uiterst inferieur type, zonder moraal en met nog minder manieren, behalve wanneer hij zijn uiterste best deed om anderen te behagen. Hij was wel een kunstenaar, maar het werk dat ik had gezien, zowel schilderijen als gedichten, leek alleen maar de bedoeling te hebben te shockeren. Zijn werk was noch harmonieus, noch levensecht; hij zwolg in het belachelijke, het absurde en het ordinaire.

Ondanks mijn afkeer van vulgair gezelschap realiseerde ik me dat de connecties die hij had verworven, voor mij van nut konden zijn: bovendien was mijn idee voor dit portret een uitstekend idee en zou het de aandacht van de academie kunnen trekken. Ik had al *Het bedelaresje* ingezonden, evenals *De schone slaapster*: de reactie van de critici was bemoedigend, hoewel *The Times* mijn modelkeuze afdeed als 'geesteloos' en voorstelde mijn keuze aan onderwerpen uit te breiden. Om deze reden legde ik het onderhavige project aan de kant en begon ik meteen aan de schetsen, hoewel ik het vervelend vond zoveel met Harper te maken te hebben – zijn reputatie was zodanig dat ik niet wilde dat Effie met hem in aanraking kwam. Niet dat ze die kerel aangemoedigd zou hebben, begrijp me goed, maar ik moest er niet aan denken dat hij haar zou bekijken, haar zou verlagen, haar zou begeren.

Ik had echter weinig keus: Effie was weer ziek geweest en ik richtte een klein atelier op de bovenste verdieping in waarin ik kon werken. Meestal zat Harper in de tuin of in de huiskamer, terwijl ik hem vanuit diverse gezichtspunten tekende, en Effie werkte aan haar naaiwerk of las een boek en scheen heel tevreden met ons zwijgende gezelschap. Ze toonde helemaal geen belangstelling voor Harper, maar dat gaf me weinig rust. Ik zou zelfs meer geduld voor haar hebben opgebracht als ze wat geanimeerder was geweest.

Effie dacht alleen maar aan haar boeken. Ik had haar een paar dagen daarvoor betrapt op het lezen van een zeer ongeschikte roman, een hels ding van een zekere Ellis Bell, dat *Woeste hoogten* heette, of zoiets onzinnigs. Het ellendige boek had haar al een van haar migraines bezorgd en toen ik het afpakte – voor haar eigen bestwil, het ondankbare schepsel – had ze het lef om een hevige driftbui te krijgen en te roepen: hoe durf je mijn boeken af te pakken! Ze huilde en gedroeg zich als het verwende kind dat ze ook is. Alleen een sterke dosis laudanum kon haar tot bedaren brengen en een paar dagen bleef ze in bed, te zwak of te nukkig om in beweging te komen. Ik zei tegen haar toen ze bijna hersteld was, dat ik reeds lang vermoedde dat ze te veel las: ze kreeg er maar vreemde ideeën van. Ik hield niet van de ziekelijkheid, voortkomend uit ledigheid, die het stimuleerde. Ik zei tegen haar dat er tegen stichtende, christelijke werken geen bezwaar kon zijn, maar ik verbood haar nog romans te lezen, of wat dan ook behalve de lichtste poëzie. Ze was al labiel genoeg.

Wat ze je ook verteld moge hebben, ik was niet onvriendelijk. Ik zag hoe instabiel ze was en probeerde er vat op te krijgen, haar aan te moedigen dingen te doen die bij een jonge vrouw pasten. Haar borduurwerk lag al weken onaangeroerd en ik verplichtte haar het weer op te pakken. Niet voor mezelf, o nee, maar voor háár. Ik wist dat ze talentvol wilde zijn, zoals ik: als kind probeerde ze scènes uit haar lievelingsgedichten te schilderen, maar ik ben altijd eerlijk tegen Effie geweest: ik vleide haar niet om haar genegenheid te krijgen, maar vertelde haar de naakte waarheid. Vrouwen zijn in de regel niet in de wieg gelegd voor artistieke activiteiten: hun talenten liggen op het zachtmoedige, huiselijke vlak.

Ze was echter eigenzinnig: ze volhardde in haar geklieder, zeggende dat ze schilderde wat ze in dromen zag. Dromen! Ik zei tegen haar dat ze minder moest dromen en meer aandacht moest schenken aan haar plichten als echtgenote.

Ik gaf écht wel om haar. Ik hield te veel van haar om toe te staan dat ze op een dwaalspoor werd gebracht door ijdelheid en inbeelding. Ik had haar heel lang zuiver gehouden, had met haar onvolmaaktheid geleefd, had haar vergeven voor het zaad van slechtheid dat zij, net als alle andere vrouwen, in zich droeg. En wat kreeg ik ervoor terug? Migraine, ingebeelde ideeën, dwaasheid en misleiding. Laat je niet door haar onschuldige gezichtje misleiden, zoals mij overkwam! Net als mijn moeder was ze ziek, was de knop van haar ontluikende adolescentie ziek tot in de kern. Hoe had ik dat kunnen wéten? God wierp haar in zijn gemene jaloezie op mijn pad om me te beproeven. Als je een vrouw, ook maar één vrouw, het koninkrijk der hemelen binnenlaat, zweer ik je dat ze de gezegenden één voor één naar beneden smijt – engelen, aartsengelen, de hele handel.

Ik vervloek haar! Ze heeft me gemaakt tot wat je nu voor je ziet: een lamme, een gevallen engel met het zaad van de slang in zijn bevroren ingewanden. Snijd een appel door en je treft de ster aan die het zaad van verdoemenis in zijn kern meedraagt: God wist het toen al, Hij weet alles, ziet alles. Wat zal Hij gelachen hebben, toen Hij de rib uit Adams slapende lichaam nam. Het lijkt wel of ik Hem nog steeds hoor lachen, en in mijn duisternis spuug ik naar het licht en vervloek ik het. Twintig korrels chloraal om Uw stilzwijgen te kopen.

9

Twee weken lang was ik er tevreden mee naar hem te kijken en te wachten. Mose waarde in mijn dromen rond in visioenen van verrukkelijke overgave; wanneer ik niet slaap, zag ik hem iedere dag. Ik leefde in een warme en heerlijke droomtoestand, als een slapende prinses die wacht op haar kus, en ik vertrouwde onvoorwaardelijk op hem. Ik had hem zien kijken; ik wíst dat hij zou komen.

Er verstreken dagen en Henry verhuisde weer naar zijn atelier om er te werken. Hij had al genoeg studies van Mose en wilde graag zijn aanvankelijke idee op het linnen overbrengen. Hij overwoog vaag me als het model voor de schoppenvrouw te gebruiken, maar Mose had met een heimelijke knipoog in mijn richting abrupt gezegd dat ik 'niet zijn type' was. Henry wist niet of hij beledigd of opgelucht moest zijn; hij hield het op een zuinige glimlach en beloofde erover te zullen nadenken. Mose vergezelde hem naar het atelier en ik zag hem een tijd niet, hoewel zijn gezicht nooit uit mijn gedachten was.

Mijn gezondheid ging met de dag vooruit en ik ging steeds minder van de laudanum nemen die Henry me bracht. Op een avond had hij gemerkt dat ik mijn medicijn had weggegooid en toen was hij heel boos. Hoe kon ik verwachten beter te worden, vroeg hij zich af, als ik hem willens en wetens ongehoorzaam was? Ik moest driemaal per dag mijn medicijn nemen, als een braaf meisje, want anders zou ik morbide worden en me weer ideeën in mijn hoofd halen. Mijn nachtmerries zouden terugkomen en het enige dat ik zou kunnen was nietsdoen. Mijn gezondheid was teer, zei hij, en mijn geest verzwakt door ziekte. Ik moest minstens mijn bést doen om te proberen hem niet tot last te zijn, vooral niet nu zijn werk eindelijk erkenning vond.

Meegaand berustte ik; ik beloofde dagelijks naar de kerk en terug te lopen en mijn medicijn regelmatig te nemen. Vanaf dat moment zorgde ik ervoor dat het aantal druppels in de fles gestaag afnam. De druppels gaf ik driemaal daags aan de araucaria op de trap. Henry vermoedde niets. Hij was zelfs bijna vrolijk wanneer hij uit het atelier terugkwam. Zijn schilderij vorderde heel goed, zij het langzaam, zei hij tegen me, en Mose zat een uur of drie per dag model. Henry werkte tot vroeg in de avond en toen het beter weer werd, maakte ik me de gewoonte eigen in de middag een lange wandeling naar het kerkhof te maken. Tabby ging een paar maal met me mee, maar ze had te veel in huis te doen om als permanente chaperonne te dienen. Bovendien ging ik niet verder dan de kerk, zo zei ik tegen haar; er kon me niets gebeuren en ik voelde me veel beter nu de winter voorbij was. Drie- of viermaal maakte ik vanaf Cromwell Square dezelfde wandeling: Swain's Lane door, de heuvel af, het kerkhof op en naar de kerk van St. Michael. Sinds de dag waarop ik in die kerk mijn visioen had gehad, de dag waarop ik het kind had verloren, had ik een vreemde band met de kerk van St. Michael gevoeld, een verlangen er alleen binnen te gaan en te proberen dat gevoel terug te krijgen dat ik die dag had, dat er een bedoeling achter stak, dat me iets onthuld werd. Maar ik was er nooit meer heen geweest, behalve op zondag, met Henry aan mijn zij. Sinds William naar Oxford was vertrokken, had ik me nauwlettender gadegeslagen gevoeld dan ooit. Ik durfde mijn masker geen seconde af te leggen.

Nu had ik echter bijna het gevoel dat ik op vakantie was. Ik genoot meer van mijn uitstapjes dan ik durfde toegeven en ik deed Henry geloven dat ik alleen maar liep omdat hij me dat had opgedragen. Als hij had geweten hoe veel deze uitjes voor me betekenden, had hij ze vast bekort. Dus koesterde ik mijn geheim en mijn vreugde, terwijl er inwendig iets wilds en dols danste en grijnsde. Ik liep een paar maal naar de kerk, maar telkens waren er te veel mensen binnen en durfde ik er niet in te gaan: mensen die hem bezichtigden, een doopgelegenheid, een bruiloft. Ook was er een keer een begrafenis, met rijen vol in het zwart geklede rouwenden die sombere liederen zongen, begeleid door een bulderend orgel.

Ik trok me terug uit de deuropening, in verlegenheid gebracht en een beetje angstig toen de muur van geluid tegen me aan sloeg. In mijn verwarring gooide ik bijna de vaas met witte chrysanten om die bij de ingang stond. Eén vrouw keerde zich om bij het lawaai en keek me doordringend, bijna dreigend aan. Ik maakte een hulpeloos gebaartje om me te verontschuldigen en bleef achteruit lopen, maar plotseling voelde ik dat mijn benen het begonnen te begeven. Ik keek omhoog en zag het gewelf op me af draaien zonder dat ik er iets tegen kon doen; het gezicht van St. Sebastiaan was plotseling heel dicht bij het mijne. St. Sebastiaan glimlachte; ik zag zijn tanden...

Niet nú! dacht ik met klem, terwijl ik probeerde greep op mezelf te krijgen. Wild keek ik om me heen en toen kreeg ik de vrouw in de gaten, die me nog steeds zo doordringend aankeek, alsof ze me herkende. Vanuit de verte meende ik een stem een enigszins vertrouwde naam te horen roepen. Een onberedeneerde paniek sloeg toe en abrupt uit mijn trance verlost, keerde ik me om en rende ik weg, waarbij ik de zware deur met een klap dichtsloeg. Struikelend probeerde ik mijn evenwicht te bewaren en ik vloog daarbij tegen een in het zwart geklede figuur die onder aan de trap stond. Zijn armen sloten zich stevig om me heen. Inmiddels was ik totaal van slag en ik wilde net luidkeels gaan schreeuwen, toen ik in het gezicht van mijn belager keek en zag dat het Mose was.

'Mevrouw Chester!' Hij leek verbaasd me te zien en liet onmiddellijk, zich hevig verontschuldigend, mijn armen los; zijn excuses hadden echt kunnen lijken, ware het niet dat ik in zijn ogen iets ondeugends zag. 'Het spijt me verschrikkelijk dat ik u zo heb laten schrikken. Vergeeft u mij.'

Ik deed mijn uiterste best mijn kalmte te hervinden. 'Het geeft echt niet,' zei ik. 'Het... het kwam niet door u. Ik ging de kerk binnen en ik liep recht een begrafenisdienst in. Het... ik hoop dat ik u geen pijn heb gedaan,' eindigde ik ongeïnspireerd.

Hij lachte, maar kneep vrijwel meteen zijn ogen tot spleetjes, alsof hij zich bezorgd maakte.

'U bent écht geschrokken, hè?' zei hij. 'U ziet heel bleek. Kom, ga even zitten.' Hij legde losjes een arm om mijn schouders en begon me naar een bank te leiden die een paar meter verderop stond. 'Ach, u bent helemaal koud!' riep hij uit, terwijl hij mijn handen in de zijne nam. Voordat ik iets had kunnen zeggen, had hij zijn jas uitgetrokken en om mijn schouders gelegd. Ik protesteerde zwakjes, maar hij deed opgewekt bezitterig en bovendien gaf het me een heel aangenaam gevoel op de bank te zitten met zijn arm om me heen en de wol- en tabaksgeur van zijn overjas in mijn neus. Als hij me toen gekust had, zou ik met mijn hele hart gereageerd hebben; dat wist ik, en ik voelde me totaal niet schuldig.

10

Ik had haar al een week gevolgd toen ik in actie kwam; ze was een moeilijke prooi en ik moest voorzichtig te werk gaan als ik het meisje niet wilde afschrikken. Ze bleek echter een ontroerend vertrouwen in me te hebben; ik ontmoette haar daarna iedere dag en binnen een week noemde ze me Mose en hield ze als een kind mijn hand vast. Als ik niet beter had geweten, zou ik gezworen hebben dat ze nog maagd was.

Dat is niet waar ik doorgaans op aas, hoor ik je zeggen? Tja, ik had het zelf ook niet kunnen uitleggen. Het kwam, denk ik, door het nieuwtje om de prins uit te hangen, na zo vaak de page te zijn geweest... Bovendien was ze mooi.

Een man zou verliefd kunnen worden, maar dat is niets voor mij.

Toch had ze iets dat zowel koel als uiterst zinnelijk was, iets dat die meisjesachtigheid die een sluimerende emotie in mij losmaakte, oversteeg. Ze was een geheel nieuwe ervaring; ik voelde me als een alcoholist wiens gehemelte afgestompt is door zware roesmiddelen en die voor het eerst zo'n suikerdrankje voor kinderen proeft. Net als zo iemand nam ik de tijd om van het nieuwe, de ongewone zoetheid, te genieten. Ze had geen gevoel voor goed of kwaad; ze volgde me waar ik haar ook heen leidde, ze huiverde van genot wanneer ik haar aanraakte en hing aan mijn lippen. We praatten veel meer dan ik ooit met een vrouw gedaan heb; in haar bijzijn vergat ik mezelf en ik vertelde haar over mijn poëzie en kunst, mijn dromen en verlangens. Ik ontmoette haar meestal op het kerkhof: het had het voordeel dat het groot en uitgestrekt was en veel beschutte plekjes had waar je je kon verschuilen. Op een koude, saaie avond, toen

Henry lang doorwerkte, ontmoetten we elkaar bij de Circle of Lebanon. Er was niemand aanwezig en de duivel had me in zijn greep. Effie rook zo lekker, naar rozen en wit brood, en ze had een blos op haar wangen door de koele lucht. Haar haar was verwaaid door de wind en er wapperden sliertjes om haar gezicht.

Even was ik helemaal de hare.

Het was de eerste keer dat ik haar op de mond kuste en ik vergat helemaal dat ik van plan was geweest haar niet aan het schrikken te maken. Ze stond naast een grafkelder en ik duwde haar zó tegen de muur. Haar hoed viel af – ik schonk er geen aandacht aan – en haar haar raakte deels los en viel om mijn gezicht. Ik trok de rest naar beneden en woelde er met mijn handen door, als een duiker naar adem happend alvorens opnieuw te duiken. Ik denk dat het niet het soort kus was dat ze had verwacht, want ze slaakte een gilletje en sloeg haar handen voor haar mond; ze staarde me aan met een vuurrood gezicht en ogen zo groot als schoteltjes. Het drong tot me door dat mijn haastige impuls waarschijnlijk mijn zorgvuldig voorbereide plannen had verpest en ik vloekte; daarna schold ik mezelf weer uit omdat ik vloekte.

Ik herstelde me en maakte me los van haar en viel op mijn knieen, de rol van de berouwvolle minnaar spelend. Het speet me, meer dan ik zeggen kon, dat ik haar had laten schrikken: geen straf kon te zwaar zijn. Ik had toegegeven aan een moment van zwakte, maar ik hield ook zo veel van haar; ik had haar willen kussen vanaf het moment dat ik haar voor het eerst zag, en nu had ik mijn zelfbeheersing verloren. Ik was niet van steen, maar wat deed dat ertoe? Ik had haar bang gemaakt, haar beledigd. Ik verdiende zweepslagen.

Misschien zette ik het iets te zwaar aan, maar het was een techniek die altijd goed had gewerkt bij getrouwde vrouwen; ik had hem grondig bestudeerd in *The Keepsake*, en, God sta me bij, in dit geval was het nog bijna waar ook. Ik gluurde behoedzaam op om te kijken of ze erin trapte, maar tot mijn stomme verbazing schudde ze van het lachen, niet op een onvriendelijke manier, maar wel onbeheerst. Toen ze me naar haar zag kijken, barstte ze weer in lachen uit.

De kleine Effie steeg snel in mijn achting. Ik stond op en grijnsde berouwvol.

'Nou ja... het was het proberen waard,' zei ik schouderophalend. Effie schudde haar hoofd en lachte weer.

'O, Mose,' zei ze. 'Wat ben je toch een hypocriet! Je zou op het toneel moeten staan.'

Ik gooide het over een andere boeg – die van de niet-berouwvolle minnaar.

'Dat heb ik ook al vaak gedacht,' zei ik. 'Toch werkt het meestal goed, hoor.' Ik waagde een ontwapenende glimlach. 'Goed dan,' zei ik. 'Het spijt me níét.'

'Dat is beter,' zei Effie. 'Dat geloof ik.'

'Geloof dit dan ook,' zei ik. 'Ik hou van je.' Hoe kon ze dat niet geloven? Op dat moment geloofde ik het bijna zelf. 'Ik hou van je en ik kan het niet aanzien dat je getrouwd bent met die pompeuze kwast. Hij ziet je niet als vrouw, maar als zijn ding, zijn bedelaresje, zijn zieke gevallen engeltje. Effie, je hebt me nodig; je moet leren leven, leren van het leven te genieten.'

Ik was bijna oprecht. Ik overtuigde haast mezelf. Ik keek naar haar om te zien hoe ze het opnam – haar ogen waren recht op de mijne gericht. Ze zette een stap in mijn richting en er lag zoiets intens in haar blik dat ik bijna terugdeinsde. Bijna afwezig bracht ze haar koude handen naar mijn gezicht. Haar kus was zacht en ik proefde zout op haar huid. Ik hield me in en liet haar met haar vingers mijn gezicht, nek en haar verkennen. Zachtjes duwde ze me naar de grafkelder. Ik hoorde het hek achter me opengaan en liet me naar binnen manoeuvreren. Het was een van de vele familiemonumenten op het kerkhof in de vorm van een kleine kapel, met een hek om het te vrijwaren van nieuwsgierige blikken en een stoel, bidstoel en altaar en achterin een klein glas-in-loodraam. Er konden net twee mensen in, die aan het zicht onttrokken werden. Ik sloot mijn ogen en strekte mijn armen naar haar uit.

Het hek sloeg met een klap voor mijn neus dicht.

Ik opende mijn ogen en daar stond het brutale nest door de tralies naar me te grijnzen. Eerst moest ik lachen en probeerde ik de deur te openen, maar de klink zat aan de buitenkant.

'Effie!'

'Eng, hè,' zei ze.

'Effie, laat me eruit!'

'Opgesloten zijn, niet weg kunnen? Zo voel ik me bij Henry de hele tijd. Hij wíl niet dat ik leef. Hij wil dat ik stil en koud ben, als een lijk. Je weet niet hoe dat is, Mose. Hij laat me laudanum nemen om me stil en zoet te houden, maar vanbinnen wil ik wel schreeuwen en bijten en als een wilde naakt door het huis rennen!'

Ik voelde de passie en de haat in haar; je kunt je niet voorstellen hoe opwindend dat was voor mijn verwende smaak. Maar ik voelde me ook slecht op mijn gemak. Even overwoog ik de hele campagne af te blazen en vroeg ik me af of ze niet te complex voor me was, maar de aantrekkingskracht was te groot. Ik gromde naar haar als een tijger en beet door de tralies naar haar vingers. Ze lachte wild, de waanzinnige roep van een vogel over het moeras.

'Je verraadt me niet, Mose.' Het was een vaststelling. Ik schudde mijn hoofd.

'Als je dat doet, neem ik je mee hiernaartoe en begraaf ik je voor altijd.' Het was niet helemaal grappig bedoeld. Ik kuste haar knokkels.

'Ik beloof het.'

Ik hoorde haar in het donker de klink optillen en ze stapte met mij de tombe in. Haar mantel viel op de grond en haar bruine flanellen jurk ook. In haar ondergoed was ze maar een tenger ding en haar aanrakingen waren als hellevuur. Ze had geen enkele kennis, maar dat werd goedgemaakt door haar enthousiasme. Ik zal je zeggen: ik was bijna bang voor haar. Ze klauwde naar me, beet me, zette haar nagels in me, verslónd me met haar hartstocht en in het donker kon ik niet zeggen of haar kreten van hartenpijn of van genot waren. Ze beantwoordde mijn voorzichtige zachtheid met een hartverscheurende heftigheid. De daad was snel en bruut, als een moord, en na afloop huilde ze, maar volgens mij niet van verdriet.

Er school een mysterie in haar dat me een gevoel van ontzag, van heiligheid gaf, dat ik nog nooit bij een vrouw gevoeld had. Ik had het onbegrijpelijke gevoel dat ze me gezuiverd had.

Ik weet wat je denkt.

Je denkt dat ik verliefd werd op dat grietje. Nou, dat is niet zo. Maar die avond – let wel: alleen die avond – meende ik iets te voelen wat dieper ging dan de korte hartstocht die ik voor andere vrouwen had gevoeld. Alsof de daad iets in me open had gemaakt. Ik was niet verliefd op haar, maar toch kon ik toen ik die avond beurs en vol schrammen en met het gevoel dat ik een oorlog had gevoerd, naar mijn logement terugkeerde, niet slapen. Ik bleef de hele nacht bij het vuur aan Effie zitten denken; ik dronk wijn en staarde in de vlammen alsof het haar ogen waren. Maar hoeveel ik ook dronk, de dorst die haar brandende handen in me hadden opgeroepen, kon ik niet lessen, evenmin als een bordeel vol hoeren de pijn van het verlangen naar haar had kunnen stillen.

11

Ik had geluk: Henry kwam laat thuis. Het was al na zevenen toen hij arriveerde; meestal kwam hij voor het avondeten terug uit het atelier. Toen ik via de achterdeur terugkwam, hoorde ik Tabby zachtjes in de keuken zingen en toen wist ik dat meneer Chester nog niet thuis was. Ik sloop de trap op om in mijn kamer mijn verkreukelde jurk te vervangen; ik koos een jurk van witte katoenen stof met ingeweven patroon en een blauwe sjerp die me bijna niet meer paste, maar die een van zijn lievelingsjurken was. Terwijl ik hem snel aantrok, vroeg ik me af of Henry het verschil zou zien dat zo duidelijk op mijn gezicht te lezen was, of hij zou zien dat de sluier die me zo lang van de wereld der levenden had gescheiden, gescheurd was. Mijn hele lichaam trilde van de hevigheid waarmee dat gebeurd was en ik zat lange tijd voor mijn spiegel, totdat ik er zeker van was dat de sporen van de aanrakingen van mijn minnaar – plekken die ik roodgloeiend over mijn hele lichaam voelde – alleen in mijn verbeelding bestonden.

Ik keek omhoog naar de muur waaraan *Het bedelaresje* hing en ik barstte in lachen uit. Even was ik bijna hysterisch, snakte ik naar adem, toen ik de milde, starende blik zag van het kind dat ik nooit geweest was. Ik was nooit Henry's bedelaresje geweest; nee, zelfs niet voordat ik mijn kindertijd ontgroeid was. Mijn ware portret lag weggestopt onder in mijn naaimand, het gezicht dat een rood brandmerk droeg. *De schone slaapster* was inmiddels wakker gekust en aangetast door een nieuw soort vloek. Noch Henry, noch iemand anders zou me ooit weer in slaap kunnen krijgen.

Toen er op de deur werd geklopt, schrok ik hevig en toen ik me omkeerde, zag ik Henry staan met een ondoorgrondelijke uitdrukking op zijn gezicht. Ik kon een huivering van vrees niet onderdrukken. Om mijn verwarring te verbergen begon ik mijn haar te borstelen met lange, gelijkmatige halen. *Met lange halen, lange halen...* zoals de zeemeermin in het gedicht. Mijn haar in mijn handen voelen leek me moed te geven, alsof er nog een restant van de kracht en geruststelling van mijn minnaar aan kleefde, en Henry liep de kamer binnen en sprak me ongewoon ongedwongen toe.

'Lieve Effie, je ziet er vandaag goed uit, echt heel goed. Heb je je medicijn genomen?'

Ik knikte, omdat ik mijn stem niet vertrouwde. Henry knikte goedkeurend.

'Ik zie duidelijk verbetering. Je wangen hebben beslist een blos. Schitterend!' Hij klopte bezitterig op mijn wang en ik moest werkelijk moeite doen om me niet vol afkeer terug te trekken. Na de brandende handen van mijn minnaar stonden Henry's koele liefkozingen me sterk tegen.

'Ik denk dat het eten wel klaar zal zijn?' vroeg ik, terwijl ik een scheiding in mijn haar maakte en het begon te vlechten.

'Ja, Tabby heeft een wildpastei gemaakt met in boter gestoofde pastinaak.' Hij keek fronsend naar mijn spiegelbeeld. 'Steek je haar niet op,' zei hij. 'Draag het zoals het nu is, met een lint erdoorheen, zoals vroeger.' Hij pakte een blauw lint van mijn toilettafel, vlocht het door mijn haar en maakte het met een brede strik van achteren vast. 'Zo ben je mijn meisje.' Hij glimlachte. 'Sta eens op.'

Ik schudde voor de spiegel mijn rokken uit en keek naar mijn spiegelbeeld, dat nog zo leek op die andere, bewegingloze reflectie in de lijst van *Het bedelaresje.*

'Volmaakt,' zei Henry.

En hoewel het mei was en de haard brandde, ging er een rilling door me heen.

Tijdens het avondeten wist ik mijn zelfbeheersing bijna helemaal te hervinden. Ik at mijn stuk pastei bijna helemaal op, evenals wat groente en een klein schaaltje roompudding met rijnwijn, en kondigde toen gemaakt vrolijk aan dat ik echt geen kruimel meer naar binnen kreeg. Henry was goedgeluimd. Hij dronk bij het eten bijna een hele fles wijn, hoewel het niet zijn gewoonte was veel te drinken, en na het eten dronk hij bij zijn sigaar nog twee glazen port, zodat hij zonder echt beneveld te zijn in ieder geval in een opperbeste stemming was.

Onverklaarbaar genoeg vond ik dat verontrustend en ik had zijn onverschilligheid verkozen boven de aandacht die hij me schonk. Hij schonk wijn voor me in die ik niet wilde drinken, complimenteerde me een aantal malen met mijn jurk en haar, kuste mijn vingers toen we van tafel gingen en vroeg me toen hij zijn sigaar rookte, piano te spelen en voor hem te zingen.

Ik ben geen muzikante; ik kende misschien drie of vier stukjes uit mijn hoofd en evenveel liedjes, maar vanavond was Henry gecharmeerd van mijn repertoire en hij liet me drie keer 'Come with me to the Bower' zingen voordat ik mocht gaan zitten omdat ik zei dat ik moe was. Plotseling was Henry een en al bezorgdheid; ik moest mijn voeten op zijn knieën leggen en met mijn ogen dicht zitten en aan mijn flesje met lavendel ruiken. Ik zei steeds dat er niets aan de hand was, dat ik alleen maar een beetje moe was, maar Henry wilde het niet horen. Omdat ik al die aandacht benauwend vond, zei ik even later dat ik hoofdpijn had en vroeg ik of ik naar bed mocht gaan.

'Arm kind, natuurlijk moet je naar bed gaan,' antwoordde Henry nog even goedgeluimd. 'Neem je medicijn en dan brengt Tabby je wat warme melk.'

Ik was blij dat ik weg was, warme melk of geen warme melk, en omdat ik wist dat ik anders niet zou slapen, nam ik een paar druppels laudanum uit de gehate fles. Ik trok de witte jurk uit en deed een nachthemd met roesjes aan en ik was mijn haar aan het uitborstelen toen ik op de deur hoorde kloppen.

'Binnen, Tabby,' riep ik zonder om te kijken, maar toen ik de zware stap op de houten vloer hoorde, heel anders dan Tabby's lichte, schuifelende tred, keerde ik me abrupt om. Daar stond Henry voor de tweede maal die avond, met een blad met een glas melk en een paar biscuitjes in zijn handen.

'Voor mijn allerliefste meisje,' zei hij schertsend, maar ik zag daarbij iets in zijn ogen, een ontwijkende en schaamtevolle uitdrukking, dat me ter plekke deed verstarren. 'Nee, nee,' zei hij, toen ik aanstalten maakte om in bed te stappen. 'Blijf nog even bij me. Kom op mijn knie zitten terwijl je je melk drinkt, net als vroeger.' Hij zweeg even en ik zag achter zijn brede glimlach weer die steelse uitdrukking.

'Dan krijg ik het koud,' protesteerde ik. 'En ik wil geen melk, mijn hoofd doet zo'n zeer.'

'Niet zo gemelijk,' raadde hij me aan. 'Ik zal een lekker vuur voor je aanleggen en laudanum in je melk doen en dan voel je je algauw een stuk beter.' Hij pakte de fles van de schoorsteen.

'Nee! Ik heb al genomen,' zei ik, maar Henry schonk geen aandacht aan mijn protest. Hij deed drie druppels laudanum in de melk en reikte me het glas aan.

'Henry...'

'Nóém me niet zo!' Even was de schertsende toon verdwenen. Het blad met het glas en de koekjes wiebelde en er sloeg een beetje melk over de rand van het glas op het blad. Henry merkte het maar zei niets; ik zag zijn mond straktrekken, want hij had een hekel aan verspilling of slordigheid, maar zijn toon bleef mild.

'Onhandige meid! Kom, laat me nu niet ongeduldig hoeven worden. Drink je melk op, als een zoet meisje, en kom bij me op schoot zitten.'

Ik probeerde te glimlachen.

'Ja, meneer Chester.'

Zijn mond bleef een streep totdat ik de melk op had en toen ontspande hij. Hij zette het blad nonchalant op de grond en sloeg zijn armen om me heen. Ik probeerde niet te verstarren toen ik het ziekmakende, onverteerbare gewicht van de warme melk onder in mijn maag voelde. Mijn hoofd tolde en de honderden sporen van Moses omhelzing waren als brandende monden op mijn lichaam, die het stuk voor stuk woedend uitschreeuwden van woede en verontwaardiging dat deze man me durfde aanraken. De reactie van mijn lichaam bevestigde uiteindelijk wat mijn geest niet had willen toegeven: dat ik deze man die mijn echtgenoot was en met wie ik door de wet en de plicht verbonden was, haatte. Ik háátte hem.

'Wees maar niet bang,' fluisterde hij, terwijl zijn vingers door de linnen nachtjapon heen over mijn wervelkolom gingen. 'Braaf meisje. Zoete Effie.'

Toen hij met begerige en trillende hand de knopen van mijn nachthemd begon los te maken, werd ik overspoeld door een golf van misselijkheid; ik gaf me gewillig over aan zijn liefkozingen, ondertussen de wilde, heidense god die Mose in me wakker had geroepen, smekend het niet lang te laten duren, hem weg te laten gaan, zodat ik in de put van laudanum kon wegzakken en de herinnering aan zijn ziekelijke, schuldbewuste omhelzingen weggewist kon worden.

Ik ontwaakte uit een soort diepe bezwijming toen het daglicht al door de gordijnen filterde en stommelde zwakjes uit bed om de ramen open te doen. De lucht was fris en vochtig toen ik mijn armen uitstrekte naar de zon en een beetje kracht voelde terugkeren in mijn trillende ledematen. Ik waste me zorgvuldig en volledig en nadat ik schoon ondergoed en een grijze flanellen japon had aangetrokken, voelde ik me dapper genoeg om naar beneden te gaan voor het ontbijt. Het was nog geen halfacht. Henry stond altijd laat op en zou niet aan tafel zijn; ik zou enige tijd hebben om mijn kalmte te hervinden na wat er de vorige avond gebeurd was – het zou niet goed zijn als Henry besefte hoe ik me voelde, noch hoeveel macht hij over me had.

Tabby had eieren met ham klaargemaakt, maar ik kon niets eten. Ik dronk wat warme chocola, meer om Tabby een plezier te doen dan mezelf, want ik wilde niet dat ze tegen Henry zou zeggen dat ik me niet goed voelde; dus dronk ik met kleine slokjes en stond ik bij het raam in een poëzieboek te bladeren en te kijken hoe de zon opkwam. Het was acht uur toen Henry verscheen, streng in het zwart gekleed, alsof hij naar de kerk ging. Hij liep zonder één woord te zeggen langs me heen en ging met de *Morning Post* aan de ontbijttafel zitten en bediende zich rijkelijk van ham, eieren, toost en niertjes. Hij at zwijgend; het enige wat ik hoorde was het ritselen van de krant. Hij liet het meeste onaangeroerd staan, stond op, vouwde de krant nauwgezet op en wierp een blik op me.

'Goeiemorgen,' zei ik vriendelijk, een bladzij omslaand.

Henry antwoordde niet, maar zijn mond verstrakte, iets wat gebeurde wanneer hij boos was of wanneer iemand hem tegensprak. Waarom hij boos was, wist ik niet, behalve dat hij vaak abrupte stemmingswisselingen had die ik allang niet meer probeerde te doorgronden. Hij zette een stap in mijn richting, keek naar het boek dat ik las en fronste zijn voorhoofd.

'Liefdesgedichten,' zei hij op bittere toon. 'Ik had toch wel verwacht, mevrouw, dat u met de lessen die ik u rijkelijk gegeven heb, uw van God gegeven verstand niet verspilt aan het lezen van dergelijke onzin!'

Haastig sloot ik het boek, maar het was al te laat.

'Geef ik je niet alles wat je nodig hebt? Kom je iets tekort op het gebied van japonnen, mantels en hoeden? Ben ik niet bij je gebleven toen je ziek was, heb ik niet je migraine-aanvallen en je hysterie en je hoofdpijn verdragen...?' De verbitterde stem werd steeds hoger en was nu zo gespannen als een pianosnaar.

Ik knikte behoedzaam.

'Liefdesgedichten!' zei Henry zuur. 'Zijn alle vrouwen dan hetzelfde? Is er dan niet één vrouw die aan de schandvlek van het vrouwendom is ontsnapt? "Een man uit duizend heb ik gevonden; maar een vrouw onder die allen heb ik niet gevonden." Ben ik dan zo'n slechte onderwijzer dat de leerlinge die ik het minst bezoedeld door de zwakten van haar kunne achtte, haar tijd verspilt aan onzinnige overpeinzingen? Geef hier!' Hij stak zijn hand uit en gooide het wraakzuchtig in het vuur.

'Natuurlijk,' voegde hij er minachtend aan toe, 'is je moeder maar een hoedenmaakster, gewend aan het toegeven aan de ijdelheden van de modieuze wereld. Ik neem aan dat het bij niemand is opgekomen je iets te leren. Wat een geestelijke moet je vader geweest zijn, dat hij je hersens vol heeft laten lopen met onzinnige ideeën. Ik neem aan dat hij dergelijke gevaarlijke onzin romántisch vond?'

Ik wist dat ik mijn mond had moeten houden om een woordenwisseling te voorkomen, maar mijn afkeer van de avond daarvoor was nog niet verdwenen en toen ik mijn boek met Shelley en Shakespeare en Tennyson tussen de vlammen zag omkrullen, voelde ik een grote woede opwellen.

'Mijn vader was een góéd mens,' zei ik fel. 'Soms heb ik het gevoel dat hij bij me is en toekijkt. Dat hij ons samen gadeslaat.'

Ik zag Henry verstijven. 'Ik vraag me af wat hij denkt,' vervolgde ik zacht. 'Ik vraag me af wat hij ziet.'

Henry's gezicht balde zich als een vuist en ik viel onbeheerst uit: 'Hoe durf jíj mijn boeken te verbranden? Hoe durf jíj tegen me te preken en me als een kind te behandelen? Hoe kun je, terwijl je gisterenavond...' Ik hield op, tandenknarsend van de moeite die het me kostte mijn geheime haat niet hardop uit te schreeuwen.

'Gisterenavond...' Hij sprak zacht.

Ik stak uitdagend mijn kin naar voren. 'Ja!' Hij wist wat ik bedoelde.

'Ik ben geen heilige, Effie,' zei hij nederig. 'Ik weet dat ik even zwak ben als andere mannen. Maar jij, jíj drijft me ertoe. Ik probeer je puur te houden; God helpe me, ik doe echt mijn best. Gisterenavond was helemaal jouw schuld. Ik zag hoe je naar me keek toen je je haar kamde; ik zag de kleur op je wangen. Je had de bedoeling me te verleiden en omdat ik zwak was, bezweek ik. Maar ik houd nog steeds van je: daarom probeer ik je rein en onschuldig te houden, zoals je was toen ik je voor het eerst ontmoette in het park.' Hij keerde zich naar me toe en pakte mijn handen. 'Je zag eruit als een engeltje. Maar ook toen al vermoedde ik dat je me was gezonden om me te verleiden. Ik wéét dat het niet je schuld was, Effie, dat het je aard is – God maakte de vrouw zwak en pervers en trouweloos. Maar je bent mij verplicht je ertegen te verzetten, nee te zeggen tegen de zonde en God binnen te laten in je ziel. O, ik hou van je, Effie! Verzet je niet tegen de puurheid van mijn liefde. Aanvaard haar en aanvaard mijn gezag als dat van een liefhebbende vader. Vertrouw erop dat ik de wereld beter ken dan jij en respecteer me, zoals je ook je arme overleden vader zou respecteren. Wil je dat doen?'

Hij pakte mijn handen beet en keek me ernstig in het gelaat; de kracht van jaren gehoorzaamheid deed me gedwee knikken.

'Zo ben je een lieve meid. Nu moet je me om vergeving vragen vanwege de zonde van de boosheid, Effie.'

Even aarzelde ik en probeerde ik de opstandigheid, de schaamteloosheid en de zekerheid die ik op het kerkhof bij Mose had gevoeld, te herwinnen. Maar die was verdwenen, evenals dat korte moment van uitdagendheid, en ik voelde me zwak en de tranen prikten achter mijn oogleden.

'Het spijt me, het spijt me dat ik tegen u uitviel, meneer Chester,' mompelde ik, terwijl de tranen over mijn wangen rolden.

'Braaf zo,' zei hij triomfantelijk. 'Wat is dat nu, huil je nog steeds? Kom, kom. Je ziet dat ik gelijk had wat die gedichten betreft: ze maken je slechtgehumeurd en melancholiek. Droog je ogen, dan vraag ik Tabby of ze je je medicijn brengt.'

Een halfuur later was Henry weg en lag ik met droge ogen, maar met een lusteloze wanhoop, op bed. De laudanumfles stond op het nachtkastje naast me en even overwoog ik de grootste zonde van alle, de zonde tegen de Heilige Geest. Als Mose er niet geweest was en als ik niets had geweten van de liefde en haat in mijn hart, zou ik ter plekke de zwartste moord hebben gepleegd die er bestaat, want ik zag mijn leven zich als een weerspiegeling in een kermisspiegelzaal voor me uitstrekken, zag mijn gezicht op jeugdige leeftijd, op middelbare leeftijd en op latere leeftijd als schemerige trofeeën de muren van Henry's huis sieren, terwijl hij me steeds meer stukken van mezelf ontnam. Ik had mijn huid wel willen afscheuren, het wezen willen bevrijden dat ik geweest was toen ik naakt in een zee van licht danste... Als Mose er niet geweest was, had ik het gedaan, met vreugde zelfs.

12

Ik ging langs bij mijn club, de Cocoa Tree, voor een laat ontbijt – ik kon niets eten terwijl Effie me met die donkere ogen, die gewonde blik aankeek; alsof ik ergens schuldig aan was! Ze had geen idee welke opofferingen ik me om harentwille getroostte, de kwellingen die ik om harentwille onderging, en het kon haar niet schelen ook. Het enige wat haar kon schelen, waren die ellendige boeken van haar. Ik kneep mijn ogen tot spleetjes om *The Times* te lezen en ik probeerde me te concentreren, maar ik kon die kleine lettertjes niet lezen: telkens doemde haar gezicht op, het beeld van haar lippen, haar ogen, de grimas van afgrijzen die op haar gezicht verschenen was toen ik haar kuste...

Die vervloekte spelletjes van haar ook! Ze kon niet meer doen alsof ze kuis was; ik kende haar tot in de bedrieglijke kern. Om harentwille had ik dat huis in Crook Street bezocht – om hárentwille. Om haar bezoedelde reinheid te beschermen. Een man kon zonder enig zelfverwijt dergelijke etablissementen bezoeken. Het was per slot van rekening niets anders dan een bezoek aan een club, een exclusieve hérenclub. Verdraaid nog aan toe, ik had de instincten die iedere man heeft: ik kon ze beter botvieren op een hoer van Haymarket dan op mijn kleine meisje. Maar gisterenavond had ze iets gehad, iets dat anders was. Ze had een blos op haar wangen gehad en was sensueel, blij en warm geweest; haar huid en haar haar hadden naar gras en cederhout gegeurd... Ze had me wíllen verleiden. Ik wist het.

Het was belachelijk dat ík degene was die zich onrein moest voelen. Het was belachelijk dat ze míj wilde beschuldigen. Ik nam een slok koffie en genoot van de geur van leer en sigarenrook in de warme lucht, de gedempte klanken van stemmen – mánnenstemmen – op de achtergrond. Vanmorgen werd ik misselijk als ik aan een vrouw dacht. Ik was blij dat ik dat stomme boek van haar had verbrand. Later zou ik de boekenkast doornemen om de rest te zoeken.

'Meneer Chester?'

Ik schrok en morste koffie op de schotel in mijn hand. De man die me had aangesproken was slank en blond en zijn scherpe, grijze ogen gingen schuil achter een bril met ronde glazen.

'Het spijt me dat ik u heb gestoord,' zei hij met een glimlach op zijn gezicht, 'maar ik was onlangs op uw tentoonstelling en ik was zeer onder de indruk.' Hij had een bondige, precieze manier van spreken en zeer witte tanden. 'Dokter Russell,' zei hij spontaan. 'Francis Russell – ik heb *De theorie en praktijk van hypnose* en *Tien gevallen van hysterie* geschreven.'

De naam kwam me bekend voor. Nu ik erover nadacht, kwam ook het gezicht me bekend voor. Ik had hem zeker op de tentoonstelling gezien.

'Misschien wilt u iets sterkers met me drinken?' stelde Russell voor.

Ik schoof de halflege koffiekop terzijde. 'Ik raak meestal geen alcohol aan,' zei ik, 'maar een verse kop koffie zou ik niet afslaan... Ik ben... een beetje moe.'

Russell knikte. 'De druk die het artistieke temperament geeft,' zei hij. 'Slapeloosheid, hoofdpijn, een slechte spijsvertering... veel van mijn patiënten hebben last van deze symptomen.'

'Juist, ja.' Ik begon te begrijpen dat de man gewoon zijn diensten aan het aanbieden was. De gedachte stelde me op de een of andere manier gerust: ik had me even afgevraagd of zijn schijnbaar vriendelijke benadering iets verborg wat meer sinister van aard was. Boos op mezelf omdat ik dat gedacht had, lachte ik hem warm toe.

'En wat raadt u in dergelijke gevallen meestal aan?' vroeg ik.

We spraken een poos met elkaar. Russell was een interessante gesprekspartner, goed thuis in de kunst en de literatuur. We roerden ook even het onderwerp van drogerende middelen aan – het gebruik ervan in symbolische kunst, de onontkoombaarheid ervan wanneer er sprake was van een nerveus temperament. Ik bracht Effie ter sprake en hij stelde me gerust wat betreft het gebruik van laudanum, vooral bij gevoelige jonge vrouwen: het was de beste methode om depressies te bestrijden. Een heel verstandige jongeman, deze Francis Russell. Na een uur in zijn gezelschap te hebben verkeerd vond ik dat ik Effies vreemde stemmingen wel voorzichtig ter sprake kon brengen. Ik was natuurlijk niet expliciet, maar hintte er alleen maar naar dat mijn vrouw aan vreemde ideeën en onverklaarbare ziekten leed. Het stemde me tevreden dat de diagnose van de arts vrijwel geheel met de mijne overeenstemde. Mijn vage schuldgevoel – alsof ik op de een of andere manier verantwoordelijk was geweest voor Effies handelen de avond ervoor – verdween naar de achtergrond, toen ik vernam dat zulke gevoelens niet ongewoon zijn. De juiste term, zo vertelde hij me, was 'empathie' en ik mocht mezelf niet toestaan gedeprimeerd te raken door mijn natuurlijke reacties.

Toen we de Cocoa Tree verlieten, stonden we op goede voet met elkaar; we wisselden visitekaartjes uit en namen ons voor elkaar nog eens te ontmoeten. Ik was veel optimistischer toen ik eindelijk op weg ging naar het atelier voor een zitting met Moses Harper; ik had het veilige gevoel dat ik in Russell een bondgenoot had gevonden, dat ik nu een wapen had tegen de spookgestalten van mijn schuldbeladen fantasie. De wetenschap stond aan mijn kant.

13

Ze had me nodig, begrijp je. Noem me desnoods een schurk, maar ik maakte haar gelukkig, wat meer is dan jij met je gepreek ooit hebt gedaan. Ze was eenzamer dan alle mensen die ik ooit ontmoet had, gevangen in haar ivoren toren met haar koele prins en haar bedienden en alles wat haar hartje begeerde behalve liefde. Ik was wat ze nodig had, en hoezeer je me misschien ook veracht, ik leerde haar alles wat ik wist. Ze was een snelle leerling en kende geen remmingen. Ze aanvaardde alles zonder reserve, zonder schaamte of overdreven zedigheid. Ik heb niet háár bedorven, maar eerder zij míj.

We ontmoetten elkaar zo vaak we konden, meestal 's middags, wanneer Henry aan het werk was en ik klaar was met model zitten. Zijn werk vorderde zeer langzaam en hij werkte elke avond tot ongeveer zeven uur door. Dit gaf me volop de tijd om Effie veilig thuis te brengen voordat hij terugkwam, zodat hij nooit wist hoe lang ze weg was geweest, en zo de oude Tabby al iets vermoedde, zei ze dat nooit.

Dit ging ongeveer een maand zo door, waarbij ik Effie ofwel op het kerkhof, ofwel in mijn logement ontmoette. Ze was wisselvallig: soms was ze nerveus en gespannen, soms roekeloos zonnig; geen keer was ze hetzelfde. De manier waarop ze de liefde bedreef was hier een afspiegeling van, zodat ze de illusie gaf vele verschillende vrouwen te zijn en ik denk dat dat de reden was waarom ze me zo lang wist te boeien: ik verveel me namelijk heel gauw.

Ze vertelde me dat ze dromen had waarin ze over de hele wereld reisde; soms beschreef ze de vreemde en verre plaatsen die ze had bezocht en huilde ze om de verloren schoonheid van de droom. Ze zei ook dat ze naar believen uit haar lichaam kon stappen en de mensen om haar heen kon bekijken zonder dat ze het wisten; ze beschreef het fysieke genoegen van deze daad en drong er bij me op aan het ook eens te proberen. Ze wist zeker dat we, als ik dit ook kon leren, buiten ons lichaam de liefde konden bedrijven en voor altijd verenigd konden zijn. Het behoeft geen uitleg dat het me nooit is gelukt, hoewel ik het wel geprobeerd heb met behulp van opium, en dat ik me nogal dwaas voelde omdat ik haar geloofd had. Zij geloofde het echter wel, zoals ze alles wat ik haar vertelde, geloofde. Ik kon haar laten huiveren en verbleken, ik kon haar laten huilen, lachen of rood worden van woede om mijn verhalen, en ik schiep er een onschuldig behagen in dit te doen. Ik vertelde haar verhalen over geesten en goden, heksen en vampiers, alles wat ik nog uit mijn vroege jeugd wist. Ik stond verbaasd over haar kinderlijke honger naar al die kennis, over al dat verspilde leervermogen.

Ik zei je al: ze was een nieuwe ervaring en ze kon me zomaar ineens ontwapenen. Haar ware talent lag echter, zoals bij alle vrouwen, op het gebied van de emotie, en ik had wel eens medelijden met Henry Chester, die niet in staat was geweest de reserves aan passie in zijn arme kleine Effie te gebruiken en te waarderen.

De verandering kwam op de dag waarop ik besloot haar mee te nemen naar de kermis die zijn tenten had opgeslagen aan Islington Road. Alle vrouwen houden van de kermis, met alle snuisterijen die verkocht worden, de tunnel der liefde en de waarzegsters die donkere knappe mannen en grote gezinnen voorspellen. Ik had gehoord dat er een grote verzameling menselijke gedrochten te zien was, iets waaraan ik al sinds mijn vroege jeugd zelden weerstand kan bieden. Ze zijn voor mij altijd een bron van fascinatie geweest, deze arme stakkers, deze speelballen van een liefdeloze God. In China zijn dergelijke voorstellingen kennelijk zo lucratief dat er niet genoeg natuurlijke gevallen zijn en dat de ouders van grote gezinnen vaak bij de geboorte jonge baby's aan kermissen verkopen om als attractie gebruikt te worden. De baby's, meestal versmade meisjes, worden opzettelijk misvormd door ze in een kleine kooi te houden, waarin hun ledematen niet vrij kunnen groeien. Na een paar jaar zo behandeld te zijn, verworden ze tot het komisch geatrofieerde wezen dat bij jonge kinderen zo geliefd is – de dwerg.

Ik vertelde Effie dit verhaal toen we op weg gingen naar de kermis en het duurde een heel kwartier voordat ik haar tranen kon stelpen. Hoe kónden ze, huilde ze, hoe kónden ze zo wreed zijn, zo onmenselijk? Opzettelijk iets dergelijks creëren! Kon ik mij de onvoorstelbare haat indenken die zo'n schepsel zou voelen? Ze begon hysterisch te huilen en de koetsier wierp me door het glas boze, beschuldigende blikken toe. Ik moest heel wat argumenten aandragen om haar ervan te overtuigen dat geen van de gedrochten op deze kermis aldus verkregen waren; het waren allemaal eerlijke dwalingen van de natuur die zich in het door hun gekozen vak goed wisten te redden. Bovendien zouden er andere dingen zijn waarmee ze zich kon bezighouden: ik zou een paar linten voor haar kopen bij de marskramer en misschien warm gemberbrood als ze dat wilde. Inwendig trok ik een gezicht en maakte ik een mentale aantekening dat ik haar geen verhalen over China meer moest vertellen.

Op de kermis trok Effies neerslachtigheid weg en begon ze belangstelling te tonen voor wat er om haar heen gebeurde. Marskramers met vrolijk gekleurde waren, een oude man met een draaiorgeltje en een dansend aapje in een rode jas, een paar jongleurs en acrobaten, een vuurvreter en een paar zigeunermeisjes die dansten op fluitmuziek en een tamboerijn.

Ze bleef een tijdje bij de danseressen staan en haar blik bleef gericht op één meisje van ongeveer haar eigen leeftijd, maar met de donkere huid en het losse blauwzwarte haar van de zigeuner; haar voeten waren bloot en om haar enkels – fraaigevormde enkels, merkte ik op – zaten rinkelende banden. Ze droeg een met gouddraad geborduurde rok, rode onderrokken en een grote hoeveelheid kettingen. Effie was verrukt.

'Mose,' fluisterde ze tegen me toen het meisje ophield met dansen. 'Ze is volgens mij de mooiste vrouw die ik ooit gezien heb.'

'Niet zo mooi als jij,' zei ik om haar gerust te stellen, en ik pakte haar hand.

Ze keek boos en schudde geërgerd haar hoofd. 'Doe niet zo stom,' zei ze. 'Ik méén het.'

Vrouwen! Soms zijn ze niet blij te maken.

Ik wilde doorlopen; de voorstelling met de gedrochten was begonnen en ik hoorde een omroeper al 'de opzienbarende Adolphus, de menselijke torso' aankondigen, maar Effie stond nog steeds naar de zigeunerin te kijken. Ze was naar een verbleekte, blauw met gouden tent aan het pad gelopen en een omroeper begon nu aan te kondigen dat 'Scheherazade, de prinses uit het mystieke oosten' de toekomst zou voorspellen met behulp van de 'magische tarot en de kristallen bol'. Ik zag Effies ogen oplichten en legde me bij het onvermijdelijke neer. Een glimlach opdiepend zei ik: 'Ik neem aan dat je je toekomst wilt weten?'

Ze knikte; de gretigheid maakte haar gezicht levendig. 'Denk je dat ze echt een prinses is?'

'Vrijwel zeker,' zei ik heel ernstig en Effie zuchtte van verrukking. 'Ze is waarschijnlijk vervloekt door een lelijke heks en nu moet ze in armoede leven,' vervolgde ik. 'Ze is haar geheugen kwijt en vermomt haar magische krachten als kermisoplichterij. Maar 's nachts verandert ze in een zilveren zwaan en vliegt ze in haar dromen naar plekken waar alleen zij kan komen.'

'Nu neem je me in het ootje,' protesteerde ze.

'Helemaal niet.'

Maar ze lette nauwelijks op. 'Weet je, ik heb me nog nooit de toekomst laten voorspellen. Henry zegt dat dat soort dingen niets anders dan hekserij is. Hij zegt dat ze er in de middeleeuwen voor opgehangen zouden zijn, en dat dat maar goed was ook.'

'Die brave Hendrik toch,' snierde ik.

'Nou, het kan me niets schelen wat Henry zegt,' zei Effie vastberaden. 'Wil jij hier op me blijven wachten? Ik ben zo terug.'

Uiteraard. Als ik de dame daar een plezier mee deed. Ik ging op een boomstronk zitten en wachtte.

De hogepriesteres

14

Het was warm in de tent en het weinige licht dat er was, kwam van een kleine rode lamp op de tafel voor me. De zigeunerin zat op een kruk en schudde haar kaarten; ze glimlachte toen ik binnenkwam en gaf aan dat ik moest gaan zitten. Even aarzelde ik, verbaasd dat ze niet de vrouw was die had gedanst, maar een oudere vrouw met een sjaal om haar haar en een dikke laag kohl om haar vaalbruine ogen. Een met een zwarte doek bedekt voorwerp stond op de tafel naast de lamp en toen mijn ogen erheen dwaalden en probeerden vast te stellen wat het was, wees 'Scheherazade' er met een sterke, nog mooie hand naar.

'De kristallen bol,' legde ze uit. Haar stem was licht en aangenaam, maar had een accent. 'Ik moet hem bedekt houden, anders verliest hij zijn kracht. Wil je de kaarten even schudden?'

'Ik... Waar is het meisje dat danste?' vroeg ik aarzelend. 'Ik dacht dat zíj de toekomst voorspelde.'

'Mijn dochter,' zei de zigeunerin kortaf. 'Zij en ik werken samen. Wil je alsjeblieft de kaarten even schudden?'

Ze overhandigde me het pak kaarten en ik hield ze even vast. Ze waren zwaar en zagen er heel oud uit; ze glansden, niet van vuil maar van veel en eerbiedig vasthouden. Ik gaf ze met tegenzin terug, want ik had ze graag beter willen bekijken, en ze begon ze in een spiraal op tafel te leggen.

'De kluizenaar,' begon Scheherazade. 'En de tien van staven, onderdrukking. Deze man spreekt over deugdzaamheid, maar hij bewaart een schandelijk geheim. De zeven van bokalen: losbandigheid. En de negen van zwaarden: wreedheid en moord. Dit hier zijn de minnaars, maar ze zijn bedekt door de page van munten. Hij zal je vreugde en wanhoop brengen, want in zijn handen heeft hij de twee van bokalen en de toren. Maar wie is dat hier, boven op de zegewagen? De hogepriesteres met de tien van zwaarden, wat een voorbode van ondergang is, en de aas van bokalen, een teken van grote voorspoed. U zult haar vertrouwen en zij zal u redden, maar de beker die ze u aanreikt, is gevuld met bitterheid. Haar wagen wordt gereden door een page en een dwaas, en onder haar wielen liggen de aas van staven en de gehangene. In haar handen houdt zij de gerechtigheid en de twee van bokalen, die liefde voorspelt, maar in de bokalen zijn verandering en dood verborgen.' Ze pauzeerde, alsof ze vergeten was dat ik er was, en ze sprak zachtjes zigeunertaal in zichzelf.

'Is er nog meer?' vroeg ik na een tijdje, daar ze in gedachten verzonken leek.

Scheherazade aarzelde en knikte toen. Ze keek me een tijd met een ondoorgrondelijke blik aan en stapte toen op me af, kuste me snel op het voorhoofd en maakte met drie vingers van haar linkerhand een teken.

'Je hebt een vreemde en magische lotsbestemming, *ma dordi*,' zei ze. 'Pas goed op jezelf.' Ze haalde voorzichtig de zwarte doek van de kristallen bol en duwde hem naar me toe.

Even wist ik niet goed waar ik was: de bol reflecteerde het licht zodanig dat ik de illusie had uit mijn lichaam te zijn en naar beneden te kijken. De scène kwam me bekend voor en had de stijl van de figuren op de tarotkaarten: een meisje dat aan een tafel zit, waar een zigeunerin de gelegde kaarten bestudeert. Plotseling werd ik licht in het hoofd, bijna duizelig, en borrelde er onberedeneerd gelach in me op; ik voelde me op de een of andere manier ontwricht, alsof ik worstelde met verloren herinneringen.

Wanneer zullen wij drieën elkaar weer ontmoeten? zei ik tegen mezelf en ik lachte luid en onbeheerst, alsof ik me een wilde en belachelijke grap herinnerde.

Toen werd ik bevangen door een depressief gevoel, dat even abrupt opkwam als de hilariteit, en was ik bijna in tranen; het beeld van de kristallen bol werd wazig voor mijn ogen. Ik was bang,

gedesoriënteerd en kon me niet herinneren wat me bang had gemaakt; ik keek in het troebele oppervlak van de bol en trilde.

Scheherazade zong zachtjes, bijna lusteloos voor zich heen:

'Aux marches du palais...
aux marches du palais...
'Y a une si belle fille, lonlà...
'Y a une si belle fille...'

Ik probeerde te voorkomen dat ik uit mijn lichaam naar de bol viel,
maar er werd te sterk aan me getrokken. Ik kon mijn ledematen
niet meer voelen, kon niet meer voorbij het troebele oppervlak
zien, waar ten slotte een deel van het waas begon op te trekken.
Scheherazade zong zachtjes met een ritmische, hypnotiserende
stem – drie noten omhoog, drie noten omlaag. Terwijl ik het mee-
slepende ritme volgde, verliet ik moeiteloos mijn lichaam; mijn
zintuiglijke waarneming raakte verwrongen en onbeheersbaar. Ik
liet me meedrijven op het geluid en was me ervan bewust dat ik
door de duisternis de tent uit zweefde en hoog de lucht in vloog als
de ballon van een kind.

In de verte hoorde ik de stem van Scheherazade zacht flemen: 'Sjj...
sjj... zo is het goed. Zie je de ballonnen? Kijk naar de ballonnen.'

Vaag vroeg ik me af hoe ze kon weten wat ik had gedacht, maar
toen wist ik weer met een kinderlijke, absurde verrukking dat ze
Scheherazade was, de prinses uit het mystieke oosten. Ik giechelde.

'Slaap, kleine meid,' fluisterde ze. 'Je bent jarig en er komen ballonnen, dat beloof ik je. Kun je ze zien?'

Ze zweefden om me heen, in allerlei kleuren, en ze glansden in
de zon. Ik knikte. Heel ver weg hoorde ik mijn stem slaperig antwoorden.

Ik zag de tent van bovenaf, zag Mose op zijn stronk zitten, hoorde de marskramers hun waren aanprijzen.

'Warm gemberbrood!' en: 'Linten en strikken!' en: 'Dropveters!'
Ik rook de mengeling van warme pasteitjes, suikerspin en dieren.
Ik zweefde even stuurloos rond, als een luchtschip uit een sprookje,
maar toen voelde ik hoe ik zachtjes naar beneden werd getrokken

in de richting van een vuurrode tent waar een doek voor gespannen was met de tekst 'GEFELICITEERD MARTA'. Rondom het spandoek waren ballonnen en ik dacht dat ik in de tent muziek hoorde, de muziek van een draaiorgeltje, of misschien van een opwindspeeltje van een kind. Ik begon naar de tent te zweven.

Toen ik de grond raakte, merkte ik dat de zon verdwenen was. Het was koud en het vrolijke spandoek was verdwenen; er hing nu een klein, verfomfaaid aanplakbiljet waarop werd aangekondigd:

HET MUSEUM DER GEDROCHTEN!
Een verbazingwekkende uitstalling van moordenaars, monsters en grillen van de natuur, uitgebeeld in was

Ik voelde hoe ik naar de ingang van de tent ging en mijn vreugde werd snel gedempt. Ik had het nu koud en voelde een doffe, ziekelijke kilte, die me uit mijn heerlijke droom haalde waarin ik een aards duister in vloog. Ik zag de tent vanzelf opengaan en hoewel ik mijn best deed, kon ik me niet onttrekken aan de boosaardige aantrekkingskracht van die opening. Ik rook muf stro, dat te lang geen zonlicht heeft gezien, en de onfrisse stank van vochtige, oude kleren en de scherpe geur van was. Toen ik de tent binnenging en mijn ogen aan het duister begonnen te wennen, zag ik dat ik alleen was en dat zich aan alle kanten van de tent – die nu veel groter leek dan ik eerst had gedacht – houten kotten of omheiningen bevonden, waarin de levensgrote beelden tentoongesteld waren. Ik vroeg me af waarom ik zo'n vrees had gevoeld toen ik er binnenging: deze figuren waren van was en hun ledematen werden bijeengehouden met paardenhaar en walvisbalein en hun kleren waren op hun lijf geplakt. Het bloed was rode verf; zelfs de galg in de beroemde hangscène was nog nooit voor een echte executie gebruikt. Ik was er echter plotseling van overtuigd dat ze allemaal echt waren, dat Burke en Hare in de hoek op mij stonden te wachten en me achter hun dunne masker van was begerig stonden te taxeren...

Ik ging naar achteren, boos op mezelf om mijn kinderlijke, onberedeneerde angst, en slaakte een luide gil toen ik tegen de figuur achter me aanbotste. Zelfs in mijn lichaamloze toestand voelde ik even wat spanning toen ik het hout van het kot aanraakte; ik draaide me bliksemsnel om zodat ik kon zien wat er achter me was. Een omheining van metaaldraad en planken omgaf een stille scène: op het hout was een mededeling geprikt:

DE KLUIZENAAR
De beelden s.v.p. niet aanraken

Ik kwam wat dichterbij en moest mijn ogen tot spleetjes knijpen tegen het vervelende licht; toen zag ik dat de scène een slaapkamertje voorstelde, een kinderslaapkamer leek het wel, met daarin een smal bed met een lappendeken erop, een krukje, een nachtkastje en een paar gekleurde plaatjes van het soort dat ik had toen ik jong was. Er stonden bloemen op het nachtkastje: goudsbloemen in een glazen vaas, en naast het bed lag een kleine stapel ingepakte geschenken. Naast het open raam deinde een stel ballonnen op de luchtstroom.

Maar waarom had ik gedacht dat het donker was? Het licht stroomde door het raam naar binnen; het viel op de kale houten vloer. Het was avondlicht, dat het vrolijke kamertje in een warme, roze gloed zette. Er zat een man naast het bed, die ongetwijfeld zijn kleine meisje welterusten zei; ze had haar nachtpon aan en hield een speelgoedbeest stijf vast met één hand. Ze leek ongeveer tien; haar lange zwarte haar hing steil neer om haar plechtige, puntige gezichtje. Het gezicht van de man kon ik niet zien, daar hij met zijn rug naar me toe zat, maar ik kon raden dat hij nogal zwaargebouwd was en vierkante kaken had; ook had hij iets stijfs in zijn houding dat me vaag bekend voorkwam. Ik zweefde nieuwsgierig in hun richting, terwijl ik me vaag afvroeg waarom dit aardige huiselijke tafereeltje in het Museum der Gedrochten was opgenomen.

Toen ik me bewoog, draaide het hoofd van het kind ineens naar me toe en ik sprong met een gesmoorde schreeuw achteruit. Het meisje verstarde weer: haar ogen staarden me zo intens aan dat ik moeite had te geloven dat zij maar een ding van was en paardenhaar was. Aarzelend ging ik weer voorwaarts, boos op mezelf omdat ik me had laten afschrikken door een mechaniek; in de Londense wasgalerie waren er gelijksoortige opstellingen, die in beweging werden gesteld door op een plaat in de vloer te drukken, zodat de uitgestalde figuren bewogen wanneer de toeschouwers langsliepen. Ik zocht de vloer af om de verborgen plaat te vinden.

Daar! Toen ik een bepaald punt passeerde, bewoog ze weer en draaide ze met een vloeiende, botloze beweging die beslist niet mechanisch was haar hoofd naar de man. Haar haar viel voor haar gezicht en ze veegde het met een nerveus gebaartje naar achteren; de andere hand klemde zich vast aan het dikke katoen van het nachthemd. Plotseling wist ik zeker dat hier, ondanks de misleidende term 'de beelden', sprake was van echte acteurs, die een akelig toneelstukje voor me opvoerden, en plotseling was ik boos om mijn nervositeit – boos, maar tegelijkertijd vervuld van een vreselijk gevoel van voorbestemming. Ik wíst wat ik ging zien, alsof het een herinnering uit mijn eigen verleden was, en, voortgedreven door een toenemend gevoel van urgentie, raakte ik het prikkeldraad aan dat me van het tafereeltje scheidde en riep ik dringend naar het kind.

'Meisje!'

Het kind reageerde niet, maar liep behoedzaam naar het bed. Ik verhief mijn stem.

'Meisje! Kom hier!' Ik hoorde mijn stem schril worden, maar het kind had net zo goed een stuk mechanisch speelgoed kunnen zijn. Ik wilde het weer uitroepen, maar merkte dat ik in plaats daarvan juist de omheining en de scène binnenging. Plotseling werd ik duizelig; half vallend stak ik mijn handen uit naar de gestalte van het kleine meisje, alsof ik om hulp wilde vragen...

En weer was ik tien; ik was tien en kwam mijn moeder opzoeken, zoals ik elke zondag deed. Ik hield van mijn moeder en wou dat ik elke dag bij haar kon zijn, maar ik wist dat dat niet kon: moeder moest werken en wilde niet dat ik haar voor de voeten liep. Ik vroeg me af wat voor werk het was. Ik hield van moeders huis: het was zo statig en vol met mooie dingen, zoals beelden van olifanten uit India en wandtapijten uit Egypte en kleden uit Perzië, zoals in oosterse sprookjes. Wanneer ik groot was kon ik misschien bij moeder komen wonen, in plaats van bij tante Emma. Tante Emma was helemaal geen tante, maar een onderwijzeres en ze mocht moeder niet zo erg. Niet dat ze iets zei, maar ik kon het merken aan het gekke gezicht dat ze trok wanneer ze 'je arme moeder' zei, alsof ze levertraan had ingeslikt. Moeder gaf me nooit levertraan. Ze liet me altijd bij haar aan tafel eten, in plaats van in de kinderkamer met de kleintjes, en er was altijd cake met jam en soms rode wijn met water erin.

Soms kwamen de mooie jongedames die in het huis bij moeder woonden, naar beneden om met me te praten; dat vond ik leuk, want ze waren altijd heel aardig en gaven me gemberbrood en snoep en ze droegen altijd prachtige jurken en juwelen. Tante Emma mocht dat nooit weten; jaren geleden, toen ik nog klein was, had ik me iets laten ontvallen, en toen was ze heel kwaad geweest en had ze gezegd: 'Die vrouw schaamt zich toch ook nergens voor; dat ze een kind daar bínnenlaat, bij die van God verlaten schepsels!' Ik probeerde haar uit te leggen dat ze niet verlaten waren, dat er elke dag heel veel mensen kwamen, maar ze was te boos om te luisteren, dus nu zeg ik maar niks meer. Dat is veiliger.

Maar vanavond zei moeder dat ik vroeg naar bed moest, omdat ze gezelschap verwacht. Ik vind het niet erg; soms doe ik alsof ik ga slapen en wanneer ze dan denkt dat ik in bed lig, sluip ik de trap af en kijk ik naar de mooie dames en de gasten door de trapleuning. Ik ben heel stil; ze zien me nooit. Of bijna nooit. Tot vanavond dan.

Maar die meneer was erg aardig. Hij zei dat hij niks tegen moeder zou zeggen. Hij wist niet eens dat moeder een dochter had en hij leek verbaasd, maar hij was heel aardig. Hij zei dat ik er heel mooi uitzag in mijn nachthemd en dat hij me, als ik zoet was, naar bed zou komen brengen en me een verhaaltje zou vertellen.

Maar nu weet ik het niet zo goed meer. Hij doet zo gek: hij staart me zo aan en ik wou dat ik hem nooit hier gevraagd had. Hij maakt me bang. Ik zei: 'Gaat u nu mijn verhaaltje vertellen?' maar hij leek niet eens te luisteren, hij bleef maar zo raar naar me kijken, en plotseling wou ik dat moeder hier was. Maar als ik haar roep, weet ze dat ik mijn kamer uit ben gegaan... Nu loopt hij op me af met zijn armen naar voren; misschien geeft hij me een nachtzoen en gaat hij dan weg.

'Zo moeder, zo dochter,' fluistert hij, terwijl hij me naar zich toe trekt, maar ik weet niet wat hij bedoelt. Hij ruikt raar, zout, als de rivier na de regen, en zijn mond is heel koud. Ik wil hem wegduwen; ik weet niet waarom, maar hij maakt me bang – hij kust me zoals volwassen mannen vrouwen kussen.

Ik zeg: 'Nee,' maar hij lacht alleen maar en zegt: 'Kom hier,' en nog een paar dingen die ik niet begrijp. Hij is heel sterk en ik kan mijn armen niet bewegen om hem weg te duwen. Ik zou hem wel willen bijten, maar ik weet dat hij moeders gast is, en ik wil zo graag dat moeder van me houdt en wil dat ik voorgoed bij haar kom wonen. Ik wil geen klein meisje zijn. Maar ik krijg haast geen lucht; ik wil zeggen: 'Hou op, u houdt me te stevig vast,' maar de woorden komen mijn mond niet uit. Plotseling duwt hij me op bed; hij ligt zo zwaar op me dat ik bang ben dat hij me zal verpletteren en hij begint mijn nachtpon uit te trekken; deze keer lukt het me even te gillen, maar hij legt zijn hand op mijn mond. Ik begin te worstelen; dan ben ik maar klein, het kan me niet schelen of moeder erachterkomt, het kan me niet schelen of tante Emma... Het lukt me mijn tanden in zijn hand te zetten en ik bijt er heel diep in. Hij smaakt vreselijk, naar zweet en parfum, maar hij vloekt en laat me los. Ik haal adem en gil.

'Moeder!' Hij vloekt weer en slaat me hard in het gezicht. Ik gil weer en hij grijpt me bij de nek. Hij vloekt aldoor en zegt: 'Teef teef hou je kop teef hou je kop hóú je kóp...' maar mijn gezicht ligt in het kussen gedrukt en ik krijg geen lucht. Mijn hoofd is heel strak, als een ballon. Het is net of het zal knappen en ik kan niet gillen, ik kan niet ademen, ik kan me haast niet bewegen met hem boven op me en ik krijg geen lúcht, geen lúcht. Hij lijkt weg te gaan, heel ver weg de verte in en ik kan het kussen op mijn mond nauwelijks voelen, kan nauwelijks het stijfsel en de lavendel in het dikke linnen proeven. Ergens in de verte hoor ik mijn moeders stem naar me roepen: 'Marta?'

Dan niets meer.

15

Ik begon ongeduldig te worden; ze was nu al zo lang binnen dat haar toekomst wel tien keer voorspeld kon zijn en ik was degene die dat zigeunermens zou moeten betalen wanneer ze eindelijk tevoorschijn kwam. Ik begon het koud te krijgen terwijl ik daar zat te niksen, dus stond ik op en liep ik de tent binnen.

Even was ik gedesoriënteerd; de tent leek enorm groot en overal waren de reflecties van toortsen; het leek wel de piramide van een dode farao. Toen mijn ogen een beetje gewend waren, besefte ik dat het toch maar een kleine tent was. Het wemelde er van de bekende spullen van de kermisoplichter en in het zonlicht dat door de opening naar binnen stroomde, zag ik een verzameling verguldsel en verf en glas, maar meer was het ook niet. Effie vertrok geen spier toen ik het tentdoek opendeed. Ze bleef met haar rug naar me toe zitten en haar hoofd hing slap naar één kant. Van 'Scheherazade' was geen spoor te bekennen.

Het vermoeden dat hier iets niet in de haak was, kwam meteen bij me op en ik was met één stap bij Effie. Ik schreeuwde haar naam, schudde haar bij de schouders, maar ze was zo slap als een doek en haar ogen waren open maar uitdrukkingsloos. Ik vloekte en tilde haar van de stoel en droeg haar naar buiten, het zonlicht in, waar het lawaai dat ik had gemaakt al een kleine groep nieuwsgierige toeschouwers had getrokken. Ik schonk geen aandacht aan hun geklets, maar legde Effie op het gras. Na gekeken te hebben of er geen zichtbare verwondingen waren, keerde ik haar tasje om om haar reukzout te zoeken. Op de achtergrond schreeuwde een vrouw – ik neem aan dat het mens dacht dat ik de bewusteloze dame wilde beroven – en ik diende haar op ordinaire wijze van repliek, wat een andere vrouw naar adem deed snakken en naar haar eigen reukflesje deed grijpen. Een gedienstig type met een militaire snor eiste een verklaring, terwijl een onnozele jongeman voorstelde cognac te geven, maar het niet te voorschijn wist te toveren, en een vrouw met geverfd haar probeerde ook aandacht te trekken door zelf niet erg overtuigend flauw te vallen. O, het was net een nummer uit een revue: iemand had de politieagent al gewaarschuwd en ik begon me net af te vragen of het geen tijd werd dat Mose afscheid van het publiek nam en vertrok, toen Effie me plotseling met een uitdrukking van afgrijzen recht in de ogen keek en een gil gaf, een hoog, gestoord gejammer vol onberedeneerde doodsangst.

Op dat moment kwam de agent.

Iedereen praatte door elkaar. Er was een vrouw beroofd; de man hier had de arme dame bij klaar daglicht overvallen; ze had een toeval gehad; een van de dieren van de wildebeestenshow was ontsnapt en had de dames bang gemaakt – het zou niet moeten mogen... Ik zag de ogen van de agent oplichten toen zijn hand in zijn zak verdween om zijn notitieboekje te pakken.

Effie wist met mijn hulp rechtop te gaan zitten en wreef verward in haar ogen.

'Het gaat al,' riep ik boven de herrie uit. 'Ik ben de... echtgenoot van deze dame. Ze is flauwgevallen door de hitte.' Maar ik kon merken dat de publieke opinie tegen me was en omdat ik voorzag dat we op het politiebureau lange en onaangename verklaringen zouden moeten afleggen, vroeg ik me wederom af of ik niet gewoon moest verdwijnen nu er nog tijd voor was en de verwarring nog groot genoeg was. Effie zou zich wel redden; per slot van rekening was zij min of meer verantwoordelijk voor deze situatie: als zij niet zo idioot geschreeuwd had, had ik me er wel uit gered. Maar op deze manier deed ze het voorkomen alsof ik een aanrander was. Bovendien moesten we ook met Henry rekening houden. Ik had bijna de knoop doorgehakt, toen ik me bewust werd van een vrouw aan mijn zij, en een heldere, bekende stem die boven het rumoer uitkwam:

'Marta, kindje, gaat het? Ik zei nog dat je je niet zo moest inspannen! Hier!' Ik ving een glimp op van een paar kleine, heldere ogen ter hoogte van de mijne en hoorde haar fel fluisteren: 'Hou je kóést, idioot! Je hebt al genoeg ellende aangericht.' Ik stapte verdwaasd opzij en ze nam mijn plaats naast Effie in en met een geurflesje in haar hand sprak ze haar sussend toe.

'Fanny!' zei ik wezenloos.

Weer dat gesis: 'Hou je kóp!'

'Marta, liefje, kun je overeind komen? Ik zal je helpen. Hou je moeder maar vast. Mooi zo. Goed zo, lieverd.' Terwijl ze de versufte Effie bij het middel hield, keerde Fanny zich naar de agent, die inmiddels beslist een verwarde indruk maakte.

'Agent,' zei ze scherp, 'misschien kunnen we u vragen uw plicht te doen en deze... deze kúdde uiteen te drijven, voordat mijn dochter nog meer van slag raakt?'

De agent aarzelde; ik zag hem worstelen met zijn afnemende zelfvertrouwen. Hij was nog achterdochtig, maar werd ook geïntimideerd door de sterkere persoonlijkheid.

'Nou?' vroeg Fanny ongeduldig. 'Moeten we nog langer worden lastiggevallen door deze vulgaire toeschouwers? Is mijn dochter soms een museumstuk?' Met een superbe en verontwaardigde woede keerde ze zich tegen de menigte.

'Ga weg!' commandeerde ze. 'Toe dan, wegwezen! Ik zei: wégwezen!' Een aantal mensen aan de rand van het publiek begon onrustig te schuifelen en trok langzaam weg; alleen de militaire heer bleef op zijn post.

'Ik eis dat u mij vertelt...' begon hij.

Fanny zette haar handen op haar heupen en deed een stap naar voren.

'Moet u eens luisteren...'

Fanny deed nog een stap. Hun gezichten raakten elkaar bijna. Ze fluisterde iets, heel rustig.

De militair maakte een sprongetje alsof hij gestoken was en liep gehaast weg; hij bleef alleen even staan om over zijn schouder een blik van welhaast bijgelovige schrik op Fanny te werpen. Toen voegde ze zich met een glimlach van sublieme zorgeloosheid op haar gezicht weer bij ons.

'Kijk, agent,' zei ze, 'zó doe je dat.' Toen de agent niet tevreden leek, vervolgde ze: 'Mijn dochter heeft een teer gestel, agent, en wordt door het minste of geringste ontregeld. Ik heb mijn schoonzoon nog gewaarschuwd haar niet mee te nemen naar de kermis, maar hij sloeg mijn raad in de wind. En omdat hij bijzonder slecht geoutilleerd is om met een jongedame in haar toestand om te gaan...'

'Ah?' zei de agent.

'Ja, mijn dochter verwacht een kind,' zei Fanny liefjes.

De agent bloosde en krabbelde iets vaags in zijn boekje. In een poging zijn waardigheid te behouden wendde hij zich tot Effie.

'Het spijt me zeer, mevrouw,' zei hij. 'Ik deed alleen mijn plicht. U bent de dochter van deze dame?'

Effie knikte.

'En de vrouw van deze heer?'

'Natuurlijk.'

'Zou u me alstublieft uw naam willen geven, mevrouw?' Effie schrok bijna onmerkbaar. Ik zag het, maar dacht dat de agent het niet gemerkt had, zo snel herstelde ze zich.

'Marta,' zei ze, en toen, krachtiger: 'Marta.' Zich met een glimlach naar Fanny wendend, legde Effie haar arm om het middel van de oudere vrouw en plotseling begon ze totaal onverklaarbaar te lachen.

Fanny Miller was al jaren een deel van mijn leven en ik respecteerde haar zoals ik geen andere vrouw ooit gerespecteerd heb. Ze was tien jaar ouder dan ik en bezat een zwaar soort schoonheid; ze had een messcherpe intelligentie en een mannelijke, allesverterende ambitie. Net als ik was ze van alle markten thuis. Haar moeder kwam van het platteland en was hoer op Haymarket geworden en had Fanny al op haar dertiende in het oudste beroep ter wereld ingewijd. Vier jaar later was de moeder dood en stond Fanny op eigen benen en handhaafde ze zich met hand en tand in de wereld waar ze in gesmeten was. Ze wilde heel graag vooruitkomen in de wereld en in de daaropvolgende jaren leerde ze lezen, schrijven, zakkenrollen en sloten openen, met een scheermes vechten of met haar vuisten, geneesmiddelen en gif maken, praten als een dame – hoewel ze nooit helemaal het westelijke accent van haar moeder kwijtraakte – en drinken als een man. Maar bovenal leerde ze mannen te verachten, hun zwakke plekken te achterhalen en te gebruiken, en algauw kon ze van het verkopen van zichzelf overstappen op het verkopen van anderen.

Fanny had haar geld op tientallen manieren verdiend, zowel eerlijke als oneerlijke: door in het variététheater te zingen, door de toekomst te voorspellen op kermissen, door nepmiddeltjes tegen reumatiek te verkopen, door chantage te plegen, door te stelen en door te frauderen. Toen ik haar voor het eerst ontmoette, bestierde ze al haar eigen etablissement en had ze een stuk of tien meisjes in haar stal. Mooi, allemaal mooi, maar geen van hen had met Fanny kunnen concurreren. Ze was lang, bijna even lang als ik, en had sterke, ronde armen, brede schouders en glooiende rondingen, geen van allen ingesnoerd door corsetten of baleinen. Ze had heldere, amberkleurige ogen, als van een kat, en een overdaad aan koperkleurig haar dat ze in een ingewikkelde knot aan de achterkant van haar hoofd droeg. Fanny was echter niet te koop, voor geen prijs. Dwaas als ik was, drong ik toch aan – er is een prijs en een tekst voor iedere vrouw, meende ik – en ze haalde naar me uit als een kat: haar ivoren scheermes sprong met een vloeiende, gracieuze boog op me af en miste me op een haar na. Ze was snel – ik had haar het scheermes niet eens uit haar zak zien halen – en ik weet nog goed hoe ze naar me keek, hoe ze het gemene lemmet dichtklapte en tussen haar rokken stopte met de woorden: 'Ik mag je, Mose. Ik mag je echt. Maar als je je nog eens laat gaan, haal ik je gezicht eraf. Begrepen?' Dit alles zonder één trilling in haar stem of een versnelling van haar hartslag.

Ik denk wel eens dat als Fanny Miller ooit een hart heeft gehad, ze het achter zich moet hebben gelaten, samen met al het andere nutteloze wrakhout van haar leven. Toen we elkaar ontmoetten was ze in ieder geval al van gepantserd staal. Ik heb haar nooit zien weifelen. Nooit. En nu was ze teruggekeerd, mijn persoonlijke demon, onveranderd op een grijze streep in haar volle haar na, om mijn kleine crisis te beheren.

Ik was niet helemaal blij, hoewel Fanny me beslist had behoed voor enige onaangenaamheden; ik geloof dat ik er gewoon niet van houd bij een vrouw in het krijt te staan. Bovendien was ik al mijn eigen maskerade met Effie aan het opvoeren en het stoorde me dat

Fanny het wist; ze was het type dat elke situatie naar haar hand zet en de instinctieve manier waarop Effie aan haar hing, beviel me niet, bijna alsof ze echt Fanny's dochter was. Ik zei echter niets, totdat we van het gras af waren en weer op Islington Road liepen, waar ik een vigilante kon aanhouden en ervandoor gaan voordat ik vervelende verklaringen zou hoeven geven. Ik wierp een blik op Fanny, die nog steeds gearmd met Effie liep, en begon me behoedzaam in te leven in mijn rol.

'We hebben elkaar lang niet gezien, Fanny,' zei ik loom. 'Hoe gaat het tegenwoordig?'

'Zijn gangetje,' antwoordde ze met een glimlach op haar gezicht.

'En de zaken?'

'Prima, zou ik zeggen.' Nog steeds die glimlach, spottend, alsof ze wist dat ze iets voor me verborg. Ze wendde zich tot Effie en glimlachte naar haar; hun gezichten waren intiem dichtbij. 'Neem me niet kwalijk jongedame, als ik je zojuist aan het schrikken maakte,' zei ze opgewekt, 'maar ik zag dat je geen opstootje wilde, en ik vermoedde dat je niet herkend wilde worden.' Een veelbetekende, zijdelingse blik op mij. Ik kreeg het er warm van. Wat wist ze? Welk spelletje speelde ze?

'Onze beschermengel,' reageerde ik, proberend de zuurheid uit mijn stem te houden. 'Effie, dit is Epiphany Miller. Fanny, dit is Effie Chester.'

'Weet ik. Ik ken je echtgenoot goed,' zei Fanny. Daar schrok ik van, maar Effie reageerde niet.

'O, van het model zitten,' zei ze. Ze staarde Fanny nog steeds met een soort woordenloze intensiteit aan en voor het eerst had ik geen geduld met haar. Ik wilde net een scherpe opmerking maken, toen ze abrupt tot de werkelijkheid kwam.

'Waarom noemde je me zo?' vroeg ze.

'Noemde ik je wat, lieve kind?' zei Fanny op haar gemak.

'Marta.'

'O, dat? Dat was gewoon de eerste naam die bij me opkwam.'

Ik mag hangen als ik weet wat voor spelletje ze speelde. Ik zag geen reden waarom ze bevriend zou willen raken met Effie, die zo anders was als maar kan, en ook niet waarom ze ons bij haar thuis zou uitnodigen. Maar dat deed ze, en ondanks de sombere blikken die ik haar toewierp, zei Effie ja. Ik had het niet meer: ik wist waar Fanny woonde – ze had een huis in Maida Vale, bij het kanaal, dat bestond uit haar eigen kamers en de kamers van het dozijn meisjes dat onder haar bescherming leefde. Nu niet bepaald een plek waar ik met Effie herkend wilde worden, tenzij ik al mijn zorgvuldige pogingen een band met Henry te smeden, wilde zien mislukken.

'Heus, Effie, ik vind dat we je naar huis moeten brengen. Vind je ook niet?' zei ik nadrukkelijk.

'Onzin!' antwoordde Fanny. 'Het is pas drie uur. Er is nog genoeg tijd voor een kop thee en een hapje.'

'Ik vind echt...'

'Ik wil graag mee,' onderbrak Effie me met een uitdagende blik in haar ogen. 'Als Mose nu weg wil, moet hij maar gaan. Ik kom wel thuis.'

De onbeschaamdheid!

'Ik kan je niet in je eentje door Londen laten banjeren!'

'Ik ben niet alleen. Ik ben bij mejuffrouw Miller.'

Ik kreeg wat van die mejuffrouw Miller! Ik zag dat Fanny enorm van de hele scène genoot en dus was ik genoodzaakt mijn mond te houden en hen beiden te vergezellen. Met Effie zou ik later een hartig woordje spreken. Ze zou er niet licht van afkomen.

16

Ik merkte wel dat Mose zich ergerde aan het feit dat we Fanny waren tegengekomen; hij liep langzaam, keek boos, maakte ongeduldige gebaren en het was duidelijk dat hij ons allebei zo snel mogelijk weg wilde hebben. Ik begreep wel waarom: ondanks haar pittige optreden op de kermis, had Fanny algauw haar arrogante manier van doen afgelegd, en hoewel haar kleren van uitstekende kwaliteit waren, duidden haar dure moerbeikleurige fluwelen japon, de bijpassende hoed met veren en het opzichtige parelsnoer om haar lange hals erop dat ze een avonturierster was. Ik wist wat Henry vond van vrouwen die zich kleedden en liepen en praatten als zij, maar dat vergrootte haar aantrekkelijkheid juist.

Ze had namelijk iets aantrekkelijks; ik had me meteen tot Fanny aangetrokken gevoeld. Zodra ik haar zag, voelde ik dat Fanny een geheim koesterde, dat er op haar lichaam een overduidelijke boodschap voor me te lezen stond en terwijl ik naast haar liep, wist ik dat zij iets in mij had herkend en ik iets in haar.

Fanny's huis stond in Crook Street, heel dicht bij het kanaal, waar vier stegen elkaar snijden – ze komen uit het huis als de punten van een ster. In dat gedeelte van de stad stond een aantal oude Georgiaanse huizen, die ooit heel mooi en modieus waren geweest, maar nu duidelijk hun beste tijd hadden gehad; sommige stonden leeg en hadden de resten van oude gordijnen nog voor de glaspunten van de kapotte ramen hangen, andere waren pas geverfd en zagen er even onberispelijk uit als de valse voorgevels van een theaterdecor.

Fanny's huis was groter dan de rest; het was opgetrokken uit dezelfde beroete Londense steen, maar was fatsoenlijk schoon, met vrolijk gekleurde, zware gordijnen voor de ramen en potten met geraniums op de vensterbanken. In die buurt viel het huis uit de toon door zijn landelijke uitstraling. De deur was groen geverfd, met een glanzende geelkoperen klopper; voor de deur zat een enorme gestreepte rode kat, die mauwde toen we dichterbij kwamen.

'Kom binnen, Alecto,' zei Fanny tegen de kat. Ze deed de deur open en de dikke kat liep met zijn botloze gewicht deinend de gang in. 'Kom...' Fanny gebaarde dat ik haar moest volgen en zij, Mose en ik gingen naar binnen. De geur viel me onmiddellijk op: iets met sandelhout en kaneel en houtvuren, een geur die van het meubilair en de muren om ons heen leek af te slaan. Verder waren er bloemen, grote vazen vol met karmozijnrode, paarse en goudgele bloemen op standaards in alle hoeken. Aan de muren hingen tapijten in edelsteenachtige kleuren en op de parketvloeren lagen mooie kleden.

Het leek of ik op magische wijze naar de grot van Aladdin was overgebracht. Fanny was in deze omgeving, toen ze haar hoed afzette, haar handschoenen uittrok en haar haar losmaakte, een schoonheid van indrukwekkende, mythische proporties, een reusachtige Scheherazade. In haar uiterlijk of houding was nu niets meer van Haymarket terug te vinden, ze was hier volkomen op haar gemak. Ze ging ons voor door een gang, langs een grote gebogen trap, naar een gezellige huiskamer waar al een vuur brandde. Er lagen twee katten als sfinxen voor.

Terwijl ik me in een van de grote, zachte leunstoelen liet zakken, gleed ik even uit mijn lichaam en zag ik mezelf zitten in deze warme, sensuele omgeving die nieuw voor me was, zo bleek als een wezen dat onder een steen vandaan komt, en ik gaf bijna een gil. Toen ik de wereld weer gewoon waarnam, zag ik het gezicht van Mose levensgroot op me af komen, als iets dat je door een vissenkom ziet, en vervuld van een onverklaarbare walging deinsde ik terug, terwijl de kamer als een kristallen bol om me heen draaide en zijn blik zich genadeloos in de mijne vasthaakte.

'Lieve meid, je ziet er ziek uit. Drink dit maar op.' Ik klemde me wanhopig dankbaar aan Fanny vast, terwijl ze me een drankje in een geelkoperen bokaal overhandigde; het was warm en zoet, als gekruide warme wijn, met een duidelijk aroma van vanille en piment.

Ik probeerde te glimlachen. 'Bedankt,' zei ik. 'Ik...'

De stem van Mose, scherp van de achterdocht: 'Wat is dat?'

'Een van mijn eigen recepten,' antwoordde Fanny loom. 'Iets verkwikkends. Vertrouw je me niet?'

'Ik... voel me al veel beter,' zei ik, met enige verbazing constaterend dat het waar was. 'Het... het spijt me dat ik...'

'Onzin!' Fanny klonk beslist. 'In dit huis hoef je geen excuses aan te bieden. Henry houdt misschien van dat soort onzinnige onderdanigheid, maar ik kan me niets vermoeienders voorstellen.'

'O!' Ik wist even niet of ik moest lachen of beledigd moest zijn om Fanny's uitgesproken mening; ook had ze mijn echtgenoot bij zijn voornaam genoemd. En toch klopte de manier waarop ze op mij reageerde eigenlijk wel, had haar familiariteit iets warms waar ik hoe dan ook blij mee was. Ik lachte zenuwachtig en dronk de rest van het verkwikkende drankje in één teug op. De katten, een witte en een dun, gestreept bruin katje, stonden op en kwamen aan de zoom van mijn rokken snuffelen, en ik stak voorzichtig een hand uit om hen te aaien.

'Megaera en Tisiphone,' zei Fanny, op de katten wijzend. 'Ze schijnen je wel te mogen. Dat is een hele eer – meestal kunnen ze het niet zo goed met vreemden vinden.'

Ik herhaalde de namen: 'Megaera, Tisiphone en Alecto. Wat een vreemde namen. Betekenen die iets?'

'O, ik heb een voorliefde voor klassieke mythologie,' zei Fanny nonchalant.

'Mag... mag ik je Fanny noemen?' vroeg ik.

Ze knikte. 'Ja hoor. Je moet tegen mij nooit formeel doen,' raadde ze me aan. 'Ik ben oud genoeg om je moeder te zijn, maar niet respectabel genoeg. Hier, drink nog wat.' Ze vulde de beker opnieuw en overhandigde hem aan mij. 'En jij?' Ze wendde zich tot Mose, die op de enige stoel met rechte rug in de kamer zat en eruitzag als een verongelijkt kind. 'Je ziet eruit alsof je ook wel wat zou kunnen gebruiken.'

'Nee.'

'Volgens mij moet je iets drinken,' hield Fanny luchtig vol. 'Al is het maar om je humeur te verbeteren.'

Mose forceerde een wrange glimlach en nam het aangeboden glas aan. 'Dank je.'

'Je lijkt niet erg blij me te zien,' zei Fanny. 'Je hebt nu zeker een reputatie op te houden? En toch zou ik nooit gedacht hebben dat Henry Chester jouw type was, mijn beste Mose. Je wordt op je oude dag nog een keurig mens!' Mose verschoof onrustig op zijn stoel en Fanny gaf me een knipoog en lachte naar me.

'Ik vergeet natuurlijk je nieuwe positie als de sponsor van meneer Chester,' voegde ze eraan toe. 'Stel je voor: jij bevriend met Henry Chester! Ik wed dat je binnen een jaar ontnuchterd zult zijn.'

Abrupt keerde ze zich naar mij. 'Je bent zo mooi, liefje,' zei ze. 'Maar wat heb je je in de nesten gewerkt, met Henry Chester aan de ene kant en Mose aan de andere. Scylla en Charybdis. Pas goed op: Mose is een doortrapte boef en Henry... nou ja, we kennen Henry allebei, hoop ik. Je kunt mijn vriendin worden. Dat zou hen beiden natuurlijk woedend maken. Mannen hebben toch zo'n vreemd idee van wat gepast is! Stel je voor hoe verbaasd Henry zou zijn als hij het wist! Maar Henry kijkt niet verder dan zijn schilderijen. Zelfs in die ogen van jou, die zo diep en helder zijn, ziet hij niets.'

Haar toon was luchtig, haar woorden een school glinsterende vissen die betekenisloze patronen om me heen zwommen. Het bruine katje sprong op mijn schoot en ik was blij met de afleiding. Ik liet mijn handen doelloos over de vacht van de kat gaan. Ik probeerde me te concentreren op wat Fanny zei, maar mijn hoofd tolde. Ik dronk nog wat om helderheid in mijn hoofd te krijgen en door het waas van onwerkelijkheid waardoor ik de wereld waarnam, zag ik dat Mose met een nare uitdrukking op zijn gezicht naar me keek. Ik deed mijn best om iets te zeggen, maar ik had weinig greep op mijn goede manieren en in plaats van de beleefde opmerking die ik in gedachten had, zei ik het eerste dat bij me opkwam:

'Is dit een huis van losse zeden?' Even verstijfde ik, ontzet over mijn eigen woorden, en toen begon ik van top tot teen te gloeien. Ik begon te stamelen en morste drank op mijn rok, terwijl ik bijna in tranen was. 'Ik... ik... ik...'

Maar Fanny lachte, een volle, diepe lach van het soort dat je verwacht van een geest uit een fles. Even zag ik haar gestalte boven me uittorenen en verloor ik helemaal de greep op de verhoudingen: ze was een reuzin, afschrikwekkend, ontzagwekkend met haar dure fluwelen gewaden. De geur van musk en specerijen die om haar volle vlees hing, overweldigde me toen ze me in haar armen nam. Ik hoorde haar nog steeds lachen toen de wereld om me heen weer stabiel werd en mijn hysterie afnam.

'Je slaat de spijker op zijn kop, liefje,' zei ze grinnikend. 'Wat ben je verfrissend! "Is dit een huis van losse zeden?" Mose, het kind is onbetaalbaar.' Ik ging verzitten met mijn gezicht nog tegen haar schouder en protesteerde.

'Je hebt haar te veel punch gegeven. Ze is er niet aan gewend.' Mose klonk nog steeds afkeurend, maar ik zag dat hij ook moest lachen, of hij wilde of niet. Nerveus begon ook ik door mijn tranen heen te lachen.

Plotseling werd ik overvallen door een gedachte en, roekeloos geworden door de alcohol in de punch en de pret van mijn niet uit het lood te brengen gastvrouw, sprak ik hem uit: 'Maar... je zei dat je mijn man kende,' zei ik. 'Ik... Wás dat wel van het model zitten?'

Fanny haalde haar schouders op. 'Ik ben niet zijn type, lieve kind. Maar van tijd tot tijd weet ik iemand te vinden die dat is. En dat is ook niet altijd voor model zitten.'

'O...' Het duurde even voordat de implicaties van wat ze me had verteld, tot me doordrongen. Henry was me ontrouw? Na al die aanstellerij en al dat gepreek van hem? Henry had heimelijk Fanny's huis bezocht? Ik wist niet of ik moest lachen of het uitschreeuwen om de bittere grap: ik denk dat ik lachte. Al die jaren waarin hij mijn held was geweest, mijn Lancelot, was hij als een dief in de nacht naar haar huis in Crook Street geslopen! Ik lachte, maar er school bitterheid in mijn lach.

Ook Mose was verrast. 'Henry is hier geweest?' vroeg hij ongelovig.

'Vaak. En hij komt nog steeds. Elke donderdag. Je kunt er de klok op gelijk zetten.'

'Verdraaid nog aan toe! Ik had nooit gedacht dat die ouwe hypocriet daartoe in staat was. En elke zondag gaat hij naar de kerk, die duvel, en maar de brave gelovige uithangen! Waar gaat zijn voorkeur naar uit, Fanny?'

Fanny lachte smalend, maar ik was haar voor. Plotseling wist ik het antwoord.

'Kinderen,' zei ik mat. 'Hij houdt van kinderen. Hij zet me op zijn knie en laat zich door mij "meneer Chester" noemen. Hij...' Ik voelde me misselijk worden en hield op met praten. Ik begon hevig te snikken. Voor het eerst had ik mijn haat, mijn schaamte en mijn afkeer geuit, en terwijl ik me aan Fanny Miller vastklemde en haar moerbeirode fluweel doordrenkte met tranen, voelde ik een onverklaarbare opluchting over me heen komen.

We praatten een tijdje, Fanny en ik, en ik hoorde de rest van het verhaal. Ze had Henry, of meneer Lewis, zoals hij zich aan de andere gasten voorstelde, vele jaren geleden voor het eerst ontmoet, en sindsdien was hij regelmatig naar haar bordeel gekomen. Soms zat hij in haar salon en dronk hij punch met de andere gasten, maar meestal meed hij de rest van haar 'gezelschap' en ging hij met een van de meisjes mee – altijd de jongste, met de minste ervaring. Hij kwam meestal op donderdag, de dag waarop hij zogenaamd naar zijn club ging.

Ik luisterde met een bijna onverschillige kalmte naar dit verslag van Henry's verraad. Ik had het gevoel dat de wereld om me heen ingestort was, maar verborg dat instinctief en hield roekeloos mijn bokaal omhoog om hem te laten bijvullen.

'Drink daar niet meer van,' zei Mose geïrriteerd. 'Het wordt al laat. Laten we teruggaan naar je huis.'

Ik schudde mijn hoofd.

'Ik wil graag nog even hier blijven,' zei ik schijnbaar kalm. 'Het duurt nog úren voor Henry uit zijn atelier komt – en als ik te laat ben, raadt hij toch nooit waar ik geweest ben.' Daarop lachte ik, met een bittere roekeloosheid. 'Misschien moet ik het hem vertellen!'

'Ik hoop dat je een grapje probeert te maken,' zei Mose, gevaarlijk kalm.

'Ik begrijp dat je dat hoopt.' Ik hoorde hoe breekbaar mijn stem klonk en probeerde Fanny's luchthartige, zelfverzekerde manier van praten na te doen. 'Maar jij hebt er nu eenmaal belang bij dat Henry je goedgezind blijft. Jij hebt nu eenmaal zijn vrouw verleid.'

Ik zag minachting en woede op zijn gezicht, maar kon niet ophouden. 'Je hebt een vreemde opvatting van fatsoen,' voegde ik eraan toe. 'Je denkt zeker dat mannen alles ongestraft kunnen doen, iedere misdaad en ieder verraad kunnen plegen, zolang de schijn maar wordt opgehouden. Ik neem aan dat het je niets kan schelen of ik lijd of niet.'

'Je bent overspannen,' snauwde hij koud.

'Helemaal niet!' Ik lachte schril. 'Ik neem aan dat jij alles van voorwendsels weet. Jij bent per slot van rekening de expert.'

'Waar heb je het over?'

Plotseling wist ik dat niet zo precies meer. Even had ik zo'n overweldigende woede gevoeld dat ik me eraan had overgegeven... maar op dit moment leek de rancune niet die van mij maar van iemand anders, iemand die veel dapperder en sterker was dan ik... een vreemde.

Ja, wat had ik eigenlijk gewild? Het leek nu in nevelen gehuld, als de sporen van een droom die bij het ontwaken in het niets oplossen.

'Ik... het spijt me, Mose. Dat meende ik niet. Laten we alsjeblieft niet nu al gaan.' Mijn stem klonk smekend, maar hij was niet te vermurwen. Ik zag dat zijn blauwe ogen zich tot scheermesachtige spleetjes vernauwden en hij wendde zich abrupt af. Zijn stem klonk ijzig.

'Je weet dat ik hier niet heen wilde,' zei hij. 'Voor jou ben ik meegegaan. Ga nu voor mij weg, want anders, dat zweer ik je, ga ik zonder je weg.'

'Mose...'

'Probeer een beetje begrip op te brengen, mijn beste Mose,' zei Fanny spottend. 'Effie is nogal ruw uit haar droom gewekt, vind je ook niet? Of had je haar liever in zalige onwetendheid gehouden?'

Mose wendde zich met een gemene uitdrukking op zijn gezicht naar ons beiden. 'Ik laat me niet door twee hoeren zeggen wat ik moet doen!' spuugde hij eruit. 'Effie, ik heb je tranen en driftbuien verdragen. Ik was degene die vandaag bijna gearresteerd werd door jouw hysterie. Ik hou zo veel van je als ik ooit van een vrouw gehouden heb, maar het is nu welletjes geweest. Ik laat me niet uitdagen, en vooral niet hier. Dus: ga je met me mee naar huis of niet?'

Twee hoeren. De woorden zonken als bakstenen stilletjes het duister van mijn gedachten in. Twee hoeren... Hij wilde mijn arm vastpakken om me te kalmeren, maar ik sloeg zijn hand weg. De kat siste wild tegen hem en sprong de stoel uit en verstopte zich onder het dressoir.

'Raak me niet aan!'

'Effie...'

'Ga weg!'

'Luister nou even naar me...'

Ik keerde me naar hem toe en keek hem strak aan. Voor het eerst zag ik de rimpels van spanning om zijn mond, de koude uitdrukkingsloosheid achter in zijn ogen.

'Ga weg,' zei ik. 'Ik walg van je. Ik kom zelf wel thuis. Ik wil je nooit meer zien.'

Even was zijn gezicht slap. Toen vertrok zijn mond.

'Nou ja, zeg! Brutale...'

'Ga weg, zei ik!'

'Dit zal je nog berouwen,' zei hij zacht, op gemene toon.

'Ga weg!'

Eén ongemakkelijk moment lang stond hij als verstijfd, zijn armen afwerend over elkaar geslagen, en op de een of andere manier voelde ik dat hij bang was, alsof een schoothondje plotseling had leren bijten. De wetenschap dat hij bang was, bracht me in vervoering, zodat de misselijkheid wegtrok en een grote vreugde door mijn lichaam sloeg, en een wilde stem in mijn binnenste zong: *bijt, bijt, bijt, bijt, bijt...*

Toen keerde hij zich schouderophalend om en verliet hij het vertrek. Hij sloeg de deur met een klap dicht. Ik zakte in elkaar en mijn triomfantelijke gevoel loste op in een vloed van tranen.

Fanny liet me even huilen en legde toen heel zachtjes een arm om mijn schouders.

'Je houdt van hem, hè?'

'Ik...'

'Of niet?'

'Ik denk het wel.'

Ze knikte. 'Dan kun je maar beter achter hem aan gaan, liefje,' zei ze tegen me. 'Ik weet dat je terugkomt. Hier...' Ze tilde de gestreepte bruine kat op die weer naast me was komen zitten zodra Mose de kamer had verlaten, en tilde hem in mijn armen. 'Tizzy lijkt je graag te mogen. Neem haar maar mee. Als je goed voor haar zorgt, wordt ze je vriendinnetje. Ik zie aan je ogen hoe eenzaam het is met Henry Chester getrouwd te zijn.'

Ik knikte en hield de kat dicht tegen me aan.

'Mag ik je nog eens komen opzoeken?'

'Natuurlijk. Kom maar wanneer je wilt. Dag, Marta.'

'Wat zei je?'

'Ik zei: "Dag, meisje".'

'Ik dacht dat je...'

'Ssst,' onderbrak ze me. 'Ga nu maar, en onthoud wat ik zei: pas goed op.'

Ik keek in haar vreemde ogen, maar zag alleen maar weerspiegelingen. Ze lachte echter nog steeds naar me, toen ze me bij de arm pakte en me zachtjes de straat op duwde.

17

H et kreng! Het kreng! Krengen zijn het, allebei. Terwijl ik terugliep naar mijn logement, ziedend van woede vanwege de
manier waarop ze me had behandeld, besloot ik bijna de hele zaak
op te geven, haar over te laten aan haar puriteinse echtgenoot – dan
was ik van hen allebei af. Of misschien een aardige anonieme brief,
vol met intieme details... dat zou de knuppel wel in het hoenderhok
werpen! Dan zou ze wel anders piepen. Maar ondanks mijn woede
voelde ik me niet op mijn gemak. Het was niet gewoon een kwestie
van wraak. Nee. Het kwam door het feit dat ik me in haar vergist
had, dat de aas van staven een dwaas van het zuiverste water was
gebleken, dat ik mijn kleine Eff had onderschat, dat ik er totaal,
onbetwistbaar naast had gezeten toen ik dacht dat ik haar onder de
duim had... En dan had ze me nog wel uitgedaagd in het bijzijn van
Fanny, uitgerekend Fanny!

Nou, als ze Fanny wou, kon ze Fanny krijgen. Als ik Henry de
juiste woorden influisterde, zou hij onmiddellijk van haar scheiden. Wat, geloof je me niet? Een paar goedgekozen details en hij
zou haar nooit meer willen zien. Ze zou geen cent hebben en zich
tot niemand kunnen wenden – denk maar niet dat haar moeder
haar terug zou willen nadat ze zo'n puinhoop gemaakt had van dat
mooie huwelijk dat ze voor haar had gearrangeerd. Vulgair? Ja, laten we vulgair zijn. Alleen en zonder een cent op zak, zei ik; en met
onze vriendin Fanny als enige tot wie ze zich zou kunnen wenden.
Ze zou binnen een maand een kamer voor haar bezetten, net als de
andere meisjes. En ik hoefde alleen maar... Nou ja, misschien zou
ik dat doen wanneer ik haar zat was. Maar ik begeerde het kind nog

steeds. Het was per slot van rekening een mooie meid, en bovendien was het feit dat er een beetje pit in haar zat niet helemaal slecht nieuws. Maar Fánny!

Dat deed pijn.

O, ze kwam snel genoeg terug. Ik wist dat ze niet het karakter had om zich lang tegen me te verzetten, en ik was niet verbaasd toen ze een paar minuten nadat ik vertrokken was, het huis uit gerend kwam. Ik had niet zozeer last van haar dwaze hysterische uitbarstinkje, als wel van de manier waarop zij en Fanny zich bijna instinctief tegen me hadden gekeerd, als leden van een geheim zusterschap. We reden zwijgend terug naar Cromwell Square; ze sloeg me behoedzaam vanonder de rand van haar muts gade en ik staarde recht voor me uit, verzonken in bittere gedachten. Toen we Highgate bereikten, zat ze stiekem te snuffen en voelde ik me al veel beter.

Laat ook maar, dacht ik. Fanny zou haar niet eeuwig kunnen blijven beïnvloeden. Wanneer Effie weer van mij was, zou ik haar een beetje bang maken, aan het huilen maken, en dan zou de hele zaak vergeten zijn. Althans, voorlopig.

Een dag of twee deed ik heel koel. Ik ging niet naar het kerkhof om haar te ontmoeten en ik liet haar horen hoe ik langs het huis reed wanneer ik uit het atelier kwam. Aan het eind van de week nodigde Henry me uit voor het avondeten en ik bleef afstandelijk en praatte met Henry veel over kunst en politiek en negeerde die arme kleine Eff bijna geheel. Ik merkte dat ze er nogal bleek uitzag en dat ze soms angstig naar me keek, maar ik negeerde dat en bleef de rest van de avond afgrijselijk opgewekt. Ik keek diep in het glaasje en lachte luid en liet haar raden of mijn hart nu gebroken was of niet. Kean had de rol niet virtuozer kunnen spelen.

Om de een of andere reden leek Henry Effie totaal niet te kunnen dulden. De zeldzame keren dat ze tijdens het diner een opmerking durfde te maken, was hij ongeduldig en sarcastisch en tolereerde hij haar alleen maar omdat ik er was. Als ik er niet bij was geweest, weet ik zeker dat hij niet in haar gezelschap had kunnen verkeren zonder ruzie te maken. Ik deed alsof ik niets merkte en meed opzettelijk haar blik.

Tijdens de maaltijd uitte Henry weer zijn wens Effie model te laten zitten voor het personage van de vrouw. 'Maar,' zei hij, 'ik wilde eigenlijk een donker model. Ik denk dat een blonde vrouw op dit soort schilderij niet stevig genoeg overkomt.' Hij aarzelde. 'Effie zou natuurlijk voor de grove contouren kunnen dienen en voor de houding en het gezicht.' Hij leek hier een tijdje over na te denken. 'Ja, ik denk dat dat de oplossing is. Wat vind jij, Harper?'

Ik knikte en nam Effie taxerend op, waar ze zich duidelijk niet prettig bij voelde. 'Ik heb een kermis gezien bij Islington Road,' merkte ik onschuldig op. 'Me dunkt dat je daar een zigeunermeisje met het juiste soort haar zou kunnen vinden om model voor je te zitten.' Uit mijn ooghoek zag ik Effie ineenkrimpen toen ik de kermis noemde, en inwendig grijnsde ik.

'Ik wil zo snel mogelijk met de vrouw beginnen,' vervolgde Henry. 'Momenteel is het weer nog koel, maar met de zomerwarmte heeft Effies gezondheid te lijden als ze lang in het atelier moet zitten.'

Effie bewoog onrustig. Ze pakte haar vork op en legde hem weer neer zonder haar eten aan te raken. 'Ik dacht...' zei ze, bijna fluisterend.

'Ja?' Zijn ongeduld was voelbaar. 'Spreek eens wat harder, meisje.'

'Ik dacht dat u had gezegd dat ik niet meer naar het atelier hoefde. Mijn hoofdpijnen...'

'Ik zei toch dat je er niet heen hoefde als je ziek was. Maar je bent niét ziek en ik zie niet in waarom ik naast al onze andere onkosten de kosten voor een model zou moeten opbrengen, als ik jou heb.'

Effie maakte een vaag, doelloos gebaar met haar handen, alsof ze het voorstel wilde afweren.

'En wat je hoofdpijnen betreft: met een beetje laudanum komt dat wel goed. Kom, Harper,' zei hij, en hij wendde zich met hernieuwde opgewektheid tot mij, 'ik heb vandaag een verdomd goede rode wijn in mijn kelder. Je moet er een glas van drinken en me vertellen wat je ervan vindt.' Hij keerde zich om en liet ons samen achter. De deur was nog niet dicht, of ze kwam al overeind. Haar ogen waren vochtig en haar handen waren voor haar mond geslagen. Op dat moment wist ik dat ze weer helemaal van mij was.

'Ik wil je vanavond ontmoeten, Effie,' fluisterde ik dringend. 'Om middernacht bij de Circle of Lebanon.'

Haar ogen werden groot. 'Maar Mose...'

'Als je om me geeft, zorg je dat je er bent,' siste ik, haar met toe-geknepen ogen aankijkend. 'Als je er niet bent, ga ik ervan uit dat dat niet zo is – en geloof me: dat overleef ik best.' Hoewel ik vanbinnen nog steeds grijnsde, wist ik snerend te kijken en mijn blik af te wenden toen Henry binnenkwam, precies op tijd. Effie wendde haar gezicht af, dat lijkbleek was, tot haar lippen aan toe, en even vroeg ik me af of ze echt ziek was. Toen zag ik haar naar me kijken en besefte ik dat ze gewoon een van haar spelletjes aan het spelen was. Geloof me, Effie was niet het domme onschuldige meisje waar iedereen haar voor aanzag; niemand wist tot de donkere, verborgen kern van haar hart door te dringen. Effie zette ons uiteindelijk allemaal voor gek. Zelfs mij.

18

Voordat ik Mose ontmoette, wist ik totaal niet hoe naargeestig mijn leven was; nu het erop leek dat ik hem misschien zou verliezen, leek het of ik gek zou worden. Mijn herinnering aan wat de twist in Fanny's huis had veroorzaakt was zo vaag, dat het leek alsof het een ander meisje was overkomen, iemand die zelfverzekerd en sterk was. Op al onze gebruikelijke ontmoetingsplaatsen wachtte ik vergeefs op Mose en ik zat urenlang voor het raam naar de straat te kijken, maar hij kwam niet. Zelfs mijn poëzie bood me geen troost meer; ik was rusteloos en zo gevoelig als een kat en ik kon me nergens langer dan een paar minuten op concentreren, zodat Henry zwoer dat ik hem gek maakte met mijn constante beweeglijkheid.

Ik nam laudanum, maar in plaats van mijn zenuwen te kalmeren, leek het een soort vage verlamming in mijn zintuigen op te wekken, zodat ik wilde bewegen maar het niet kon, wilde zien, ruiken en spreken, maar de wereld slechts door fantasieën en waakdromen kon waarnemen.

Tabby maakte chocolademelk en gebak voor me, dat ik niet aanraakte. Geïrriteerd snauwde ik haar toe dat ze me met rust moest laten en had er meteen spijt van. Ik sloeg mijn armen om haar heen en beloofde haar chocola op te zullen drinken. Ik was alleen maar moe, ik had niet willen snauwen, dat wist ze toch wel? Ze rook naar kamfer en bakgeuren en verlegen ging haar hand omhoog om mijn haar te strelen. Ik waande me bijna weer in Cranbourn Alley, met moeder en Tabby en tante May die in de keuken aan het bakken waren. Bevend van eenzaamheid klemde ik me aan haar mouw vast.

Henry meende dat ik ziekte veinsde om te vermijden dat ik voor hem model moest zitten. Mijn hoofdpijnen waren het gevolg van ledigheid, zei hij; mijn borduurwerk werd verwaarloosd, ik was al zeven doordeweekse dagen niet in de kerk gezien, ik was eigenzinnig en slechtgehumeurd, dom in mijn vage antwoorden op zijn vragen en belachelijk verlegen tegen gasten. Ook Tizzy keurde hij af; hij vond het belachelijk dat ik zonder zijn toestemming een zwerfkat in huis had gehaald en vond het kinderlijk dwaas dat ik hem 's nachts op mijn bed liet liggen of overdag op mijn schoot.

Alsof hij me wilde bewijzen dat er geen concessie zou worden gedaan aan mijn ingebeelde ziekte, noodde Henry in één week tijd tweemaal gasten aan tafel, hoewel dit in de regel nooit voorkwam. De eerste keer was het een dokter die Russell heette, een vriend van zijn club – een magere man met een intelligent gezicht die me met een vreemde intensiteit vanachter zijn bril met metalen montuur bekeek en langdurig over manies en fobieën sprak, en de tweede keer was het Mose, met een harde blik in zijn lichte ogen en een vlijmscherpe glimlach op zijn gezicht.

Toen hij me dat afgrijselijke ultimatum stelde, waren mijn zenuwen al zo gespannen en was mijn eenzaamheid al zo intens dat ik alles gedaan zou hebben om hem terug te winnen, of hij nu van me hield of niet.

Je vindt me hoogstwaarschijnlijk een zwakke, verachtelijke vrouw. Dat vind ik mezelf in ieder geval wel. Ik was me er heel goed van bewust dat ik gestraft werd voor mijn korte opstand tegen hem in Fanny's huis; als hij me had willen zien, zou hij dat best overdag hebben kunnen doen, of anders in ieder geval in zijn appartement. Hij vond ongetwijfeld dat het kerkhof om middernacht, met zijn schaduwen en sluipende gedaanten, de ideale plek was voor de wrede verzoeningsscène die hij voor mij in petto had. Omdat ik dit wel kon raden, begon ik hem in een verborgen hoekje van mijn hart te haten, maar de rest van me hield van hem en verlangde zo heftig naar hem dat ik bereid was door vuur te lopen als hij dat van me vroeg.

Wegkomen was niet zo moeilijk: Tabby en Em sliepen onder het dak in de oude bediendenkamers – Edwin had zijn eigen huisje verderop in High Street en hield op met werken wanneer het donker werd – en Henry sliep in de regel vast en ging heel vroeg naar bed. Om halftwaalf sloop ik mijn kamer uit. Ik schermde het kaarslicht af met mijn hand. Ik had expres een donkere flanellen jurk aangetrokken, zonder onderrokken, zodat ik in de gang geen geluid zou maken. Ik daalde dus in bijna totale stilte de trap af, waarna ik de keuken in liep. De sleutels hingen naast de deur en met ingehouden adem pakte ik de zware huissleutel, opende de deur en glipte het nachtelijke duister in.

Tizzy zat bij de deur en wreef spinnend langs mijn enkels. Even aarzelde ik en wilde ik niet vertrekken; de aanwezigheid van de kat was wonderlijk troostgevend en ik was half en half geneigd haar in mijn mantel te wikkelen en mee te nemen. Toen sprak ik mezelf berispend toe; ik trok de kap over mijn hoofd en begon huiverend te rennen.

Ik zag maar weinig mensen toen ik naar het kerkhof in Highgate liep. Een kind dat het café uit rende met een pul bier, een bedelares gehuld in een versleten sjaal die lusteloos van deur naar deur liep. Op de hoek van de straat passeerde me een groep mannen die naar bier roken en luid praatten; ze hielden elkaar vast terwijl ze naar huis liepen. Een van hen riep iets naar me toen ik langs hen heen rende, maar ze volgden me niet. Toen de straatlantaarns verder uit elkaar kwamen te staan, probeerde ik in het donker op te gaan en na ongeveer tien minuten stond ik tegenover de grote zwarte vorm van het kerkhof, dat tegen de Londense avondlucht afgetekend lag als een slapende draak. Het was heel stil en ik merkte dat mijn hart sneller begon te slaan toen ik op de poort afliep. De nachtwacht was nergens te bekennen en ik had dus geen reden om te talmen, maar ik bleef een poosje vastgenageld staan, hulpeloos naar die poort kijkend, met dezelfde ziekelijke fascinatie als ik gevoeld had toen die dag op de kermis de rode tent openging.

Toen ik daaraan terugdacht, kwam er een vluchtige herinnering boven, en in mijn verbeelding zag ik de duizenden doden overeindkomen wanneer ik naderde en hun hoofden als mechanisch speelgoed uit de stenen grond steken. Daar in die dichte duisternis was dat beeld bijna te veel voor me, maar toen ik bedacht dat Mose slechts een paar honderd meter verderop op me stond te wachten, kreeg ik weer moed. Mose was niet bang voor de doden, zelfs niet voor de levenden, en hij genoot duidelijk van verhalen over monsters en griezelige dingen. Hij had me een verhaal verteld over een vrouw die levend begraven was. Toen men haar vond, was ze al gestikt; haar stijve handen klauwden in de lucht en haar gezicht was nog maar een heel klein stukje van de oppervlakte verwijderd en haar vingers waren helemaal ontveld doordat ze had geprobeerd zich uit te graven. En in het jaar van de cholera-epidemie waren er zo veel doden geweest dat ze in massagraven gelegd moesten worden, zonder markering en overdekt met ongebluste kalk. Er waren zo veel lijken geweest dat sommige door de warmte van de ontbinding naar boven waren gestuwd, waar ze later door twee minnaars op het kerkhof waren ontdekt: vier hoofden die als enorme paddestoelen uit de grond staken en naar de dood stonken. Mose wist dat ik een hekel aan zijn verhalen had; ik geloof dat hij ze daarom vertelde, om met mijn zwakheden te spotten; en ik had nog niet eerder beseft hoeveel wreedheid er in zijn lach school.

Het was bijna volslagen duister; er waren geen gaslampen op het kerkhof en de maan was een armzalig, bibberend geval dat een zwak, lijkachtig licht op de stenen wierp. De geur van aarde en duisternis was overweldigend; ik kon de bomen in het langslopen aan hun geur herkennen: de ceders, de goudenregenstruiken, de taxusbomen en de rododendrons. Af en toe struikelde ik over een kapotte steen of een boomstronk, en het geluid van mijn voetstappen joeg me nog meer angst aan dan de zware, dreigende stilte. Eén keer meende ik voetstappen achter me te horen en dook ik weg achter een grafkelder; mijn hart klopte zo wild dat mijn hele lichaam trilde. De voetstappen waren zwaar en terwijl ik bewegingloos in de schaduw bleef staan, meende ik iemand te horen ademen, een moeizaam, hijgerig geluid, als van een blaasbalg.

Ik was nu bijna bij de Circle of Lebanon en moest alleen nog de lange bomenlaan door voordat ik die veilige plek bereikte, maar ik kon me niet verroeren, misselijk van angst als ik was. Even dwarrelde mijn gezonde verstand als een wolk confetti de nacht in. Ik bevond me in een tijdloze woestenij, ontzettend ver van het licht. Maar toen keerde mijn denkvermogen weer terug en voelde ik de wereld weer een beetje stabiel worden. Ik liet me op mijn knieën zakken en met vingers die ineens wonderbaarlijk fijngevoelig waren, tastte ik me een weg langs de zijkant van de tombe. Ik kroop in stilte verder. Toen de voetstappen dichterbij kwamen, verstijfde ik weer; vergeefs probeerde ik een glimp van de indringer op te vangen. Ik voelde modder en water door mijn rokken sijpelen, maar drukte me desondanks plat op de grond. Ik trok de kap over mijn haar, zodat de lichte kleur me niet zou verraden. De voetstappen kwamen nog dichterbij; nu waren ze bijna bij me. Ik hield mijn adem in en smaakte al de eeuwigheid. De voeten stonden stil. Ik kon me niet inhouden en keek als Orfeus over mijn schouder: ik zag tegen de donkere lucht de gestalte van een man, onmogelijk groot en dreigend; zijn ogen waren twee lichtende puntjes in het oog van de nacht.

De maan

19

Ik weet het, ik weet het. Ik was opzettelijk wreed. En ik genoot er ook van haar tussen de graven door te besluipen en haar in paniek te zien raken, te zien hoe ze probeerde zich te verbergen, hoe ze viel en uitgleed, en haar ten slotte op de knieën te krijgen, op te rapen van het modderige pad en aan me te zien hangen als een kind, met haar losse haar, doorweekt van de tranen, slordig om haar gezicht. Nu kon ik me veroorloven edelmoedig te zijn; ze was opnieuw van mij.

Toen ik haar troostte, begon ik Henry Chester eindelijk een beetje te begrijpen: de macht die ik over haar had, was in principe erotisch, en haar tranen waren een sterk afrodisiacum. Voor het eerst in mijn losbandige bestaan was een vrouw van mij, met lichaam en ziel. Ze was pijnlijk gemakkelijk blij te maken; met een zoet berouw verslond ze mijn gezicht met haar lippen. Ze beloofde plechtig dat ze me nooit meer uit zou dagen en zwoer tegelijkertijd dat ze dood zou gaan als ik haar verliet, waardoor ik meegesleurd werd in een carrousel van wisselende emoties. Ik werd weer helemaal verliefd op haar; net toen ik dacht dat ik haar beu begon te worden, was ze weer als nieuw bij me teruggekomen.

Wilde woorden werden in het duister tegen mijn zoute haar gesnikt: 'O, Mose... het verscheurt me tot op mijn ziel... ik heb je nodig... ik laat je nooit gaan, ik zal nooit toestaan dat je me verlaat... ik zou je nog liever doden...' Ze haalde hijgend adem en haar bleke gezicht wendde zich naar het mijne. Even speelden de straatlantaarns in de verte een dramatisch spel van licht en donker op haar gelaatstrekken; haar enorme ogen waren zwart en grimmig, haar lippen blauw door de schaduw, haar lieftallige gezicht was verwrongen in een grimas van gefrustreerde passie, en even voelde ik me niet op mijn gemak. Ze had iets van een zwarte engel der wrake wier uitgestrekte armen waanzin en dood aankondigden. Ze had haar kleding al laten afglijden en haar huid glinsterde loodgrijs in het vreemde licht. Ze zette een stap naar voren, mijn naam als een vloek uitsprekend, en toen lag ze in mijn armen, haar huid geurend naar lavendel en aarde en zweet. We bedreven de liefde ter plekke, terwijl ze telkens haar idiote onzin bleef mompelen. Na afloop voelde ik me ervan overtuigd dat ik op de een of andere manier in de duistere climax van mijn hartstocht, iets had beloofd waar ik me later misschien aan zou moeten houden.

Effie zat als een kind met opgetrokken benen op een grafsteen; toen ik mijn hand op haar voorhoofd legde, besefte ik dat ze koortsachtig was en ik probeerde haar zover te krijgen dat ze zich gauw aankleedde, zodat ze geen kou zou vatten. Ze reageerde nauwelijks en keek me met een wezenloze, tragische blik aan; ik voelde mijn eerdere ergernis terugkeren.

'Kun je me verdorie niet een handje helpen?' snauwde ik, toen ik met de sluiting van haar jurk aan het worstelen was.

Effie bleef me door het duister aanstaren als een verdronken meisje dat in een meer drijft.

'Kom, Effie, je kunt hier niet de hele nacht blijven,' zei ik wat vriendelijker. 'Je zult naar huis moeten, voordat Henry erachterkomt dat je weg bent.'

Maar Effie zat daar maar. Ze zag er ziek uit, haar huid was wit en gloeide als zwavel. Ik kon haar niet in zo'n toestand terugsturen naar Cromwell Square, tenzij ik wilde dat het hele schandaal uitlekte; maar op het kerkhof kon ik haar ook niet laten: het was koud – zelfs ik begon te rillen – en ze was al koortsig. Daarbij kwam dat ze zich moest omkleden; de kleren die ze nu aan had zaten onder de modder en de zoom van haar jurk was gescheurd. Er bleef slechts één mogelijkheid over en toen ik die onderzocht, voelde ik ergens in mijn buik een hete grijns: het idee had eigenlijk wel iets poëtisch...

'Kom, liefje,' zei ik opgewekt, terwijl ik Effie overeind hees. 'Ik neem je mee naar Fanny. Ik zal erop toezien dat ze je laat wassen en je wat schone kleren geeft, en dan kun je naar huis voordat de bedienden op zijn.'

Ik kon nergens uit afleiden of ze me gehoord had. Ze liet zich echter over het pad meevoeren naar de straat. Eén keer schrok ze van een geluid achter ons en drukte ze haar puntige nagels in mijn polsen, maar ze was merendeels passief. Ik liet haar bij de poort wachten, terwijl ik een huurkoets zocht en ik zag de wenkbrauwen van de koetsier omhooggaan toen ik haar erin tilde – zijn nieuws-gierigheid was gauw over toen ik hem een guinje in de warme hand drukte – maar verder keurden de weinige voorbijgangers ons geen blik waardig. Des te beter.

Er brandde natuurlijk licht in het huis in Crook Street en de deur werd opengedaan door een opvallend knap roodharig meisje dat aangaf dat ik binnen moest komen. Effie liep zonder te protesteren achter me aan en ik liet haar bij het mooie meisje achter, waarna ik op zoek ging naar Fanny.

Ik moet zeggen dat Fanny's huis altijd een voorname indruk maakte: een kaartvertrek, een rookvertrek en een salon waarin de heren zich in de weelderige omgeving ontspanden en met de da-mes praatten. Ze liet in deze vertrekken geen wellustig gedrag toe – daar waren de kamers op de eerste verdieping voor – en wie zich niet aan haar normen hield, werd voortaan beleefd uit het etablis-sement geweerd. Ik heb heren van stand gekend die het minder nauw namen dan Fanny Miller.

Ik trof haar aan in het rookvertrek – ze rookte altijd al graag dunne, donkere sigaartjes – en ze was charmant, zij het excentriek gekleed in een rookjasje met bijpassende paarse muts met kwast-jes. Haar roodbruine krullen, maar net in bedwang gehouden door een paar amethisten klemmen, glinsterden tegen het doffe fluweel. Een van haar katten staarde me met koude ogen vanaf haar schoot aan.

'Hé, Mose,' zei ze vriendelijk en kalm, 'wat brengt jou hier?'

'Een klein probleempje,' antwoordde ik luchtig, 'en een weder-zijdse vriendin. Zou ik even mogen storen?' Deze opmerking richt-te ik tot degene met wie Fanny zat te roken, een oudere heer met een onvaste hand en een schelmse uitdrukking op zijn gezicht.

Fanny's agaatkleurige ogen namen me van mijn modderige schoenen tot mijn gezicht op en dwaalden toen weer naar beneden. 'Wilt u me even verontschuldigen?' zei ze tegen haar oude vriend. Ze legde haar sigaar in een porseleinen asbak, legde haar muts en jasje af en liep achter me aan de gang op. 'Zo. Wat is er?' informeerde ze, iets minder liefjes.

'Effie is hier.'

'Wát?' Plotseling werden haar ogen harde vurige puntjes. 'Waar is ze?'

Ik begreep haar plotselinge woede niet en ik begon kort uit te leggen wat er gebeurd was. Met een boos gebaar onderbrak ze me. 'Hou alsjeblieft je mond!' siste ze. 'Waar ís ze?' Ik noemde de naam van het meisje bij wie ik Effie had achtergelaten en zonder me nog een blik waardig te keuren, liep Fanny de trap op, haar mooie mond vertrokken tot een woedende streep.

'Wat is het probleem?' riep ik haar na, terwijl ik de mouw van haar fluwelen robe vastgreep. Ze keerde zich wild om en haar hand ging omhoog om de mijne weg te slaan. Het kostte haar al haar zelfbeheersing om het niet te doen. Toen ze sprak, deed ze dat met een giftige kalmte.

'Henry is er ook,' zei ze.

20

Op de een of andere manier leek ik de kamer te herkennen. Terwijl ik wegsoesde, cirkelde mijn geest half in en half uit mijn lichaam als een geest uit een fles; ik leek het bedje met de lappendeken, de tafel, het krukje en de plaatjes op de muur met de ogen van de herinnering te zien. Mose, Henry en de vreemde waanzin waardoor ik op het kerkhof was overvallen, werden teruggebracht tot het niveau van dromen en ik was zelf een droom in een droom in het zwevende donker. Ik herinnerde me vaag dat ik in het huis in Crook Street was aangekomen en naar boven was gebracht... Ik herinnerde me vriendelijke handen in de mijne, gezichten, namen. Een meisje van ongeveer mijn leeftijd met felrood haar en smaragden in haar oren: Izzy. Een mollige, goedmoedige dame met een heel laag uitgesneden lijfje en weelderige blanke borsten: Violet. Een klein Chinees meisje met haar als git en een jade ring aan elke vinger: Gabriel Chau.

Ik herinnerde me hun namen, hun stemmen, de zachte mengeling van geuren op hun bepoederde huid, toen ze me uitkleedden en mijn gezicht met warm, geurig water wasten... Toen was er een tijdje niets en nu lag ik schoon en comfortabel in het smalle witte bed en droeg ik een linnen kindernachtjapon met roesjes en was mijn haar gekamd en gevlochten voor de nacht. Ik soesde een tijdje en werd wakker. Ik riep om mijn moeder; ik was weer tien en bang voor het donker. Toen kwam Fanny me iets warms en zoets te drinken brengen; maar in mijn gedachten raakte Fanny verward met mijn moeder, en ik begon zachtjes te huilen.

'Laat hem niet terugkomen...' smeekte ik. 'Laat hem niet binnen, laat die slechte man er niet in!' Om de een of andere reden was ik bang dat Henry binnen zou komen om me pijn te doen, hoewel Henry mijlen verderop in zijn bed lag. In mijn koortsige verwarring klemde ik me aan Fanny vast en noemde ik haar 'Moeder' en huilde ik. Er moet laudanum in de drank gezeten hebben, want ik sliep weer een tijdje en toen ik wakker werd, met een suizend hoofd en een droge en slappe mond, was ik bang. Ik ging abrupt rechtop zitten, want ik dacht dat ik iemand voor de deur hoorde staan. Er kraakte een plank en toen ik naar de dunne streep licht onder de deur keek, zag ik de schaduw van iemand die daar stond en hoorde ik hem zacht en hees ademen tegen de deurpanelen. Ik werd overvallen door een enorme, deliriumachtige paniek en ik probeerde me plat te drukken tegen het voeteneind van het bed met de lappendeken tegen mijn gezicht, maar zelfs de geluiden die het beddengoed maakte kon het ademen in mijn hoofd niet wegkrijgen en ik dacht dat ik metaal tegen hout hoorde schrapen toen mijn belager de deurknop begon om te draaien. Ik kon het niet helpen, maar ik móést kijken toen de streep licht een steeds breder lint werd en de hoekige contouren van een man in de deuropening zichtbaar werden.

Henry!

Even wist ik niet of de medicijn die ik genomen had me waanbeelden gaf; de naakte doodsangst maakte rationeel denken onmogelijk en weer begon ik te vergeten wie ik was. Ik was niet meer Effie, maar een jonger iemand, een kind, een schim.

'Wie is daar?' Zijn stem klonk scherp, maar niet van woede; ik verbeeldde me haast dat hij nerveus klonk. Toen ik geen antwoord gaf, hoorde ik zijn stem omhoog gaan, bijna schril worden. 'Ik zei: wie is daar? Ik kan je horen. Wie is het?'

Ik schoof hulpeloos heen en weer en Henry zette een pas naar voren.

'Ik kan je horen, kleine heks. Ik kan je in het donker horen. Wie ben je?'

Met een stem die niet de mijne was, noemde ik de eerste naam die bij me opkwam.

'Marta... Marta Miller. Laat me alstublieft met rust. Ga weg.' Maar Henry had een stap naar voren gezet toen hij die naam hoorde. Hij stond een meter van me af en hoewel hij me niet kon zien, zag ik zijn gezicht bij het licht van de overloop; hij staarde voor zich uit met iets als angst op zijn gezicht.

'Ik wil je zien.' Zijn stem was meer dan dringend. 'Kom in het licht, zodat ik je kan zien!' Hij probeerde me vast te grijpen en ik ging naar achteren, over de bedstijl heen glijdend, zodat ik in diepere schaduw gehuld was. Ik sloeg met mijn voet tegen het bed en viel, en ik slaakte een harde gil. 'Toe! Laat me met rust! Ga weg!'

Henry vloekte zachtjes en zette nog een stap in het donker.

'Ik doe je geen pijn. Ik beloof het je.' Zijn stem was rauw, maar hij veinsde zachtheid. 'Ik wil alleen maar je gezicht zien. Verdómme!' Hij vloekte toen hij in den blinde tegen het nachtkastje botste. 'Ik zei: kom hier, godsamme!'

Plotseling klonken er gehaaste voetstappen op de overloop; ik gluurde over de bedstijl heen en zag Fanny met een blad melk en biscuitjes in haar hand en één wenkbrauw in koele verbazing opgetrokken. Henry wist niet hoe gauw hij weg moest komen; toen ik hen voor het eerst samen op de overloop zag, verbaasde het me hoe groot Fanny leek; Henry leek verrukkelijk klein vergeleken bij haar en ze was even oogverblindend als een Egyptische godin. Hij kromp bijna zichtbaar ineen en hield verzoenend zijn handen voor zich uit.

'Wie is dat daarbinnen?' vroeg hij op bijna verontschuldigende toon.

Fanny's glimlach was zo stralend en koud als gebroken glas.

'Mijn nichtje Marta,' zei ze. 'Ze is ziek en heeft koorts, ze ijlt. Waarom vraag je dat?' De vraag klonk uitdagend, maar Henry ontweek onrustig haar blik en wilde niet op de uitdaging ingaan.

'Ik hoorde iets...' begon hij vaag. 'Ik... Ik werd er zenuwachtig van. En ze liet zich niet zien, het ondeugende kind. Ik...' Met een geforceerd lachje hield hij op. 'Ik wist niet dat je een nichtje had.' Er school een vraag in de opmerking.

'Je zult haar nog wel eens zien,' beloofde Fanny. Ze stapte de kamer in, zette het blad op het nachtkastje en sloot de deur.

'Kom, Henry,' zei ze ferm toen hij leek te aarzelen, en ik hoorde het geluid van hun voetstappen wegsterven terwijl ze door de gang naar de trap liepen.

21

Het was bijna ochtend toen ik op Cromwell Square aankwam en ik was uitgeput. Mijn geest was troebel van de drank en het zware parfum dat daar hangt, een zwoele combinatie van wierook, rook en de dierlijke geur van katten en vrouwen. Als boetedoening had ik mezelf verboden met een rijtuig naar huis te gaan, maar ondanks dat had ik een blijvend gevoel van smerige voldoening dat door geen wandeling kon worden weggenomen. Ze was jong geweest – vijftien ongeveer, lang niet zo jong als Fanny had beweerd – en mooi, met krullend bruin haar en levendige roze wangen. Ze was geen maagd, maar was bereid de rol voor me op te voeren en te doen alsof ze weerstand voelde en zelfs een beetje voor me te huilen.

Kijk me niet zo aan! Het was maar een hoer, die betaald werd om me te gehoorzamen: als ze het niet prettig had gevonden, zou ze een fatsoenlijker beroep gezocht hebben. Maar in dit geval droogde een gouden guinje snel haar tranen en nog geen tien minuten later zag ik haar vrolijk met een andere klant naar boven gaan. Je sympathie is totaal niet aan dergelijke schepsels besteed, kan ik je verzekeren: van jongs af aan zijn ze al ongelooflijk bedorven. Ik kon in ieder geval mijn schuldige dorst aan hén lessen in plaats van aan Effie. Voor háár deed ik wat ik deed: geloof me wanneer ik zeg dat ik haar in mijn hart niet verraden heb. Ze was mijn icoon van zuiverheid, mijn slapende prinses... Ik wist dat ze het zaad van het verderf in haar had, maar het was aan mij ervoor te zorgen dat dat nooit de kans kreeg te groeien. Mijn liefde kon haar kuis houden en de offers die dat vergde, wilde ik voor haar bestwil graag brengen.

O, er waren terugvallen. Bij tijd en wijle was haar sluimerende sensualiteit van dien aard dat ik een tijdelijke zwakte niet kon onderdrukken, maar hoewel ze zich in mijn ogen verlaagd had, vergaf ik haar haar aard, precies zoals ik mijn moeder vergaf voor het veroorzaken van die eerste onvergeeflijke misstap.

Ik sloop langs Effies kamer en opende de deur van de mijne. Het was donker en ik kon bij het kaarslicht nauwelijks de vorm van de tafel met wasgerei, het bed en de linnenkast onderscheiden. Ik trok de deur achter me dicht en zette de kaars op de schoorsteen. Ik trok mijn kleren uit en keerde me naar het bed, maar hield toen geschokt mijn adem in. In de donkere schaduwen zag ik het gezicht van een kind op mijn kussen: spookachtige groene ogen glinsterden met een woeste en wraakzuchtige uitdrukking van haat.

Het was natuurlijk onzin: er wás geen kind. Hoe kon het midden in de nacht in mijn bed terechtgekomen zijn? Er wás geen kind. Om het te bewijzen dwong ik mezelf beter te kijken. De helse ogen richtten zich weer strak op mij: deze keer ontwaarde ik naaldscherpe tanden die zich ontblootten in een boosaardige grijns. Ik deinsde terug en greep de kaars. Ik gooide hem met langgerekte, walmende vlam naar het spook. Hete was spatte op het beddengoed en op mijn naakte huid. Het wezen sprong, de kaken sissend en uitdagend geopend, op me af. Met een mengeling van woede en wanhopige opluchting herkende ik de smalle, bruine vorm van Effies kat toen hij langs me heen door het duister schoot en tussen de gordijnen door via het open raam verdween.

Mijn gezicht in de spiegel van de linnenkast zat vol grauwe vlekken en mijn mond was een strakke boog van de spanning.

Ik was woedend op mezelf omdat een onnozele kat zo'n onberedeneerde angst bij me opriep, en zelfs nog woedender op Effie, die het zwerfdier in een belachelijke opwelling in huis genomen had. Welke naam had ze hem ook weer gegeven? Tisiphone? Exotische onzin uit een van haar boeken zeker – ik wist wel dat ik ze niet allemaal gevonden had. In de ochtend, zo nam ik me voor, zou ik haar kamer eens grondig doorzoeken om te ontdekken wat ze voor me verborgen had gehouden. En wat de kat betrof... Ik schudde mijn hoofd om het beeld van het gezicht op mijn kussen te verdrijven,

van de groene ogen die me vol gemene haat hadden aangekeken...
Het was maar een kat. Desondanks nam ik, omdat ik anders mijn
hoofd niet op dat kussen durfde leggen, tien korrels chloraal, een
nieuw medicijn dat me door mijn nieuwe vriend dokter Russell
was aangeraden.

22

Ik herinner me haar koele, sterke hand op mijn haar. Haar gezicht in het lamplicht, wit als de maan. De geluiden die haar jurk maakte, de geur van haar parfum, warm en gloedvol van de amber en de chypre. Haar stem, zacht en kalm, zingend zonder woorden op de maat van haar ritmische strelen van mijn haar. *Met lange halen... lange halen.* Henry was een nare droom die nu wegsmolt tot een miljoen tranen van licht. De klok op de schoorsteen tikte een hartslag sterker dan de mijne: mijn hart was zo licht als een paardebloemklok die de seconden als zijdeachtige zaadjes de warme zomeravond in tikte. Mijn ogen waren gesloten en zachte droomgedachten tolden het welkome duister van de slaap in. Fanny sprak heel zacht, heel lief, en elk woord was een liefkozing.

'Sjjj... slaap, slaap, kleine meid... je hebt zo'n slaap... sjjj...' Ik glimlachte en mompelde toen haar haar langs mijn gezicht streek.

'Zo is het goed. Sjjj... Slaap, mijn schat, mijn Marta, mijn lieve kind.'

Ik liet me wiegen in haar armen en dreef zachtjes weg. Terwijl ze mijn haar streelde, zag ik mijn herinneringen als ballonnen wegdrijven. Mose... het kerkhof... de tentoonstelling... Henry... Hoe helder de herinnering ook was, ik kon hem laten wegzweven door het te willen en na een poos zag ik de vrolijke wolk ballonnen met verstrengelde touwtjes, de kleuren glanzend in de ondergaande zon. Het was zo'n mooi gezicht dat ik hardop sprak, geloof ik, met een stem van een verloren klein meisje.

'Ballonnen, moeder, ze zweven allemaal weg. Waar gaan ze heen?'

Haar stem was nauwelijks hoorbaar tegen mijn haar. 'Heel, heel ver weg. Ze zweven de lucht in, helemaal tot in de wolken... en ze zijn allemaal anders van kleur: rood, geel, blauw... Kun je ze zien?'

Ik knikte.

'Zweef maar even met ze mee. Kun je dat?'

Ik knikte weer.

'Je voelt je opstijgen... omhoog, de lucht in, met de ballonnen mee. Zo, ja. Sjjj....'

Ik besefte dat ik gewichtloos begon op te stijgen door er alleen maar aan te denken. Ik dreef zó mijn lichaam uit, zweefde weg met het vredige beeld van de ballonnen nog in mijn dromende geest.

'Je hebt zo al eens eerder gezweefd,' zei Fanny zachtjes. 'Weet je dat nog?'

'Ik weet het nog.' Mijn stem was slechts een ademtocht, maar ze hoorde het.

'Op de kermis,' ging Fanny door.

'Ja.'

'Zou je daar weer heen kunnen?'

'Ik... ik wil het niet. Ik wil met de ballonnen mee.'

'Sjjj, liefje... dat is goed. Er is niets dat je kwaad kan doen. Ik heb alleen je hulp nodig. Ik wil dat je teruggaat en me vertelt wat je ziet. Dat je me zijn naam vertelt.'

Ik zweefde in een hemel die zo blauw was dat het pijn deed ernaar te kijken. Boven de horizon zag ik ballonnen opstijgen. Onder me zag ik heel ver weg de tenten en de luifels van de kermis.

'Tenten...' mompelde ik.

'Ga naar beneden. Ga naar de tent en kijk erin.'

'N-nee... Ik...'

'Er is niets aan de hand. Er is niets dat je kwaad kan doen. Ga naar beneden. Wat zie je?'

'Plaatjes. Beelden. Nee, wassen beelden.'

'Dichterbij.'

'Nee...'

'Dichterbij!'

Plotseling was ik weer op die plek. Ik was tien en lag in elkaar gedoken tegen de muur van mijn slaapkamer toen de Slechte Man op me afkwam met lust en moordzucht in zijn ogen.

Ik schreeuwde. 'Nee! Moeder! Houd hem tegen! Hou de Slechte Man tegen! De Slechte Man mag niet bij me komen.'

In het rode waas van mijn kloppende bloed hoorde ik haar stem, nog steeds heel kalm: 'Wie, Marta?'

'Nee-ee-eee!'

'Vertel me wíé.'

Ik keek hem in het gezicht. Mijn doodsangst bereikte een hoogtepunt, een bevroren eeuwigheid.... toen kende ik hem. De doodsangst viel weg en ik werd wakker met Fanny's sterke armen om me heen, terwijl mijn tranen het geplette fluweel van haar robe doordrenkten.

Heel zachtjes herhaalde ze: 'Vertel me wie het is.'

Even later vertelde ik het haar.

Mijn moeder hield me stevig vast.

23

Ik veronderstel dat ze me een eeuw geleden een heks zouden hebben genoemd. Ach, ik ben wel voor ergere dingen uitgemaakt, waarvan sommige waar waren, en wat de mensen denken heeft me nooit geïnteresseerd. Ik kan een aftreksel maken dat de koorts doet zakken, of ik kan een kandeelachtig drankje brouwen dat je laat dromen dat je vliegt, en soms kan ik in mijn spiegel dingen zien die geen weerspiegelingen zijn. Ik weet hoe Henry Chester dat zou noemen, maar voor mensen als Henry Chester heb ik zo mijn eigen benamingen, en die vind je niet terug in de bijbel.

Als Henry Chester er niet was geweest, zou Marta in juli twintig geweest zijn. Ik ben zo rijk dat ik haar een aardig fortuin had kunnen nalaten; er zou geen gevaar geweest zijn dat zíj op straat terecht was gekomen. Ik had een huis voor haar gezocht en als ze dat wilde, een man; alles wat ze me had gevraagd, zou ik haar hebben gegeven. Maar toen ze tien was, nam Henry Chester haar van me af en ik moest tien jaar wachten voordat ik hem zijn Effie kon afpakken. Er is in mijn leven niet veel plaats voor poëzie, maar er schuilt een angstwekkende symmetrie in dat patroon en dat is voor mij voldoende gerechtigheid. Koude gerechtigheid, maar daarom niet minder bitter.

Ik was jong toen ik Marta kreeg, als je bij mij ooit van 'jong' hebt kunnen spreken. Ze had van dertig vaders kunnen zijn, maar dat kon me niet schelen. Ze was helemaal van mij en toen ze opgroeide, deed ik mijn uiterste best om haar af te schermen van het soort leven dat ik leidde. Ik stuurde haar naar een goede school en gaf haar de opleiding die ik nooit gehad had. Ik kocht kleren en speelgoed voor haar en gaf haar een respectabel thuis bij een onderwijzeres, een verre verwant van mijn moeder. Marta kwam me zo vaak opzoeken als ik haar durfde uitnodigen – ik wilde niet dat ze blootgesteld werd aan het soort mensen dat naar mijn huis kwam en liet geen enkele klant ooit naar de kleine zolder gaan die ik voor haar in een slaapkamer had veranderd. Ik nodigde haar bij me thuis uit voor haar verjaardag, en hoewel ik die avond gasten verwachtte, had ik beloofd dat ik de verwaarlozing later goed zou maken. Ik kuste haar welterusten... en zag haar nooit meer levend terug.

Om tien uur hoorde ik dat ze me riep en rende ik naar haar kamer... maar ze was al dood. Ze lag breeduit op bed met haar nachtjapon om haar gezicht.

Ik wist dat de moordenaar een van mijn klanten moest zijn, maar de politie lachte me gewoon uit toen ik een onderzoek eiste. Ik was een prostituee, en mijn dochter de dochter van een prostituee! Bovendien waren de klanten welgestelde lieden die in aanzien stonden. Ik had geluk dat ze mij niet arresteerden. Het gevolg was dat mijn dochter werd begraven onder wit marmer op het kerkhof van Highgate en dat haar moordenaar haar tien jaar lang kon vergeten.

O, ik heb geprobeerd hem te betrappen. Ik wíst dat hij er was: ik rook zijn schuld achter zijn respectabele façade. Weet je wat haat is? Ik at en ik dronk haat. In al mijn dromen werd ik vergezeld door de haat wanneer ik de moordenaar van mijn dochter besloop en de straten van Londen met zijn bloed besmeurde.

Ik hield Marta's kamer precies zoals ze hem had achterlaten, met verse bloemen op het nachtkastje en al haar speelgoed in een mand in de hoek. Elke avond sloop ik erheen en riep ik haar – ik wist dat ze er was – en smeekte ik haar me een naam te geven, alleen maar een naam. Als ze me in het begin een naam had gegeven, zou ik hem zonder de minste spijt vermoord hebben. Ik zou in bijbelse glorie naar de galg gegaan zijn. In die tien jaar werd mijn haat echter hongerig en mager, als een uitgehongerde wolf. Hij werd sluw en geslepen en sloeg iedereen met dezelfde achterdochtige amberkleurige ogen gade; iedereen, maar één man in het bijzonder.

Vergeet niet dat ik hem kende; ik kende zijn begerige, schandelijke lusten, zijn plotselinge zelfhaat, zijn schuldgevoelens. De meisjes om wie hij vroeg, waren altijd het jongst, nog niet gevormd, maagd. Niet dat er veel van waren, maar ik had hem op straat zien kijken naar de bedelende kinderen en ik had zijn schilderijen gezien, de ouwe hypocriet: morbide verlangens waarvan een fatsoenlijke vrouw zich zou verslikken. Maar hij was niet de enige die ik verdacht en ik kon er niet zeker van zijn. Ik probeerde mijn kleine Marta te bereiken: eerst met kaarsen en de spiegel, toen met de kaarten. Altijd dezelfde kaarten: de kluizenaar, de ster, de hogepriesteres, de page van munten, verandering en de dood. Altijd dezelfde kaarten, maar in wisselende volgorde: altijd de kluizenaar geflankeerd door de negen van zwaarden en de doodskaart. Maar was Henry Chester de kluizenaar?

Hij was namelijk slim. Als hij was gevlucht, zou ik het zeker hebben geweten, maar het was een koele kikker. Hij bleef komen, niet vaak, misschien eenmaal per maand. Altijd beleefd, altijd gul. Ik boorde andere mogelijkheden aan: mannen die na Marta's dood te abrupt waren weggebleven. Een arts, een van mijn oudste klanten, opperde dat mijn kleine meid aan een toeval was overleden – epilepsie, zei hij. Ik geloofde er niets van. Maar pijn en de tijd holden mijn overtuiging uit; ik begon aan de puurheid van mijn haat te twijfelen. Misschien was het wél een toeval geweest, of een indringer, die zich liet lokken door het vooruitzicht van een gemakkelijke buit. Ik kon me niet voorstellen dat een van mijn klanten zo'n misdaad had begaan en zo lang verborgen was gebleven.

Mijn wraak sluimerde. Toen hoorde ik dat Henry in het huwelijk was getreden. Met een kind dat nauwelijks uit de schoolbanken was, zei men. Een meisje van zeventien. De achterdocht ontwaakte in me – ik was nooit zeker van hem geweest, nooit – en mijn haat vloog als een zwerm wespen naar hen uit. Welk recht hadden ze gelukkig te zijn terwijl Marta in Highgate lag te rotten? Welk recht had wie dan ook?

Ik volgde hen op een dag naar de kerk, in de hoop een glimp van de bruid op te vangen, maar ze was helemaal in het zwart gehuld, als iemand die in de rouw is, en ik zag alleen haar smalle gezichtje onder haar muts. Ze zag er ziek uit en ik kon het niet helpen, maar ik voelde me tot haar aangetrokken, met een gevoel dat aan medelijden grensde. Ze leek zo op mijn arme meisje Marta.

Ik hou niet van predikers: ik was gekomen om Chester en zijn vrouw te zien, niet om naar de preek te luisteren, en dus was ik de eerste die haar zag gaan. Het ene moment zat ze naar de preek te luisteren en het volgende was ze weg en hing haar hoofd naar voren als een kind dat aan het bidden is. Nu heb ik er reeds lang een handje van dingen te zien die de meesten van jullie niet zien, of niet willen zien, en zodra mevrouw Chester viel, zag ik dat het geen gewoon soort flauwvallen was. Ik zag haar uit haar lichaam floepen, zo naakt als op de dag van haar geboorte, en te oordelen naar de blik van verbazing op haar gezicht vermoedde ik dat het de eerste keer was dat het haar overkwam.

Een knappe meid was het ook, heel anders dan die ijle schilderijen van Henry Chester, met een schoonheid die voor haar heel vanzelfsprekend was, als een boom of een wolk. Van al die kerkgangers kon niemand haar zien – iets wat me niet verbaast. Niemand had haar die truc geleerd: ze moet hem helemaal zelf geleerd hebben, en mijn vermoeden was dat ze nog meer talenten had waar ze niets van wist. Op dat moment vroeg ik me af of ze misschien iets wist wat me kon helpen... In gedachten riep ik haar en ze keek me zo scherp als een naald aan: op dat moment wist ik dat ze het antwoord op al mijn vragen was. Ik hoefde haar alleen maar naar me toe te halen.

Ze heette Effie en ik sloeg haar vele malen gade zonder dat ze het wist; ik riep haar bij me vanuit Marta's kamertje boven in mijn huis. Ik zag dat ze ongelukkig was, eerst met Henry, toen met Mose. Arme, eenzame meid. Ik wist dat het slechts een kwestie van tijd was voordat ik haar bij me had en ik begon om haar te geven als een dochter. Ik kende haar geest, ik wist waar die heen zwierf... en toen ik haar op de kermis zag, wist ik dat dit mijn kans was om haar alleen te spreken.

De waarzegster stond me voor een guinje maar al te graag haar plaats af: ik zat in de schaduw met een sluier voor mijn gezicht en Effie vermoedde niets. Ze was zo gevoelig voor mijn gedachten dat ik haar niet eens in slaap hoefde te brengen: ze deed het zelf... maar desondanks besefte ik pas toen ze met de stem van mijn dochter begon te spreken, hoe uniek ze was, hoe waardevol ze voor me kon zijn. Als ze de stem zo duidelijk terug kon brengen, wat kon ze dan nog meer? Het duizelde me van de mogelijkheden: mijn kleine meid weer zíén, haar áánraken... waarom niet? Geloof me, ik wenste Effie niets ergs toe, maar haar reactie toen ze uit haar trance werd gerukt, verbaasde zelfs mij. Het meisje was zo kostbaar dat ik haar niet mocht kwijtraken: ik kón haar niet laten gaan.

En ja hoor, ik hoefde niet eens zo diep te delven: algauw gaf ze me de naam die ik hebben wilde. Henry Chester, de kluizenaar, de moordenaar van mijn dochter...

De tijd waarin ik mijn opstandigheid wel op het schavot had willen uitschreeuwen, lag ver achter me. Zo er een offer gebracht moest worden, zou dat deze keer niet door mij zijn.

24

Het was een ongeluk, zeg ik je. Het is nooit mijn bedoeling geweest haar te doden. Ik had het je wel willen vertellen, maar het was zo lang geleden...

Bij haar moeder heb ik me nooit op mijn gemak gevoeld: ze was te stévig. Ik voelde me bij haar heel nietig; haar overduidelijke aanwezigheid fascineerde me en stootte me af. Ze leek nauwelijks menselijk: alsof ik onder haar roze huid niet het bloed en de spieren van een gewone vrouw zou aantreffen, maar een vreemd mengsel van donkere aarde en graniet, als een Egyptisch afgodsbeeld met ogen van agaat. Ze geurde verdorven zoet, als een miljoen besmette rozen; een lome, occulte streling van de schandelijke verlangens van mijn hart vanuit alle geheime plekken van haar vrouwenlichaam. Dat juist díé vrouw een dochter had!

Ik zag haar tussen de spijlen van de trapleuning door naar me gluren. Glasgroene ogen die zich bij het zwakke licht van de overloop strak op me richtten; toen mijn blik naar haar toe getrokken werd, lachte ze even en sprong ze overeind, klaar om de trap op te rennen als ik bewoog. Ze was blootsvoets en door het licht waren de contouren van haar lichaam door de stof van haar nachthemd heen te zien. Ze had helemaal niet dat angstwekkend stevige van haar moeder: het kleine wisselkind had bijna geen substantie en het steile, zwarte haar hing voor een gretig, puntig gezicht... en toch was er een gelijkenis. Iets in de ogen misschien, of in de vloeiende gratie van haar bewegingen, zoals de bleke Persephone een afspiegeling zal zijn geweest van de goudgele Ceres.

Ik vroeg hoe ze heette.

Ze hief haar hoofd schuin; haar ogen vulden zich met lichtjes. 'Dat mag ik niet vertellen.' Het accent van de zuidwestkust was licht, bijna niet waarneembaar, net als dat van haar moeder – een enigszins onduidelijk uitspreken van de lettergrepen.

'Waarom niet?'

'Ik mag hier niet zijn. Dat heb ik beloofd.' Als ze niet geglimlacht had en niet zo afgetekend had gestaan tegen het licht, zou ik in haar onschuld hebben geloofd, maar zoals ze daar boven me stond, als een parodie op Julia op het balkon, wist ik dat ze, hoe oud ze ook was, net als haar moeder was, verwekt in zonde en opgevoed om te parasiteren op zondaars als ik. Waar ik stond kon ik haar geur bijna ruiken: een verontrustende, bedrieglijke combinatie, als van amber en moeraswater.

'Ik heb het beloofd,' herhaalde ze, weglopend van de balustrade. 'Ik moet weg.'

'Wacht!' Ik kon mijn reacties niet in de hand houden. Haastig begon ik de trap op te lopen, terwijl het zweet op mijn slapen prikte. 'Niet weggaan. Ik zal het niet vertellen. Kijk' – ik voelde in mijn zakken – 'hier heb je wat chocola.'

Ze aarzelde, maar toen stak ze haar hand uit om de zoetigheid aan te pakken; ze pakte die meteen uit en begon ervan te eten. Ik probeerde mijn voordeel uit te buiten en legde glimlachend mijn hand op haar schouder.

'Kom,' zei ik vriendelijk. 'Ik zal je naar je kamer brengen en je een verhaaltje vertellen.'

Ze knikte plechtig en rende geluidloos voor me uit de trap op, waarbij haar blote voeten net witte motten in het duister waren. Ik kon haar slechts volgen.

Haar kamer bevond zich helemaal onder het dak van het huis en ze sprong op het bed, ging zitten en trok de sprei om haar heen. Ze had de chocola op en ik keek toe terwijl ze haar vingers schoonlikte met een gebaar dat zo krachtig was dat mijn knieën ervan knikten.

'Vertelt u nu mijn verhaaltje?' vroeg ze parmantig.

'Straks.'

'Waarom niet nu?'

'Straks!'

De geur was nu overweldigend. Ze schudde hem als een bloemenregen uit haar haar en daartussen bespeurde ik de ranzige geur van wat mijn eigen lust kan zijn geweest.

Ik kon het niet langer verdragen. Ik stapte naar voren en trok haar in mijn armen en begroef mijn gezicht in haar, verdronk in haar. Mijn benen begaven het en ik viel met haar op het bed, terwijl ik haar wanhopig vasthield. Even leek ze ontzagwekkend krachtig: haar ogen werden groter, als kringen in een donkere vijver, en haar open mond schreeuwde stille vloeken. Ze begon te worstelen en te schoppen en haar haar was als een vlucht zwarte vleermuizen die uitwaaierden over mijn gezicht en me smoorden met hun gewicht. Op dat moment, toen haar lenige, slangachtige lichaam zich tegen het mijne kronkelde, en ik haar haar in mijn mond voelde en die ziekelijke geur van chocola in mijn neusgaten had, wist ik dat ze me zou vermoorden.

Ik hoorde een geruis in mijn oren en ik werd bevangen door een verschrikkelijke paniek. Uit angst en afkeer begon ik hard te schreeuwen. Ik was het slachtoffer en zij de granieten doodsgodin die snakte naar mijn bloed. Met mijn laatste restje verstand pakte ik haar bij de keel en kneep ik zo hard ik kon... De kleine heks vocht als een duivel, ze schreeuwde en beet, maar ik merkte dat mijn kracht was teruggekeerd...

God was toen nog met me: had ik maar de moed gehad het huis te verlaten en nooit meer terug te keren, dan zou Hij Zijn gezicht misschien niet hebben afgewend... maar zelfs in de trillende nasleep van die vreselijke strijd voelde ik een soort goddeloze opwinding, een triomf, alsof ik in plaats van de opwellende lust te onderdrukken, alleen maar een deur had geopend naar een lust van een andere soort, een die nooit volledig te bevredigen was.

25

Ik kan me weinig herinneren van mijn terugkeer naar Cromwell Square: het was bijna licht en over een paar uur zouden de bedienden weer op zijn, maar Henry was nog niet thuis. Ik kon het huis binnengaan, me uitkleden en in bed glippen. Ik sliep een beetje, maar ik moest nog wat laudanum nemen om de boze dromen die mijn slaap bedreigden, te verjagen. Ik wist niet meer het verschil tussen werkelijkheid en fantasie, zodat ik me afvroeg of ik de gebeurtenissen die zich in Crook Street leken te hebben afgespeeld, misschien gedroomd had... Had ik werkelijk met Henry gesproken? Was Fanny werkelijk naar me toe gekomen toen ik sliep? Om ongeveer zes uur viel ik in een diepe slaap en ik werd twee uur later wakker toen Tabby binnenkwam met mijn chocola. Ik had zware hoofdpijn en ik voelde me koortsig; hoewel ik probeerde vrolijk te kijken, vermoedde Tabby meteen dat er iets mis was.

'Goh, mevrouw Chester, u ziet er helemaal niet goed uit!' merkte ze op, terwijl ze de gordijnen opendeed en op het bed afliep. 'U bent zo bleek als wat!'

'Nee, Tabby,' protesteerde ik. 'Ik ben alleen maar een beetje moe. Ik ben zo weer in orde.'

'Ik zal tegen meneer Chester zeggen dat u zich niet goed voelt, mevrouw,' zei Tabby ferm.

'Nee!' Haastig veranderde ik van toon: het was niet goed als ze mijn paniek voelde. 'Nee. Dat is niet nodig.'

Ze weifelde. 'Misschien wilt u een beetje laudanum, mevrouw?'
Ik schudde mijn hoofd.

'Nee, echt niet. Het is maar een beetje hoofdpijn. Na deze uitstekende chocola zal ik me weer beter voelen.' Ik dwong mezelf een slokje te nemen, ook al was de drank gloeiendheet, en geruststellend te glimlachen. 'Dank je, Tabby, je kunt gaan.'

Met enige tegenzin verliet ze, over haar schouder kijkend, de kamer en ik bedacht dat ik er niet op kon rekenen dat ze mijn ziekte stil zou houden. En ja hoor, tien minuten later kwam hij met een glas en de laudanumfles de kamer in.

'Tabby vertelde me dat je je medicijn niet wilt nemen,' zei hij. Zijn ogen schoten naar de plek waar Tizzy op mijn bed zat en zijn mond vertrok zuur. 'Ik heb je al eens gezegd dat het me niet bevalt dat die kat 's nachts in je kamer is. Het zou me niets verbazen als dat de oorzaak van die ziekten van je was.'

'Ik heb de indruk,' zei ik, 'dat Tabby en jij veel te bezorgd zijn over mijn gezondheid!' Ik schrok evenzeer van mijn scherpe reactie als Henry en ik liep rood aan en mompelde verward een verontschuldiging. Ik probeerde me te herinneren waarom ik plotseling zulke vijandige gevoelens jegens Henry had... maar toen herinnerde ik me de droom – was het een droom? – waarin ik getuige was geweest van... Het lag nét onder de oppervlakte, tergend dicht bij de herinnering, maar ik kon het me niet volledig herinneren. Alleen de indruk bleef; dat gevoel van afkeer en haat en die dorst naar wraak die niet de mijne leken. De heftigheid van de emoties bracht me des te meer van mijn stuk, omdat ik me niet kon herinneren waarom ik ze nu precies voelde, en met trillende stem vervolgde ik: 'Het komt wel goed. Toe, geef me niet nog meer laudanum.'

Hij keek me minachtend aan en begon druppels in het glas te doen.

'Doe wat ik zeg, Effie. Ik ben vanochtend niet in de stemming voor jouw humeurigheid. Neem nu je medicijn en nog een dosis bij je middagmaal, want anders maak je me boos.'

'Maar ik heb geen medicijn nódig. Laat me maar even in de frisse lucht wandelen...'

'Effie!' Hij klonk koud. 'Ik wil niet dat je tegen mij ingaat. Ik weet dat je zwakke zenuwen hebt, maar je stelt mijn geduld zwaar op de proef. Als je een échte echtgenote was...' De rest van de zin slikte hij in. 'Als je dit koppige gedrag volhoudt,' vervolgde hij rustiger, 'trek ik mijn handen van je af en verwijs ik je naar Russell. Hij heeft ruime ervaring met gevallen van hysterie.'

'Ik ben niet hysterisch!' protesteerde ik. 'Ik...' Maar toen ik de uitdrukking in zijn ogen zag, gaf ik me over en nam ik het drankje; ik haatte hem, maar kon me niet verzetten.

'Zo is het beter.' Zijn ogen stonden hard en op de een of andere manier triomfantelijk. 'Onthoud goed: een minder geduldige man zou allang genoeg hebben van die buien van je. Als je nog meer trammelant schept met je tranen en je koppigheid, zweer ik je dat ik Russell erbij haal. Als je je medicijn niet opdrinkt, zal ik ervoor zórgen dat je het opdrinkt. En als je je niet wilt gedragen als een goede echtgenote, verwacht ik dat de dokter me zal vertellen waarom. Heb je dat begrepen?'

Ik knikte en zag een lach achter zijn ogen oplichten: een boosaardige, steelse lach.

'Ik heb je gemaakt tot wat je bent, Effie,' zei hij zacht. 'Voordat ik je ontdekte, was je niéts. Je bent wat ik zeg dat je bent. Als ik wil dat je hysterisch bent, ben je dat. Denk niet dat de dokter jou eerder gelooft dan mij; als ik hem vertelde dat ik dacht dat je gek was, zou hij daarmee instemmen. Ik kan dat zeggen wanneer ik maar wil, Effie. Ik kan je laten dóén wat ik wil.'

Ik probeerde iets te zeggen, maar terwijl zijn juichende gezicht voor mijn vermoeide ogen wazig werd en dan weer scherp, was ik me alleen maar bewust van een vreselijke drang om te huilen. Misschien zag hij het, want de harde lijn om zijn mond werd zachter en hij boog zich voorover om me zachtjes op de lippen te kussen.

'Ik hou van je, Effie,' fluisterde hij, en zijn tederheid was nog beangstigender dan zijn woede. 'Ik doe deze dingen omdát ik van je hou. Ik wil dat je van mij bent, dat je niets overkomt, dat je je goed voelt. Je weet niet half wat voor smerigheid er in de wereld is, welke gevaren meisjes als jij kunnen lopen... Je moet me vertrouwen, Effie. Me vertrouwen en me gehoorzamen.' Zacht maar beslist keerde hij mijn gezicht naar hem toe. Zijn gezicht stond bezorgd, maar in zijn ogen zag ik nog die dansende, wrede blijdschap. 'Ik zou alles doen om je te beschermen, Effie.' Zijn intensiteit was bijna ondraaglijk.

'Ook me opsluiten?' Ik fluisterde bijna. Hij bleef me aankijken en zijn vlakke stem verhulde bijna geheel de boosaardigheid.

'O, ja, Effie. Ik zou je nog liever vermóórden dan dat ik je laat bederven.'

Daarop vertrok hij en terwijl ik op bed lag met een drogeerwaas van verwarring in mijn hoofd, probeerde ik me te herinneren wat ik ook weer over Henry Chester wist, maar het enige wat ik me kon herinneren, was Fanny's kalme gezicht, haar hand op mijn haar en een heleboel ballonnen...

Ik werd om ongeveer twaalf uur wakker. Ik was minder moe, maar heel suf en verward. Ik waste me en kleedde me aan en liep naar de salon beneden. Henry was al weg. Ik besloot naar Highgate te wandelen om helderheid in mijn hoofd te krijgen en aan de drukkende sfeer in huis te ontsnappen. Ik wilde net mijn mantel aantrekken toen Tabby binnenkwam met een blad in haar handen. Toen ze zag dat ik van plan was naar buiten te gaan, bleef ze verbaasd staan.

'Maar mevrouw! U gaat toch niet naar buiten? Vanmorgen was u zo ziek!'

'Ik voel me nu veel beter, Tabby,' antwoordde ik vriendelijk. 'Ik denk dat een wandelingetje me goed zal doen.'

'Maar u heeft niets gegeten! Luister: ik heb lekker gemberbrood in de oven staan – het duurt nog maar een paar minuutjes. U vond een plak warm gemberbrood vroeger altijd zo lekker.'

'Tabby, ik heb geen trek, dank je wel. Misschien neem ik later wat, wanneer ik terugkom. Maak je alsjeblieft geen zorgen.'

Tabby schudde haar hoofd. 'Meneer Chester zou helemaal niet blij zijn als ik u vandaag weg liet gaan. Hij zei dat u onder geen beding naar buiten mocht, mevrouw, gezien uw toestand.' Ze bloosde licht. 'Ik weet dat u wilt gaan, mevrouw, maar probeer nu toch verstandig te zijn. Het heeft geen zin die arme meneer nog ongeruster te maken... Hij heeft het gezegd, mevrouw.' Er zat een rimpel tussen haar ogen. Ze was dol op mij... maar Henry was de heer des huizes.

'Juist, ja.' Even werd ik rood van opstandigheid; wat deden Henry's instructies ertoe? Toen dacht ik weer aan wat hij had gezegd over dokter Russell, en Tabby's onschuldige herhaling van zijn woorden 'gezien uw toestand'. Ik moest plotseling rillen.

'Misschien moest ik dan toch maar binnen blijven,' zei ik gemaakt nonchalant. Ik deed mijn mantel uit en dwong mezelf te gaan zitten.

'Dat lijkt me beter, mevrouw,' zei Tabby moederlijk. 'Wilt u misschien thee? Of chocola? Of wat van dat gemberbrood wanneer het uit de oven komt?'

Ik knikte. Mijn kaak deed pijn van het geforceerd glimlachen. 'Ja, graag.'

Ik deed mijn best om mijn kalmte te bewaren, terwijl Tabby de salon aan kant maakte. Het leek wel of ze er een eeuwigheid over deed om het vuur aan te leggen, de kussens op te kloppen en ervoor te zorgen dat ik alles had wat ik nodig had. Ik had haar natuurlijk kunnen zeggen dat ik alleen gelaten wilde worden, maar haar toewijding was heel echt en ontroerend, en bovendien wilde ik niet dat ze Henry zou melden dat ik zenuwachtig of labiel was geweest. Zijn dreigement had aan duidelijkheid niets te wensen overgelaten... Alleen de gedachte al riep een hysterie bij me op die ik met moeite kon onderdrukken: als ik te ziek of labiel werd geacht om alleen het huis te verlaten, wanneer kon ik Mose dan ontmoeten? Wanneer kon ik Fanny dan zien?

Ik sprong overeind en rende naar het raam. Ik keek naar de tuin, waar het zojuist was begonnen te regenen. Ik deed het raam open en strekte mijn armen uit. Ik voelde het vocht op mijn gezicht, mijn handen. De regen was warm, de geur van de natte tuin was scherp nostalgisch, als het kerkhof bij nacht, en ik voelde mijn paniek een beetje wegtrekken. Ik liet het raam achter me wijd openstaan en ging weer zitten. Ik probeerde helder te denken, maar hoe meer ik mijn gedachten op een rijtje wilde zetten, hoe dieper ik wegzakte in de schemerwereld van de vorige nacht, waar elke herinnering getint leek door een narcotisch bedrog. Misschien had Henry gelijk: misschien was ik gek aan het worden. Kon ik Mose maar zien...

Nee! Nog niet. Eerst moest ik Henry ervan overtuigen dat ik er goed genoeg aan toe was om alleen weg te kunnen. Híj was de vijand, hield ik mezelf ferm voor: hij was de schuldige, niet ik. Ik had het recht hem te haten. Ik had het recht ongelukkig te zijn.

Het was de eerste keer dat ik dit onder ogen durfde te zien; ik had Henry die dag stilletjes de oorlog verklaard, een oorlog vol haat en sluwheid. Hij zou misschien denken dat hij alle wapens had, maar ik was niet het knappe sufferdje waar hij me voor hield: dat zou ik bewijzen. Ik had in ieder geval het voordeel van de verrassing...

26

Ik zag Effie de volgende dag niet en eerlijk gezegd miste ik haar niet: ik had ernstige zaken aan mijn hoofd. Allereerst had een hele stoet schuldeisers besloten me en masse te overvallen en betaling te eisen. Als ik het voordeel van Fanny's kristallen bol had gehad, zou ik ongetwijfeld geregeld hebben dat ik elders was toen ze langskwamen, maar de trieste waarheid was dat ik na enige onaangenaamheden verplicht was een som van bijna honderd pond te betalen. Hierdoor waren mijn financiële middelen totaal uitgeput en ik zat een sombere middag lang op mijn rekeningen te turen, waarna ik wel moest toegeven dat ik voor het lieve sommetje van vierhonderd pond in het krijt stond, een bedrag dat zelfs ik moeilijk kon bagatelliseren. Een smekend briefje van Effie wist me niet op te beuren; haar dienstmeid, Em heette ze geloof ik, bracht het om zes uur 's avonds, maar tegen die tijd was ik prettig op drift geraakt met een fles wijn en had ik helemaal geen zin in een herhaling van ons rendez-vous van de vorige nacht. Ik opende het – zwaar verzegelde – briefje en poogde bij het licht van een kaars Effies moeizame handschrift te ontcijferen.

Mijn allerliefste Mose,

Ik moet je ZO SNEL MOGELIJK ontmoeten; ik zit in een HOPELOZE SITUATIE. Henry wil me niet het huis uit laten gaan en dreigt met de DOKTER als ik niet gehoorzaam. Ik MOET weg zien te komen, maar ik kan nergens heen. Kom alsjeblieft langs wanneer Henry werkt. JE MOET ME HELPEN. Ik hou van je,

E.

Ik las het ongekunstelde briefje met weinig animo. Ik kon uit het handschrift en de hoofdletters opmaken dat Effie in een toestand van grote agitatie was toen ze het schreef, maar dat vatte ik niet zo zwaar op. Ik wist hoe snel Effie hysterisch kon worden en aangezien ik niets van de koene ridder in me had, zette ik het hele geval snel uit mijn gedachten.

Ik verontschuldig me niet: ik laat me niet commanderen door iedere vrouw, vooral niet een in nood – sprookjes laat ik over aan mensen als Henry Chester. Verhalen waarin de knappe prins er-vandoor gaat met de prinses lijken altijd te eindigen met een zin waarin de knappe prins trouwt, en ik vond dat er een wanhopige dreiging van Effies briefje uitging. Dus negeerde ik het. Het was het vriendelijkste wat ik kon doen, hield ik mezelf voor: snel een eind aan de hele affaire maken en haar aan haar dagdromen overlaten, en dan zou ze algauw een andere man vinden op wie ze haar hoop kon vestigen. Ik was genoeg op haar gesteld om blij te zijn dat er door mijn toedoen geen schandaal van zou komen.

Hé, schandaal. Dat bracht me op een idee.

Ik was zo opgegaan in het nemen van mijn besluit aangaande Effie dat ik zowaar even mijn eigen financiële problemen verge-ten was. In mijn filantropische bui had ik een kans over het hoofd gezien die me lieflijk en helder als het zonlicht toelachte... en die inderdaad mijn problemen zou kunnen oplossen, en ook die van Effie. Door de mist van de wijn begon mijn geest snelle berekenin-gen te maken.

Noem het geen chantage: dat is wel zo'n onelegant woord. Laten we het een creatieve investering noemen. Henry Chester liet me koud. Als hij zo dom was aan meisjes in bordelen de voorkeur te geven boven zijn bekoorlijke vrouw, kon hij net zo goed voor dat voorrecht betalen. Hij had meer dan genoeg geld, ik bezat daaren-tegen niets. Hij was vergeven van de scrupules – alweer: ik bezat die niet. Hij had God aan zijn zijde – meer kon een mens toch niet willen?

Ik viste het briefje van Effie uit de prullenmand en streek het verkreukelde papier peinzend glad. Het stond me tegen dat ik haar moest misleiden, maar voorlopig speelde ik haar spelletje mee.

Ik pakte een pen, sneed hem bij en schreef Effie een kort briefje. Toen trok ik mijn mantel aan en hield ik een huurrijtuig aan om me naar Crook Street te brengen. Ik had het gevoel dat Fanny me heel wat hulp zou kunnen geven als ik haar erom vroeg.

27

Ik wist dat hij zou komen: zijn hebzucht en zelfzucht waren zijn sterkste en beste eigenschappen en ik wist dat hij me niet teleur zou stellen. Als hij niet was gekomen, zou ik hem denk ik uiteindelijk zelf op het idee hebben gebracht, maar het was veel beter dat hij er zelf mee kwam. Hij zette die avond al zijn charme in, niet vermoedend dat ons doel hetzelfde was. Hij had mij nodig, zei hij, om een klein schandaal te ensceneren dat Henry's ondergang zou betekenen als het bekend werd. Tentoonstellingen in de academie, zijn huwelijk en zijn status in de kerk... het zou allemaal afgelopen zijn als in de juiste oren gehint werd naar de geheime activiteiten van de vrome meneer Chester. En dan was er natuurlijk nog Effie: Henry scheen haar gehoorzaamheid af te dwingen door haar te dreigen met een zenuwarts. Als ze hem zou onthullen wat ze wist, zou het niet meer in Henry's macht liggen haar bang te maken.

Mose wees er meteen op dat hij niet de enige zou zijn die profijt zou trekken van het complot: Effie zou bevrijd worden van de tirannie, hij zou wat duiten (niet veel, want hij was geen hebzuchtig man) verdienen die hij hard nodig had en ik... Tja, daar was hij toch in het nadeel. Hij kon maar niet begrijpen waarom ik het geld weigerde: was genegenheid voor Effie de reden? Koesterde ik een geheime wrok tegen onze brave Henry? Ik merkte wel dat hij dolgraag wilde weten hoe het zat, maar ik lachte en vertelde hem niets. Hij was zo slim en gewetenloos dat ik hem geen feiten durfde toevertrouwen, zelfs als het feiten waren die hij niet zou willen geloven.

'Nee, nee, Mose,' zei ik glimlachend. 'Ik laat niets los. Noem het wrok, zo je wilt, of gewoon de ondeugende neiging die de vrouw eigen is. Bovendien is Effie een lief kind en ik kan niet aanzien dat die hypocriet haar ongelukkig maakt. Wat ben je van plan?'

Mose grijnsde. 'Jij vertelt me wanneer Henry in je etablissement wordt verwacht,' legde hij uit. 'Regel het zo dat ik hem met een van je meisjes gadesla. Daarna hoef ik alleen nog maar een aardig briefje te schrijven, met citaten en verwijzingen en de verzekering dat ik details zal onthullen aan iedereen die geïnteresseerd is, en dan zweer ik je dat Henry alles zal betalen wát ik hem vraag, wannéér ik het vraag en zo váák ik het vraag. En dat alles zonder enig risico.'

Ik fronste mijn voorhoofd. 'Maar wat heeft Effie daaraan?' vroeg ik. 'Ik snap wel wat jij eraan hebt, maar voor ik met zo'n plan instem, wil ik zeker weten dat Effies geluk veiliggesteld is.' Ik deed even of ik in de war was. 'Je zou haar misschien ook kunnen schrijven...' stelde ik aarzelend voor.

'Nee!' Het gezicht van Mose klaarde op. 'Ik heb een veel beter idee. Ik regel dat zij ook hier aanwezig is. Als Henry dan beweert dat ik bluf en weigert te betalen, heb ik een getuige die veel betrouwbaarder is – een betere dan zijn vrouw is er niet. Als zij onthult dat ze hem in een bordeel heeft gezien, zal geen van zijn fraaie kerkvriendjes nog ooit iets met hem te maken willen hebben.'

Ik keek hem enigszins bewonderend aan. Wat een goede leerling was hij toch! Hij zat zo hoog op zijn arrogante troon dat hij zich totaal niet realiseerde dat hij heel gemakkelijk te manipuleren was.

'Effie ook hier...' Ik zweeg. 'Daar was ik nooit op gekomen. Maar het idee bevalt me wel,' besloot ik, wat krachtiger nu. 'Ik denk dat het wel zal werken. Zeg tegen Effie dat Henry hier volgende week donderdag om middernacht weer zal zijn. Zeg tegen haar dat ze om elf uur hier moet zijn. Ik zal haar verstoppen voordat Henry komt. Kom jij om tien voor halfeen, dat geeft Henry wat tijd voor het zover is. Ik zorg wel voor de rest.'

28

Ik werkte de hele dag in het atelier aan *De kaartspelers*. Ik was heel tevreden over het werk: het was een krachtig schilderij. Harper hing tegen de muur met zijn ellebogen op tafel en zijn gezicht half opgeheven naar het licht en bekeek zijn kaarten met die uitdrukking van geslepen nonchalance die zo kenmerkend voor hem is. Een groenige olielamp hing vuil boven zijn hoofd te flakkeren en wierp licht op de groezelige muren en de ongeverniste tafel en gaf de dikke, met troebele absint gevulde glazen een sterk reliëf.

Ik had de figuur van de vrouw met houtskool ingeschetst, waarvoor ik een model uit de stad gebruikte omdat het alleen om de houding ging. Ik wilde haar in half profiel hebben; één hand lag op de tafel voor haar en de andere hield de kaart met de schoppenvrouw speels tegen haar lippen... Ik zou binnenkort beter materiaal nodig hebben, een donkerharige vrouw. Niet Effie, concludeerde ik, zeker niet Effie. Ten eerste stond het me tegen haar zo dicht bij Harper te zien zitten, zelfs op mijn eigen schilderij, en ten tweede... Het was een vage, nevelige weigering, een ongemakkelijk gevoel wanneer ik aan haar in mijn atelier dacht. Waarom voelde ik me niet op mijn gemak, zo vroeg ik me af. Ze had er al duizend keer model gezeten. Waarom deze keer niet? Ik had geen antwoord. In mijn herinnering kwam er kort een beeld boven, koud en intens als het langs strijken van een geest... een smal gezicht dat me in het donker aanstaarde, een stem als kant en vorst die samen fluisterden, een geur van chocola...

Waar was die grillige herinnering vandaan gekomen? En dat gezicht, wazig maar toch bekend, de witte vlek van het gezicht van de kleine Persephone in het duister van de onderwereld? Gefrustreerd balde ik mijn vuisten: ik had haar eerder gezien, mijn schoppenvrouw. Wie was ze?

Wie?

Toen ik thuiskwam, was Effie aan het borduren, zo ingetogen als een braaf meisje. De zijde lag uitgespreid op de rustbank, op het voetenbankje en op het grijze flanel van haar jurk, en de draden en het lange paneel waren de enige kleur om haar heen. Ze had een non kunnen zijn, met haar haar los om haar schouders als een kap, en even was haar schijnbare zuiverheid spookachtig, angstaanjagend, als een visioen van de heilige maagd. Toen keek ze op en op dat moment zag ik haar gezicht: het was dat van een wraakzuchtige oude vrouw, vertrokken van haat en woede, een witharige schikgodin die ouder was dan de tijd en die mijn leven aan een draad in haar knokige vingers hield. Ik schreeuwde het bijna uit.

Toen veranderde de lichtval weer en was ze Effie, met een gezicht zo gedwee en onschuldig als dat van de schone slaapster op haar borduurwerk. Ik vroeg me af wat voor haatdragende gedachten door haar hoofd hadden gespookt en toen ik haar zag glimlachen, nam ik me voor op te passen. Haar lach had iets wétends, iets wat in tegenspraak was met haar timide stem toen ze me begroette. Was ze weg geweest? Had ze in de verboden boeken zitten lezen? Had ze mijn kamer doorzocht?

Ik forceerde een glimlach ten antwoord. 'Voel je je nu beter, Effie?' vroeg ik.

'Ja, dank je, veel beter. Mijn hoofdpijn is nu helemaal over en ik heb de hele middag zitten borduren.' Alsof ze dat wilde benadrukken, legde ze het borduurwerk weg en begon ze de zijde keurig te vlechten.

'Uitstekend,' zei ik. 'Maar je conditie van vanmorgen in aanmerking nemend, denk ik dat het goed zou zijn als je minstens een paar dagen niet naar buiten gaat.' Ik verwachtte dat ze zou protesteren, omdat ik van Tabby wist dat ze zo graag wandelde, maar Effie vertrok geen spier.

'Ja,' stemde ze in. 'Ik denk dat het beter is in huis te blijven zolang ik niet helemaal de oude ben: ik wil geen kou vatten op het kerkhof.'

'En niet lezen,' voegde ik eraan toe; ik dacht dat als er íéts was wat haar uit het lood bracht, het een verwijzing naar haar dierbare boeken zou zijn. 'Ik weet zeker dat romans en poëzie bij een meisje met jouw grillige temperament slechts onoverzienbare schade kunnen aanrichten. Ik heb een paar stichtelijke boeken en een aantal verhandelingen die je kunt lezen als je dat wilt, maar ik heb de rest van je boeken uit de bibliotheek gehaald en ik zou je willen vragen er geen meer te kopen.' Ik verwachtte absoluut dat er nu een uitbarsting kwam, maar ze knikte alleen maar – zag ik een lachje om haar bleke mond? – en begon haar borduurwerk op te bergen in haar naaimand.

'Ik wil proberen dit paneel nog dit jaar af te krijgen, als dat kan,' zei ze. 'Ik denk dat het geschikt is als haardscherm, of misschien als het middengedeelte voor een sprei. Wat denk jij?'

'Doe wat je goeddunkt,' zei ik koel. 'Ik kan over dergelijke dingen niet oordelen.'

Ik was verbaasd en nogal verontrust. Ze was vanmorgen hulpeloos en hysterisch geweest en had gejammerd en gehuild als een verwend kind; nu was ze koel en beheerst en haar beleefdheid was bijna een vorm van minachting. Wat hield ze voor me verborgen?

Tijdens het avondeten sloeg ik haar aandachtig gade. Zoals gewoonlijk at ze weinig, maar wilde wel wat brood met boter nemen, toen ik aanmerkingen maakte op haar gebrek aan eetlust. Ze was volgzaam, lief en charmant, maar waarom kromp mijn maag dan samen bij de gedachte aan haar volgzaamheid, aan haar liefheid? Mijn onrust en ongenoegen namen toe en ten slotte trok ik me terug in de rookkamer en liet ik haar alleen.

Ik hield mezelf voor dat ik gewoon nerveus was: ik had de nacht daarvoor nauwelijks geslapen, ik had de hele dag in het atelier gewerkt en ik was moe. Dat was alles. Maar op de een of andere manier was dat níét alles. Terwijl ik weg was, was er iets met Effie gebeurd, iets heimelijks, misschien zelfs iets gevaarlijks. Op een vreemde, verborgen manier voelde ik dat Effie niet meer alleen was, dat ze niet meer van mij was. Ik bleef die avond lang op; ik zat te roken en te drinken en piekerde me suf om erachter te komen wat het was dat mijn bleke zuster eindelijk had doen ontwaken.

Verandering

29

Vijf dagen. Vijf dagen wachtte ik. Ik kon nauwelijks eten; ik was bang om te gaan slapen, voor het geval ik mijn gedachten 's nachts hardop uit zou schreeuwen, en laudanum was de enige rust die ik mijn wanordelijke brein durfde geven. Ik zag dat Henry achterdochtig was: soms betrapte ik hem erop dat hij me zat aan te staren en soms keek hij me op een berekenende manier aan. Een maand geleden nog had ik de druk van zijn onderzoekende blik niet kunnen verdragen, maar ik bezat een nieuwe kracht, had het gevoel dat er iets veranderd was, dat er een nieuwe duisternis in mijn hart zat die me met doodsangst en vreugde vervulde. Ik voelde me erdoor beschermd, zoals de vormeloze vlinder in het duister van zijn harde pop rondtast, of zoals de wesp ongedurig beweegt in zijn zijden cocon en onaangename, wraakzuchtige dromen over vliegen heeft.

En ik? Zou ik vliegen? Of zou ik steken?

In mijn dromen vloog ik; ik zweefde door eindeloze, veranderlijke luchten met mijn haar achter me aan als de staart van een komeet. In mijn dromen zag ik Henry Chester in een kinderkamer vol ballonnen, en de onrustige, fragmentarische herinneringen die me overvielen toen ik in Fanny's huis sliep, kwamen met een onthutsende helderheid terug. Stemmen spraken me toe vanuit het donker en ik zag gezichten en hoorde namen en verwelkomde hen als oude vrienden. Ik zag Yolande, met haar kortgeknipte haar en rechte jongensfiguur, haar eindeloze zwarte sigaren; ik zag Lily, met de mouwen van haar mannenhemd opgerold, zodat haar dikke rode onderarmen te zien waren, en dan waren er nog Izzy en Violet en Gabriel Chau... en duidelijker dan de rest herinnerde ik me Marta die door de schemerige lucht zweefde met ballonnen in haar hand; ze zweefde steeds dichterbij terwijl Fanny mijn haar streelde en zong... ik wás daar geweest, die avond waarop Henry naar me toe kwam met een duistere en schuldbewuste blik van wellust in zijn ogen... Ik wist dat ik daar geweest was en ik verwelkomde de subtiele verandering die zich in me voltrok met een felle vreugde.

Er waren momenten waarop ik bang was krankzinnig te worden. Maar ik hield me steeds goed: wanneer laudanum niet voldoende was om de hysterie de kop in te drukken en wanneer ik vol eenzaamheid verlangde naar Mose en Fanny en wanneer mijn vingers trilden van verlangen om de bijna voltooide afbeelding van de schone slaapster aan bloederige flarden te scheuren, sloop ik naar mijn kamer waar ik onder in een van mijn laden de brief van Mose en het briefje van Fanny verstopt had. Ik las ze telkens weer en wist dat me niets kon gebeuren, dat ik bij zinnen was: ik zou spoedig bevrijd zijn van Henry's invloed en zijn dreigementen... Ik zou bij vrienden zijn die van me hielden.

Op donderdag wendde ik hoofdpijn voor om vroeg naar bed te kunnen gaan. Om halfelf sloop ik het huis uit. Op een redelijke afstand van het huis hield ik een rijtuig aan om me naar Crook Street te brengen, waar ik om ongeveer elf uur arriveerde, zoals me was opgedragen. Zodra ik over de drempel was, begon ik weer dat gevoel van rondtollen, van zweven te krijgen, de vreugdevolle angst van mijn laudanumdromen, de naakte vormeloosheid van mijn nachtelijke vluchten. Een meisje deed open; ze staarde me aan met een gezicht dat door het groenige gaslicht vreemd verwrongen leek; er verscheen een tweede meisjesgezicht achter haar en daarachter nog een, totdat een menigte losse gelaatstrekken uitwaaierde in de gang... Ik struikelde over het opstapje en behield mijn evenwicht door tegen de deurpost te leunen; er werden tien handen naar me uitgestoken en terwijl ik de gang in werd getrokken, ving ik de weerkaatsing van mijn gezicht op in de spiegels die aan weerszijden aan de muur hingen; een rij beelden die zich tot in het oneindige uitstrekte: een wit gezicht, wit haar, een oud vrouwtje tussen de mooie gezichtjes, geverfde lippen en vrolijke linten van de andere meisjes. Links van me ging er abrupt een deur open en Fanny stond naast me.

'Dag liefje,' zei ze, en ze pakte me bij de arm en leidde me de salon in. 'Hoe is het met je?'

Ik pakte de stijve groene satijnen mouw van haar japon beet om houvast te hebben. 'O, Fanny,' fluisterde ik. 'Hou me alsjeblieft even vast. Ik ben toch zó bang. Ik weet niet eens wat ik hier doe.'

'Ssst...' Ze trok me met één arm in een ruwe omhelzing naar zich toe en ik rook tabak en amber en Pears zeep op haar huid, een wonderlijk geruststellende combinatie die me op de een of andere manier aan Mose deed denken. 'Vertrouw op mij, liefje,' zei ze zachtjes. 'Doe wat ik zeg, dan zal je niets overkomen. Vertrouw verder niemand. Je begrijpt misschien nog niet waar we mee bezig zijn, maar geloof me, ik begrijp dat wel. Henry Chester heeft genoeg aangericht: ik laat hem je niet wéér pijn doen. Ik zal je de gelegenheid geven wraak te nemen.'

Ik luisterde nauwelijks. Het was genoeg haar sterke arm om mijn schouder te voelen en haar hand mijn haar glad te voelen strijken. Ik sloot mijn ogen en voor het eerst sinds vele dagen voelde ik dat ik zou kunnen slapen zonder bang te zijn voor mijn dromen.

'Waar is Mose?' vroeg ik slaperig. 'Hij zei dat hij zou komen. Waar is hij?'

'Later,' beloofde Fanny. 'Hij komt, dat beloof ik je. Hier. Ga even zitten.' Ik opende mijn ogen en ze duwde me zacht maar beslist naar een kleine zitbank voor het vuur. Dankbaar leunde ik achterover in de kussens.

'Dank je, Fanny,' zei ik. 'Ik ben toch zo... moe.'

'Drink dit maar op,' stelde ze voor, terwijl ze me een kleine beker overhandigde met een warme, zoete vloeistof die geurde naar vanille en bramen. Toen ik ervan dronk verspreidde zich een aangenaam gevoel van ontspanning door mijn trillende lichaam.

'Goed zo. Nu kun je even rusten.'

Ik lachte naar haar en liet mijn blik lui door de salon dwalen. Het was een kleine kamer, gestoffeerd in roodtinten, die dezelfde oriëntaalse welstand uitstraalde als de rest van Fanny's huis. Er lag een fraai Perzisch tapijt op de vloer en aan de muur hingen waaiers en maskers en een Chinees haardscherm bood beschutting tegen de gloed van de schoorsteen. Het meubilair was van cederhout en rozenhout en bekleed met lichte en helderrode kleuren. Megaera en Alecto zaten voor het scherm op een mat en op tafel stond een getinte glazen vaas met rode rozen. Toen ik mijn handen naar mijn gezicht bracht, zag ik dat ook ik op wonderbaarlijke wijze even een verandering had ondergaan: mijn huid was warm gevlamd en mijn haar was bij het lamplicht een scharlaken zonsopgang. Ik was vervuld van warmte en een gevoel van welbehagen. Bijna onbewust nam ik nog wat van Fanny's warme, gekruide drank en ik voelde de nieuwe energie als een smal spoor van vuur door mijn keel trekken. Plotseling kwam er een intense helderheid van geest over me.

'Ik voel me inderdaad veel beter, Fanny,' zei ik met een sterkere stem. 'Vertel me alsjeblieft wat we gaan doen.'

Ze knikte en kwam met ruisende rokken naast me op de bank zitten. De twee katten kwamen onmiddellijk naar haar toe en drukten spinnend hun zachte kopjes tegen haar handen. Ze koerde en kirde tegen hen en noemde hen bij de naam.

'Hoe is het met Tizzy?' vroeg ze plotseling. 'Doet ze aardig tegen je?'

'Ja,' antwoordde ik glimlachend. 'Ze slaapt 's nachts op mijn bed en zit bij me wanneer ik alleen ben. Henry heeft een hekel aan haar, maar dat kan me niet schelen.'

'Mooi.' Even leek Fanny's gulle mond te verstrakken, een bijna wrede trek te krijgen, en ze keek met een felle, harde intensiteit naar de katten op haar schoot. Ik voelde dat ze mijn bestaan helemaal vergeten was.

'Fanny!'

'Liefje!' De glimlach was terug en haar uitdrukking was weer uiterst sereen. Ik begon te twijfelen of ik wel een verandering had waargenomen.

'Wat moet ik doen wanneer Henry komt? Zal ik me schuilhouden, zoals Mose zei?'

Ze schudde haar hoofd. 'Nee, liefje, je hoeft je niet schuil te houden. Vertrouw op mij, weet dat ik om je geef en dat ik niet zal toestaan dat je iets overkomt. Maar je moet dapper zijn en precies doen wat ik zeg. Zul je dat doen?'

Ik knikte.

'Goed. Geen vragen dus. Beloof je dat?'

'Ik beloof het.'

Even dwaalde mijn blik af en ik werd iets gewaar achter in de kamer, iets wat vanuit mijn ooghoek een stel ballonnen leek. Ik schrok en wierp onwillekeurig een blik op de plek, en ik voelde hoe Fanny's greep zich – een beetje maar – verstevigde om mijn arm.

'Wat is dat?'

Er waren geen ballonnen. Er was alleen maar een ronde vlek boven in de hoek van de kamer bij de deur.

'Stil maar, liefje,' zei Fanny sussend. 'Maak je geen zorgen. Je loopt hier geen gevaar.'

'Ik dacht dat ik...' Mijn woorden waren zwaar en elke lettergreep was een vormeloze gedaante die zich naar buiten perste door de uiteenvallende stof van mijn uitputting. 'Ik zag ballonnen. Wat... wat moeten ballonnen...?'

'Sjjj. Doe je ogen maar dicht. Zo ja. Sjjj... Goed zo. Slaap, liefje, slaap. Je bent jarig en er komen ballonnen. Ik beloof het je.'

30

De klok op de schoorsteen gaf kwart over elf aan. Ik keek naar haar zoals ze daar lag te slapen op de bank en het leek wel of de botten in Effies gezicht enigszins veranderd waren, zodat ze minder geprononceerd, zachter waren geworden, als het onvolgroeide gezicht van een kind.

'Marta!'

Ze bewoog even toen ik haar riep en bracht haar vingers naar haar mond op die eigenaardig kinderlijke manier die ze altijd had gehad.

'Marta, tijd om wakker te worden.'

Haar ogen gingen open, eerst verward, maar toen richtten ze zich op de mijne met een lief vertrouwen dat mijn hart verscheurde.

'Heb ik geslapen?' informeerde ze, in haar ogen wrijvend.

'Ja, Marta: je hebt een hele tijd geslapen...' Ik voelde mijn hart van blijdschap een sprongetje maken: het was Marta's kinderlijk lage stem, nog onduidelijk van de slaap en met een licht accent dat me met weemoed aan mijn moeder deed denken.

'Is hij er nog niet?'

'Nee, maar hij komt gauw. We moeten je op hem voorbereiden. Kom met me mee.'

Ze was volgzaam en liep geluidloos en met haar hand in de mijne mee. Ik bad dat ik de juiste beslissing had genomen.

'Eerst moeten we ervoor zorgen dat hij je niet herkent,' zei ik tegen haar, terwijl ik haar naar boven meenam, waar mijn eigen kamer was. 'Ik zal je een van mijn jurken lenen en dan veranderen we je gezicht en je haar.'

'Oké.' Haar lieve glimlach bleef. 'Zal ik niet bang zijn?'

'Nee,' antwoordde ik, 'je zult niet bang zijn. Je zult sterk en dapper zijn, zoals ik je gezegd heb.'

'Ja...'

'Hij zal je niet eens herkennen. En wanneer hij je naar je naam vraagt, wat zeg je dan?'

'Dat ik Marta heet.'

'Goed zo.'

'Dit heet "henna", Marta,' zei ik toen we haar haar een spoeling gaven. 'Je haar wordt er donkerder van, zodat Henry je niet herkent. Wanneer Henry weg is, spoelen we het eruit met iets waardoor het weer schoon wordt. Goed?'

'Ja.'

'Nu zal ik je helpen met het aantrekken van deze jurk van mij: ik heb hem heel lang niet meer gedragen; ik was toen jonger en slanker. Hij is mooi, hè?'

'Ja.'

'En daarna doen we wat poeder en rouge op je gezicht om je er anders uit te laten zien.'

'Hij zal me niet herkennen.'

'Niet nu je ouder bent.'

Stel je het overbrengen van de afbeelding op een fotografische plaat op papier voor, hoe hij steeds donkerder wordt, van wit naar bleekgoud, van amber naar sepia. Stel je de maan voor wanneer ze haar smalle profiel langzaam in een vol gezicht verandert en de getijden naar zich toe trekt. Stel je de pop voor die de harde doodskist van de larve openscheurt en zijn vleugels aan de zon toont. Rouwt de imago om de rups die ze ooit was? Weet ze dat überhaupt nog?

31

Het is een leugen: ik droom niet. Sommige mensen dromen namelijk niet; mijn nachten hier in Highgate zijn stukjes vergetelheid die zelfs God niet mag binnendringen. Als God mij niet kan bereiken, zou ik wel eens willen weten waarom zíj wel in mijn dromen rondloopt, geurend naar seringen en bedrog, zacht en moordzuchtig als een gifhemd. Ik zie haar niet: ik voel haar haar niet in de vroege ochtenduren langs mijn gezicht strijken; ik hoor niet haar huid langs de zijde van haar jurk schuren; ik neem haar niet uit mijn ooghoek waar, staand aan het voeteneind van mijn bed.

Ik lig niet wakker, vol verlangen naar haar.

Ik dacht dat ik de leeftijd van naar Scheherazade zoeken te boven was: ik had duizenden voren geploegd in duizenden meisjes... jonge meisjes met blond en donker en rood haar, gewone en mooie, bereidwillige en onwillige. Ik had hun geheime vlees geopend, hen gevoed en me met hen gevoed – toch ontsnapt het mysterie me nog steeds. Telkens wanneer ik van hun stinkende divans opstond, bevredigd en overmeesterd door hun dorre honger, wist ik het: er was een mysterie, maar hoe meer ik dolf, hoe minder van de essentie ik naar boven haalde. Ze sloegen me met hun uitdrukkingsloze, domme ogen gade, hongerig, wetend... Het mysterie was weer verdwenen, als het mythische kasteel in het sprookje dat zich nooit langer dan een uur op dezelfde plek bevindt. Ik begon koning Shahriar te begrijpen, die zijn bruiden 's avonds huwde en hen de volgende ochtend executeerde: misschien dacht hij, net als ik, dat hij een deel van het mysterie zou vinden in de holle resten van de nachtelijke orgie; misschien sleepte hij zich, net als ik, te bleek in het genadeloze daglicht naar huis, met niets dan bloed en zaad op zijn handen. Maar hij en ik, broeders in de desillusie, hadden het volgende gemeen: we verloren nooit de hoop.

Als ik op magische wijze in staat was geweest terug te keren tot het formaat van een foetus, de rode duisternis van mijn moeder opnieuw in te zwemmen, zou ik misschien het mysterie hebben begrepen zonder te hoeven slaan en vernietigen... maar ik heb geen magie. Mijn laatste onmogelijke droom betrof Scheherazade, die elke ochtend als de Phoenix uit de as van mijn lust verrijst om een nieuwe boodschap van hoop en acceptatie te verkondigen – elke nacht een nieuw aanzien, een ander gezicht: duizend-en-één ongebroken flacons, gevuld met een elixer van ontzagwekkende, bijbelse potentie... het mysterie van het eeuwige leven.

Droom ik van haar?

Misschien.

Ik nam negen korrels chloraal voordat ik het huis verliet: ik was wonderlijk bevreesd, mijn handen gingen constant naar mijn mond, als een kind dat betrapt is op iets verkeerds. Vreemde gedachten kwamen bij me op, als slechte voortekenen: toen ik het kerkhof passeerde, dacht ik dat ik de gestalte van een kind, helemaal in het wit, blootsvoets bij de poort naar me zag staan kijken. Ik riep naar de koetsier dat hij moest stoppen: toen ik weer keek, besefte ik dat er geen kind stond, maar slechts een witte grafsteen aan de andere kant van de muur die het maanlicht weerkaatste. Terwijl ik keek, sprong een kat op de steen. Hij staarde me met zijn fonkelende, woeste ogen over de donkere plekken heen aan. Uitvergroot tot een onwerkelijke intensiteit door de heldere nacht leken zijn kaken zich te spannen toen ik langsreed – uit angst, of om me te waarschuwen? Omdat mijn fantasie zo met me op de loop ging, keerde ik bijna om. Maar een honger die lang niet alleen puur vleselijk was, dreef me voort: ik kón niet terugkeren. Het bordeel riep.

Fanny liet me binnen en wist me zoals gewoonlijk meteen al te verwarren met haar indrukwekkende, heldergroene japon, haar hoge veren en haar geur. Zoals altijd was haar etablissement een bijenkorf van geuren en even verdronk ik in de parfums. Vervolgens bracht Fanny me vriendelijk via de gang naar een van de kleine zijkamertjes, een kleine salon die ik bij mijn weten in al die tien jaar nog nooit gezien had.

'Ik heb hier iemand die u denk ik graag zult willen ontmoeten,' zei ze met een lachje.

Ik voelde mijn kaken verstrakken: haar uitdrukking had iets wat me ongerust maakte, een soort stille zelfverzekerdheid. Ik schudde mijn arm los uit haar verbazingwekkend krachtige greep, waarbij ik mijn evenwicht verloor en met mijn schouder de deurpost raakte. Fanny lachte weer en bij het lamplicht zag ik dat haar gezicht vertrokken was van wraakzuchtige vreugde.

'Meneer Chester...' Ze klonk bezorgd en de uitdrukking – zo die er al geweest was – was verdwenen. 'U lijkt er niet zo best aan toe vandaag. Ik hoop dat er niets mis is?'

Mis is. Door haar accent kregen de woorden spookachtige sisklanken die zich als slangen in mijn geest wrongen. Ik pakte weer haar arm beet om houvast te zoeken.

Misss isss.

'Nee, hoor, Fanny,' zei ik in het wilde weg. 'Met mij gaat het heel goed. Bijzonder goed,' voegde ik eraan toe, terwijl ik de wereld weer stabiel voelde worden. Ik forceerde een joviale glimlach. 'Goed. Wie ga ik ontmoeten?' informeerde ik op schertsende toon. 'Een nieuwe protégée van je?'

'In zekere zin wel, ja,' stemde ze in. 'Maar eerst stel ik voor dat u een beetje van mijn bijzondere punch neemt om u te sterken. Kom binnen.' Ze tilde de klink van de salondeur op, opende hem en trok me mee naar binnen.

Het licht was roodachtig. Het was bijna even moeilijk mijn ogen erop in te stellen als op volslagen duisternis. Er brandde wierook, een erotische geur als patchouli, en terwijl Fanny me naar een sofa bracht en drank voor me inschonk – zij leek de weg gemakkelijk te kunnen vinden – ving ik glimpen op van vergulde, met namaakjuwelen bezette kleden op de muren en koperen ornamenten op het meubilair, en met name één beeldje, een grote bronzen cirkel waarin een vierarmige god leek te dansen. Bij het flakkerende rode licht zag ik hem bewegen.

Fanny stak me een glas warme gekruide drank toe en ik nam het aan zonder mijn ogen van het beeldje te halen.

'Wat is dat?'

'Shiva, de god van de maan,' antwoordde Fanny. 'En van de dood.'

Ik nam een slok om de abrupte terugkeer van mijn ongerustheid te verbergen. De vloeistof smaakte scherp: mijn smaakpapillen trokken ervan samen. Onder de scherpe smaak proefde ik iets wat bijna bitter was.

'Onzinnige afgoderij,' zei ik luider dan mijn bedoeling was. 'Het ziet er... heel primitief uit.'

'De wereld ís primitief,' zei Fanny luchtig. 'Ik vind het een zeer toepasselijke god. Maar als u er last van heeft...' De rest van de zin bleef vragend en met een tikkeltje spot in de lucht hangen.

Stijfjes zei ik: 'Natuurlijk niet. Het is maar een beeldje.'

'Dan laat ik u nu maar alleen, meneer Chester.' Ze schraapte beleefd haar keel waarop ik me herinnerde dat ik haar moest betalen en ik zocht in mijn zak naar guinjes. Ladylike als altijd stopte ze de munten even handig als een goochelaar weg, alsof ze ze nauwelijks opmerkte. Toen keerde ze zich naar de deur.

'Ik zal het voorstellen aan Marta zelf overlaten.'

Even zat ik niet-begrijpend naar de deur te kijken: ik verwachtte dat het meisje binnen zou komen, maar toen schrok ik van een geluidje achter me en ik draaide me snel om, waardoor ik met een glinsterende boog drank om me heen verspreidde. Op dat moment was ik er bijgelovig zeker van dat het beeldje van Shiva tot leven was gekomen en zijn vier armen naar me uitstak en dat er in zijn ogen een boosaardige intentie school. Ik gaf bijna een gil.

Toen zag ik haar in de schaduwen zitten, nauwelijks zichtbaar tegen de zware plooien van een Indiaas kleed. Ik probeerde mijn zelfbeheersing te hervinden en mijn woede om deze onverwachte actie te beteugelen. Ik dronk het glas leeg dat Fanny me gegeven had, en zette het op de schoorsteen; toen ik me omkeerde was ik wat kalmer geworden en kon ik geruststellend naar het meisje lachen; ik moest me inspannen om bij het slechte licht haar gelaatstrekken te onderscheiden.

Ik zag dat ze jong was, misschien vijftien of zo, en heel slank en tenger. Haar lange, losse haar leek zwart, maar haar ogen hadden iedere kleur kunnen hebben, want ze weerspiegelden het rode licht als robijnen. Haar oogleden en wenkbrauwen waren zwaar opgemaakt met kohl en verguldsel en haar huid had een soort gouden gloed die ik met zigeuners associeerde. Ze droeg een zijden kimono van een dofrode stof die haar slanke, kinderlijke figuur accentueerde, en om haar nek en armen en in haar oren smeulden en fonkelden zware, dieprode edelstenen.

Haar schoonheid benam me even de adem.

'M... Marta?' zei ik hakkelend. 'Heet je zo?'

'Ik ben Marta,' zei ze. Haar stem was een fluistering, een beetje hees maar met een zacht landelijk accent, getemperd door een zweem afstandelijke spot, als die van Fanny.

'Maar ik...' Een inzicht: 'Ik heb je al eens ontmoet. Ik ben eens per ongeluk in je kamer terechtgekomen.'

Geen antwoord.

'Ik hoop dat het nu beter met je gaat.' De insinuatie die ik in die zin had gelegd, miste helaas zijn uitwerking.

'Ben je...' Weer kon ik geen woorden vinden. 'Heb je nog nooit... Ik bedoel... Ben je...?' Ik kon weer haar spotternij voelen, krachtig en verwarrend.

'Ik ben hier voor u,' mompelde ze, en even stelde ik me voor dat ze was gekomen om mijn ziel te halen, zoals de engel des doods. 'Alleen voor u.'

'Aha.' Absurd genoeg voelde ik me heel kleintjes, zo onhandig als een schooljongen bij een hoer die veel ouder is dan hij. Bijna... bijna alsof dit meisje niet een vijftienjarige sloerie was, maar de maagdelijke behoedster van een eeuwig geheim. Ik schoof onrustig heen en weer op mijn stoel; ik verlangde naar haar maar kon niets uitbrengen. Zij had de touwtjes in handen.

'Kom dichterbij, meneer Chester,' fluisterde ze, 'dan zal ik u een verhaal vertellen.'

'De jongeman trok weg om de heks te zoeken, en vanuit de verte zag de heks in de kristallen bol dat hij eraan kwam en ze glimlachte. Ze had heel lang gewacht tot hij kwam en al drie dagen lang had ze overal zijn aanwezigheid gevoeld, in de opalen winterlucht, op de mistige hei, in de kastanjes die gepoft werden bij de haard en vanmorgen in het oog van de gehangene op de kaart. Het had niet veel om het lijf: een blik, meer niet, iets wat op een veelbetekenende knipoog leek, maar voor de heks was het genoeg, dus had ze gewacht. Ze gooide nog wat turf op het vuur en bekeek de kaarten om de eerste glimp van zijn gezicht op te vangen.

Anderen zagen hem komen en schudden hun hoofd: ze kenden zijn verhaal niet, hoewel het een mooi verhaal voor een winteravond was geweest, en ze wilden het ook niet kennen: alleen de schuldelozen of de waanzinnigen gaan op zoek naar heksen, en de geschenken die zij te bieden hebben zijn niet altijd gemakkelijk te dragen. Maar de jongeman was overmoedig en zelfverzekerd en hij stapte over de hei met de gretigheid van iemand die nooit van het rechte pad is afgedwaald. Er school woede in zijn hart, en wraakzucht, want achter zijn knappe gezicht ging een monster schuil, een monster dat elke nacht uit het donker tevoorschijn kwam gestommeld om zich tegoed te doen aan mensenvlees. De bezweringen van de heks hadden het monster in het leven geroepen en de jongeman wist dat hij de vloek alleen kon opheffen door de heks te doden.'

Ze wachtte even en legde haar kleine, koele hand op mijn gezicht. Ik voelde haar armen om me heen glijden, zodat ze in mijn nek fluisterde en mijn nekharen bijna overeind gingen staan. Het gaf een gevoel dat zowel erotisch als verontrustend was.

'Dus' – ik hoorde de lach in haar stem toen ze doorging – 'trok de jongeman over de hei totdat hij bij de plek kwam waar de heks woonde. Toen hij haar rode woonwagen in een heuvelkom zag, voelde hij een golf van vreugde en angst door zich heen slaan. Het was bijna avond en onder dekking van de bloedrode zonsondergang sloop hij naar haar woonwagen en keek naar binnen.

De heks zat te wachten. Ze zag hem bij de deur en kon haar lachen niet inhouden toen hij zijn zwaard hief.

"Bereid je voor op je eind, heks!" riep hij.

De heks stapte het licht in en de jongeman zag dat ze beeldschoon was. Ze deed haar robe open... kijk, zo.'

Met een superbe gebaar liet ze de kimono op de grond vallen. Even stond ze als een heidense godin voor me; in het rode licht leek haar huid van roodkoper; haar haar hing los tot op haar middel. Shiva achter haar strekte elegant, wild verlangend zijn armen uit. In één vloeiende beweging stak ze haar hand uit naar mijn overhemd en begon het los te knopen. Ik was als een behekst slachtoffer en was niet in staat te bewegen, gevangen als ik was in de opwindende sensualiteit die bijna zichtbaar, als sint-elmusvuur, om haar heen hing. Toen ze haar gezicht naar het licht draaide, zag ik haar door de rode sluier van haar haar: het greep me bij mijn ingewanden en sleepte me schreeuwend naar haar toe... En toch lag er geen liefde, geen tederheid in haar blik; ik zag slechts een soort honger, een bodemloze vreugde die lust of wraak of zelfs haat had kunnen zijn. Ik merkte dat het me niets kon schelen.

Ze zat schrijlings op me als een scharlaken centaur, haar gezicht naar het plafond gekeerd, iedere spier gespannen zoekend naar het hoogtepunt. Ik voelde hoe ze me verslond; het genot was enorm, vernietigend, pijnlijk...

'En toen ze klaar waren, trok de jongeman zijn dolk en sneed hij de keel van de heks door, zodat niemand ooit zou weten hoe ze het monster in hem gevoed had, noch hoe begerig het zich gevoed had.'

Ze bevond zich nu weer achter mijn rug en haar haar viel over mijn linkerschouder en de geurigheid van haar zoete, warme huid overweldigde me. Ik hoorde nauwelijks wat ze zei, maar stelde me er tevreden mee in haar nabijheid te zijn.

'De jongeman sliep vele uren en toen hij wakker werd, kwam hij tot de ontdekking dat het dag was en dat de woonwagen leeg was. Hij keerde zich om om weg te gaan, maar plotseling zag hij de kaartendoos van de heks op tafel staan. Hij werd overvallen door de onverklaarbare impuls de doos open te maken en de kaarten te bekijken. Ze waren prachtig, allemaal zo glad als ivoor en uiterst gedetailleerd beschilderd.'

Ik verwachtte ieder moment de gebruikelijke golf van zelfverachting over me heen te voelen komen: mijn lust was uitgeblust en ik had me nog nooit vermeid met hoeren nadat ik hen had gebruikt... Ik had hen zelfs zelden ooit nog willen zíén... Maar dit was anders. Voor het eerst van mijn leven voelde ik tederheid voor deze vrouw, dit meisje, iets wat ik zelfs bij Effie nog nooit had gevoeld.

Juist nooit bij Effie. Iets in mij wilde haar proeven, haar kennen; alsof de daad die we hadden uitgevoerd niets was geweest... alsof er niets onthuld, niets bedorven was. Ik besefte met een plotselinge, vreugdevolle helderheid dat dít het mysterie was. Dit meisje, deze tederheid.

'Impulsief legde de jongeman de kaarten op tafel in een patroon waarvan hij wist dat het de levensboom voorstelde. De kluizenaar, de ster, de minnaars, de page van munten, liefde, lust, de hogepriesteres, verandering... Plotseling voelde de jongeman zich niet op zijn gemak. Hij wilde de laatste kaart, de lotskaart, niet zien. Zijn hand beefde toen deze naar de kaart ging en hij hem omdraaide, behoedzaam, bang ernaar te kijken.

Le pendu: de gehangene... De schrik sloeg hem om het hart en hij wendde zijn ogen af. Het betekende niets! De kaarten hadden geen macht over hem.

En toch gingen zijn ogen, tersluiks, angstig, weer naar de kaarten op tafel.'

Ik raakte haar hals, haar arm, de strakke ronding van haar dij aan.

'Marta...'

'Het gezicht op de kaart kwam hem bekend voor. Hij keek nog eens. Donker haar, glad voorhoofd, gelijkmatige gelaatstrekken... Hij ging een pas achteruit.

Nee! nee. Zijn verbeelding speelde hem parten. En toch, nu hij op enige afstand naar de kaart keek, kon hij bijna geloven dat hij het gezicht van de gehangene herkende... wist hij bijna zeker dat hij het herkende...'

'Marta.'

'Ja?'

'Ik hou van je.'

Haar kus in het donker was lief.

32

Eerst was ik woedend.
Op mezelf, omdat ik verondersteld had dat Fanny me echt zou helpen, op Effie, omdat ze had toegelaten dat ze betrokken werd bij zo'n gevaarlijke, idiote maskerade, maar vooral op Fanny. Ik verdoemde haar tot zes soorten hel toen ze me vertelde dat Effie met Henry in de kamer was en eiste van haar dat ze me zou vertellen wat voor spelletje ze speelde.

Ze bleef afstandelijk, wat me razend maakte.

'Jouw spelletje, natuurlijk, mijn beste Mose,' antwoordde ze liefjes. 'We zetten een schandaal op touw, zodat jij Henry in diskrediet kunt brengen en zijn geld kunt bemachtigen. Dat klopt toch?'

Het klopte, maar ik wilde niet dat de hele zaak aan het licht kwam voordat ik er profijt van had gehad, en dat zei ik ook.

'Het komt niet aan het licht,' zei ze glimlachend. 'Henry zal haar niet herkennen.'

Dat was belachelijk. Henry was verdorie met haar getrouwd!

'Om je de waarheid te zeggen,' vervolgde Fanny, 'denk ik dat ook jij haar niet zou herkennen. Ze kan heel goed... acteren.'

Ik uitte een krachtterm die haar slechts een glimlach ontlokte.

'Kijk nu maar zelf,' zei ze met klem en lichte spot. 'Ik verzeker je dat je kostbare centjes geen gevaar lopen.'

Er zat niets anders op dan te doen wat ze vroeg. Er was een kijkgaatje in de muur achter een wandkleed en daardoor kon ik de salon in kijken zonder het gevaar te lopen door hen gezien te worden. Ik weet nog dat ik me, toen ik mijn oog tegen het gaatje drukte, verontrust afvroeg hoeveel andere kijkgaatjes er in het huis waren en hoe vaak die werden gebruikt.

Niet dat ik veel meer verwachtte dan een belachelijke confrontatie tussen Effie en Henry: het meisje zou instorten of hysterisch worden zodra hij haar herkende. Ik bofte als ik niet gearresteerd werd, en als Henry dat wilde, had hij nu het beste excuus dat er was om zijn vrouw voor altijd in een gekkenhuis te stoppen. En bovendien: als ze zo dom was te denken dat hij haar niet zou herkennen, hoorde zij daar ook in thuis.

Ik was zo verdiept in mijn bittere gedachten dat ik enige tijd niet echt goed keek naar de acteurs in het kleine schimmenspel dat Fanny voor mij liet opvoeren. Na enige tijd was ik echter in staat met een koelbloedige, verbitterde nieuwsgierigheid toe te kijken en voelde ik zelfs mijn gevoel voor humor weer even terugkeren. Bij nader inzien leek de hele situatie inderdaad van een zwarte humor te getuigen. Al zou ik dan misschien de week daarop in de gevangenis zitten vanwege bankroet of fraude, ergens in mijn buik voelde ik wel een zure grijns opkomen.

Ik kon niet horen wat er gezegd werd, maar mijn ogen hadden zich op het rode licht ingesteld en ik kon zowel het gezicht van Henry als dat van het meisje onderscheiden.

Effie?

Ik keek met toegeknepen ogen door het kleine gaatje en fronste mijn voorhoofd. 'Dat is Effie niet.' Ik had zonder het te willen hardop gesproken en ik hoorde Fanny naast me zachtjes grinniken. Ik keek weer en probeerde de gelijkenis te zien.

Het was beslist niet Effie. O, er was een oppervlakkige gelijkenis, iets in het figuur en in de vorm van het gezicht, maar dit meisje was jonger en het haar was donkerder. Bij het bedrieglijke licht had het alles tussen zwart en kastanjebruin kunnen zijn, maar het leek dikker dan dat van Effie. De ogen waren ook donkerder, en zwaar opgemaakt, en de wenkbrauwen waren dik en zwart. Maar het echte verschil zat hem in de bewegingen van het meisje: ze had de vloeiende, slangachtige gratie van een exotische danseres, de uitdagende manier van doen van de geboren courtisane. Effie was onhandig, zoekend, gepassioneerd; dit meisje was koel, elegant in al haar bewegingen, maar afstandelijk, en ze had, bijna op het pijnlijke af, alles onder controle.

187

Maar net toen mijn boze opluchting dreigde uit te monden in verdere verwensingen aan Fanny's adres, zag ik dat het tóch Effie was, maar dan een onvermoede kant van haar. Even was ik stil van bewondering, en ook van iets primitievers. Ik begeerde dit meisje, deze roodkoperen zigeunervrouw. Op dat moment verlangde ik zelfs meer naar haar dan naar Henry's geld... althans, dat is de enige verklaring die ik kan geven voor het feit dat ik niet diezelfde avond nog een eind maakte aan die gevaarlijke maskerade.

Toen Henry eindelijk het huis verliet, haalde Fanny Effie uit de salon op en nam ze haar mee naar boven, naar haar eigen kleedkamer, om haar te helpen met omkleden. Daar zag ik de slimme verzameling middeltjes waarmee ze de persoon die ze 'Marta' noemden, hadden gecreëerd: de kleurtjes, de poeder, de verfjes en de zalfjes die Fanny verwijderde met allerlei crèmes en lotions. Toen zag ik hoe Fanny Effies haar waste met een scherpgeurend, helder destillaat, zodat de verf die ze gebruikt hadden met helder water kon worden uitgespoeld.

Effie bleef passief en toonde geen belangstelling voor mijn observaties, zelfs niet voor mijn lof voor haar spectaculaire vertoning. Toen alle sporen van haar vermomming waren verwijderd, verviel ze in een lome, slaperige toestand, alsof ze gedrogeerd was; ze reageerde nauwelijks toen ik tegen haar sprak. Met een scherpe blik op Fanny vroeg ik me af of 'Marta' in feite niet een creatie van Fanny's sterke afrodisiaca was. Ik vroeg me, niet voor het eerst, af wat voor spel Fanny nu eigenlijk speelde.

Het was drie uur toen ik Effie mee naar huis kon nemen. Ze zat een tijdje haar haar te drogen voor het vuur, voordat Fanny verklaarde dat ze gereed was om te vertrekken. Ik weet nog dat ik hen beiden gadesloeg: Effie met haar hoofd in de schoot van Fanny, die haar drogende haar met lange, krachtige halen kamde, Effie die op haar beurt weer in een onbewuste imitatie de katten aan haar voeten streelde. Ik bedacht dat ze in de symmetrie van hun houding en de rust die ze uitstraalden, veel van elkaar weg hadden, alsof ze zusters waren, of minnaars. Ik werd buitengesloten, onbewust weliswaar, maar toch buitengesloten; en hoewel ik niet verliefd was op Effie, voelde ik een soort verontruste woede.

Ik ging zo op in mijn gedachten dat ik schuldbewust opschrok toen Fanny eindelijk sprak.

'Zo, liefje,' zei ze zacht, 'het is tijd om wakker te worden. Kom.'

Effie, die voorzover ik wist niet had geslapen, bewoog en tilde haar hoofd een beetje op.

'Ssst, ja, ik weet dat je moe bent, maar je moet nu naar huis. Weet je nog?'

Effie maakte een geluidje van berusting of protest.

'Kom, Effie. Over niet al te lang ben je weer hier.'

Effie keek op en toen ze mij zag, verdween de verwarde uitdrukking van haar gezicht en glimlachte ze levendiger dan ik haar de hele nacht had zien doen.

'Mose!' riep ze uit, alsof ik niet de halve nacht naast haar had gezeten. 'O, Mose!' Ik mag hangen als ik weet waarom, maar ze sprong op en sloeg haar armen om mijn nek.

Ik was geneigd haar een sarcastisch antwoord te geven, maar op dat moment zag ik de uitdrukking van complexe voldoening op Fanny's gezicht en besloot ik het niet te doen. Er zat iets te broeien in dat heksenhoofd van haar en ik was niet zo dom om dat te negeren. Een gevaarlijke vrouw, Fanny Miller: onthoud dat goed, voor het geval je haar ooit ontmoet.

Zoals ik al zei, moest ik Effie dus naar huis brengen voordat de bedienden wakker werden. Haar haar was nu bijna droog en ze trok haar oude jurk en mantel aan. Ze leek bijna opgetogen, maar ze ging niet in op de gebeurtenissen in de salon waarvan ik getuige was geweest. In het rijtuig stelde ik haar voorzichtig een rechtstreekse vraag, maar ze keek me met een vreemde, wezenloze uitdrukking aan.

'Vraag het maar aan Marta,' zei ze simpelweg en meer wilde ze niet kwijt.

Ik hield me in en plaagde haar niet. Ik nam aan dat ze wist dat ik gekeken had en dat ze een zekere schroom voelde om erover te praten. Dat was heel natuurlijk, leek me. Nee, het was Fanny met wie ik moest praten. Zij was degene die dit alles in scène had gezet. Effie was gewoon een werktuig. Het was al laat, maar zodra ik Effie voor de deur had afgezet, keerde ik om en reed ik terug naar Crook Street.

33

Ik wist dat hij terug zou komen. Ik had hem naar ons zien kijken met zes soorten hel in zijn ogen en ik wist dat hij helemaal niet tevreden was. Hij had graag greep op de dingen, onze Mose. Hij hield er niet van in het ongewisse gelaten te worden en hij had er een hekel aan gebruikt te worden – hij was intelligent genoeg om te zien dat hij in zekere zin gebruikt was en ik had er belang bij hem goedgestemd te houden totdat ik hem niet meer nodig had.

Ik zorgde ervoor dat ik wat meer warmte in mijn stem legde dan tijdens onze vorige ontmoeting: dat was eerlijk gezegd niet moeilijk. Mijn plan was beter verlopen dat ik had verwacht en toen Mose arriveerde, voelde ik me opgetogen en bruiste ik van de energie. Hij was daarentegen koel en op zijn hoede en vermoedde een samenzwering, maar wist niet goed hoe hij die zou kunnen ontmaskeren. Met zijn handen in zijn zakken liep hij de salon in; zijn wenkbrauwen waren licht gefronst.

'Mose, wat een genoe...'

'Je hebt een gevaarlijk spelletje met mijn toekomst zitten spelen, Fanny,' onderbrak hij me droog. 'Misschien zou je even uit willen leggen waar je nu eigenlijk mee bezig was?'

Ik lachte hem allerliefst toe.

'Niet zo lichtgeraakt, Mose,' berispte ik hem lachend. 'Wat heb je te klagen? Je hebt geen seconde gevaar gelopen, en dat weet je.'

'Daar gaat het niet echt om,' snauwde hij. 'We hadden een afspraak en ik verwachtte dat je je eraan zou houden. Hoe het ook zij: je nam een gok met mij als inzet: wat had je gedaan als Chester Effie had herkend? Dan had ik zwaar moeten boeten. Chester heeft verdomd veel invloed – dacht je dat hij me er met een lichte bestraffing zou laten afkomen? Hij zou zijn uiterste best doen...'

'Hou op met dat gezeur,' onderbrak ik hem opgewekt, 'en ga zitten. Ik vind het heel vervelend om zo omhoog te moeten kijken terwijl ik met je praat. Ik heb geen gok genomen. Bij dat licht, in die vermomming, zou níémand Effie herkend hebben. Zeker niet Henry. Hij komt echt niet op de gedachte dat hij zijn vrouw in zo'n situatie zal aantreffen.'

'Misschien. Maar waarom zou je het risico nemen?'

'Ga zitten!' herhaalde ik.

Nors gehoorzaamde hij en ik moest een triomfantelijke glimlach onderdrukken. Ik had hem te pakken!

'Weet je nog dat we dit planden?' vroeg ik. Mose knikte. 'Je vroeg me wat voor mij de reden was hieraan mee te doen.'

Ik zag dat hij me aandachtig opnam.

'Jaren geleden,' legde ik uit, 'heeft Henry Chester... ik ga je niet vertellen wat hij heeft gedaan, maar het was het ergste wat me ooit door iemand is aangedaan, en sinds die tijd ben ik uit op wraak. Ik weet dat ik hem had kunnen vermoorden, maar ik word oud. Ik wil niet op het schavot eindigen. Bovendien wil ik dat mijn wraak volledig is. Ik wil de totale ondergang van die man. Begrijp je?'

Zijn ogen blonken van nieuwsgierigheid en hij knikte.

'Ik ben niet uit op zijn dood. Ik heb het gemunt op zijn positie, zijn carrière, zijn huwelijk, zijn gezonde verstand. Op álles.'

Er verscheen ondanks alles een grijns op het gezicht van Mose. 'Je doet de dingen nooit half, hè, Fan?'

Ik lachte. 'Inderdaad. En onze belangen lopen hier gelijk, Moses. Doe wat ik vraag en je krijgt je geld, in ruime hoeveelheden. Maar...' – ik wachtte even om er zeker van te zijn dat hij luisterde – '... als je besluit het op eigen houtje te gaan proberen, of als je iets doet om mijn plan te dwarsbomen, doe ik je iets aan. Ik wíl je niets aandoen, maar dit is veel belangrijker dan jij. Als het moet, zal ik je doden. Ik heb je al eens gewaarschuwd. Weet je dat nog?'

De innemende, droevige grijns die zo typerend was voor Mose verscheen op zijn gezicht en ik wist dat hij loog. 'Of ik dat nog weet? Ik weet dat ik je maar beter niets in de weg kan leggen, Fan.'

Een halfslachtige belofte. Zijn onschuldige uitdrukking kwam even vals over als een loden sixpence, maar het was beter dan niets. Geloof me, ik sprak de waarheid. Ik mocht Mose wel, ondanks zijn duidelijk gespleten aard – maar ik hoopte dat hij inderdaad beter wist.

'Ik wil dat Henry Marta weer ontmoet. Volgende week.'

'O?' Hij klonk gladjes en neutraal.

'Ik wil namelijk dat Henry Marta veel ziet.'

Zijn gevoel voor humor begon zich weer te laten gelden en ik zag hem grijnzen. 'Ja, ja.' Hij zuchtte. 'Ik zie in ieder geval de amusante kant van de situatie, maar niet wat wij eraan zullen hebben, vooral niet omdat het erop neerkomt dat ik Henry niet om geld zal kunnen vragen.'

'Geduld,' zei ik tegen hem. 'Je krijgt gauw genoeg je geld. Weet je, mijn beste Mose, dankzij een beetje vooruitdenken en wat eenvoudige chemie is Henry al half verliefd op Marta.'

Daar moest hij om lachen. 'Dat zou inderdaad een mop zijn,' zei hij schelms.

'Een mop waaruit je na verloop van tijd munt zou kunnen slaan,' voerde ik aan.

De norse blik was nu helemaal verdwenen: ik zag dat Mose met zijn sterke gevoel voor het belachelijke de ironie van de situatie wel kon waarderen, en dat hij in ieder geval om die reden mee zou doen. Althans, voorlopig. En zolang ik Mose had, had ik Effie.

Effie, die mijn aas van zwaarden zou zijn.

Ik heb eens ergens gelezen, ik denk in een sprookje, dat iedere man heimelijk verliefd is op zijn eigen dood en die achternajaagt met de wanhoop van iemand die geen succes heeft in de liefde. Als Effie me niet met Marta's stem verteld had dat Henry Chester de kluizenaar was, had ik het moeten weten toen hij die avond met die duister stralende blik in zijn ogen naar huis strompelde. Want ik wist toen dat hij haar ergens diep in zijn schuldige ziel herkend had – nee, niet Effie, niet het arme wezenloze kind dat wachtte tot een sterkere geest haar overnam, maar Márta, mijn Marta, die achter Effies ogen langzaam tot leven kwam... Ja, hij herkende haar, de oude kluizenaar, en hij werd naar haar toe getrokken als een man naar de koude verleiding van het graf. Ik kon in die tijd van alles zien – ik kan dat nog steeds wanneer ik me geneigd voel – en ik voelde zijn troosteloze verlangen en voedde het. O, er zijn kruiden die de geest verdoven en wortels die hem alert maken, drankjes die het oog van de ziel openen en andere die de realiteit in tere vormen vouwen, als papieren vogels... en er zijn geesten, jazeker, en spoken, of je er nu in gelooft of niet, die in het schuldige hart van een man rondwaren en wachten op de kans om terug te kunnen keren.

Ik zou je kunnen vertellen hoe ik mijn moeder leven zag ademen in een pop van klei en vreemde herinneringen in zijn herseloze hoofd zag fluisteren en ik zou je kunnen vertellen van de echte man die gek werd; of van de wortelstok waarvan het mooie meisje at om met haar dode minnaar te kunnen praten; of van het zieke jongetje dat zijn lichaam verliet en naar de plek vloog waar zijn vader lag te sterven om een gebed in het oor van de oude man te fluisteren... dat alles en meer heb ik gezien. Schud je hoofd en neem het woord 'wetenschap' in de mond als je dat wilt – vijftig jaar geleden zouden ze je wetenschap magie hebben genoemd. Het is namelijk altijd in beweging, het onrustige tij van de verandering. Het neemt ons mee in zijn donkere en geheime wateren. Met wat geloof en tijd kun je het tij de doden ontfutselen. Het enige wat wij beiden nodig hadden, was een beetje tijd. Ik om haar dichterbij te brengen. Marta om sterk te worden.

We wachtten.

34

Vreemd, dat de tijd opgevouwen kan worden als linnen lakens in een kast en dat het verleden zo dicht bij het heden kan komen dat de gebeurtenissen elkaar raken, elkaar zelfs overlappen. Toen ik van Crook Street naar Cromwell Square terugliep, werd ik plotseling overvallen door een herinnering die zo intens was dat ik me haast niet kon voorstellen dat ik hem zo lang weg had weten te duwen: het was alsof het roodharige meisje de slapende helft van mijn geest had geopend en de monsters van het verleden had bevrijd.

Mijn vreugde was bitter, beladen als zij was met droomachtige beelden van verdoemenis: de schuld kon ik dragen – die was mij even vertrouwd als de lijnen op mijn handpalmen – maar ik voelde meer dan schuld. Ik voelde een drang om te dansen, een duistere vreugde. Voor het eerst zwolg ik in mijn schuld, vertoonde ik me even schaamteloos als een goedkope hoer voor het strenge beeld van mijn vader in mijn ziel. In het okerkleurige licht van de afnemende maan rende ik met die hete, verwrongen kern van vreugde brandend in mijn ingewanden voort. In de stilte riep ik godslasterlijk haar naam: 'Marta!'

Ik leek haar handen nog steeds op mijn huid te voelen; haar geur hing nog in mijn neusgaten, de geur van geheimen, van zwavelachtig genot... Ik lachte zonder enige aanleiding, als een gek – ja, ik voelde dat mijn verstand me begon te ontglippen, zoals een verlegen maagd zich achter haar sluier verbergt.

Ik herinnnerde het me weer.

Mijn eerste communie, slechts vier weken na die heimelijke, schandelijke daad in mijn moeders kamer... De zomer was langzaam overgegaan in een tijd van verval, een overrijpe herfst: dikke bruine wespen hingen verraderlijk om de appelbomen en zelfs de lucht had iets geligs en neveligs en geurde ziekelijk en zoet naar zware regenval na de oogst en fruit dat hangt te rotten aan de takken.

Er waren er die dag zes die hun eerste communie deden, vier jongens en twee meisjes: we moesten een processie vanuit het dorp naar de kerk vormen, terwijl het koor liederen zingend achter ons aan liep en de familie met kaarsen in de hand de achterhoede vormde. Het was voor mijn vader een trotse dag – mijn moeder, die niet van de warmte hield, wilde niet aanwezig zijn – en ik wist dat ik beter niet kon klagen. Ik had een hekel aan het witte gewaad, dat zo veel op het nachthemd van een meisje leek, en de surplice die erover heen ging. Ik had een hekel aan de haarolie die juf op mijn hoofd had gesmeerd: de geur was even overrijp en zoet als die van de rotte appels en ik was bang dat er wespen om mijn hoofd zouden komen zweven, stil en bolrond. Het was een hete dag en ik voelde het zweet uit mijn haar over mijn gezicht mijn surplice op stromen; het prikte en biggelde van mijn onderarmen, mijn buik en mijn lendenen. Ik probeerde er niet op te letten en te luisteren naar de lieve, een beetje valse stemmen van de koorjongens (mijn eigen stem was een week daarvoor gebroken: voor mij geen koor meer) en de lagere, strengere klank van mijn vaders gezang. Ik probeerde in gedachten te houden dat het vandaag een bijzondere dag voor me was, dat ik vandaag een volwaardig lid van de kerk zou worden, dat ik de volgende zondag samen met de volwassenen ter communie zou gaan, wijn uit de met stenen versierde kelk zou drinken en mijn mond open zou houden voor de mysterieuze witte hostieschijf; dat ik het bloed en het vlees van de Verlosser zou proeven.

Plotseling begon ik te rillen. Ik had in mijn vaders boeken over de transsubstantiatie gelezen, het wonder van het bloed en het vlees, maar nu pas kwam het verschrikkelijke beeld weer bij me boven. Wat zou er gebeuren als ik in de schone witte ouwel beet en hem in mijn mond in rauw vlees voelde veranderen? Zou de wijn veranderen in de dikke substantie van bloed wanneer de beker mijn lippen raakte? Als dat zo was, hoe kon ik dan voorkomen dat ik op de treden van het altaar ineens flauwviel?

Even zag ik mezelf als in een nachtmerrie, wit als een lijk, bloed om me heen sproeien en snakkend en hijgend braken, terwijl de parochianen vol afgrijzen en verbazing toekeken en mijn vader geschokt zweeg met het bord met ouwels in zijn hand.

Op dat moment viel ik bijna flauw. Misschien werd ik gestraft, dacht ik, met wanhopige, schuldbewuste logica. Ik dacht dat niemand me in mijn moeders slaapkamer had gezien; ik had het niet gebiecht – kon het niet aan mijn vader vertellen, ook niet in het biechthokje – en ik had in mijn slechte domheid gedacht dat ik mijn straf ontlopen had. Maar God was er aldoor geweest, God had het allemaal gezien en Hij zou me nu bloed doen drinken en ik wist dat ik flauw zou vallen, echt flauw zou vallen, omdat ik bijna het smakeloze glibberige bloed in mijn keel kon proeven, en als ik de hostie bevlekte, zou ik voor altijd verdoemd zijn...

Met een enorme inspanning wist ik mijn doodsangst weg te slikken. Ik moest verder. Ik moest deelnemen aan de ceremonie. Als ik dat niet deed, zou mijn vader erachter komen wat ik gedaan had, want dan zou ik het hem moeten vertellen – bij de gedachte aan wat hij dan met me zou doen, werd ik uit mijn verlamming gerukt en begon ik zowat naar de kerk te rennen. Het was geen bloed, sprak ik mezelf woedend toe. Het was gewoon goedkope wijn. En het was niet het dode vlees van een oud, gekruisigd lijk – het waren wafeltjes van ouwel, want brood werd te gauw oud; ik had ze gezien in het kistje dat vader in zijn speciale consistoriekamer bewaarde. Ik keek op en zag de muil van de kerk die ons alle zes zou opslokken, wij die met onze witte kleding net zes kleine witte hosties leken – ik onderdrukte een godslasterlijke drang om te gaan giechelen. In gedachten trok ik een lange neus:

(Het kan me niks schelen... Ik ben niet bang... Jullie kunnen jullie stomme ouwels in jullie je-weet-wel stoppen)

Toen giechelde ik echt, zo hard dat mijn vader scherp naar me keek en ik het gegiechel meteen in gekuch veranderde. Ik voelde me al veel beter.

We leken urenlang te moeten wachten terwijl de dienst maar door-zeurde. Mijn vaders woorden waren als de zware, met suiker vol-gezogen wespen in de appelboomgaard. Ik hield mijn ogen op de twee meisjes gericht die links van het middenpad tegenover me zaten: Liz Bashforth, een gewoon meisje met een rood gezicht in een witte jurk die een paar maten te klein was, en Prissy Mahoney, wier moeder tien jaar eerder haar man was 'kwijtgeraakt'. Er gin-gen geruchten dat er geen echtgenoot gewéést was, maar slechts een goedgebekte Ierse nietsnut die naar Londen was gevlucht en zijn 'vrouw' en dochter aan hun eigen lot had overgelaten. Hoe het ook zij, Prissy's moeder had zich blijkbaar goed gered, want Priss was gekleed in een gloednieuwe lange communiejurk met kant en witte linten, witte handschoentjes en witte schoentjes. Toen ik over mijn gezangenboek heen verlegen naar haar keek, zag ik dat haar haar los in twee keurige bossen tot op haar borsten hing. Van dat woord moest ik een beetje blozen, maar ik had de leeftijd waarop de nieuwsgierigheid naar meisjes het kleine beetje echte kennis verre overtrof en ik zat telkens naar haar te kijken, waarbij mijn ogen steevast naar de kleine zwellingen in haar met linten versierde lijfje gingen. Ze keek bijna glimlachend naar me terug en ik wendde me, nog dieper blozend, haastig af. Maar telkens keek ik weer.

Ik zat nauwelijks op te letten, toen mijn vader eindelijk het teken voor de communie gaf. Ik stond haastig op en nam mijn plaats in de rij in zonder mijn blik van Prissy af te wenden. Toen we naar het altaar liepen, merkte ik dat ze zich er nog steeds van bewust was dat ik naar haar keek; ze gooide haar kastanjebruine haar met noncha-lante precisie over haar schouder en ze wiegde, in een kinderlijke parodie op verleiding, met haar heupen.

Ik was zo in haar ban dat ik een poosje nauwelijks merkte dat andere jongens ook naar haar keken en onderdrukt lachten. Even wist ik werkelijk niet wat er aan de hand was, maar toen bleef ik verstijfd staan. Er zat bloed op de achterkant van Prissy's witte communiejurk. Het sijpelde door de glanzende zijde precies daar waar haar benen aan haar lichaam vastzaten; een klein onregelma-tig sleutelgat waar het bloed langzaam door de stof heen was ge-druppeld tijdens de uren dat ze op de bank had gezeten. Ik voelde mijn maag samentrekken van een zure paniek en mijn hele lichaam was plotseling bedekt met gladde zweetkabels. Het leek wel of mijn godslasterlijke gedachten over de hostie vorm hadden gekregen; ik struikelde voort over het middenpad, gefascineerd en ontzet door het bloedige sleutelgat achter op Prissy's jurk, niet in staat mijn blik af te wenden. Op dat nachtmerrieachtige moment moest ik denken aan mijn vaders mechanische speelgoed en ik stelde me Prissy Mahoney voor als de dansende Columbine in haar blauw-witte jurk, eeuwig tot beweging aangedreven door mijn heiligschennende gedachten. Ik zag haar in beweging komen, eerst schokkerig en lomp, dan met de onmenselijk vloeiende bewegingen van haar ontwaakte mechanisme, met fladderend haar, de blote benen obsceen in de lucht trappend, met borsten die losjes tegen het kant van haar lijfje schudden, terwijl ze een parodiërende en stuitende lach op haar gezicht bleef houden en het bloed langs haar benen stroomde alsof het nooit op zou houden...

Veel later vernam ik wat menstrueren was en hoewel de gedachte me altijd met afkeer is blijven vervullen, ging ik wel begrijpen dat die arme Prissy niet het monster was dat ik als twaalfjarige in haar zag. Toen wist ik echter nog niets; het enige wat ik wist was dat God naar me keek met een oog dat zo groot en meedogenloos was als de lucht en dat ik verdoemd was omdat ik de hostie bespot had en omdat ik zonder te biechten ter communie ging. Het teken was het bloed, als het bloed uit de kelk en het bloed in het hart van de ouwel, bloed dat de nalatenschap was van de erfzonde, bloed, bloed...

Later vertelden ze me dat ik schreeuwend op de grond van het gangpad in elkaar was gezakt. Mijn vader was even ijzig kalm als altijd en liet me naar de consistoriekamer brengen terwijl de anderen ter communie gingen en daarna droeg hij me zonder iets te zeggen naar huis, waar hij me in bed legde. Ik lag ongeveer een etmaal in bed, terwijl de geruchten het dorp doorkruisten: ik was bezeten door duivels (waarom had ik anders toen ik de hostie zag een toeval gekregen?), ik was krankzinnig, ik was dood.

Er kwam geen dokter, maar mijn vader zat de hele tijd met zijn bijbel en rozenkrans aan mijn zijde en bleef tijdens mijn koorts en delirium bidden. Ik weet niet of ik in mijn slaap heb gesproken – zo ik dat deed, kan ik het me niet herinneren, en mijn vader sprak er nooit over – maar toen ik de volgende dag ontwaakte, sleepte hij me zonder één woord te zeggen uit bed en waste en boende hij me en trok hij me mijn communiekleren aan. Zwijgend liepen we naar de kerk en in het bijzijn van een flink aantal toeschouwers nam ik de hostie en de wijn zonder het minste of geringste incident in ontvangst. Aldus werden de geruchten wel niet de wereld uit geholpen, want in een dorp is een schandaal nooit echt dood, maar toch in ieder geval de kop ingedrukt, althans, wanneer mijn vader binnen gehoorsafstand was. Het officiële verhaal luidde dat ik een lichte epileptische aanval had gehad en dit werd een afdoende excuus geacht om me van school en de invloed van andere jongens weg te houden. Mijn vaders oog, als dat van God, rustte voortdurend op me, maar hij sprak nooit over het voorval in de kerk, en voor de tweede maal voelde ik een onrustige, minachtende blijdschap omdat ik er zonder kleerscheuren af gekomen was. Toen ik ouder werd, vergat ik het voorval helemaal.

Tot nu.

Prissy Mahoney was al twintig jaar dood, mijn vader was dood en ik zou nooit meer een voet zetten in mijn geboortedorp... dus waarom zou ik de gebeurtenissen van die lang vergeten zomer als zo dichtbij, zo direct ervaren? Ik was een dwaas, hield ik mezelf woedend voor, dat was alles. Niemand kon me nog veroordelen. Niemand.

Mijn stemming was echter veranderd en hoewel ik mijn eerdere gevoelens van zorgeloze, schaamteloze vreugde probeerde terug te vinden, kon ik het niet, en bereikte ik vlak voor de dageraad Cromwell Square met een zure maag en zware ogen.

Toen ik thuiskwam, keek ik even in Effies kamer en ik was geschokt door de bittere heftigheid van mijn reactie toen ik haar zag, wit en vredig tussen haar losgewoelde lakens, zo onschuldig als een kind. Welk recht had ze er onschuldig uit te zien? Ik kénde haar en dat smalle, talismanachtige sleutelgat van vlees tussen haar benen, ik kende haar misselijkmakende onreinheid. De hypocriet! Als ze een échte echtgenote was geweest, had ik vannacht niet hoeven slapen met een hoer van Haymarket of in de koude dageraad naar huis hoeven lopen, achtervolgd door de Furiën van mijn herinnering...

Hier stuitte mijn woede echter op een obstakel: Marta was geen hoer van Haymarket. Dat wist ik, ook al probeerde mijn geest mijn woede tot nog grotere razernij op te zwepen. Met de intensiteit van een minnaar herinnerde ik me haar aanraking, haar stem, de smaak van haar huid...

'Marta...' De klank van mijn stem deed me ineenkrimpen: ik wist niet dat ik hardop gesproken had. Ongerust keek ik naar Effie. Gealarmeerd door mijn stem leek ze onder het dek in beweging te komen; met een kinderlijk geluidje draaide ze zich rusteloos op het kussen om. Staande bij de deur hield ik mijn adem in; ik wenste hartgrondig dat ze door bleef slapen. Even bleef ik daar bewegingloos staan, bang haar te storen; toen duwde ik de deur heel zachtjes open en stapte ik de gang in.

Plotseling voelde ik iets bij mijn been en met iets wat grensde aan een absurde paniek dacht ik dat het de Columbine-pop met Prissy Mahoneys gezicht was die in het donker naar me greep. Ik gaf bijna een gil. Toen zag ik de griezelige gloed van de ogen in de schaduw, en ik vloekte zachtjes. Het was weer die rotkat van Effie!

Ik siste naar hem en hij siste terug; toen keerde hij terug naar zijn element, het duister, en sloop ik de trap op naar de veiligheid van mijn eigen kamer.

35

Toen ik wakker werd, stroomde het zonlicht door het open raam de kamer in en zat Tabby naast mijn bed met een blad met chocola en beschuit. Ik doorzocht mijn geheugen naar de dromen van de afgelopen nacht, maar vond slechts een paar intense, gefragmenteerde beelden: Fanny die met Meg en Alecto bij het vuur zat met mijn hoofd in haar schoot, het gezicht van Mose, okerkleurig bij het licht van de haard, en Henry's mond die lachte met een tederheid die hij na ons huwelijk nooit getoond had... Heldere beelden, maar zonder onderling verband, als de plaatjes van een slordige hoop speelkaarten... en toch had ik een gevoel van bevrijding en welbehagen dat ik sinds de baby was gestorven, niet meer gevoeld had.

Ik had plotseling veel trek en kwam abrupt overeind. Ik dronk de chocola en at alle beschuiten en toen vroeg ik Tabby me wat toost te brengen.

'Ik zweer je dat ik me vanochtend helemaal beter voel,' zei ik vrolijk.

'Ik ben heel blij dat te horen, mevrouw,' antwoordde Tabby omzichtig, 'maar ik hoop dat u uzelf niet weer gaat vermoeien voordat u beter bent. Meneer Chester heeft gezegd...'

'Meneer Chester? Waar is hij vandaag?'

'Hij zei dat hij naar zijn atelier ging om te werken en dat hij vanavond pas terug zou komen.'

Ik hoopte dat mijn opluchting niet al te duidelijk was. 'O,' zei ik, me tamelijk zorgeloos voordoend. 'Ik denk dat ik vandaag wel goed genoeg ben voor een korte wandeling. De frisse lucht zal me goed doen en het is een mooie dag, vind je ook niet?'

'Maar mevrouw, meneer Chester heeft gezegd...'

'Hij heeft gezegd dat ik me zo kort na mijn ziekte niet moet vermoeien. Ik geloof dat ik verstandig genoeg ben om zelf te oordelen of een korte wandeling me kwaad zal doen.'

'Heel goed, mevrouw.'

In stilte feliciteerde ik mezelf; het voelde alsof ik een kleine overwinning had geboekt.

Ik liet me door Em kleden in een chique goudkleurige wandeljapon en bijpassende muts. Toen ik mezelf in de spiegel bekeek, merkte ik hoe bleek ik de afgelopen weken geworden was, hoe donker omrand mijn ogen onder de rand van mijn kapje leken, en ik lachte dapper naar mijn spiegelbeeld om de gepijnigde uitdrukking te verjagen die ook nu achter de botten van mijn gezicht op de loer lag. Het is mooi geweest, zei ik tegen mezelf. Ik was ziek geweest, maar dat was nu voorbij: Mose had me genezen en over niet al te lang konden we... ik streek met mijn hand over mijn ogen en voelde me plotseling verward. Wat hádden we eigenlijk gedaan, Mose en ik? Was ik de vorige avond in Crook Street geweest? En zo ja, wat had ik daar gedaan?

Een golf van duizeligheid sloeg over me heen en ik hield me aan mijn toilettafel vast om niet te vallen. Een grillige herinnering maakte zich uit mijn verwarde geheugen los; Fanny die mijn haar waste in een kom en het droogde met haar vingers... ik zag rode oker uit de bleke slierten haar spoelen... Nee, dat moest een droom geweest zijn. Waarom zou Fanny mijn haar willen wassen? Ik bekeek fronsend mijn spiegelbeeld en probeerde me iets te herinneren, maar terwijl ik keek, leek ik mijn ogen van kleur te zien veranderen, mijn haar donker te zien worden, mijn huid de warme gloed te zien krijgen van Chinese thee... Ik voelde mijn vingers gevoelloos worden, mijn mond openvallen en mijn ziel uit mijn lichaam glippen als een bladzij uit een boek... Ik wíst dat ik het me moest herinneren... maar het was zoveel gemakkelijker als een ballon te zweven en me mee te laten voeren door iedere wind en Fanny's vriendelijke stem me te laten vertellen dat ik moest slapen, dat alles in orde was, dat ik alles kon vergeten, dat het allemaal in orde was...

Ik voelde de nerveuze dubbele schok waarmee ik weer in mijn lichaam kwam en ik drong de herinnering terug naar het duister. Ik wilde me niets herinneren.

(Stil maar het geeft niet het hoeft niet het is helemaal niet sjjj...)

Ik hoefde het me niet te herinneren. Fanny had alles onder controle.

Toen ik het huis uitging was het midden op de ochtend; ik kwam in de middag bij het logement van Mose aan. Hij was net opgestaan; zijn ogen waren rood van slaapgebrek en zijn blonde haar hing slordig voor zijn bleke gezicht. Zelfs in die toestand werd ik, zoals altijd, getroffen door de puurheid van zijn gelaatstrekken, door zijn bijna vrouwelijke schoonheid – vrouwelijk, als je de perverse lijnen om zijn mond niet meerekende, evenals de kleine, verontrustende ogen en de niet-aflatende spot. Hij stak zijn hoofd naar buiten en lachte me stralend toe – in ieder geval met de helft van zijn gezicht, want meer kon ik door de smalle opening niet zien. Een geur van muffe lucht en sigarenrook kwam me door de deuropening tegemoet.

'Effie! Wacht even.'

De deur ging weer dicht en even later weer open, waardoor ik ruim zicht kreeg op de rommelige kamer van Mose. Hij had kennelijk geprobeerd enige schijn van orde te wekken en de ramen stonden zelfs open. Hij kuste me achteloos op de mond en ging breeduit en met een grijns op zijn gezicht in een stoel hangen.

'Slokje cognac, Effie?'

Ik schudde nee en keek hoe Mose een flinke hoeveelheid donkere vloeistof in een glas goot en die met een los, geoefend gebaar achteroversloeg.

'Om het te vieren,' legde hij uit, en hij schonk nog een glas in. 'Je hebt het gisterenavond geweldig gedaan, liefje.'

Gisterenavond?

Hij moest mijn uitdrukking van verbazing gezien hebben, want zijn grijns werd nog breder en hij hief zijn glas om me een zogenaamd saluut te brengen.

'Ik begrijp je ingetogenheid, liefje,' zei hij plagend. 'Hoe onelegant van mij om erover te beginnen. Maar toch kunnen we dankzij jouw spectaculaire optreden Henry in onze zak steken. Het enige wat je hoeft te doen is een beetje geduld aan de dag leggen en hij is in onze macht. Jóúw macht,' verbeterde hij nadrukkelijk en hij dronk het laatste slokje in zijn glas. 'Totaal in jouw macht.'

Intuïtief wist ik dat ik het niet over mijn geheugenverlies moest hebben. Ik had tijd nodig om na te denken.

'Wou je zeggen dat je idee gewerkt heeft?'

'Beter nog,' zei Mose. 'Henry slikte het hele verhaal, van voor tot achter. Sterker nog: Fanny zegt dat hij als een blok voor Marta viel.' (Een verontrustende, intieme knipoog in mijn richting.) 'Nog een paar weken en we kunnen die beste Henry laten betalen wat we maar willen.'

'O.' Dat begon me in ieder geval duidelijk te worden. 'En ik dan? Je zei dat...'

'Geduld, liefje.' Op de een of andere manier vond ik zijn lach te veelzeggend. 'Geef me nog een paar weken om hem te bewerken. Dan, met het geld... Zou je in Frankrijk willen wonen, liefje?'

Verward staarde ik hem aan. 'Frankrijk?'

'Of Duitsland, of Italië, als je dat liever wilt. Ze zeggen dat er in Italië een goeie markt voor schilders is.'

'Ik begrijp het niet.' Ik was bijna in tranen: zijn grijns leek nu monsterlijk vrolijk, als die van een trol.

'Het kan natuurlijk gebeuren dat Henry weigert van je te scheiden,' ging hij meedogenloos voort, 'dus misschien kun je nooit meer naar huis. Maar wat zou je missen? Wie zou je missen? Ik vraag je of je mevrouw Moses Harper wilt zijn, dom gansje,' verklaarde hij, toen ik hem wezenloos aanstaarde. 'Met Henry's geld kunnen we ons heel comfortabel ergens vestigen en met mijn schilderwerk kunnen we een fatsoenlijk bestaan hebben. Er zou natuurlijk wel een schandaal van komen, maar dan ben je allang weg – zou het je wat kunnen schelen?'

Ik bleef staren. Ik voelde me als een mechanisch stuk speelgoed dat het niet deed, dat in principe kon bewegen, maar verstard en stom moest zwijgen.

'Nou,' zei Mose, na een lange stilte, 'dat komt er nou van dat ik altijd zo arrogant ben. Ik dacht nog wel dat ik charisma had, maar ik zie nu dat je er liever met de koekenbakker vandoor zou gaan.'

'Nee!' Mijn woorden kwamen koperachtig en vreemd uit mijn mond, maar de lettergreep perste zich met wanhopige kracht tussen mijn tanden door. 'Ik... ik had nooit gedacht... ik had nooit gedacht dat ik aan Henry zou ontsnappen, vooral niet nadat je gezegd had...'

'Let maar niet op wat ik gezegd heb, Effie. Ik heb gezegd dat ik van je hou, herinner je je dat nog?'

Ik knikte zwijgend.

'Ik wist ook dat ik in mijn huidige financiële positie nooit met je zou kunnen trouwen. Ik kon ieder moment in de gevangenis worden gegooid vanwege schulden. Wat voor huwelijk zou dat voor je zijn?'

'Dus je...'

'Dus loog ik tegen je. Ik zei tegen je dat ik niet met je wilde trouwen. Het deed pijn, maar niet zo veel pijn als het zou hebben gedaan als ik je de waarheid had verteld.' Hij lachte geruststellend naar me en legde zijn arm om mijn middel. 'Als ik Henry er echter van kan overtuigen dat hij iets van zijn rijkdom met mij moet delen, zijn we binnen. Daarbij komt dat hij jou ook iets verschuldigd is voor alle ellende die hij je heeft aangedaan.'

Mose klonk overtuigend en ik liet me meeslepen in een heerlijke dubbele fantasie, geschetst door Mose' listige hand, waarin we in Parijs of Rome of Wenen woonden en Mose met zijn schilderijen een fortuin verdiende en Henry Chester nog slechts een vage herinnering was.

Toch bleef de gedachte aan de voorgaande avond ('je spectaculaire optreden') onrustig aan de rand van mijn bewustzijn fladderen en me afleiden. Ik voelde me vreemd ver weg en even was ik duizelig en moest ik me vastgrijpen aan de rug van een stoel. Toen werd ik overvallen door een beeld, een beeld dat ook een herinnering was, krachtig als pure gin, en ik wankelde door het effect dat dat beeld op mijn geest had...

Ik was weer in mijn kamer, klaar om naar bed te gaan, met mijn lievelingspop onder mijn arm. In de hoek zag ik de ballonnen die moeder voor mijn verjaardag had gekocht bij het raam op de lichte tocht heen en weer deinen. Ik was opgewonden en blij, maar ik voelde een onderstroom van schuldgevoelens, omdat de Man me op de trap gezien had, en hoewel de Man wel vriendelijk had geleken, wist ik dat moeder niet zou hebben gewild dat ik hem in mijn kamer vroeg.

Ik schudde de herinnering met een heftige hoofdbeweging van me af en even was de wereld weer stabiel en werden alle contouren weer scherp. Toen hing alles scheef en was ik... terug in de kamer met *(de kluizenaar)* de Slechte Man, maar deze keer was ik niet bang. In plaats daarvan had ik een zoute, koperachtige smaak in mijn mond die ik na enige seconden herkende als haat. Maar *(Henry)* de Slechte Man sloeg me gade en ik kneep mijn ogen tot spleetjes als de ogen van een langoureuze Egyptische kat en glimlachte scheef naar hem als een Chinese pop. De Slechte Man herkende me niet *(Henry herkende me niet)* en spoedig zou ik stérk worden...

Plotseling loste het schouwspel op in een rammelende, onsamenhangende caleidoscoop van flarden: ik voelde mijn herinneringen uiteenspatten en er steeg een geluid op, eerst murmelend, maar dan steeds hoger en intenser, totdat het een maniakaal gejammer werd, een gehuil dat grensde aan waanzin. En in de stem kon ik woorden horen, gedachten, wanhopige vragen en vormeloze antwoorden. Het was een prikkeldraadmuur van geluid waartegen mijn waanzin zich zinloos wierp om niets te hoeven horen, om zich niets te hoeven herinneren.

(zal ik vliegen of zal ik)

(o mammie de slechte man ik wil niet dat de slechte man o)

(steek steek steek steeksteeksteeksteekst...)

(hénry heeft haar vermoord hénry heeft haar vermoord)

(marta)

(ik was het maar ik ben terug ik ben terug en nu)

(o maar we gaan het léúk hebben want we leren steken zusje we gaan)

(vliegen?)

(omdat henry mijn...)

(marta)

(marta)

(marta)

Mijn gegil klonk hoog en wanhopig, als een barrage van vlammende wespen, een haal met een scheermes naar de ogen van het verstand. Ik was me vaag bewust van het feit dat er handen in mijn gezicht klauwden en dat een stem – de mijne – met een gierend gehuil van waanzin schreeuwde: 'Nee! Ga weg! Ga weg! Ga weg! Ik ben Effie! Effie! Effie! Eff...' Telkens weer schreeuwde ik mijn naam.

Toen hoorde ik Fanny's stem in mijn hoofd, de stem van mijn moeder, mijn anker, mijn vriendin. Er kwam een gewatteerde, deliriumachtige gewaarwording van opluchting over me toen alle geluid in mijn hoofd werd gesmoord. Ik kon haar handen bijna zachtjes door mijn haar voelen gaan, mijn angsten wegstrijkend.

(stil maar er is niets aan de hand meisje er is niets aan de hand je hoeft je niets te herinneren)

(maar fanny er zat iemand anders in mijn hoofd en ik was)

(sjjj dat duurt niet lang meer totdat we met henry hebben afgerekend)

(maar ik)

(sjjj bovendien vind je het leuk je wilt het)

(...?)

(hij heeft je ook pijn gedaan heeft je ook bang gemaakt je hebt nu een vriendin die je begrijpt)

(marta?)

(niet bang zijn we begrijpen het we kunnen je helpen we houden van)

(houden van?)

(jazeker laat me binnen ik houd echt van)

Stel je een sneeuwvlok voor die in een diepe put valt. Stel je een roetvlok voor die uit de donkere Londense lucht valt.

(ik houd van)

(ik...)

Toen niets meer.

36

Arme Mose! En arme Effie. Ik had iets dergelijks kunnen verwachten, neem ik aan. Ik heb wel geprobeerd Effie alles wat ze in trance had gedaan, te laten vergeten: ik dacht dat het haar geen goed zou doen als ze zich iets herinnerde, maar ik merkte dat ik veel minder greep op haar had dan ik had verwacht. Veel mensen geloven dat je onder de invloed van een krachtige hypnotiseur gedwongen kunt worden bijna alles te doen, maar dat is niet waar. Marta wás in ieder reëel opzicht Effie, of, zo je wilt, Effie was Marta geworden. Ik mag graag denken dat zij en mijn Marta op de een of andere manier met elkaar verbonden waren, misschien doordat ze allebei ervaring met Henry hadden. Ik mag graag denken dat Effie een geboren helderziende was en dat mijn Marta via haar met mij kon praten, mij kon aanraken... maar ik ben me ervan bewust dat de stem van de rede iets anders zegt. Dit akelige, ijskoude stemmetje zegt dat Marta alleen maar uit mijn eigen suggesties en Effies laudanumgebruik is voortgekomen, dat Effie alleen maar zag wat ik wilde dat ze zag en dat ze slechts mijn opdrachten uitvoerde. Misschien is dat zo.

Voor mij klinkt de stem van de rede een beetje als die van Henry Chester, zwak en prikkelbaar. Mijn idee is dat de wetenschap van vandaag de magie van gisteren is en dat de magie van vandaag de wetenschap van morgen kan zijn. Liefde is de enige constante in deze onrustige rationele wereld, liefde en haar donkere wederhelft, haat. Je kunt me geloven of niet, maar Effie en ik riepen Marta uit liefde en haat, we gaven haar een tijdlang een thuis en ze liet ons een glimp van een mysterie zien. Je vindt misschien dat ik Effie gebruikt heb voor mijn eigen doeleinden: wees ervan verzekerd dat dat niet het geval is. Ik houd evenveel van haar als van mijn eigen dochter, wetende dat het twee gezichten van dezelfde complexe vrouw zijn. Samen vormen we de Drie-in-Een, de Erinyen, onafscheidelijk en onoverwinnelijk, verbonden door de liefde. Het was liefde die me Effie deed vergeten wat ik haar had laten zien, en het was ook liefde die haar bij ons terugbracht toen ze haar moeder en zuster nodig had. Ik wist dat het vroeg of laat zou gebeuren. Het gebeurde gewoon eerder dan ik had gedacht.

Vrijdag laat in de middag kwam Mose bij mij in Crook Street langs. Hij maakte een onverzorgde en gejaagde indruk. Effie had hem een bezoek gebracht en had kennelijk een soort toeval gekregen die Mose erg had verontrust. Ik gaf hem een simpele verklaring die hij volgens mij zou begrijpen; de stem van de rede was zo welsprekend dat zijn bange vermoedens in ieder geval tijdelijk werden gesust en hij vertrok misschien niet helemaal tevredengesteld, maar in ieder geval zonder protest. Effie was weer op Cromwell Square, zo vertelde hij me, en had instructies gekregen het huis tot de volgende donderdag niet te verlaten, en ik had genoeg vertrouwen in haar om er zeker van te zijn dat ze Henry geen enkele reden voor achterdocht zou geven. Het enige wat we nodig hadden, was een beetje tijd.

37

Ik zag mijn vrouw die week minder dan ooit tevoren. Ik kon er niets aan doen: plotseling kon ik haar aanwezigheid, haar geur, haar stem niet verdragen. Ik had nu sterker vlees geproefd en Effies ziekelijke bleekheid schrikte me af. Ze rook nu de hele tijd naar laudanum – ze nam het middel frequent, zonder dat ik het haar hoefde te zeggen, en ik merkte dat ze nerveuzer werd naarmate de dag voortschreed en haar medicijn zijn uitwerking verloor. Ze at weinig en sprak nog minder en keek me met haar rookgrijze ogen beschuldigend aan. De kat zat als een boosaardige huisgeest altijd bij haar op schoot en staarde me met zijn gele spleetoogjes aan. Ik kon het niet helpen, maar ik raakte geïnfecteerd met het idee dat ze me op de een of andere manier veroordeelden, dat ze tot in de groeven van mijn hersenen konden kijken.

Ik kon er niet tegen en pakte mijn correspondentie met dokter Russell weer op, waarbij ik mijn bezorgdheid uitte over de geestelijke toestand van mijn vrouw. Tot op de dag van vandaag weet ik niet precies waarom ik dat deed. Misschien realiseerde ik me toen al dat het leven met Effie ondraaglijk zou zijn nu ik in de ban van Marta was geraakt. Ik ontmoette Russell een paar maal en vertelde hem dat zijn nieuwe medicijn, chloraal, precies was wat ik nodig had om mijn slapeloosheid te bestrijden – zijn bewering dat het middel geen bijwerkingen kende bleek waar – en ik besprak Effies schijnbare verslaving.

Russell toonde te allen tijde een beleefde, respectvolle belangstelling en zijn intelligente grijze ogen glansden toen hij helemaal opging in het onderwerp en de diverse manies opsomde waaraan de vrouwelijke kunne veelvuldig ten prooi valt. Hij noemde gevallen van hysterische catalepsie, schizofrenie en nymfomanie. Door hun zwakkere intellect, zo vertelde hij me, zijn vrouwen gevoeliger voor de ziekten van de geest. De gedachte leek hem te vervullen met de abstracte verrukking van de ware academicus. Ik stelde vast dat ik in Russell mogelijk een bondgenoot van onschatbare waarde gevonden had. Hij was een pelgrim op zoek naar steeds exotischere gevallen van krankzinnigheid, een verzamelaar van uitgewrongen hoofden. Misschien kon hij op een dag – de gedachte was nog nauwelijks geformuleerd, alleen maar voorzichtig opgeslagen voor toekomstig gebruik – ertoe worden overgehaald Effie aan zijn verzameling toe te voegen. Ik legde zijn brieven in een afgesloten la van mijn bureau, met de opzettelijke nonchalance van de gifmenger die een flesje met dodelijke inhoud weglegt om het later te gebruiken.

Ik bleef hele dagen in mijn atelier; ik probeerde *De kaartspelers* af te maken en voor het eerst van mijn leven schilderde ik zonder model. Ik diepte in mijn geheugen haar halfvergeten gelaatstrekken op en schetste ze met olieverf en krijt direct op het doek. Ik merkte dat ze op magische wijze vorm aannam onder mijn vingertoppen, terwijl ik me haar haar, de warmte van haar huid, het achteloze omdraaien van haar hoofd herinnerde. Ik maakte geen studies, maar bracht de verf rechtstreeks aan, met de subtiele touch van een minnaar: de rode gloed op haar jukbeenderen, die de kwetsbare, arrogante lijn van haar kaak benadrukte, de bleke, trillende boog van haar mond, en een toevallige weerspiegeling van het vuur in haar ogen, als van vurige kolen. Haar mond was een beetje gespannen terwijl ze over de tafel heen naar de andere speler keek, maar haar donkere wenkbrauwen vormden een sardonische boog die van pret of triomf getuigde. Ik schilderde haar figuur in donkere kleuren om haar gezicht nadruk te kunnen geven – misschien wel het meest expressieve gezicht dat ik ooit geschilderd had – en ik accentueerde haar neervallende haar met een rode omlijsting die haar een gevaarlijke, dubbelzinnige uitstraling gaf, als een brandende stad. Vijf dagen lang werkte ik koortsachtig aan mijn schoppenvrouw; ik maakte de voltooide delen van het schilderij donker, zodat de aandacht van de kijker naar haar gezicht werd getrokken, alleen maar naar haar gezicht.

Eénmaal verbeeldde ik me dat ik heel vluchtig een zekere gelijkenis met Effie zag in de beweeglijke, steeds veranderende gezichtsuitdrukking, maar ik had dat nog maar net geformuleerd, of ik wist al dat dat niet klopte. Marta was zo warm levend dat ze niet te vergelijken was met mijn arme bedelaresje – je kunt net zo goed een vlam met een stuk papier vergelijken. Ik wist intuïtief dat als ze elkaar zouden ontmoeten, Effie totaal verteerd zou worden door Marta's allesverslindende energie.

Tijdens die week brandde ik van verlangen naar haar en 's nachts lag ik verkrampt in bed, graaiend onder mijn zware beddengoed met het oog van God als een spijker boven in mijn hoofd. Mijn lakens brandden van de zwavelachtige klamheid van mijn lichaam en ik gruwde van mijn stank, maar desondanks bleef ik naar haar verlangen.

Zes nachten lang ontleende ik mijn slaap aan de chloraalfles – ik herinner me nog de nachtblauwe fles, het koele tegengif voor al mijn felrode dromen. Uitgeteerd door de kracht van mijn koorts en mijn lust begroette ik de dageraad van de donderdag met een anticlimaxachtig gevoel van verdoemenis. Het was verkeerd tweemaal naar haar toe te gaan, dat wist ik inmiddels. Er was geen Scheherazade, geen jonkvrouw met elfenvoetjes en ogen als granaten. Vandaag zou ze een goedkope hoer zijn, uitgekiend verlicht en gekleed, maar desalniettemin een hoer, en zou al haar tedere alchemie verdwenen zijn. Vandaag wist ik het.

Ik arriveerde om middernacht: ik zag de klok in de hal het cruciale moment passeren en ik huiverde van bange verwachting toen hij het uur begon te slaan. Terwijl de klanken in de stilte wegzakten, ging achter mij een deur open en kwam Fanny tevoorschijn, in warm geel brokaat gekleed en met haar dat als slingerplanten neerhing. Twee van haar huiskatten draaiden om haar enkels en ik probeerde hun stille, minachtende blik te mijden, terwijl Fanny me voorging, niet naar de rode kamer zoals de vorige keer, maar de trap op, naar een kamer op de eerste verdieping die ik nog nooit had gezien.

Ze klopte op de deur en deed hem vervolgens zonder iets te zeggen open. Het was bijna donker en het licht van de gang deed even de subtiele verlichting in de kamer teniet. Ik hoorde de deur achter me stevig dichtgetrokken worden en even keek ik gedesoriënteerd om me heen. De kamer was groot en bijna kaal en werd verlicht door een aantal gaslampen met blauwe glazen bollen. Ze deden me even denken aan de chloraalfles, die belofte van koele vergetelheid, en ik moest huiveren. Dat kwam niet door de gedachte, besefte ik: het was koud in de kamer, waar de uitgebrande haard aan het oog werd onttrokken door een donker paneel met Chinees lakwerk. De vloer was gedeeltelijk bedekt met kleden, maar de muren waren kaal en de kamer leek doods en had niet de overdaad van de rode kamer. Het enige meubilair dat ik zag was een kleine tafel waarop een blauwe karaf en een glas stonden.

'Schenk alstublieft iets voor uzelf in,' siste een stem achter me en ineens was ze daar – vreemd, hoe onopvallend ze kon zijn als ze dat wenste. Haar zwarte haar (hoe kon ik hebben gedacht dat het rood was? Het was kraaienzwart, zo zwart als de schoppenvrouw) viel recht als regen tussen haar gespreide handen neer. Bij het doodse licht leek ze zo bleek als rook; haar mond was een vage streep, haar ogen stonden opvallend kobaltblauw in haar spookachtig bleke gezicht. Haar jurk was gemaakt van stijve stroken stof die afstaken tegen haar kwetsbare vlees en in de sobere omgeving had de pracht van de japon iets verontrustends, alsof ze een vergeten Coppélia in een verlaten werkplaats was, die slechts wachtte tot ze in beweging werd gezet.

Mechanisch schonk ik een glas van de drank in de korenbloemblauwe karaf voor mezelf in – hij was blikkerig en scherp, met de bittere nasmaak van jeneverbes – en weer moest ik worstelen met een gevoel van onwerkelijkheid. Even vroeg ik me af of er chloraal in de drank zat, want ik voelde me hopeloos wegzakken in een waterig iets. De gestalte van Marta was bij dat onderzeese licht een deinende geest, een verdronken zeemeermin wier drijvende haar geurt naar wier en verval. Toen sloegen haar koude armen zich om me heen en voelde ik vluchtig haar mond langs de mijne strijken, terwijl haar stem onverstaanbare obsceniteiten in mijn oor fluisterde. Ik liet me tegen haar aan vallen, klemde me vast aan haar jurk, trok haar met me mee naar de grond, neerzakkend op de schemerige zeebodem, met haar bloed suizend in mijn oren en haar vlees als een welkome verstikking van mijn zondebesef.

Toen ik eindelijk mijn zaad had gestort, lagen we samen op de zachte blauwe kleden en fluisterde ze een lang, droomachtig verhaal tegen me over een vrouw die met de maan in de loop van één maand veranderde van een jong meisje in een mooie vrouw en van een mooie vrouw in een lelijke oude vrouw... toen wilde ik haar weer bezitten en ik stortte me in haar als een dolfijn in een golf.

'Ik moet je weer zien. Ik moet je gauw weer zien.'

'De volgende donderdag.' Haar fluisterstem is zakelijk, emotieloos, bijna hees: de stem van een goedkope hoer die haar zaakjes plant.

'Nee! Ik wil je eerder zien.'

Ze schudt afwezig haar hoofd. Het doffe brokaat van haar jurk plakt aan haar knieën en enkels en daarboven is ze zo naakt als de maan; tegen haar poederachtige huid lijken haar tepels van fijn azuur.

'Ik kan je maar eenmaal per week ontvangen,' zegt ze geduldig. 'Alleen op donderdag. Alleen hier.'

'Waarom?' De woede stroomt als een zuur uit me. 'Ik betaal je toch? Waar ben je de rest van de week? Met wie ga je mee?'

De onvolmaakte Columbine glimlacht vriendelijk tussen haar vochtige krullen.

'Maar ik hou van je!' Hulpeloos omklem ik nu haar dunne arm, zo stevig dat er blauwe plekken verschijnen, en hongerig, heel hongerig. 'Ik hou-ou...' (Openbaring.) 'Ik hóú van je.'

Een verschuiving in het licht; chloraalogen die mijn smekende gezicht weerspiegelen. Ze houdt haar hoofd een beetje schuin, als een luisterend kind.

Vlak zegt ze: 'Nee. Je houdt niet van me. Niet genoeg. Nog niet.'

Ze kapt mijn angstige ontkenning af met een gebaar en begint haar jurk met onelegante gratie aan te trekken, als een verwend kind dat zich in de kleren van haar moeder verkleedt. 'Dat komt nog wel, Henry,' zegt ze zacht. 'Binnenkort.'

Lange tijd ben ik alleen in deze blauwe kamer, strak opgedraaid om mijn verlangen. Ze heeft een zijden sjaal bij mijn voeten op de grond laten liggen; ik knijp hem fijn en draai hem in mijn handen zoals een primitieve kracht in me haar bleke keel zou willen dicht-knijpen en verdraaien... maar Scheherazade is met haar wolven in haar kielzog verdwenen.

Marta. Marta. Marta! Ik zou mezelf gek kunnen maken met die naam. Marta, mijn betaalde succubus, mijn wassende, slinkende maankind. Waar ga je heen, lieveling? Naar een troebele onderwater-crypte waar undinen drijven? Naar een steenkring, om er tot zons-opgang met de andere heksen te dansen? Of ga je met roodgeverfde mond en laag uitgesneden jurk naar de oever van de rivier? Geef je je in smerige stegen af met gespuis en mankepoten? Wat wil je van me, Marta? Vertel het me en ik zal het je geven. Wat het ook is.

Wat het ook is.

38

We waren samen alleen, helemaal alleen, terwijl Henry door het huis rammelde als een korrel in een kalebas, zich slechts bewust van zijn eigen fletse dromen... Wíj waren samen alleen.

Ze volgde me als een gebrekkige reflectie in het oog van een kat, een bleke afspiegeling van mezelf op de retina, tegen me fluisterend in het donker. Marta, mijn zuster, mijn schaduw, mijn lief. 's Nachts lagen we samen zachtjes onder de dekens te praten, als kinderen die vol geheimen zitten; overdag volgde ze me onzichtbaar, pakte ze onder de eettafel mijn hand, mompelde ze geruststellende woorden in mijn oor. Ik zag Mose niet – hij dacht dat zijn plannen in gevaar zouden komen als we elkaar ontmoetten – maar ik was niet eenzaam. Bang was ik ook niet: we hadden elkaar geaccepteerd, zij en ik. Voor het eerst van mijn leven had ik een vriendin.

Ik wendde ziekte voor, zodat we samen konden zijn; ik nam laudanum en deed alsof ik sliep. Mijn dromen waren toverschepen met zeilen als vleugels hoog in de heldere lucht. Voor het eerst sinds jaren voelde ik me vrij van dat gehate, benauwende bouwwerk van schuld dat Henry om me heen had opgetrokken, vrij van Henry, vrij van mezelf. Ik was zo helder als glas, zo zuiver als bronwater. Ik opende de ramen van mijn kamer en voelde de wind door me heen gaan alsof ik een fluit was...

'Maar mevrouw!'

Tabby's stem deed me opschrikken uit mijn euforische dromerijen en ik keerde me om. Plotseling voelde ik me duizelig en onvast. Ze zette het blad neer dat ze bij zich had en rende naar me toe; met mijn plotseling dubbelziende ogen zag ik dat ze geschokt en bezorgd was. Haar armen sloten zich om me heen en even dacht ik dat ze Fanny was die me mee naar huis kwam nemen, en ik begon weer te huilen.

'O, mevrouw!' Ze legde een arm om mijn middel en droeg me half en half naar bed. 'Ga hier maar even liggen, mevrouw. Dan gaat het zó weer wat beter.' Ze maakte verontwaardigde geluiden en deed meteen het raam dicht en voor ik iets kon zeggen, had ze me al bedolven onder dekens. 'Daar in de kou staan met bijna niets aan het lijf – dat kan uw dood worden, mevrouw, uw dood! Wat zou meneer Chester zeggen als hij het wist – u bent ook al zo licht als een veertje; u eet niet genoeg, lang niet genoeg, mevrouw, ach, als...'

'Toe nou, Tabby!' onderbrak ik haar met een lachje. 'Maak je toch niet zo druk. Ik voel me weer goed. En ik hou van frisse lucht.'

Tabby schudde heftig haar hoofd. 'Maar niet van die akelige onstuimige lucht, mevrouw, sorry dat ik het zeg. Die is fataal voor de longen, echt fataal. Wat u nodig heeft is een lekkere kop chocola en wat eten, niet van dat eten waar die dokter Russell van meneer Chester het over heeft, maar echte, ouderwetse, stevige kost...'

'Dokter Russell?' Ik probeerde de nervositeit uit mijn stem te houden, maar ik hoorde mijn stem schril, hulpeloos uitschieten: 'Hij zei dat hij geen arts zou laten komen! Ik maak het heel goed, Tabby. Heel goed.'

'Trek het u niet zo aan, mevrouw,' zei Tabby troostend. 'Meneer Chester zal ongerust over u zijn geweest en de dokter om raad hebben gevraagd. Misschien had ik het u niet moeten vertellen.'

'O, ja, Tabby, dat moest wel. Je had helemaal gelijk. Toe, vertel me wat de dokter zei. Wanneer is hij geweest?'

'O, gisteren, mevrouw, toen u sliep. Ik weet niet precies wat hij heeft gezegd, want meneer Chester heeft met hem onder vier ogen gepraat in de bibliotheek, maar hij zei alleen maar dat ik ervoor moest zorgen dat u uw druppels bleef nemen en dat ik u veel warm drinken moest geven en licht voedsel. Kippenbouillon en gelei en zo. Maar ik vind' – haar gezicht werd weer somber – 'dat u echt voedzaam eten nodig heeft, lekkere toetjes en rood vlees met misschien een glas donker bier erbij. Dat heeft u nodig, en geen bouillon en gelei. Dat heb ik meneer Chester ook gezegd.'

'Henry...' mompelde ik, in een poging mijn onrust te onderdrukken. Wat maakte het uit of hij met de dokter had gepraat? Binnenkort zou het te laat voor hem zijn om iets te doen. Ik hoefde alleen maar kalm te blijven, hem geen excuus te geven om ontevreden te zijn. Spoedig zou Mose zover zijn dat hij zijn plan in werking kon stellen. Tot die tijd...

(Stil maar... slaap maar.... sjjj)

Tabby stak me een kop chocola toe. 'Stil maar, mevrouw. Drink dit op en ga liggen. Dat zal u machtig veel goed doen.'

Ik dwong mezelf de kop aan te nemen.

'En uw druppels? Hebt u die al genomen, mevrouw?'

Ik moest lachen, of ik wilde of niet. De gedachte dat ik ze níét zou nemen was ineens ontzettend grappig. Nog steeds lachend knikte ik. 'Je zult binnenkort naar de apotheek moeten, Tabby, om nieuwe te kopen. De fles is bijna leeg.'

'Dat zal ik zeker doen, mevrouw,' antwoordde Tabby geruststellend. 'Ik zal vanmorgen nog gaan, maakt u zich maar geen zorgen. Drinkt u nou maar die chocola op, dan haal ik een ontbijt voor u.' Met gespeelde strengheid: 'En zorg dat u er deze keer iets van neemt!' Ik knikte weer en sloot mijn ogen toen mijn pijnlijke hoofd werd overvallen door een golf van vermoeidheid. Ik hoorde de deur achter haar dichtgaan en even later deed ik mijn ogen weer open. Tizzy sprong lichtvoetig op de sprei, naast mijn hand die ik mechanisch uitstak om haar te aaien. Spinnend rolde ze zich zo dichtbij als ze kon op het hoofdkussen op en samen sliepen we een poosje.

Toen ik wakker werd, stond mijn kop koude chocola en het door Tabby beloofde ontbijt naast me op het nachtkastje. Thee – ook allang koud – en toost met spek en roerei. Ik moest minstens een uur geslapen hebben. Ik goot de thee de tuin in en gaf de eieren en het spek aan Tizzy, die ze met veel smaak at – die arme Tabby zou in ieder geval blij zijn dat mijn bord eindelijk eens niet onaangeroerd terugkwam. Ik trok een oude grijze huisjurk aan en stopte mijn haar onder een wit kapje. Toen ik mijn gezicht waste, zag ik in de spiegel hoe bleek en afgetobd ik eruitzag. Zelfs mijn ogen leken kleurloos en de botten in mijn gezicht leken onder de strenge kap ongewoon geprononceerd. Het kon me niet schelen. Ik had mezelf nooit mooi gevonden, zelfs niet toen ik de kleine superschoonheid van meneer Chester was geweest. Marta was altijd het mooie meisje geweest, niet ik.

Henry was zoals altijd in zijn atelier; hij zat daar tegenwoordig bijna altijd. *De kaartspelers* was af en hij had al lof van Ruskin gekregen – hij had Henry aangeraden het schilderij in de academie tentoon te stellen en had beloofd een geestdriftig artikel over Henry voor de kranten te zullen schrijven – maar Henry leek ver weg met zijn gedachten, bijna ongeïnteresseerd. Hij vertelde me dat hij nu aan een ander project werkte, een groot doek dat *Scheherazade* ging heten, maar hij wilde er bijzonder weinig over loslaten. Ik merkte dat hij eigenlijk nergens iets over wilde loslaten: onze maaltijden werden bijna geheel zwijgend genuttigd en het geluid van bestek tegen serviesgoed galmde vreselijk in de holle ruimte van de eetkamer. Een paar maal zei ik dat ik me niet goed voelde, om aan deze afgrijselijke maaltijden te ontkomen – het gekauw van Henry, mijn nerveuze vingers die tegen het glas tikten, mijn stem die aan de stilte krabbelde in een wanhopige poging hem te doorbreken. Een paar maal onderbrak Henry zijn wezenloze overpeinzingen om een hevige, nodeloze tirade af te steken en voor het eerst begreep ik Henry Chester: ik wist dat hij me haatte, met een naargeestige, hatelijk intieme hartstocht die niet op rede of logica stoelde, iets wat zo elementair en onbewust was als een zwerm wespen die alleen maar gedreven worden door hun overweldigende behoefte te steken... Dit nieuwe inzicht deed me ook nog iets anders beseffen: Henry wist niet dat hij me haatte. Het lag in hem te sluimeren, het was iets wat in het duister groeide, wat wachtte op het juiste moment... Ik hoopte dat Mose gauw in actie zou komen.

Ik bracht de vier weken daarna door in de gedrogeerde, gedesoriënteerde halfslaap van de rups in de pop. Ik merkte dat mijn lichaam vreemde nieuwe voorkeuren had gekregen: ik at heel veel zoetigheid en gebak, tot de onkritische vreugde van Tabby, hoewel ik nooit dol op dergelijke dingen was geweest, en in plaats van thee begon ik limonade te drinken. Ik mocht de tuin niet uit – de bedienden letten erop dat als ik frisse lucht wilde, er altijd iemand was om me gezelschap te houden bij de vijver of op het terras: Em met haar luchtige gebabbel, of Tabby die nooit veel zei, maar altijd vriendelijk was, met de mouwen van haar gebloemde hes omgeslagen zodat je haar dikke rode armen zag, terwijl haar gekloofde, snelle vingers druk aan het naaien of het haken waren. Toen het weer slechter werd, zat ik uren bij het raam naar de regen te kijken en te borduren; voor het eerst genoot ik van het langdradige werkje van steken maken. Soms ging de hele dag ongemerkt voorbij zonder dat ik ook maar één samenhangende gedachte had geformuleerd. Er waren grote stukken in mijn hoofd waar zich helemaal geen herinneringen bevonden en tussen deze plekken tolden flarden van beelden rond die me soms ineens overvielen en me verblindden met hun plotselinge intensiteit.

Op een ochtend, toen Henry weg was, kwam tante May langs met mijn moeder; ik was die dag zo verward dat ik hen kortstondig nauwelijks herkende. Moeder zag er schitterend uit in haar roze jas en met een hoed van struisvogelveren op en ze praatte geanimeerd over ene meneer Zellini die met haar een ritje in zijn rijtuig had gemaakt. Tante May leek ouder en toen ik haar kuste, begon ik zomaar een beetje te huilen, omdat ik me met plotselinge nostalgie mijn jeugd in Cranbourn Alley herinnerde.

Ze bekeek me met een schrandere blik in haar glanzende grote ogen en hield me stevig tegen haar harde, platte borst gedrukt en ze mompelde, zo zacht dat ik haar nauwelijks kon horen: 'O, Effie, kom naar huis. Je weet dat je bij mij altijd een thuis zult vinden, wat er ook gebeurt. Ga nu met me mee naar huis, voor het te laat is.'

Een van de redenen waarom ik huilde was dat ik wist dat het al te laat was. Ik had nu een nieuw thuis, een nieuwe familie. Op dat moment kreeg ik een afschuwelijke gewaarwording, van overspoeld worden door vreemde herinneringen... als we alleen waren geweest, had ik misschien geprobeerd tante May te vertellen wat er allemaal met me gebeurde, maar moeder was er en die zat blij de deugden van meneer Zellini op te sommen en Tabby was de gang aan het boenen en luid haar rondborstige versie van een variétéliedje aan het kwelen... het was zo anders dan in Crook Street dat ik er niet over kon beginnen.

Toen ik me op een avond klaarmaakte om naar bed te gaan, dacht ik met een abrupt, pijnlijk verlangen aan Mose: ik was verbijsterd toen ik besefte dat er twee volle weken voorbij waren gegaan zonder dat ik aan hem had gedacht. Mijn hoofd begon te tollen en ik zakte hulpeloos op bed, ten prooi aan enorme verwarring, eenzaamheid en schuldgevoelens. Hoe kon ik de man van wie ik hield, voor wie ik zou zijn gestorven, vergeten zijn? Wat was er met me aan de hand? Als ik Mose was vergeten en mijn moeder en tante May, wat was ik dan misschien nog meer vergeten? Misschien was ik inderdaad gek aan het worden. Wat gebeurde er 's nachts met me, wanneer ik zo diep leek te slapen? Waarom had mijn mantel op een ochtend druipnat in mijn garderobekast gehangen, alsof ik in de regen had gelopen? Waarom nam het peil van de laudanum in de fles gestaag af, hoewel ik me nooit kon herinneren het te hebben genomen? En waarom groeide in mij de wetenschap dat er heel gauw iets ging gebeuren, iets gewichtigs?

Ik begon een dagboek bij te houden om mezelf aan van alles en nog wat te herinneren, maar toen ik de bladzijden doornam, merkte ik dat ik me nog niet de helft kon herinneren van wat ik zag staan. De rest was doorspekt met flarden poëzie, namen en gekrabbelde tekeningen en op sommige plaatsen was het handschrift zo anders dan dat van mij dat ik twijfelde of ik het wel geschreven had. Mijn eigen handschrift was netjes en rond; het handschrift van deze vreemde was een vormeloos gekrabbel, alsof ze nog maar net letters had leren maken.

Op een keer opende ik mijn dagboek en las ik mijn naam – Euphemia Madeleine Chester – die vele malen opgeschreven was. Een andere keer waren het de namen van Fanny's katten: Tisiphone, Megaera, Alecto, Tisiphone, Megaera, Alecto, Tisiphone... bijna een halve bladzijde vol. Maar andere keren was mijn geest een diamantpunt van precisie en helderheid en het was tijdens een van die keren dat ik besefte dat Henry me haatte. In de paniek die op die openbaring volgde, kon ik met iets wat op vreugde leek, accepteren dat ik hem moest bestrijden, met alle sluwheid die ik bezat, en dat ik zijn minachting voor mij tegen hemzelf moest gebruiken. Ik wachtte en keek toe en begon te zien wat hij van plan was.

Tabby had me, uiteraard, onbedoeld gewaarschuwd: zodra ze dokter Russell noemde, wist ik het, maar de angst waardoor ik toen overspoeld werd, was reeds lang weggetrokken. Ik zou Henry niet laten winnen. Ik schreef het met bloedrode hoofdletters in mijn dagboek, zodat ik als ik weer aan geheugenverlies leed, eraan herinnerd zou worden: ik zou aan Henry ontsnappen, ik zou weglopen met Mose, Fanny zou ervoor zorgen. Wanneer Henry er was, deed ik me altijd bijzonder vaag en slaperig voor... maar mijn ogen onder mijn lome oogleden waren vlijmscherp en ik wachtte.

Ik wist waarnaar ik op zoek was.

39

Er gingen vier weken voorbij, met de pijnlijke traagheid van die zomermiddagen toen ik twaalf was en alle schatten van de natuur buiten de stoffige groene ramen van het klaslokaal lagen uitgestald. Ik wachtte en werkte opzettelijk zo hard in het atelier dat ik, wanneer ik ten slotte naar huis moest, in ieder geval bij zinnen kon lijken. De ateliermuren waren overdekt met studies: profielen, vooraanzichten, driekwart profielen, handen, details van haar, ogen en lippen. Ik werkte in een tempo dat bijna manisch was: ik bedolf de vloer onder schetsen in waterverf, krijt en inkt, allemaal perfect, allemaal gekenmerkt door de helderheid van de herinnering van een minnaar.

Op een zaterdag ging ik naar mijn leverancier in Bond Street; ik kocht er een doek van uitstekende kwaliteit, gespannen en voorbehandeld, zo groot als ik nooit had verwacht te zullen gebruiken. Het was twee meter veertig hoog en een meter vijftig breed en omdat het al op een frame gespannen was, moest ik twee mannen betalen om het van de winkel naar mijn atelier te vervoeren. Het was echter iedere penny van de twintig pond waard, want zodra ik het op mijn ezel had gezet, begon ik koortsachtig de monstrueuze, sublieme figuren uit mijn fantasie rechtstreeks op het mooie crèmekleurige oppervlak te schetsen.

Ik neem aan dat je mijn *Scheherazade* hebt gezien: ze hangt nog steeds in de academie, waar ze met alle kleuren van het spectrum in haar cryptische ogen de Rossetti's en de Millais' en de Hunts in de schaduw stelt. Ze is groter dan levensecht en bijna naakt, tegen een achtergrond van wazige oosterse draperieën. Haar lichaam is nauwelijks volgroeid, hard en slank en sierlijk; haar huid heeft de kleur van slappe thee, haar handen zijn lang en expressief, met scherpe, groen geverfde nagels. Haar haar valt bijna tot op haar voeten (ik heb de waarheid enigszins geweld aangedaan, maar de rest is echt, geloof me) en er ligt iets van trots in haar houding zoals ze daar, uitdagend in haar naaktheid, naar de kijker staat te kijken, de spot drijvend met zijn schuldbewuste begeerte. Ze is heerlijk onzedig en wil de toeschouwer betrekken bij een exotisch verhaal over gevaarlijke avonturen; haar gezicht is rood van opwinding om het verhaal en er liggen spot en wilde humor om haar mond. Aan haar voeten ligt een opengeslagen boek waarvan de bladzijden doelloos fladderen en in de schaduwen liggen twee wolven met blikkerende tanden en ogen als zwavel te wachten. Als je naar de lijst kijkt, zul je zien dat er een stuk van een gedicht op is aangebracht:

Wie zal Scheherazade zoeken
over land of door de lucht of over zee?
Wie durft haar vuurrode lippen te kussen
en zijn leven in de waagschaal te stellen?

Ik waag het Scheherazade te zoeken
duizend-en-één nachten lang.
Ik zoek haar in de afnemende maan
en in de ondergaande zon.

O, wie kan Scheherazade houden
wanneer de zon is opgegaan?
Ik zal haar zoeken in de afnemende maan
duizend-en-één nachten lang.

Op donderdag kwam ik eerder thuis dan anders: de aanblik van mijn half voltooide *Scheherazade* was die dag te veel voor me. Ik was overhaast uit mijn atelier vertrokken en had me niet verkleed; mijn hoofd werd plotseling getroffen door een pijn die monsterlijk naar mijn bloeddoorlopen ogen schoot. Ik had mijn chloraal thuisgelaten en zodra ik op Cromwell Square was aangekomen, rende ik naar mijn kamer en de nachtblauwe fles. Ik stond al bij de medicijnkast, met de slaapkamerdeur achter me op een kier, toen ik haar verstard naast mijn schrijftafel zag staan, alsof ze dacht dat ze onopgemerkt kon blijven door zich niet te verroeren.

Even dacht ik dat ze Marta was. Toen barstte er in mijn hoofd een geweldige woede los die zelfs de pijn overstemde. Misschien kwam het door het feit dat ze me in een onbewaakte, kwetsbare toestand had gezien, terwijl ik tussen de medicijnflesjes stond te zoeken naar de chloraal, of misschien omdat ik bijna Marta's naam hardop had gezegd. Of misschien kwam het wel door haar gezicht, haar stopverfachtige, debiele gezicht, haar wezenloze kleurloze ogen en haar oudevrouwenhaar... of door de brieven die ze in haar hand hield.

De brieven van Russell! Ik was ze bijna vergeten.

Even staarde ik haar zwijgend aan, waarbij de enige, afstandelijke, gedachte was: hoe durft ze, hoe dúrft ze? Effie had wel van steen kunnen zijn: ze hield haar dofgrijze ogen strak op de mijne gericht en haar stem was zacht maar beschuldigend.

'Je hebt dokter Russell geschreven. Je hebt hem gevráágd te komen.'

Haar brutaliteit maakte me even sprakeloos. Hoe kon ze mij beschuldigen, terwijl zij mijn brieven had gepakt?

'Waarom heb je me niet verteld dat je dokter Russell had geschreven?' Haar stem klonk vlak en vast en ze hield de brieven als een wapen voor zich uit. Haar gezicht was zo boosaardig dat ik bijna een stap terug naar de deur zette. De woede sloeg in golven van haar af.

'Je hebt mijn brieven gelezen.' Ik probeerde mijn stem autoritair te laten klinken, maar mijn woorden waren een vormeloos geschuifel van klanken, als een handvol kaarten die op tafel glijdt. Mijn gedachten leken plotseling heel ver en traag – de woede verhinderde dat ze groeiden. Ik probeerde het opnieuw. 'Je hebt niet het recht in mijn papieren te kijken,' zei ik, met mijn tong mijn lippen bevochtigend. 'Mijn privé-papieren.'

Voorzover ik me kon herinneren was dit de eerste keer dat ze niet terugdeinsde voor de scherpe klank van mijn stem. Haar ogen waren als steen en kopergroen – kattenogen.

'Tabby vertelde me dat dokter Russell op bezoek was geweest. Jij hebt het me nooit verteld. Waarom heb je me niet verteld dat je hem hebt laten komen, Henry? Waarom wilde je niet dat ik het wist?'

Een gedempte angst begon mij langzaam te verkillen. Ik voelde me op de een of andere manier klein door haar verzengende toorn, ik kromp, werd iemand anders, een jonger iemand... abrupt kwam het beeld van de dansende Columbine bij me op, als een gehaat duveltje uit een doosje; het drong tot me door dat ik begon te zweten. Ik dwong mezelf niet naar de chloraalfles te kijken die binnen handbereik stond.

'Luister naar me, Effie!' snauwde ik. Ja, dat was beter, veel beter. 'Je doet ongehoord dwaas. Ik ben je man en ik heb alle recht iedere maatregel te nemen die ik nodig acht om te waarborgen dat je in goede gezondheid verkeert. Ik weet dat je zenuwen er slecht aan toe zijn, maar dat geeft jou nog niet het excuus om in mijn persoonlijke papieren te snuffelen. Ik...'

'Er is met mijn zenuwen níéts aan de hand!' Haar stem schoot woedend uit, maar zonder de hysterie die ik bij zo'n uitbarsting verwacht zou hebben. Er lag een bitter sarcasme in haar toon toen ze hardop uit de brief voorlas, met de precisie van een schaamteloos kind de gewichtige accenten van de arts nabootsend:

Geachte mijnheer Chester,
Na ons recente gesprek ben ik het van harte met uw eigen diagnose aangaande de conditie van het zenuwstelsel van uw vrouw eens. Hoewel de manie momenteel niet acuut lijkt, schijnen er tekenen van enige verslechtering te zijn. Ik raad aan met grote regelmaat laudanum toe te dienen om toekomstige aanvallen van hysterie te voorkomen, in combinatie met lichte voeding en heel veel rust. Ik ben het met u eens dat het zeer onverstandig zou zijn de dame buiten te laten wandelen, totdat ik haar mentale toestand nader heb onderzocht. Onderwijl raad ik u aan haar angstvallig in de gaten te houden en ieder geval van stuiptrekking, flauwvallen, hysterie of catalepsie...'

'Effie!' onderbrak ik haar. 'Je begrijpt het niet!' Zelfs in mijn oren klonken de woorden zwak verzoenend en weer werd ik overvallen door die onrustbarende gewaarwording dat ik klein werd. Mijn hoofd bonkte en ik durfde de chloraalfles niet te pakken terwijl ze keek. Eén keer schoot mijn trillende hand erheen, waardoor ik hem naar achteren sloeg in het kastje, tussen de andere drankjes en poeders... Nu kon ik er helemaal niet meer bij, tenzij ik haar de rug toekeerde en mijn kwetsbare nek blootstelde aan de boze kracht van haar ogen.

'Ik wil je alleen maar helpen,' gooide ik eruit. 'Ik wil dat je weer beter wordt; ik weet dat je ziek bent geweest en ik... je was zo ziek nadat je het kind had verloren... het was toch heel normaal dat je zenuwen een beetje van slag waren. Dat was alles, ik zweer het je, Effie, ik zweer het je!'

Onbewogen: 'Er is niets mis met mijn zenuwen.'

'Ik ben blij dat te horen, liefje,' antwoordde ik, mijn evenwicht hervindend, 'en als je gelijk hebt, zal ik de eerste zijn die dankbaar is. Maar je moet niet onbesuisd zijn. Dat domme idee van je dat de dokter en ik op de een of andere manier... tegen je sámenzweren: kun je niet zien dat dat hetgeen is waar ik bang voor was? Je bent mijn vrouw, Effie. Welke vrouw verdenkt haar man zoals jij me lijkt te verdenken?'

Ze fronste haar voorhoofd, maar ik zag dat ik haar had geraakt. Het kloppen in mijn schedel was een beetje afgenomen en ik glimlachte en stapte naar voren om mijn armen om haar heen te slaan. Ze verstijfde, maar trok zich niet los. Haar huid gloeide.

'Arme schat. Misschien kun je beter even gaan liggen,' raadde ik haar aan. 'Ik zal Tabby met een kop thee sturen.' Ik voelde haar strakke lichaam in mijn armen krampachtig samentrekken.

'Ik wil geen thee!' Haar stem werd gesmoord door haar haar, maar toen ik de hulpeloze pruilerigheid in haar kreet hoorde, veroorloofde ik me een glimlach. Even was ik bezorgd geweest om haar ijzige, woedende rust, maar ze was, zoals ik wel wist, weer haar oude vertrouwde zelf geworden. Ik had moeten weten dat gehoorzaamheid zo diep bij haar was ingesleten dat ze me niet lang zou tarten. En toch had ik iets in haar ogen gezien... iets wat me een poosje opzij had geschoven alsof ik er niet toe deed, alsof ik niet eens bestond...

Nog lang nadat ze de kamer had verlaten, bleef de herinnering aan dat moment hangen. Zelfs de nachtblauwe fles kon de wanorde in mijn disharmonische brein niet opheffen en toen ik eindelijk kalm werd en in slaap viel, droomde ik dat ik de dansende Columbine van mijn vader opwond. Ik was weer twaalf en keek vol ontzag toe hoe ze steeds sneller danste; ze kronkelde nu in duivelse razernij en haar armen, benen en met bloed bevlekte rok vormden een wazige vlek. In mijn dromen was ik nu bevangen door de koude zekerheid dat ik het een of andere kwaad in beweging had gezet, dat door de jaren van mijn jeugd heen naar me toe aan het klapwieken was en dat wachtte op een kans om door de sluier van de herinnering heen te breken en toe te slaan...

Ik strekte in de kolkende lucht mijn hand uit naar het waas van zijde en messen dat Columbine was – ik voelde iets als een scheermes in mijn hand snijden, maar ik wist haar vast te grijpen. Ze kronkelde als een slang in mijn hand, maar ik liet niet los; ik mikte zorgvuldig en wierp haar tegen de muur zo hard ik kon. Ik hoorde een klap, een gekraak van raderen en wielen, een laatste huivering van de muziek... Toen ik weer durfde te kijken, lag ze kapot bij de muur; haar porseleinen kop lag in stukken en haar rokken zaten rond haar middel. Ik voelde een enorme, warme golf van opluchting. Terwijl ik onrustig van droom naar waken begon te gaan, hoorde ik mijn eigen stem met een griezelige, ontwrichte helderheid zeggen: 'Je had moeten blijven slapen, meisje.'

De aas van zwaarden

40

Ze kwamen nu samen, als een spooktweeling, en hun gezichten vervloeiden, zodat het ene moment Effie me aankeek door de ogen van mijn dochter, en het andere Marta's gelach door de sluier van Effies glimlach heen filterde. Eindelijk was ze er, bijna zichtbaar, en het leek of mijn hart zou barsten van liefde voor haar, liefde voor hen beiden. Ze was nu gelukkig, gelukkiger dan ze ooit geweest was, omdat ze wist dat ze thuisgekomen was, dat ze weer veilig bij haar moeder was, veilig bij haar zuster. Sinds de avond waarop ik haar gevraagd had de naam van de kluizenaar te noemen, had ik haar herinneringen niet nodig gehad: dat deel van haar sluimerde en zonk dieper weg in de troebele sfeer van zaken die beter vergeten kunnen worden, en ze droomde niet meer over de Slechte Man en over wat hij haar langgeleden had aangedaan. Met behulp van mijn drankjes leek ze zich zelfs heel weinig te herinneren.

Ze was tevreden met in haar kamer slapen met haar boeken en speelgoed om haar heen; ze speelde met Meg en Alecto en wanneer Henry kwam, speelde ze ook met hem. Bij elk bezoek werd hij dieper meegesleept; we gaven hem chloraal en sterke lustopwekkende middelen. We geselden hem met kussen, zodat hij nadat Marta de kamer verlaten had, nog lang naar adem lag te happen. Hij verloor het vermogen werkelijkheid van fantasie te onderscheiden en ik weet zeker dat hij, als ik hem Effie in niet-vermomde vorm had laten zien, haar niet herkend zou hebben. Haar lichaam was mager geworden en op haar armen en borstkas zaten zere plekken, maar Henry was niet in staat ze op te merken. Mijn Marta werd zichtbaar in Effies vlees, ze oversteeg het, werd sterk; en hij was van haar, helemaal van haar. Ik zag hem in de loop der weken een vage blik krijgen en lusteloos worden; hij schrok van schaduwen en mijn hart werd vervuld van een duistere vreugde toen we ons met hem voedden, mijn dochter en ik. Laat je door niemand wijsmaken dat wraak niet zoet is: dat is zij wel. Ik weet het.

Mose kwam me tweemaal opzoeken. Zijn schuldeisers zouden niet eeuwig wachten, zo vertelde hij me, en hij begreep niet waar we op wachtten. Ik leende hem vijftig pond als overbrugging en hij leek het spelletje nog een tijdje mee te willen spelen. Het duurt niet lang meer, zei ik tegen hem, niet lang meer.

Geef mijn Marta even de tijd om te groeien.

Er verstreken nog vijf weken en vijf donderdagen stommelde Henry Chester blindelings de stoep van mijn huis op om een nachtmerrieachtige vervoering van lust te beleven. Ze liep dwars door hem heen, mijn schim, ontdeed hem van al zijn zelfverzekerdheid, zijn pretentieuze mannelijke superioriteit, zijn religieuze pedanterie, zijn iconen en zijn dromen. Als het niet Henry Chester was geweest, had ik medelijden met hem kunnen hebben, maar wanneer ik aan mijn trieste kleine geest dacht en wat ze ooit geweest was, verdween iedere twijfel. Hij had geen medelijden met mijn Marta gehad.

Die vijf weken trok er een grijze, glansloze herfst voorbij; de winter begon vroeg en een harde, suizende donkere wind bracht ijs op de wegen en reet de lucht in sombere, rafelige grijze strepen uiteen. Ik herinner me de kerstversiering in de winkels in Londen, de dennenbomen in Oxford Street en de slingers aan de gaslampen, maar in Crook Street bleven de ramen en deuren onversierd. Wij zouden ons feestje later vieren.

Henry kwam voor het laatst op 22 december; het werd die middag om drie uur donker en om negen uur was de motregen in ijzel veranderd en daarna in sneeuw, die even de keitjes wit kleurde maar toen meteen zwart werd. Misschien zou het toch nog een witte kerst worden. Effie kwam vroeg, tot haar ogen in haar dikke mantel gehuld; ik keek naar de lucht en stuurde haar bijna weg, uitgaande van de gedachte dat Henry op zo'n sombere, akelige avond niet zou komen. Maar Marta's geloof was groter dan het mijne.

'Hij komt,' zei ze met schalkse zelfverzekerdheid, 'juist van-avond.'

O, mijn lieve Marta! Haar lach was zo mooi dat ik in de verlei-ding kwam mijn wraak op te geven. Was het niet genoeg dat ik haar weer had, dat ik haar in mijn armen kon houden en haar koele huid tegen mijn wang kon voelen? Waarom zette ik dat op het spel voor een steriele overwinning op een man die al verdoemd was?

Maar ik wist natuurlijk wel waarom.

Voorlopig was ze nog de zijne. In zijn ogen was de helft van haar nog steeds Effie en zolang hij nog zijn rechten kon laten gelden, zou ze nooit volledig de mijne zijn. Zolang hij hen als afzonderlijke individuen bleef zien, konden ze nooit werkelijk verenigd worden, nooit terugkeren naar de goede, veilige plek die ze hadden verlaten. Ze zouden twee zwevende helften zijn die langzaam desintegreer-den in een vacuüm van vergetelheid waaruit alleen de liefde van een moeder hen kon wegslepen. Ze moest bevrijd worden.

'Marta.'

Haar lach achter Effies groenige blik was stralend.

'Wat er ook gebeuren mag, vergeet nooit dat ik veel van je hou.'

Ik voelde haar kleine hand in de warme holte van mijn nek glij-den.

'Ik beloof je dat het gauw voorbij zal zijn, schat,' fluisterde ik, met mijn armen om haar heen. 'Ik beloof het je.'

Ik voelde haar lach tegen mijn huid.

'Ik weet het, moeder,' zei ze. 'Ik hou ook van jou.'

41

Na die confrontatie was mijn vrouw de vijand: een zachte schaduw die me met koude, grijsgroene ogen gadesloeg terwijl ik
door ons spookhuis liep. Ze was zo mager als een sprinkhaan geworden, ondanks de hoeveelheden zoetigheid die ze at, en ze dreef
als een verdronken zeemeermin door de dikke groene lucht van de
gaslampen. Ik deed wat ik kon om haar niet te hoeven aanraken,
maar ze leek er behagen in te scheppen zo vaak mogelijk langs me
heen te strijken; haar aanraking was als een wintermist. Ze sprak
nauwelijks met me, maar mompelde in zichzelf met een ijle kin-
derstem. Wanneer ik 's nachts wakker lag, verbeeldde ik me soms
dat ik haar in het donker hoorde zingen; kinderrijmpjes en school-
pleinversjes en een Frans slaapliedje dat ze had gezongen toen ze
nog klein was:

'Aux marches du palais...
aux marches du palais...
'y a une si belle fille, lonlà
'y a un si belle fille...'

Ik sprak nogmaals met Russell en ik liet me zuchtend en met iets
wat op een paar mannentranen leek, overtuigen van het feit dat de
hoop op enige genezing voor mijn allerliefste Effie een periode onder nauw toezicht in een respectabel verpleegtehuis was. Ik deinsde
zichtbaar terug toen de goede dokter hintte dat het verdriet om het
verlies van haar kind Effies geest blijvend kon hebben ontwricht,
maar schikte me in mijn lot toen me met kracht duidelijk werd

gemaakt dat Effie, als ik niet gauw iets deed, iets zou kunnen doen waarmee ze zichzelf ernstig letsel zou toebrengen. Met een bekommerd uiterlijk en een innerlijke grijns tekende ik een papier dat de dokter eveneens ondertekende en toen ik wegging, stopte ik het zorgvuldig in mijn portefeuille. Op weg naar huis stopte ik bij mijn club om er te lunchen – voor het eerst in weken – en ik at als een wolf. Bij mijn glas cognac stond ik mezelf de zeldzame luxe van een sigaar toe. Ik was in een feeststemming.

Het was bijna donker toen ik op Cromwell Square aankwam, maar toen ik op mijn horloge keek, was het pas tien over drie. Het waaide en op de weg werden donkere bladeren in grote hoeveelheden alle kanten op geblazen. Ik meende ook ijzel op mijn gezicht te voelen prikken toen ik de koetsier betaalde en me naar binnen haastte. Een ijskoude windvlaag, beladen met gruis, kreeg vat op mijn jaspanden toen ik de deur opende en er vloog een werveling van dode bladeren voor me uit het huis in. Huiverend sloeg ik de deur dicht om het duister buiten te sluiten. Het kon vanavond wel eens gaan sneeuwen.

Ik trof Effie in de huiskamer, die niet verlicht was; ze zat naast de lege haard met haar borduurwerk doelloos op schoot. Absurd genoeg stond het raam open en de wind blies zó de kamer in. De vloer was bezaaid met dode bladeren. Eén kort nachtmerrieachtig moment werd ik weer overvallen door de oude angst, dat gevoel van hulpeloze kleinheid, alsof ze ondanks haar spookachtige bleekheid en uiterlijk op de een of andere manier míj tot een geest in mijn eigen huis had gemaakt, zodat ik de dolende schim was en zij het stevige, levende vlees. Toen herinnerde ik me weer het papier in mijn portefeuille en kwam de wereld weer tot rust. Ik uitte een kreet van ongeduld en in twee stappen was ik bij de bel en schelde Tabby, terwijl ik mezelf dwong tegen Effie te praten; ik moest me inspannen om de grijze vlek van haar gezicht in het donker te zien.

'Effie toch,' berispte ik haar. 'Wat is dat nu? Waarom zit je hier in de ijzige kou? Je wordt zo doodziek. En waarom heeft Tabby je hier zonder vuur laten zitten? Hoe lang zit je hier al?' Ze wendde zich naar me toe, half een meisje, haar gezicht in tweeën gedeeld door de streep gaslicht uit de gang.

'Henry.' Haar stem was even uitdrukkingsloos en kleurloos als de rest van haar wezen. Door de bizarre vertekening van haar gezicht leek slechts de helft van haar mond te bewegen: één oog richtte zich op mij, met een pupil als een speldenprik in het tegenlicht.

'Maak je geen zorgen, liefje,' ging ik door. 'Tabby komt zo. Ik zal ervoor zorgen dat ze een lekker vuur voor je aanlegt, en dan krijg je een kop warme chocola. We willen toch niet dat je kou vat, hm?'

'Nee toch?' Ik verbeeldde me dat haar stem een enigszins sardonische klank had.

'Natuurlijk niet, liefje,' antwoordde ik ferm, een neiging om in het wilde weg te gaan kletsen onderdrukkend. 'Tabby! Nondeju, ze zou nu toch wel eens hier mogen zijn. Tabby! Wil ze soms dat je doodvriest?'

'Tabby is weg,' zei Effie zacht. 'Ik heb haar naar de apotheek gestuurd voor mijn druppels.'

'O.'

'Er is verder niemand. Em heeft haar vrije middag. Edwin is naar huis. We zijn alleen, Henry.'

Weer werd ik overvallen door een onberedeneerde angst en ik moest moeite doen om mezelf in de hand te houden. Om de een of andere reden was ik ontzet bij de gedachte alleen te zijn met Effie, overgeleverd aan de vreemde gedachten die door haar hoofd spookten.

Ik zocht in mijn zak naar mijn sigarenaansteker en dwong mezelf haar de rug toe te keren terwijl ik probeerde de lamp aan te steken... Ik voelde haar ogen als spijkers in mijn nek prikken en mijn kaak verkrampte van haat voor haar.

'Zo, dat is beter, hè? Nu kunnen we elkaar zien.' Dat was goed: opgewekt en informeel doen. Dan hoefde ik niet het gevoel te hebben dat ze op de een of andere manier een confrontatie had gepland, dan was er geen reden om te denken dat ze het op de een of andere manier wíst... Ik wendde me weer naar haar toe en mijn kaken deden zeer van de geforceerde lach die haar, naar ik wist, totaal geen rad voor de ogen draaide.

'Ik zal het raam dichtdoen,' zei ik.

Ik deed zo lang over de grendel, het gordijn en de bladeren op de grond als ik durfde. Ik gooide de bladeren in de haard. 'Ik vraag me af of ik het vuur aan zou kunnen krijgen.'

'Ik heb het niet koud,' zei Effie.

'Maar ik wel,' antwoordde ik met valse vrolijkheid. 'Eens kijken... het kan niet moeilijk zijn. Tabby doet het iedere dag.' Ik knielde voor de haard en begon het papier en de droge takjes op de kolen te leggen. Er was even een vuurflits en toen een gekraak en daarna begon de schoorsteen te roken.

'Tjongejonge,' lachte ik, 'dit vereist meer handigheid dan ik dacht.'

Effies lippen vertrokken in een wetend, hatelijk lachje.

'Ik ben geen kind,' spuugde ze er plotseling uit. 'En ik ben ook geen halvegare. Je hoeft niet tegen me te praten alsof ik dat ben.'

Haar reactie was zo abrupt dat ik er weer door overvallen werd. 'Maar Effie,' begon ik dwaas. 'Ik...' Ik vermande me en maakte mijn stem duidelijk en geduldig, als die van een arts. 'Ik zie dat je ziek bent,' zei ik. 'Ik kan alleen maar zeggen dat ik hoop dat je later zult beseffen hoe kwetsend en ondankbaar je woorden op me overkomen. Ik zal echter...'

'En ziek ben ik ook niet,' onderbrak Effie me weer. Even geloofde ik het: haar ogen waren zo scherp en blikkerend als scalpels. 'Ondanks alles wat je hebt gezegd en gedaan om het tegendeel te bewijzen, ben ik niet ziek. Hou alsjeblieft op met dat gelieg, Henry. We zijn alleen in huis. Er is niemand voor wie je toneel hoeft te spelen behalve voor jezelf. Probeer eerlijk te zijn, voor ons allebei.' Haar stem was droog en emotieloos, als die van een gouvernante, en even was ik weer twaalf en deed ik vals en naïef mijn best om mijn straf te ontlopen en werd met ieder woord mijn schuld dieper ingegrift.

'Je hebt niet het recht zo tegen me te praten!' Mijn stem klonk ook mij zwak in de oren, en ik probeerde uit alle macht autoritair te blijven klinken. 'Mijn geduld kent grenzen, Effie, hoewel ik veel consideratie met je gedrag heb. Als mijn echtgenote ben je me minstens respect verschuldigd en...'

'Echtgenote?' riep Effie uit; het stelde me wonderlijk gerust dat er een schrille klank in haar afgemeten stem begon te komen. 'Wanneer heb jij me ooit als échtgenote gewild? Als ik zou vertellen wat jij...'

'Wat zou vertellen?' Mijn stem klonk te luid, maar ik leek geen macht over de woorden te hebben. 'Dat ik je heb verpleegd toen je ziek was, dat ik je humeurigheid heb verdragen, dat ik je alles heb gegeven wat je maar wilde? Ik...'

'Mijn tante May heeft altijd gezegd dat het niet fatsoenlijk was dat je een meisje huwde dat zo veel jonger was. Als ze wist...'

'Wat wist?'

Haar stem was een gefluister. 'Wist hoe je me behandelde... en waar je midden in de nacht heen gaat...'

'Je ijlt, meisje. Waar ga ik dan wel heen?'

'Je weet wel. Naar Crook Street.'

Ik snakte naar lucht. Hoe wist ze dat? Had iemand me herkend? Was ik gevolgd? De implicaties van wat ze wist overstelpten me. Het kon niet. Ze blufte.

'Je bent gek!'

Ze schudde zwijgend haar hoofd.

'Je bent gek, en ik kan het bewijzen ook!' Koortsachtig stak ik mijn hand in mijn jaszak en ik haalde er het papier van Russell uit. Ik las hardop en hees flarden voor, terwijl de ziekelijke euforie door mijn aderen snelde: '"... dat de patiënte, Euphemia Madeleine Chester... onmiskenbaar bewijs... manie, hysterie en catalepsie... gevaar voor haarzelf en anderen... behandeling voor onbepaalde tijd... namens... toegerust voor deze..." Je hebt gehoord wat hij zei: ik kan je naar een gekkenhuis laten sturen, Effie, een tehuis voor krankzinnige mensen! Niemand zal een krankzinnige vrouw geloven. Niemand!'

Er lag geen uitdrukking op haar gezicht – alleen maar een ontzettende wezenloosheid. Even vroeg ik me af of ze me gehoord had, of dat ze zich weer in haar vreemde, onnavolgbare gedachten had teruggetrokken. Maar toen ze sprak, klonk ze heel kalm.

'Ik heb altijd geweten dat je me zou verraden, Henry,' zei ze.

Ik probeerde iets te zeggen, maar per slot van rekening had ze gelijk: ik was de enige voor wie ik toneel kon spelen.

'Ik wist dat je niet meer van me hield.' Ze glimlachte en even leek ze bijna mooi. 'Maar dat geeft niet, want ik heb niet láng van je gehouden.' Ze hield haar hoofd scheef, alsof ze zich iets herinnerde.

'Maar ik laat me niet door jou opofferen, Henry. Ik laat me niet door jou opsluiten. Ik ben niet ziek en daar zal men gauw genoeg achterkomen. Dan zullen de mensen misschien gaan geloven wat ik zeg.' Ze wierp me een blik toe die een en al boosaardigheid leek. 'En ik heb heel wat te vertellen, Henry,' voegde ze er effen aan toe. 'Het huis in Crook Street en wat daar allemaal gebeurt. Fanny Miller zou voor jou niet liegen, denk ik.'

Mijn adem stak als een mondvol naalden in mijn keel en ik voelde een ondraaglijke beklemming in mijn borstkas. Plotseling had ik een wanhopige behoefte aan mijn chloraal. Zonder acht te slaan op Effies triomfantelijke lachje, greep ik het flesje dat om mijn nek hing en rukte ik de stop los. Met trillende handen goot ik tien druppels in een glas en schonk ik er sherry bij. Het glas was te vol: ik morste wat drank, die op mijn manchet terechtkwam. Plotseling welde er een diepe haat in me op.

'Niemand zou zo'n vergezocht verhaal geloven.' Mijn stem was weer vlak en mijn opluchting was enorm.

'Ik denk het wel,' zei ze. 'Bedenk bovendien wat voor een schandaal er zou komen, juist nu je werk erkenning begint te vinden. Alleen al het idee dat je je vrouw in een gekkenhuis had willen stoppen om te voorkomen dat ze je heimelijke ondeugden aan de kaak zou stellen... dat zou voor jou het einde betekenen. Zou je dat riskeren?'

Ik dankte de duistere goden voor het feit dat er chloraal bestond: reeds leek het alsof het deksel van mijn hoofd was getild en er een koude bries in waaide, zodat mijn gedachten tot stofjes in de wind werden. Ik hoorde van ver weg mijn stem spreken.

'Mijn beste Effie, je bent overspannen. Ik denk dat je moet gaan liggen en moet wachten tot Tabby met je druppels komt.'

'Ik ga niet liggen!' Nu Effie besefte dat ze haar voordeel kwijt was, verdween haar griezelige zelfbeheersing; haar stem kreeg een scherpe, hysterische klank.

'Nou, dan ga je niet liggen, liefje,' antwoordde ik. 'Ik zal je niet dwingen. Ik ga naar beneden om te kijken of Tabby al terug is.'

'Je gelooft me niet, hè?'

'Natuurlijk geloof ik je, lieve kind. Natuurlijk doe ik dat.'

'Ik kan je te gronde richten, Henry. (Haar stem was onvast, maar ze probeerde hem in bedwang te houden: 'Te gron-de rich-ten, H-henry.') 'Ik kan het en ik zal het doen ook!' De spookachtige gestalte met de zachte, koude stem en de grijsgroene ogen was echter verdwenen en het dreigement was krachteloos. De tranen glinsterden op haar gezicht en haar handen beefden. Ik streek over het papier in mijn borstzak en gunde mezelf de luxe van een glimlach.

'Slaap lekker, Effie.'

Terwijl ik me omkeerde en het gaslicht van de gang in liep, voelde ik hoe een vuist zich balde onder mijn ribbenkast – een vreugdevolle, wrede vuist. Ik zou haar nooit de kans geven ons te raken, Marta en mij. Nóóit.

Ik zag haar nog liever dood.

Ik kwam twintig minuten te laat, met de sneeuwbui in de rug, in Crook Street aan. Er lag sneeuw op de keien, die smolt en met de winterse troep een dikke, olieachtige brij vormde die de wielen van de koets bij de hoeken deed wegglijden en slippen. Ik was wonderlijk sereen, ondanks de confrontatie van die avond met Effie. Voordat ik vertrok, had ik een tweede dosis chloraal genomen.

Omdat Marta me aan het eind van mijn reis wachtte, dacht ik nauwelijks aan Effie: morgen zou ik regelen dat ze naar een goed verpleegtehuis op enige afstand van Londen werd gebracht, waar niemand naar haar gezwets zou luisteren. En als dat wel gebeurde, zou mijn voorbeeldige openbare leven me zeker van alle verdenkingen vrijpleiten: ze was per slot van rekening maar een vrouw, en daarbij nog een schildersmodel. Men zou misschien medelijden met me hebben vanwege mijn mislukte huwelijk, maar ik zou nergens de schuld van krijgen. Bovendien... was ze ziek. Misschien zieker dan wij allemaal dachten. Op een avond als deze had ik het gevoel dat vrijwel alles mogelijk was.

Toen de deur van nummer 18 openzwaaide, zag ik een kwart cirkel van roze licht. Ik schudde mijn ziekelijke gedachten van me af en ging naar binnen, een spoor van bevroren modder op de stoep achterlatend. Fanny was in magnoliakleurige zijde en zefiergaas gestoken; ze zag er absurd maagdelijk uit, als een jonge bruid, en ik

240

vroeg me niet bijster op mijn gemak af wat toch de ongelimiteerde macht van vrouwen was dat ze zich precies presenteerden zoals de mannen hen graag zagen. Zelfs Marta.

Zelfs Marta.

Welke naargeestige geheimen scholen in háár volmaakte vlees?

Woordenloos volgde ik Fanny's fluisterende sleep richting het dak van het huis: de zolderkamers, de bergruimten. Toen ik besefte waar ze me heen bracht, voelde ik een plotseling afgrijzen, alsof ze de deur van de kleine zolderkamer zou kunnen opengooien, waardoor ik hetzelfde tafereel te zien zou krijgen: het speelgoed op de grond, het witte bed, de bloemen op het nachtkastje en het kind van die hoer naakt onder haar nachthemd, onveranderd maar een beetje bleek na al die jaren in haar donkere gewelf, haar armen uitstrekkend en naar me roepend met Marta's onduidelijke stem...

Mijn stem was broos als glazuur: 'Waarom moet ik helemaal hierheen? Waarom kunnen we niet naar een van de salons?'

Fanny negeerde me onbeleefd. 'Dit is Marta's eigen kamer, Henry,' legde ze op redelijke toon uit. 'Ze heeft speciaal gevraagd je hierheen te brengen.'

'O.' Mijn woorden waren een kluwen van metaaldraad in mijn mond. 'Ik... als ze het niet erg vindt, zou ik liever niet... is het hier niet een beetje somber? En koud. Het is heel koud in dit deel van het huis. Misschien...'

'De kamer is de keuze van Marta,' antwoordde Fanny onvermurwbaar. 'Als je haar keuze niet respecteert, denk ik dat ze er niet mee akkoord zal gaan je nog eens te zien.'

'O.' Er viel verder niets te zeggen. Ik probeerde joviaal te glimlachen, maar het voelde meer als een grimas. 'Ik... ik had het niet helemaal begrepen. Maar als Marta...'

Fanny had zich omgekeerd; haar sleep ruiste al de trap af. De vloer zag eruit alsof niemand ooit het stof had verstoord. Ik keek naar de deur, bijna verwachtend de blauw-witte emaillen knop van mijn moeders kleedkamer te zien. Ik schudde de gedachte van me af, voordat hij mijn hachelijke, door chloraal opgewekte zelfvertrouwen kon aantasten. Wat een onzin. Er was geen blauw-witte knop, geen bleek hoerenkind met donkere beschuldigende ogen en chocola om haar mond; er was alleen maar Marta, Marta, Marta, Marta... Ik legde mijn hand op de knop en merkte dat de onderliggende lagen door de afgebladderde witte verf heen schemerden... groen, geel, rood... maar niet blauw, dacht ik triomfantelijk, niet blauw. Naast mijn hand zag ik op de verf de afdruk van kleine vingers, alsof er een kind had gestaan en de handpalm en drie vingers tegen de panelen had gedrukt... Marta?

Zelfs haar handen konden niet zo klein zijn. Dan de vlekken zelf: plakkerige, vage afdrukken, vers tegen het wit. Konden die van... chocola zijn?

Mijn zelfbeheersing begaf het. Ik schreeuwde het uit en duwde met al mijn kracht tegen de deur. Hij ging niet open. Er was in mijn hoofd geen plaats voor gedachten: een waanzinnige logica dreef me voort, een plotselinge overtuiging dat het Gods bedoeling was dat ik na al die jaren op deze manier zou boeten voor wat ik het hoerenkind had aangedaan... dat ik via Marta moest boeten. Het beeld was voor mijn ongeordende brein akelig plausibel: dat het hoerenkind met haar hand op de deur stond te luisteren, dat ik de kamer binnenging en dat Marta daar op me zat te wachten. Dat ze weer weg zou gaan nadat ze wraak had genomen... en dat Marta nog steeds lag te wachten met haar jurk opgetrokken over haar gezicht...

Ik gaf weer een gil en begon met mijn gekneusde vuisten op de panelen te beuken. 'Marta! Marta! M-m...'

Toen ging de deur van de donkere kamer open. Ik vloog met mijn hele gewicht de kamer in en sloeg hard tegen de achtermuur. Daarna zwaaide de deur achter me dicht. Even was de duisternis absoluut en ik bleef gillen, er zeker van dat het spookkind bij me in de kamer was, heel koud, heel wit en nog wachtend op haar verhaaltje.

Er flakkerde licht. Even was ik verblind, daarna zag ik haar bij het raam staan met de lamp in haar hand. Mijn opluchting was zo groot dat ik bijna in zwijm viel en er zweefden grote zwarte bloemenpatronen voor mijn ogen.

'Marta.' Ik probeerde de opluchting uit mijn stem te houden. 'Ik... neem me niet kwalijk. Ik ben... vandaag niet helemaal mezelf.' Ik grijnsde zwakjes.

'Om u de waarheid te zeggen, meneer Chester, ik ook niet.' Ze glimlachte flauwtjes en ondeugend en haar stem was een fluistering van hooi en zomerse luchten. 'Misschien hebben we allebei iets versterkends nodig.'

Terwijl ze de drank inschonk, sloeg ik haar gade en ik voelde mijn hartslag bijna weer normaal worden. Even later kon ik alweer om me heen kijken.

De kamer was heel kaal. Een smal bed met een witte sprei, een nachtkastje met een lampetkan en een waskom, een kleine tafel en een sjofele leunstoel waren alle meubilair en bij het licht van de enige lamp leek alles nog soberder. Er lagen geen kleedjes op de kale planken, er hingen geen plaatjes aan de muren, er waren geen gordijnen. Vandaag was Marta als haar kamer, gekleed in een eenvoudig wit nachthemd, blootsvoets, met loshangend haar dat gedeeltelijk haar gezicht afschermde. Even gaf het me weer een ongemakkelijk gevoel – de overeenkomsten met die andere avond waren te sterk – alsof ook dit weer een van haar vermommingen was, bedoeld om me uit mijn evenwicht te brengen en permanent waanzinnig te maken. Maar toen ze haar armen om me heen sloeg, was ze warm en rook ze naar simpele kindergeuren: zeep en lavendel en iets zoets dat op drop leek. Zij die me had overweldigd met bedwelmende, exotische gewaarwordingen was nu een uiterst elementaire jeugdige verleidster, een verlegen, gretige maagd van veertien, heerlijk onervaren, pijnlijk oprecht.

Natuurlijk wist ik dat ook dit een van haar vermommingen was: de ware Marta was me nog steeds totaal onbekend. Maar ik gaf me over aan de illusie van tederheid en terwijl we als kinderen in elkaars armen lagen, fluisterde ze een verhaaltje in mijn oor, het verhaal over een man die verliefd wordt op het portret van een dode vrouw. Hij koopt het en verstopt het op zolder uit angst dat zijn vrouw vragen zal stellen. Elke dag gaat hij naar het portret toe en hij wordt steeds melancholischer, omdat hij niet in staat is het plezier op te geven dat het kijken hem verschaft. Zijn vrouw begint achterdocht te krijgen en op een dag volgt ze hem wanneer hij naar zijn geheime plek gaat en observeert ze hem terwijl hij voor het portret zit. Bevangen door jaloezie wacht ze tot hij weg is en pakt dan een mes; ze gaat naar de gehate afbeelding toe met de bedoeling haar kapot te snijden. Maar in het portret schuilt de ziel van de dode vrouw en wanneer haar rivale haar belaagt met een mes, springt ze op haar af. Er is een worsteling, maar de spookvrouw heeft de kracht van iemand die wanhopig is. De arme echtgenote wordt gillend haar lichaam uitgedreven, de chaos in, en de spookvrouw, die het leven van de andere voor haarzelf neemt, loopt kalm de trap af om zich bij haar nieuwe minnaar te voegen.

Ik huiverde toen het verhaal uit was. 'Geloof je in geesten, Marta?' vroeg ik.

Ik voelde haar tegen mijn naakte huid knikken en ik meende haar zacht te horen lachen. De lach maakte me onrustig en een tikkeltje kwaad reageerde ik: 'Er bestaan geen geesten. De mens komt niet terug om de levenden schrik aan te jagen. Ik geloof niet dat de mens ergens heen gaat na zijn dood.'

'Zelfs niet naar de hemel?'

'Juist niet naar de hemel.'

'Dus...' Haar stem klonk plagerig. 'Je bent niet bang voor de doden?'

'Waarom zou ik bang zijn? Er is niets waarvoor ik me hoef te schamen.' Mijn gezicht gloeide en ik vroeg me af of ze het kon voelen. 'Ik wil hier niet over praten.'

'Goed.' Haar acceptatie was kinderlijk. 'Vertel me dan hoe je dag was.' Ik schoot in de lach: dat ik die echtgenootachtige uitdrukking uit haar mond vernam!

'Nee, vertel het me,' hield ze vol.

Dus vertelde ik het aan haar: misschien vertelde ik meer dan ik van plan was. Ze lag zacht en kinderlijk in mijn armen en zweeg; slechts af en toe maakte ze een berustend geluidje. Ik vertelde haar over Effie en dat ik haar was gaan vrezen. Dat ik het haast bijgelovige gevoel had dat ik een geest in mijn eigen huis was. Dat ik had besloten Effie naar een gesticht te brengen waar ze geen bedreiging meer zou vormen. Dat ik ervan overtuigd was dat ze me te gronde kon richten. Effie wist nu van ons – hoewel het me een raadsel was hoe ze het wist. Effie was mijn vijand, sloeg me stilletjes gade vanuit de schaduwen, was een spookkind... een spook. Effie, die had moeten blijven slapen, die had moeten sterven: Effie, die dood had moeten zijn...

Na een poosje vergat ik dat ik tegen Marta sprak en verbeeldde ik me dat ik voor de troon van God stond en wanhopig met Hem in zijn sublieme en zwijgende onverschilligheid onderhandelde, onderhandelde over mijn leven...

Ik had niet het recht, dat weet ik nu. Ik nam Effie nog voordat ze oud genoeg was om te begrijpen wat liefde was. Ik benam haar haar eigen kans op geluk. Ik verwrong haar om aan mijn eigen verwrongen smaak te voldoen en sneed haar weg toen ik genoeg van haar had.

Ik weet wat ik ben.

En toch, met Marta in mijn armen, het zachte vocht van haar adem tegen mijn huid voelend, leek ik een glimp van een andere mogelijkheid op te vangen, een die de haren op mijn armen overeind bracht van een fijne, extatische zelfverachting. De woorden die ik tegen Marta had gesproken, klonken na in de holte van mijn schedel, zoet en strakgespannen als de onzichtbare harp achter mijn oogleden: 'Er bestaan geen geesten. De mens komt niet terug om de levenden schrik aan te jagen. Ik geloof niet dat de mens ergens heen gaat na zijn dood.' Ik besefte dat ik de woorden hardop herhaald had, daarmee de stroom van gepijnigde zelfanalyse onderbrekend. Maar ik kon me geen woord herinneren van wat ik had gezegd.

Marta sloeg me gade, taxeerde me. Haar gezicht was onbewogen. 'Henry.'

Plotseling wist ik wat ze ging zeggen en ik kromp ineen, gevangen in de straal van haar dodelijke blik. Ik begon te spreken: het kon me niet schelen wat ik zei, als ik maar kon voorkomen dat ze die woorden zou uitspreken, het woord dat ik meedogenloos kon horen resoneren.

'Henry.'

Ik keerde me om. Ik kon niet aan haar ontkomen.

'Herinner je je nog de dag waarop je zei dat je van me hield?'

Ik knikte stom.

'Je hebt me toen iets beloofd. Meende je dat?'

Ik aarzelde. 'Ik...'

'Méénde je dat?'

'Ja.' Mijn hoofd bonsde en mijn mond kreeg een zure smaak als van onversneden gin.

'Luister naar me, Henry.' Haar stem was zacht, dwingend, intiem als de dood. 'Je houdt niet meer van haar. Je houdt nu van mij. Dat is toch zo?'

Ik knikte.

'Zolang zij er is, zal ik nooit van jou zijn. Je zult je altijd moeten verschuilen. Altijd in het geheim moeten komen.'

Mijn adem fladderde door mijn droge lippen in een onuitgesproken, halfslachtig protest, maar de ijzingwekkende puurheid van haar blik legde me het zwijgen op.

'Je zegt dat ze al van ons afweet: ze weet dat ze je te gronde kan richten. Haar opsluiten, als dat je zou lukken, is misschien niet genoeg. Ze zou kunnen praten, er zouden mensen naar haar kunnen luisteren. Denk je dat haar familie haar niet zou geloven? Er zou een schandaal komen, of ze haar nu geloofden of niet. Modder plakt, Henry.'

'Ik...' De wetenschap wat ze ging zeggen sloeg als een muur van aansnellend vuur door mijn brein, maar wat nog erger was: ik wilde dat ze het zei, ik wílde de wolven in mijn hersenpan loslaten. Mijn zoete Scheherazade! Mijn hoofd tolde dronken. Ze had het over móórd, ze had het over Effie voor altijd het zwijgen opleggen...

Even gaf ik me geheel over aan de beelden die door mijn geest dwarrelden en ontdekte in mezelf een soort opwinding bij de gedachte aan moord, een gevoel dat zo intens was dat het mijn verlangen naar Marta bijna overschaduwde... Toen kwam Marta's betovering weer terug en ik sloeg mijn armen om haar heen en begroef mijn gezicht in haar zoetheid en zachtheid, de geur van seringen en chocola... ik geloof dat ik huilde.

'O, Marta.'

'Het spijt me, Henry. Ik heb echt van je gehouden, en je zult nooit weten wat deze nachten samen met jou voor me betekend hebben...'

Ik bevond me in een afgrond en voelde mijn geest als een bezetene vragen stellen. Wat bedoelde ze? Het klonk bijna alsof...

'... maar ik weet dat we elkaar hierna niet meer kunnen zien. Ik...'

De verdoving smoorde mijn zintuigen als een bevroren deken. Alleen het hulpeloze stemmetje in mijn hoofd herhaalde dom: dit is een afscheid, dit bedoelde ze niet, dit is... Nee! Het kon niet zo zijn! Dat was niet het woord dat ik uit haar mond had verwacht! Dat was niet de belofte waaraan ik me had willen houden. Er welde hysterie in me op. Heel ver weg hoorde ik mijn stem beginnen te lachen: een schreeuwend, schril gelach, als van een gekke clown.

'Nee! Nee! Alles voor jou... wat je maar wilt... alles...' Het allerverschrikkelijkste. 'Het hoeft toch niet dit te zijn...' O, mijn Marta, mijn koude Gethsemane... 'Ik doe alles wat je wilt!'

Eindelijk had ze me gehoord. Ze wendde haar gezicht naar het licht en keek me in de ogen. Ik herhaalde mijn woorden, zodat ze zou weten dat ik de waarheid sprak: 'Ik doe alles wat je wilt.'

Ze knikte langzaam, fragiel en onverzoenlijk. Ik dwong mezelf met enige zelfbeheersing te praten.

'Effie is ziek,' zei ik. 'Ze leeft misschien niet lang meer. Ze neemt de hele tijd laudanum. Soms vergeet ze hoeveel ze heeft genomen.'

Marta bekeek me nog steeds met ogen die zo mysterieus waren als die van een kat.

'Ze kan... ieder moment doodgaan.'

Het was niet genoeg: terwijl haar ogen zich losmaakten van de mijne, wist ik het: ze was geen Effie, die naar schaduwen greep. 'Alles', had ik haar beloofd.

Wanhopig gooide ik de gehate woorden eruit, bekende ik laf mijn reeds aanvaarde schuld.

'Niemand hoeft het ooit te weten.'

De stilte hing zwaar tussen ons in.

We bezegelden de deal zoals alle deals met de duivel van oudsher bezegeld worden. Stel je voor, als je dat kunt, dat je alles overziet, zoals God: Chester kreunend op zijn pijnbank met de zoete stem van een demon in zijn oren – wat zal Hij gelachen hebben! Ik gaf mijn ziel voor een vrouw; wat zal die onsterfelijke meester van het absurde geschud hebben van het lachen toen onze stemmen vanuit de nacht naar Hem opstegen als vliegen... en wat kon het me weinig schelen. Marta wás mijn ziel.

Na mijn aanvankelijke bekentenis bleek ze angstwekkend praktisch te zijn. Zij was degene die de details bedacht, het plan dat je ongetwijfeld al vertrouwd is. Heel koeltjes schetste ze met haar zachte fluisterstem mijn rol, terwijl haar kleine handen als ijs op mijn huid lagen.

Het zou heel eenvoudig zijn. De volgende dag zou ik zoals altijd naar het atelier gaan om te werken en terugkeren wanneer het avond werd. Ik zou Tabby opdragen Effie zoals gewoonlijk haar druppels te geven. Wanneer Effie na het avondeten naar haar kamer ging, zou ik haar een kop chocola brengen, zoals ik vaak deed, en daar flink wat laudanum en een beetje cognac in doen om de medicinale geur van het middel te verbergen. Effie zou in een diepe slaap wegzakken die steeds dieper zou worden, totdat ze zou ophouden met ademhalen: een pijnloze verlossing. Wanneer het veilig zou zijn om weg te gaan zonder gezien te worden, zou ik haar naar buiten dragen, waar een vriend van Marta klaar zou staan om me te helpen met een huurrijtuig. We zouden naar het kerkhof rijden en het lichaam naar een geschikte grafkelder brengen, die we zouden openen met gereedschap dat door Marta's vriend geleverd zou worden. We zouden het lichaam erin leggen en de tombe weer goed afsluiten, zonder dat iemand er iets van zou merken. Als we een familie kozen die geen levende nazaten had, wisten we zeker dat ons geknoei met het graf nooit ontdekt zou worden. Ik zou de politie kunnen vertellen dat mijn vrouw geesteszie was – Russell zou daar zeker voor instaan – en geneigd zich grillig te gedragen. Ik zou de rol van de ongeruste echtgenoot spelen en uiteindelijk zou de hele zaak vergeten worden. We zouden eindelijk van haar bevrijd zijn.

Er was één detail dat me niet lekker zat: de voorgestelde medeplichtige. Ik begreep dat ik iemand nodig had om het lichaam te helpen dragen en om op het kerkhof te waken, maar Marta wilde me niet zeggen wie ze in gedachten had; ze zei dat ik haar moest vertrouwen. Uiteindelijk werd ze boos en ze beschuldigde me ervan dat ik probeerde uitvluchten te bedenken omdat ik laf was. Ik herinner me dat ze op het kale witte bed zat met haar benen onder haar lichaam gevouwen, als de Maagd Maria van Rossetti, met haar

haar wild om haar schouders zwiepend en haar vuisten gebald als vuursteenknollen.

'Je bent bang!' spuugde ze er minachtend uit. 'Je belooft maar en je belooft maar... als gedachten zonden waren, zou je nu in de hel zijn – maar wanneer het op echte daadkracht aankomt, zit je on-nozel te lachen en te zuchten als een meisje! Dacht je soms dat ík het niet zou doen? Dacht je dat?'

'Marta...' pleitte ik.

Haar woede was schitterend, een en al vuur en gif.

'Maar-taaa,' spotte ze wreed. 'Mmmm-aaar-taaa...' Plotseling was ik weer twaalf en stond ik op het schoolplein met mijn gezicht in de hoek van de deur gedrukt met de smaak van tranen en haat in mijn mond *(huilebalk, hui-le-balk, kijk eens wat een hui-lebalk...)*, en ik voelde mijn zicht even troebel worden toen de tranen over mijn wangen begonnen te lopen. Ik kon haar plotselinge wreedheid niet begrijpen. Om de een of andere reden was Marta woedend.

'Is dat alles wat je kunt doen?' schreeuwde ze bitter. 'Huilen? Ik vraag je jezelf te bevrijden, mij te bevrijden, en jij staat daar als een geplaagde schooljongen? Ik wilde een man, een minnaar, maar jij geeft me níéts! Ik vraag je om bloed en jij geeft me water!'

'M... M-m...' Bijna had ik 'Moeder' gezegd. De lussen van me-taaldraad in mijn mond waren een kapotte harp geworden, een Aeolische grot van pijn en verwarring. Ik voelde de linkerkant van mijn gezicht onbeheerst trekken; mijn ooglid was een vlinder die gevangenzat onder mijn gekwelde vlees.

Haar minachting was me te veel. Ik schreeuwde met alle liefde en haat in mijn gezwollen hart. De woorden – zo er al woorden waren – die ik schreeuwde, weet ik niet.

Maar er was een belofte; ze werd milder en kuste me.

Ik ben wat ik ben.

42

Zodra ik hem Marta's kamer zag verlaten en naar beneden zag stommelen, wist ik dat onze tijd gekomen was. Hij had zijn broze controle verloren, dat ijzige, minachtende masker van zijn fatsoen; wat er over was, had geen gelaatstrekken, geen pretenties. Het was slechts de stille schreeuw van gekweld vlees en eindeloos verlangen. De zwarte ijzelwind voerde hem mee als een verdronken kind, zijn ogen groot en verwonderd, zodat ik even de onschuldige zag die hij ooit geweest was... Ik heb hem nooit meer gezien. In ieder geval niet op de manier die júllie zouden kunnen begrijpen.

Er was die morgen geen ochtendgloren, maar om zeven uur stapte Mose met rode ogen uit iemand anders' bed en eiste een gesprek met me. Hij liep zonder te kloppen de kamer in; zijn haar hing over zijn ogen en zijn mond stond wrang. Hij zag er moe en geïrriteerd uit en ik vermoedde dat hij hoofdpijn had, want hij liep recht op de cognac af en schonk een ruime hoeveelheid in.

'Goh, Mose,' zei ik luchtig, 'wat zie jij er vreselijk uit. Je moet echt eens op jezelf gaan passen, mijn beste.'

Mose dronk het glas leeg en trok een grimas. 'Daar weet jij alles van, hè, mijn allerliefste Fanny?' was zijn gevatte antwoord. 'De Heer mag weten wat dat kreng gisterenavond in mijn drank heeft gedaan, maar ik heb een stekende koppijn. En dan had ze ook nog de brutaliteit me vier guinjes te laten betalen!'

'Gisterenavond vond je het anders een charmante meid,' bracht ik hem voorzichtig in herinnering.

'Tja, dat was toen. Ze zag er vanmorgen geen dag jonger dan veertig uit.'

'Ondankbare hond! Neem een kop koffie.' Met een lachend gezicht schonk ik koffie in. 'Alle vrouwen zijn illusionisten, weet je.'

'Jullie zijn allemaal heksen,' snauwde hij, terwijl hij zijn kop pakte. 'Jij nog wel de allergrootste, Fanny. Dus laat vanmorgen maar geen charmetrucjes op me los; ik ben niet in de stemming.' Hij dronk een halve minuut in gemelijke stilte, stond toen abrupt op en zette zijn kop zo hard op tafel dat ik dacht dat hij zou breken.

'Wat speel je eigenlijk voor spelletje?' vroeg hij vol wrok. 'Ik ben het wachten zat, ik ben het zat mijn schuldeisers af te moeten schepen, terwijl ik hier geld uit zou kunnen slaan. Wanneer houden jij en Effie nu eens op met die spelletjes en komen jullie terzake?'

'Ga zitten, Mose,' zei ik vriendelijk.

'Dat wil ik niet,' snauwde hij kleinzielig. 'Je denkt zeker dat ik even imbeciel ben als zij. Ik wil nú antwoord. Anders, of je het nu leuk vindt of niet, doe ik alles zelf, en dan krijgen jij en Effie geen cent van Chesters geld. Begrepen?'

Ik zuchtte.

'Ik merk dat ik je alles zal moeten vertellen,' zei ik.

43

Begrijp me goed: ik was woedend. Ik had niets tegen hen beiden, althans, toen nog niet. Ik had gewacht toen Fanny wilde dat ik wachtte, zonder vragen te stellen, maar de tijd schreed voort en ik had weer een bezoek van een van mijn belangrijkste schuldeisers gehad. En Effie – die had ik in geen weken gesproken. Ik zag haar alleen maar wanneer ze in Crook Street was, en ze was bleek en lusteloos, met de wezenloze, halfgare starende blik van een laudanumverslaafde in haar ogen. Hoewel ik enige minachting voor haar zwakte voelde, ging er ook wel eens een scheut van spijt door me heen om het lieftallige, hartstochtelijke wezen dat ze ooit was. Ze schreef me een keer of tien; haar brieven waren wanhopig, heftig en verward en haar nette schuine schrift werd afgewisseld met alinea's puntig gekrabbel dat ik nauwelijks kon ontcijferen. Ze durfde me niet te ontmoeten. De dag voor de uiteindelijke confrontatie met Fanny ontving ik een laatste bericht, korter dan de rest: een bladzijde die uit een schoolschrift gescheurd was, zonder handtekening of datum. Het schrift was vormeloos, als dat van een kind; mijn naam stond in koeienletters boven het briefje geschreven:

Mose,
God mijn lief mijn lief. Het lijkt zo lang geleden. Ben ik ziek geweest? Kun jij het je herinneren? Het lijkt wel of ik geslapen heb, of ik mijn hele leven verslapen heb... en heel veel gedroomd heb. Ik droomde dat ik dood was, gedood door Henry Chester en dat ik werd achtergelaten op een zolder vol mechanisch speelgoed. Hij zegt dat ik gek ben... maar zijn ogen zijn als tunnels. Soms hoor ik hem 's nachts,

wanneer iedereen slaapt. Ik hoor hem praten. Mose? Hou je ook van
haar? Wil je me daarom niet ontmoeten? Iedereen houdt van haar.
Soms denk ik dat ik dood zou kunnen gaan uit liefde voor haar...
mijn leven voor haar, arm ellendig leven... als jij er niet was. Jij
bent mijn leven. In de duistere gangen van mijn slapende geheugen
volg je me – ik hoor je lachen. Je hand ligt op mijn haar: ik slaap
honderd jaar. Er komt een laag stof op mijn oogleden. Ik word oud.
Het kan haar niet schelen: ze wacht op me. Jij ook? Soms kijk ik in
de spiegel en vraag ik me af of ze daar wacht. Mose, help me, ik wil
niet slapen.

Ik weet nog dat ik, toen ik in Oxford was, naar een feestje ging bij
een student op zijn kamers: een middernachtelijk gedoe in een ach-
terstraatje met illegale cognac en een paar giechelende meisjes met
paardengezichten van de andere kant van de stad. Ik weet nog dat
iemand voorstelde een klopséance te houden en dat we veel pret
hadden toen we een salontafel met stoelen eromheen klaarzetten
en aan de rand rondom met krijt de letters van het alfabet tekenden. We dimden het licht en de meisjes gilden en de jongemannen
loeiden van het lachen toen we ons installeerden om het spel te
spelen. Ik klopte op de tafel zodra iedereen zweeg, waardoor de
hele kakofonie weer losbarstte.

Eerst draaide het glas onder onze handen doelloos over tafel. Er
werd 'Stilte!' geroepen en gelachen en er waren verontwaardigde
kreten naar de zogenaamde valsspelers in het gezelschap – wij allemaal!

Toen begon het glas, naar het scheen uit eigen beweging, ineens
over tafel te vliegen en schunnige dingen over de verzamelden door
te geven, wat een nieuwe uitbarsting van gegil van de dronken
meisjes veroorzaakte. Ik ben altijd al een goede illusionist geweest.

Maar toen veranderde alles: mijn zorgvuldige manoeuvre werd
afgekapt door een meer ervaren klopper. Ik probeerde de macht
over het glas terug te krijgen, maar het werd onder mijn hand vandaan gerukt en het draaide met verbazingwekkende snelheid over
tafel. Geïrriteerd keek ik naar mijn partners aan de andere kant van
de tafel... en ik zweer je: niemand raakte dat glas aan. Niémand.

Ook toen wist ik dat het een truc was: ik geloofde niet in geesten, en dat doe ik nog steeds niet. Maar ik ben er nooit achter gekomen wie die avond de trucs uithaalde – naar mijn idee waren mijn vrienden allemaal te dronken, of te weinig fantasierijk, om zo'n goocheltoer uit te halen – maar de zinnen die vijftien jaar geleden hortend en stotend in die donkere kamer over de salontafel vlogen, de woorden die zich in mijn brein schroeiden in de minuten voordat mijn zenuwen het begaven en ik de tafel omverschopte...

Ik weet niet waarom ik je dit vertel, maar Effies verminkte en verknipte zinnen en die wanhopige kreten op de salontafel waren misschien afkomstig uit hetzelfde verloren en gebroken hart: een stem uit het dodenrijk.

Help me, ik wil niet slapen...

Fanny had haar eigen redenen om Effie bij me weg te houden. Het kon me niet echt schelen: ik had schoon genoeg van hun toneelstukjes en ik wou dat ik er nooit bij betrokken was geraakt. Fanny voorzag me wel van drank en amusement terwijl ik in Crook Street was en zij en Effie boven hun eindeloze beraadslagingen hielden. Maar dat was niet het ergste. Nee.

Dat was die naam... Marta.

Haar naam was een zucht, een gebed, een smeekbede: op Fanny's lippen een kus, op die van Henry een kreun, op die van Effie een zegening van zo'n kracht dat haar gehele wezen werd overspoeld met liefde en verlangen... Marta.

Na middernacht liep ze door de schemerige gangen van het huis in Crook Street. Ik voelde haar lichte, ironische hand op mijn nekvel wanneer ze me passeerde. Ik rook haar geur in de gordijnen, ik hoorde haar lieve hese stem met het lichte accent door het open raam, hoorde haar lach uit de klamme Londense mist opstijgen. Ik droomde van haar zoals ik haar voor het eerst door de opening in de muur gezien had: een brandende roos van karmozijnrood vlees, een furie met vlammend haar, door het vuur heen lachend als een gekkin of een godin...

En toch bestond Marta niet.

Soms moest ik mezelf herinneren aan dat feit, uit angst dat ik misschien net als zij allemaal gek zou worden. Er wás geen Marta – ik wíst het. Ik had haar teruggebracht zien worden tot een kolk van rode oker in de wasbak van de badkamer, tot een cosmetica-vlek op het witte linnen van de handdoek. Net als Assepoester was ze opgebouwd uit bedrieglijke, middernachtelijke magie; bij de da-geraad was er niet meer van haar over dan een paar geverfde haren op een hoofdkussen. En toch, als ik het niet met mijn eigen ogen gezien had...

Ik vervloekte haar. Ik vervloekte al hun giftige spelletjes.

Er wás geen Marta.

Dan was er de kwestie Henry Chester. O, denk niet dat ik me be-dacht had. Ik had geen reden de man te mogen, en hij niet om mij te mogen, maar de hele affaire begon me een beetje te ingewikkeld te worden. Ik geef toe dat ik eerst moest lachen om de gedachte dat Ef-fie haar eigen man verleidde – het idee had iets oneindig pervers dat me aansprak – maar als je Chester had gezien, met zijn starre do-denlach... Hij zag eruit als een verdoemde aan de rand van de hel.

Wat wilden ze van mij? Ik mocht hangen als ik het wist. Fanny moet toen al geweten hebben dat, zelfs als we erin slaagden Effie weg te krijgen van Cromwell Square, er voor haar geen plaats bij mij was. Ik zou niet met haar trouwen en was dat ook nooit van plan geweest. Wanneer ze het al over de toekomst had, zei Fanny altijd: 'Wanneer we weer samen zijn', alsof er een familiereünie in het verschiet lag. Ik zag het niet voor me. Effie in Crook Street wo-nen? Hoe meer ik erover nadacht, hoe absurder het me voorkwam. Hoe sneller ik me aan het spelletje kon onttrekken, besloot ik, hoe beter.

Het leverde me zelfs geen geld op: de grimmige maskerade leek zich eeuwig voort te slepen. Nu ik erop terugkijk, denk ik dat ik me toen los had kunnen maken, al zou mijn kans om Henry Chester te chanteren dan verkeken zijn, maar om die reden bleef ik niet. Noem het maar arrogantie: ik wilde me niet laten overtroeven door een vrouw. Hoe het ook zij: ik liep keurig in hun val. Ik moet niet goed bij mijn hoofd zijn geweest.

Ik mag altijd graag denken dat ik eerst aarzelde: het plan was zo luguber, zo belacheiljk, dat het wel het libretto voor een zwarte operaklucht had kunnen zijn. Fanny zat zich op de bank op te tutten terwijl ze het me vertelde en ik moest ondanks mijn groeiende hoofdpijn lachen.

'Fanny, je bent onbetaalbaar,' zei ik. 'Laat ik nu even gedacht hebben dat je het echt meende.'

'Maar ik meen het ook,' zei ze kalm. 'Ik meen het serieus.' Ze nam me met haar cryptische agaatkleurige ogen even op en toen verscheen er een heimclijk lachje op haar gezicht. 'Ik reken op je, mijn beste Mose. Echt.'

Ik zuchtte van ergernis. 'Wou je me vertellen dat Effie Henry zo ver heeft gekregen dat hij erin heeft toegestemd haar te vermoorden?' Mijn lach had iets van de ziekelijke, nerveuze lach van de hystericus. Ik schraapte mijn keel, schonk nog een glas cognac in en slikte de helft ervan in één keer door.

De stilte hing zwaar tussen ons in.

'Geloof je het niet?' zei Fanny ten slotte.

'Ik... ik geloof niet dat Effie...'

'Maar het was Effie niet.'

Vervloekt nog aan toe! Haar stem was boterzacht en ik wist wat ze zou gaan zeggen.

'Verdomme, Fanny, er ís geen Marta!' Ik hoorde mijn stem overslaan, veel hoger dan normaal worden, en ik vocht om hem weer onder controle te krijgen. 'Er is geen Marta. Alleen een Effie, die voor driekwart gek is... en wat denkt ze aan al dit gedoe te hebben? Wat wil ze?'

Ze glimlachte toegeeflijk. 'Dat zou jij moeten weten.' Even liet ze haar woorden bezinken. 'Zij en ik rekenen op je.' Haar lach werd ondeugender.

'En Marta natuurlijk ook.'

44

Ik kon niet naar huis. De gedachte het huis binnen te moeten gaan waar zíj sliep, haar deur te moeten passeren, haar in de gang misschien per ongeluk aan te raken of haar waanzinnige, beschuldigende blik in mijn rug te voelen prikken, haar chocola te zien drinken bij het ontbijt of haar borduurwerk te zien openvouwen in de zitkamer... en dan de hele tijd te weten dat ze om middernacht dood in een anoniem graf op Highgate zou liggen, misschien het graf waarin ook het hoerenkind haar onrustige halfslaap doorbracht... ik kon de gedachte niet verdragen.

In plaats daarvan ging ik in het donker naar mijn atelier en probeerde ik wat te slapen. Buiten echter gierde de wind met Effies stem; hij rammelde aan de ramen. Twintig korrels chloraal – meer durfde ik niet te nemen. Maar ook die brachten geen troost, slechts een lethargie van de geest die snel overging in een huiverende rusteloosheid. In een van mijn kasten stond een fles cognac: ik wilde er wat van nemen, maar merkte dat mijn keel was dichtgesnoerd tot een speldenprik. Ik verslikte me en spuugde de gloeiende vloeistof in een wijde boog uit. Plotseling zag ik in de hoek van mijn atelier iets bewegen; in de donkere schaduw meende ik een draperie te zien verschuiven... de contouren van een vrouwenhand.

'Wie is daar?'

Alleen de wind gaf antwoord. 'Ik zei: wie is daar?' Ik deed een pas naar voren en daar, in de verste hoek, stond ze; haar gezicht was een bleke vlek en haar handen waren uitgestrekt om me op te eisen. Even zonk ik in een volkomen delirium weg, een onsamenhangende stroom van klanken viel van mijn lippen... toen stuitten mijn tastende handen op de lijst en vulden mijn neusgaten zich met de geur van verf en lak.

'Ahhh...' Ik spande me in om mijn stem onder controle te krijgen en hem terug te slepen naar zijn normale toonhoogte. Mijn mond hing slap en de mot die gevangenzat onder mijn linker ooglid fladderde wanhopig.

'Sch... Scheherazade.'

Dat leek er meer op. Ik zei de naam nog eens en voelde mijn mond weer vorm krijgen terwijl ik de moeilijke lettergrepen uitsprak. Ik dwong mezelf het schilderij aan te raken en mijn lach klonk geforceerd en krakerig, maar het was in ieder geval een lach. Er was niets, níéts om bang voor te zijn, hield ik mezelf fel voor. Er was geen dansende Columbine met lege oogkassen en roofdiertanden, geen klein spookkind met uitgestrekte armen en chocola aan haar vingers, geen Prissy Mahoney met haar sleutelgat van bloed en geen moeder die vanaf haar doodsbed toekeek met haar mooie, verwoeste gezicht...

Genoeg! Ik dwong mezelf me af te keren van het schilderij (absurd dat ik de ogen van Marta als spijkers tussen mijn schouderbladen voelde slaan, onbarmhartig het zachte witte koord van mijn ruggengraat in tweeën snijdend) en naar het haardvuur te lopen. Ik keek op mijn horloge. Halfdrie. Er lag een boek ondersteboven op een stoel en ik keek er lusteloos in om de tijd te doden. Vol afgrijzen zag ik dat het een poëziebundel was; ik sloeg het boek open en las er zomaar een stukje uit:

MIJN ZUS VALT IN SLAAP
Ze viel in slaap op kerstavond:
Eindelijk woog de lang niet-vergunde
schaduw van zware oogleden zwaarder
dan do pijn die zich niet verlichten liet.

In kinderhandschrift waren bepaalde delen van het gedicht met rood potlood onderstreept en rillend realiseerde ik me van wie dit boek was: op het titelblad las ik *Euphemia Madeleine Shelbeck*, geschreven in een rond, net handschrift en ik smeet het boek zo ver mogelijk weg, de schaduwen in. Ik vervloekte haar. Liet ze me dan nooit met rust?

De wind in de schoorstenen en de balken had een onaardse klank gekregen; het gebouw was een arendsnest van fladderende, gillende, onzichtbare wezens geworden. Ik zat in een doos van Pandora, was een schaduwding dat op zijn bevrijding wachtte. Hoe kon ik nu bang zijn in het donker? Ik wás het donker, de essentie van de monsters van de nacht. Het was belachelijk dat ik dacht dat het monster bang zou kunnen zijn, zielig dat ik me verbeeldde dat hij ineengedoken in het dovende vuur zat in deze nacht, de nacht waarin hij bevrijd werd. Ik begon bijna van de gedachte te genieten, toen de deur van het atelier met een klap openvloog en de doodsangst weer naar me uithaalde.

Even zág ik hen echt, de demonen van mijn herinnering, met mijn moeder voorop als een zwarte engel; daarna sneed een ijzige windvlaag langs mijn hoofd en sloeg de deur dicht. Op dat moment zag ik de kat, Effies kat, rustig naast de deur staan te midden van een hoop dode bladeren die door de wind naar binnen waren geblazen. Eerst dacht ik dat de bladeren de kat wáren, maar toen zag ik in de deuropening de ongeïnteresseerde, agaatkleurige ogen glanzen, één poot met uiterste precisie opgetild, als de begroeting van een mooie vrouw. Terwijl ik toekeek geeuwde hij als een slang en begon hij de uitgestrekte poot met lome elegantie schoon te likken. Even stond ik verstard in de zekerheid dat zíj het was, het spookkind, dat ze me door de ogen van de kat bekeek, dat de geest van mijn eerste slachtoffer me kwam beschimpen terwijl ik hier mijn tweede moord zat te beramen. Kon ik de woorden horen?

(en mijn en mijn en mijn verhaal dan?)

'Ga weg!' zei ik hardop.

(zal ze schreeuwen henry? zal ze wakker worden en je zien? zal ze naar lavendel en chocola ruiken o zal dat zo zijn henry?)

'Ik verbeeld me dit.'

(o ja)

'Er is hier geen kat.'

(henry)

'*Er is hier geen kat!*'

Mijn stem sloeg over en vloog het donker in als een hagelregen en toen de stilte weer op me neerdaalde, besefte ik dat ik gelijk had: wat ik voor een gestreepte kat bij de deur had aangezien, was niet meer dan een werveling van bruine bladeren die zich onrustig verplaatsten in de tocht. Vreemd genoeg vrolijkte ik daar niet van op, maar sloeg de kou me nog meer om het hart. Misselijk en trillend wendde ik me af. Ik vroeg me af wat Marta aan het doen was.

Toen ik aan haar dacht, toen ik de sterke, zoete zekerheid weer voelde, klaarde mijn hoofd een beetje op. Ik stelde me voor dat ze in mijn armen lag en de wetenschap dat ze binnenkort van mij zou zijn, gaf mijn hart weer moed. Met Marta's hulp kon ik het doen, kon ik het zonder berouw doen: er zou geen zwarte engel aan mijn deur zijn, geen herfstkat die opgerold in de schaduw lag... geen bleek spookmeisje. Deze keer zou dat niet gebeuren. Deze keer zou Marta van mij worden en zouden we duizend-en-één nachten samen doorbrengen.

Ik nam nog vijf korrels chloraal en voelde ze tot mijn opluchting bijna meteen werken: de bovenkant van mijn hoofd was een heldere, koude resonerende trommel geworden, die heerlijk boven mijn hoofd zweefde als de ballon van een kind. Ook mijn gedachten waren ballonachtig, omsloten en ver weg, en ze dreven met een droomachtige traagheid door het donker.

Vijf over half vier. De tijd was een oneindige spiraal... heel veel tijd. De seconden waren stille golven die over een sombere, grijze kust rolden, de oneindigheid markerend. Ik stommelde naar mijn ezel en begon te schilderen.

Ik neem aan dat je haar hebt gezien: sommigen noemen het mijn beste werk, hoewel haar verhaal misschien zo dicht bij de donkere kern van haar schepper ligt dat het haar onaantrekkelijk maakt. Ik kan me niet voorstellen dat ze ooit een galerie zal delen met Rossetti's afgestompte courtisanes of Millais' verwende, suikerzoete kinderen. Mijn *Triomf van de dood* opent de deur naar mijn persoonlijke hel, is een incarnatie van iedere duistere gedachte, koude angst en gesmoorde lieflijkheid... ze is skeletwit en doods, haar haar waait op en haar gezicht is omringd door de punten van een donkere ster, haar ogen zijn zo blind als vuisten. Ze staat met de benen wijd en de armen opgeheven naar het onbarmhartige, emotieloze Oog van God in de gestremde wolken boven haar hoofd, naakt en angstaanjagend in haar naaktheid, want hoewel haar grimmige schoonheid niets menselijks meer heeft, er in de pure, gewelddadige curve van haar lippen niets teders ligt, kan ze nog steeds begeerte opwekken: de verstarde, wanhopige lust van het graf. In zekere zin is ze mooier dan ze ooit geweest is: rood en wit als de bebloede hostie staat ze in een verwoest landschap van menselijke botten met op de achtergrond een rode, apocalyptische lucht.

Hoewel ze Marta's gezicht heeft is ze niet Marta, niet Effie, niet mijn moeder of Prissy Mahoney of de dansende Columbine. Of, zo je wilt: ze is hen allemaal en nog meer. Ze is je moeder, je zuster, je liefje... de vage, schandelijke droom die je had toen de wereld jong was. Ze is ik... ze is jij... op haar hoofd rust een doornenkroon, aan haar voeten ligt een kat van dode bladeren onheilspellend te geeuwen en over de sensualiteit van haar slangachtige, kinderlijke lichaam, de dubbele driehoek, gevormd door haar mond, haar borsten en de donkere nevel van haar schaamhaar, staan de vier occulte hiëroglifen van het tetragrammaton geschreven: yod-he-vau-he. De geheime naam van God.

Ik ben die Ik ben.

45

Hoe meer ik erover nadacht, hoe onrustiger ik werd. Mose, zei ik tegen mezelf, je bent gek. Maar er stond voor mij te veel op het spel om moeilijk te doen over een onschuldig toneelstukje: het plan was eenvoudig, eigenlijk kinderlijk eenvoudig, zonder de minste kans dat er iets mis zou gaan. Het enige wat ik hoefde te doen was Henry Effie naar het kerkhof helpen dragen, een grafkelder uitkiezen waarin het lichaam verstopt kon worden, haar erin leggen, de kelder afsluiten, dan naar het graf terugkeren wanneer Henry weg was, Effie bevrijden en haar naar Crook Street rijden. Daar zou, wat ze allebei ook mochten denken, mijn verantwoordelijkheid ophouden en kon ik eindelijk de winst gaan opstrijken. Simpel.

Henry zou veronderstellen dat Effie dood was, ofwel door de overdosis die hij haar gegeven had, ofwel door de kou in de tombe – het had de hele dag gesneeuwd. Fanny zou tevreden zijn gesteld, en ik zou wat geld zien. Effie, vraag je? Ach, ik heb haar nooit een wonder beloofd en ze had in Fanny een goede vriendin. Fanny zou wel voor haar zorgen. Misschien zou ik zelfs af en toe langskomen om haar een bezoekje te brengen, zolang er maar niet over Marta werd gepraat. Over dat mens wilde ik nooit meer wat horen.

En zo arriveerde ik om halfeen 's nachts op Cromwell Square. De sneeuw waaide alle kanten op, zodat reizen per koets onmogelijk was, en ik moest vanaf Highgate High Street naar het huis lopen met sneeuw in mijn laarzen, in mijn haar en op de achterkant van mijn jas geplakt door de wind. Het zou een perfecte kerstavond worden.

Een tiental sneeuwpoppen hield als spookachtige bewakers de wacht in High Street. Een had zelfs een politiehelm schuins op zijn kale hoofd en hoewel het al laat was, hoorde ik hier en daar lachen en zingen achter verlichte ramen. Aan de deuren hingen gekleurde lantaarns en vrolijke guirlandes, voor de ramen hingen kerstslingers en stonden kaarsen. Er dreven sterke geuren van kaneel, kruidnagel en dennennaalden naar buiten toen ik langs een openstaande deur liep en er waaierde licht over de sneeuw toen een paar late en slaperige gasten doelloos van het feest de nacht in liepen. Op een avond als deze, vooral vanavond, zouden we wat dan ook ongemerkt kunnen doen.

Ik bonkte misschien vijf minuten op de deur voordat Henry opendeed. Toen hij eindelijk opendeed – ik had me erop verheugd zijn gezicht te zien wanneer hij besefte wie Marta's 'vriend' was – dacht ik dat hij de deur voor mijn neus dicht zou gooien. Toen daagde het hem en gaf hij zonder woorden aan dat ik binnen moest komen. Ik stampte de sneeuw van mijn laarzen, schudde me uit en liep naar binnen. Het huis zag er troosteloos uit, bijna verwaarloosd; er was geen hulst, geen maretak, nog geen plukje engelenhaar. Op Cromwell Square nummer 10 zou geen kerst gevierd worden. Henry zag er vreselijk uit: met zijn onberispelijke zwarte pak en gesteven hemd en zo gladgeschoren dat zijn huid bijna afgeschaafd was, leek hij net een lijk dat zo van het mortuarium kwam. Zijn ogen waren groot en uitdrukkingsloos en zijn witte gezicht hing slap, en onder zijn linkeroog bibberde en trok een spier – het enige in zijn vervallen gezicht dat leefde.

'Jij ben de vriend van Marta?' Zijn eerste woorden werden met een hese ondertoon uitgesproken. 'Waarom heeft ze me dat niet gezegd? Dacht ze dat ik niet zou durven...? Heeft ze niet...?' Ik ving een flits van woede en begrip in zijn verwijde pupillen op en hij greep me ineens bij de revers, trillend van een plotselinge razernij. Ik zag de poriën vergroot door de zweetdruppels op zijn lip.

'Ellendeling!' siste hij. 'Ik heb altijd geweten dat je niet te vertrouwen was. Jij moet het geweest zijn. Jij hebt Effie over Crook Street verteld. Jij bent hier verantwoordelijk voor. Of niet soms?' Zijn stem begaf het en de tic onder zijn oog werd heviger en vertrok zijn gezicht in de gapende grijns van een gargouille.

Ik schudde mijn boord los. 'Mijn beste jongen, ik heb geen flauw idee waar je het over hebt,' zei ik vriendelijk tegen hem. 'Ik ben gekomen omdat Marta me dat gevraagd heeft. Ze vertrouwt me. Als jij dat niet doet, kun je zelf de zaak afhandelen.'

Henry keek me dreigend aan; hij ademde zwaar. 'Ellendeling,' zei hij. 'Waarom moest jij het zijn? Als je hier ook maar íéts over loslaat...'

'Want zo ben ik wel?' zei ik sarcastisch. 'Er staat voor mij ook heel wat op het spel, hoor. Ik zorg wel dat het goed verloopt. Bovendien kunnen we elkaar een alibi verschaffen. Er is toch niets vreemds aan dat een succesvolle schilder een avond met zijn beschermheer doorbrengt? Dat stelt ons allebei veilig. Ik haalde mijn handen door mijn natte haar en fabriceerde een gekwetste uitdrukking. 'Henry,' voegde ik eraan toe, 'ik dacht dat we vrienden waren.'

De boze uitdrukking verdween uit zijn ogen en hij knikte langzaam. 'Ik ben een beetje... overspannen,' zei hij bars. 'Ik had dat natuurlijk nooit van je mogen denken. Een vriend van Marta...' Hij schudde me beschaamd de hand. 'Het overviel me gewoon,' legde hij uit, zijn normale tred hervindend. 'Kom mee naar de salon.'

Ik liep op mijn hoede achter hem aan en hield achter mijn glimlach de gekwetste blik in stand.

'Cognac?' vroeg hij. Hij schonk voor zichzelf een flink glas in.

'Goed tegen de kou,' zei ik vrolijk, mijn glas schuin ophoudend.

We dronken een poos zonder iets te zeggen.

'Zo,' zei ik ten slotte. 'Waar zijn de bedienden?'

'Ik heb Tabby naar haar zus in Clapham gestuurd. Kerstbezoek. Effies meid ligt met kiespijn in bed.'

'Dat treft,' merkte ik op. 'Bijna alsof het zo geregeld is, zou je kunnen zeggen.'

Henry huiverde. 'Ik ben me bewust van wat je waarschijnlijk denkt,' zei hij nogal stijfjes. 'De situatie is... uiterst hopeloos.' Hij slikte moeizaam. 'Maar staat... me ook erg tegen.'

'Uiteraard,' zei ik poeslief.

Hij keek me scherp en nerveus aan, als een vogel. 'Ik...' Hij aarzelde, zich ongetwijfeld net als ik bewust van het kluchtige aspect van de situatie. Die beleefde salonmanieren ook!

'Geloof me, ik begrijp het,' zei ik; ik wist dat hij, als ik niets zei, met zijn glas in zijn hand en de lege, verontschuldigende glimlach op zijn gezicht de rest van de avond zou kunnen blijven zitten. 'Ik ben me bewust van de... problémen die je met die arme mevrouw Chester hebt gehad.'

'Ja.' Hij knikte nadrukkelijk. 'Ze was ziek, het arme kind, vreselijk ziek. Dokter Russell, die verscheidene boeken over stoornissen van de geest heeft geschreven, heeft haar onderzocht. Ze is helemaal gek. Ongeneeslijk. Ik had haar naar een instituut moeten sturen, de arme Effie. Denk je eens in wat voor schandaal dat had gegeven!'

'Alles wat naar een schandaal riekt zou je carrière in dit stadium kunnen ruïneren,' stemde ik ernstig in, 'vooral nu je *Scheherazade* zo goed is ontvangen door de critici. Ik heb gehoord dat Ruskin erover denkt een artikel over haar te schrijven.'

'O ja?' Maar zijn aandacht was slechts tijdelijk afgeleid. 'Dus je ziet wel...' vervolgde hij, 'waarom de vriendelijkste handelwijze... de snelste en...' De tic was er weer en ik zag hem met een gemakkelijk, geoefend gebaar zijn chloraalfles tevoorschijn halen en zes korrels op zijn handpalm schudden. Hij zag me kijken en slikte de korrels bijna heimelijk, met een mondvol cognac, door.

'Chloraal,' zei hij op zachte, verontschuldigende toon. 'Mijn vriend, dokter Russell, heeft het me aangeraden. Voor mijn zenuwen. Het is smaakloos en reukloos.' Hij aarzelde. 'Ze zal niet... lijden,' zei hij met moeite. 'Het was heel... gemakkelijk. Ze viel gewoon in slaap.' Een lange stilte, en toen, verbaasd, dezelfde woorden, alsof hij gehypnotiseerd was door de klank. 'Ze viel in slaap. Op kerstavond. Ken je dat gedicht? Ik heb het wel eens geschilderd...' Hij droomde even weg, met open mond, bijna sereen, op het genadeloze trekken van de spier onder zijn oog na.

'Er is geen beter moment,' zei ik opgewekt, terwijl ik op mijn horloge keek. 'Het is kerstavond: niemand zal het vreemd vinden dat we zo laat nog buiten zijn. Als ze ons met een lichaam zien sjouwen, zullen de mensen denken dat het een vriend van ons is die niet tegen de drank kon en het is zo koud dat we moffen en hoeden en mantels kunnen dragen zonder op te vallen. En wat nog het mooiste is: het gaat de hele nacht sneeuwen, dus onze voetstappen op het kerkhof worden volledig uitgewist. We treffen het, Henry.'

Een korte stilte. Ik zag hem knikken en de waarheid van wat ik zei erkennen. 'Goed,' zei ik op zakelijke toon. 'Waar is Effie?'

Hij dook ineen, alsof hij aan onzichtbare draadjes zat. 'In... haar kamer.' Het amuseerde me dat ik eerder schaamte dan schuld op zijn gezicht zag. 'Ze slaapt. Ik... ik heb het in haar chocola gedaan.'

'Mooi.' Ik hield mijn stem neutraal. 'En wat zul je morgenochtend tegen de bedienden zeggen wanneer ze beseffen dat ze vermist wordt?'

Henry glimlachte met dunne lippen. 'Ik zeg tegen Tabby dat Effie naar haar moeder is gegaan om kerstavond te vieren. Ik zal zeggen dat ik haar wil verrassen en tegen Tabby zeggen dat ze het huis mooi moet maken voor Kerstmis. We willen alles: hulst, maretak, kerstslingers, de grootste boom die ze kan vinden... Haar bezighouden. Ik ga naar Londen en koop voor Effie een kerstgeschenk alsof er niets gebeurd is.' Zijn glimlach was bijna sereen. 'Iets aardigs. Ik leg het onder de boom en vraag Tabby iets bijzonders te koken voor ons beiden – iets wat Effie echt lekker vindt...' Hij hield op en fronste zijn voorhoofd alsof een plotselinge herinnering zijn gedachtenstroom onderbrak. 'Chocola, ze houdt van chocola...' Hij zweeg weer en zijn ooglid werd weer door onzichtbare draden bewogen. Moeizaam vervolgde hij: 'Chocoladetaart of zo. Dan wacht ik. Na een poosje begin ik rusteloos te worden en stuur ik iemand naar haar moeders huis om uit te zoeken waarom ze zo laat is. De boodschapper komt terug en zegt dat ze er nooit is aangekomen. Dan haal ik de politie erbij om te melden dat ze vermist is.'

Toen ik zijn onverschrokken, triomfantelijke blik zag, voelde ik bijna iets wat op bewondering leek. Ik vroeg me af of ik zo koel zou zijn gebleven onder dergelijke omstandigheden. Niet dat ik in mijn leven geen euveldaden heb begaan, maar ik heb nog nooit in koelen bloede een vrouw vergiftigd – wat niet wil zeggen dat ik dat nooit gewild heb! Toen ik naar Henry Chester keek met zijn witte gezicht en die starre, meedogenloze blik in zijn ogen, vroeg ik me af of ik de man niet verkeerd had beoordeeld. Voor het eerst leek hij werkelijk te leven; het was een man die zijn lot in eigen hand nam. Een man die met een bitter lachje zijn schuld onder ogen zag en zei: 'Goed. Laten we gaan. Ik ben wat ik ben.'

De twee van bokalen

46

Stel je een sneeuwvlok voor die in een diepe put valt. Stel je een roetvlok voor die uit de donkere Londense lucht valt. Stel je dat even voor.

Ik zweefde door lagen duisternis; ik danste door gevaarlijke landschappen. Ik zag een ridder met een bundel fladderende wimpels, die een dame in een geelkoperen toren groette; ik zag een kudde witte paarden; ik zag de liervogel met zijn kometenstaart... Mijn donkere zuster nam me bij de hand en we volgden het droomtij naar de kusten van vreemde zeeën. Ze vertelde me het verhaal van een meisje dat honderd jaar sliep, terwijl om haar heen alles en iedereen oud werd en stierf. Maar het meisje had een minnaar die haar niet wilde vergeten; hij bleef over haar verstarde slaap waken en wachtte en wachtte, zo veel hield hij van haar. Elke dag zat hij naast haar en praatte hij met haar en vertelde hij haar over zijn liefde. Elke dag borstelde hij haar haar en veegde hij het stof en de spinnenwebben van haar gezicht en wachtte hij. En de tijd verstreek en hij werd oud en zwak; zijn bedienden, die dachten dat hij gek was, verlieten hem en gingen weg. Maar hij bleef wachten. Totdat hij op een dag, toen hij bijna blind en kreupel van ouderdom en ontbering in de laatste stralen van de herfstzon zat, meende dat hij haar zag bewegen en haar ogen opslaan en wakker worden. En hij stierf van vreugde met zijn mooie lief in zijn armen en haar naam op zijn lippen.

Ja, ze fluisterde verhaaltjes tegen me terwijl ik sliep; ik voelde haar hand op mijn haar en haar stem zong zachtjes

'Aux marches du palais...
aux marches du palais...
'y a une si belle fille, lonlà,
'y a une si belle fille...'

Ik keek neer op het lichaam dat op bed lag: arm wit meisje... zou er iemand zijn die op haar wachtte?

Mose zou op me wachten. Dat wist ik; hij had beloofd dat hij me wakker zou maken, ik wist dat hij me wakker zou maken. Toen Fanny me over het plan inlichtte, zei ik nee. Ik was bang; ik wilde niet in het donker wachten terwijl de tombe boven mijn hoofd gesloten werd; zelfs met de laudanum zou ik vast en zeker gek worden... maar ze verzekerde me dat het niet meer dan tien minuten zou duren, dat hij dan zou komen en dat ik dan kon ontwaken. Dan zouden we samen zijn, Mose en ik, en dan zou niets ons meer kunnen scheiden. Ik wist het. Hij had het beloofd.

Henry had Tabby weggestuurd voor een familiebezoek en mijn hart hunkerde naar haar. Ik verlangde ernaar mijn lieve Tabby bij me te hebben tijdens die koude, donkere uren, haar vriendelijke, berispende stem te horen, haar eerlijke geuren van deeg en stijfsel en boenwas te ruiken, haar de dekens te voelen instoppen terwijl ik in bed lag...

Morgen, hield ik mezelf voor, zou Tabby geloven dat ik dood was. Tante May zou het ook geloven en ze zou plotseling oud worden achter de toonbank van haar winkeltje in Cranbourn Alley. Moeder zou haar frivole hoeden moeten opgeven en haar ritjes in het rijtuig van meneer Zellini – ze zou zwart dragen, wat haar niet stond, ze zou in de rouw zijn voor de dochter die ze nooit echt begrepen had. Zou ik hen durven bezoeken, wanneer ik veilig buiten Henry's bereik was? Ik geloof dat ik daar nooit echt de moed voor zou hebben. Ik wou voor hen dood zijn, voor altijd dood. Ik kon niet riskeren dat Henry erachter zou komen.

De nacht werd koud; de sneeuw maakte patronen op mijn raam en waaide gierend de schoorsteen in en siste op de hete stenen van de haard. De wind klaagde in de schoorstenen en de uren tikten weg.

Tizzy zat een tijd spinnend op mijn knie met ogen die vernauwd waren tot smalle gouden halvemaantjes in het licht van het vuur... Ik vroeg me af of Henry voor mijn kat zou zorgen wanneer ik weg was.

Plotseling kreeg ik een schok toen ik voeten op de houten vloer voor mijn deur hoorde schrapen. Mijn hart begon wild te kloppen. Het was Henry, niet met vergif maar met iets dat nog effectiever was om mijn lastige hart het zwijgen op te leggen: een mes, een hakmes, een slim geknoopt touw. De deur zwaaide open. Zijn gezicht was groenig in het gaslicht, als een door een kind getekende heks; zijn oogleden werden neerwaarts getrokken in lange schaduwvlakken. Dankbaar voor de discipline die ik me had aangeleerd in de jaren waarin ik model had gezeten voor Henry dwong ik mezelf slaperig en rustig te kijken en te gapen.

'Ben jij het, Tabby?' mompelde ik.

Zijn stem was vriendelijk, bijna teder. 'Ik ben het, Henry. Ik kom je iets brengen.' Zijn hand streek over mijn nek en schroeide me met zijn koorts. 'Chocola. Voor mijn kleine meisje. Ik wilde niet dat je verwaarloosd werd nu Tabby weg is.'

'Chocola. Dank je.' Ik glimlachte vaag. 'Daar ga ik van slapen, hè?'

'Ja. Slaap lekker, Effie...' Hij kuste me op mijn hoofd en ik voelde zijn adem warm en vochtig tegen mijn haar. Ik voelde hem glimlachen.

'Goedenacht, meneer Chester.'

'Goedenacht, Effie.'

Toen hij weg was, gooide ik Henry's chocola weg en terwijl ik op bed lag, liet ik mijn etherische lichaam met mijn wilskracht opstijgen. Ik kon dit inmiddels moeiteloos en terwijl ik van kamer naar kamer ging, vloog ik het hele huis door en toen de sneeuw in. Ik voelde de sneeuwvlokken door mijn lichaam snellen, maar ik merkte niets van de kou. Er was alleen de vurige vreugde omdat mijn ziel vloog. Ik wachtte: in mijn huidige toestand had ik weinig besef van tijd en ik was misschien al uren aan het rondzweven, gewiegd door de storm, toen ik hen het huis uit zag komen. Mijn hart maakte een sprongetje toen ik Mose herkende, met zijn oude hoed diep over zijn voorhoofd getrokken en de kraag van zijn overjas opgeslagen tegen de kou. Henry liep naast hem en vanuit mijn positie, hoog in de gierende wind, kon ik hem duidelijk zien.

Hij was potsierlijk, een dwerg, grappig verkleind door het rare perspectief; één oog gluurde onder zijn hoed vandaan, en zijn handen met wanten hield hij omhoog als bescherming tegen mijn wind, mijn storm... Ik begon te lachen. Het was gek hoe weinig ervoor nodig was, een verandering van gezichtshoek, om mijn grote angst en ontzag om te laten slaan in minachting. Ik was er helemaal aan gewend geweest tegen de smalle lijn van zijn mond, de koude tunnels van zijn ogen óp te kijken, en daardoor was ik de zwakte, de wreedheid en het bedrog vergeten... Ik versmalde mijn gezichtsveld en concentreerde me op dingen die ik nog niet gezien had. Zo zag ik de bewegende wolk om zijn hoofd, de troebele halo van verminkte kleuren waaruit zijn ziel bestond. Ik lachte, daar in de mond van de nacht. Misschien hoorde hij het deze keer, want hij keek naar boven en even kruiste zijn wilde blik de mijne in een pure en helse verstandhouding...

Maar de duistere vreugde die me overspoelde, duurde maar even, want Mose stond achter Henry en droeg het lichaam van de arme kleine Effie op zijn arm alsof ze niet meer woog dan de mantel die haar van top tot teen bedekte, en het gezicht van mijn minnaar werd deels aan het oog onttrokken door een helder licht, ontsierd door de spookachtige ring die zijn gezicht omhulde met een felrode kleur, als de bloedrode kap van de beul.

47

Ze lag op bed met haar haar los en haar ademhaling was zo oppervlakkig dat ik even dacht dat ze echt dood was. Het flesje laudanum stond naast haar op het nachtkastje met de lege chocoladekop ernaast, en uit mijn ooghoek zag ik Henry de kop aanraken met een hand die even broos en doorschijnend als het porselein leek. Effie droeg haar grijze jurk en tegen de kleurloze stof leek haar huid licht te geven en haar haar, dat over de sprei kronkelde en op de vloer hing, een bleke fosforescentie te hebben. Even ging mijn blik naar de broche bij haar keel, een cadeau van Fanny, een ding van zilver in de vorm van een kat met gekromde rug, die het groenige licht weerkaatste. Achter me hoorde ik Henry een onduidelijk geluid maken, alsof hij zich verslikte.

'Ze slaapt,' sprak ik ferm, omdat ik niet wilde dat Henry's besluitvaardigheid verslapte. 'Waar is haar mantel?'

Henry wees naar de deur, waarachter haar mantel hing.

'Help me haar erin wikkelen. Zit er een kap aan? Of nee, laten we maar een muts zoeken.' Henry bewoog niet. 'Schiet op, man!' zei ik ongeduldig. 'In mijn eentje kan ik haar niet hanteren.'

Stom schudde hij zijn hoofd, vol afkeer.

'Ik... ik kan haar niet aanraken. Neem deze,' voegde hij eraan toe, de mantel en muts naar me toe gooiend. 'Doe ze maar aan.'

Ik haalde geïrriteerd mijn schouders op en ging aan de slag met de linten van de muts en de knopen van de mantel. Ze was licht en ik merkte dat ik haar als een kind op mijn arm kon dragen; haar hoofd hing tegen mijn schouder en haar voeten raakten nauwelijks de grond. Henry wilde haar ook toen nog niet aanraken; hij deed

deuren voor me open en deed ze achter ons dicht met zijn gebruikelijke overdreven aandacht voor detail; hij herschikte ornamenten, draaide de gaslamp in de gang lager en trok zijn laarzen en zijn
mantel aan zonder eenmaal naar haar of naar mij te kijken. Zo'n
tien minuten later stapten we de sneeuw in en sloot Henry de deur
af. Nu zou er geen terugkeer meer mogelijk zijn.

Plotseling zag ik Henry stilstaan; zijn lichaam verstijfde. Vóór
ons sprong een kat over de weg; hij hield één poot in de lucht en ik
herkende Tizzy, Effies kat. Haar gele ogen glansden wild van opwinding en de grote sneeuwvlokken dwarrelden om haar heen. Er
kwam een benauwd geluid uit Henry's mond toen hij de kat zag.
Toen ik naar zijn gezicht keek, wist ik zeker dat hij een toeval ging
krijgen: zijn gelaatstrekken vielen uit elkaar als een breiwerk dat
wordt uitgehaald.

'Aaaah...'

'Doe niet zo dwaas, man!' snauwde ik scherper dan de bedoeling
was. 'Het is maar een kat. Mijn god nog aan toe, beheers je.' De hele
situatie begon me ook op de zenuwen te werken. 'Sla je arm om
haar heen,' droeg ik hem op, met opzet bruut. 'Wanneer je je van
haar hebt ontdaan, kun je zo veel berouw hebben als je maar wilt,
maar nu...'

Hij knikte en kwam weer in beweging; ik zag haat in zijn ogen,
maar dat kon me niet schelen. Het zou hem helpen aan andere dingen te denken.

Onder normale omstandigheden zou de wandeling naar Highgate me slechts een minuut of tien gekost hebben, maar die avond
leek hij eindeloos. De sneeuw lag in onregelmatige hopen op de
weg. Het was poederachtig, verraderlijk spul dat onder het oppervlak in ijs was veranderd en ons onderuit haalde. Effies tenen slee-
ten over de dunne sneeuwkorst en vertraagden onze voortgang nog
meer. Ondanks haar geringe gewicht moesten we om de paar honderd meter stoppen. Onze adem hing als een lint om ons heen en
onze handen waren ijskoud en onze ruggen drijfnat van het zweet.
We zagen bijna niemand: een paar mannen voor een café bekeken
ons zonder nieuwsgierigheid en een kind keek vanachter een plu-
che gordijn voor het raam van een donker huis naar buiten. Op

een gegeven moment dacht Henry dat hij een politieagent zag en hij verstarde in paniek, totdat ik hem erop wees dat politieagenten meestal geen laarzenknopen als ogen hadden en ook geen wortel als neus.

Een halfuur later kwamen we bij het kerkhof, waar het onnatuurlijk licht was: het gaf bijna licht tegen de doforanje lucht. Toen we naderden, voelde ik dat Henry begon te dralen; hij leunde zwaar tegen mijn schouder en ik moest bijna ook hem dragen. Ik keek nog een laatste maal om ons heen en zag dat er niemand in de buurt was. In feite was het zicht zo slecht dat ik nauwelijks het licht van de dichtstbijzijnde gaslamp kon zien en de jachtsneeuw was onze voetafdrukken al aan het overdekken met verse sneeuw. Ik nam Effies gewicht van mijn schouder en haalde de onverlichte lantaarn van mijn riem.

'Hier,' zei ik even later tegen Henry. 'Hou jij haar even vast.' Ik zag hem bijna instorten toen Effies hoofd op zijn schouder rolde; de linten van haar muts waren losgegaan en haar haar viel op zijn gezicht, even spookachtig als de sneeuw. Henry liet haar in zijn opwellende paniek bijna vallen. Met een benauwde kreet van afkeer wierp hij het lichaam van zich af, zodat het achterover in de sneeuw viel en hij sprong achteruit, zijn handen opgeheven in een bijna kinderlijk afwerend gebaar.

'Ze leeft!' fluisterde hij. 'Ze leeft en ze bewoog.'

'Misschien,' stemde ik in. 'Maar bij bewustzijn is ze niet. Help me haar overeind te krijgen.' Ondanks mijn toenemende ergernis bleef ik vriendelijk praten. 'Het is niet ver meer.'

Henry schudde zijn hoofd. 'Ik voelde haar bewegen. Ze wordt wakker. Ik wéét het gewoon. Neem jij haar maar. Geef mij de lantaarn,' bracht hij moeizaam uit en ik besefte dat hij elk moment kon instorten.

Ik duwde hem de lantaarn in handen, raapte Effie op uit de sneeuw en trok haar muts weer over haar haar. Henry stond achter me te rommelen in zijn zak en haalde er zijn chloraalflesje uit, dat hij aan zijn mond zette. Toen wist hij met trillende vingers de lantaarn aan te steken en met een laatste blik achterom liep hij achter me aan het hek door en het kerkhof op.

48

Achter de muur van het kerkhof, na de eindeloze, geraffineerde kwelling van de wind, was de stilte immens, oorverdovend. De lucht boven mijn hoofd was gevuld met dingen die als puzzelstukjes rondvlogen – geen maan, geen sterren, alleen maar de donkere vlokken die als motten de lantaarn in vlogen. De grond onder onze voeten was even loodkleurig als de maan, alsof de aarde en de lucht voor deze ene monsterlijke nacht van plaats verwisseld waren.

Ik keek naar Harpers rug terwijl ik achter hem aan liep. Ondanks de dikke laag sneeuw waren zijn passen lang en gelijkmatig; hij droeg Effie in zijn armen en haar haar viel als een lijkwade over zijn handen en polsen. Voor het eerst van mijn leven was ik plotseling jaloers op deze man, die geen angst, geen berouw en geen schuldgevoelens leek te kennen. Want schuldig was hij, evenzeer als ik, maar op de een of andere manier had hij zijn schuld aanvaard, zich ermee verzoend... Wat verlangde ik ernaar Moses Harper te zijn! Maar toen de chloraal zijn werk begon te doen, was ik opnieuw in staat de enormiteit van wat we deden te accepteren. Opgaand in mijn eigen stilte besefte ik dat ik oog in oog stond met een mysterie, dat getijden en stromingen die me al eens eerder hadden meegenomen, mij door de wateren van mijn jeugd en mijn zonde terugbrachten naar de kamer met de blauw-witte deurknop en de bron van al mijn haat en ellende... mijn moeder.

De kou voelde ik allang niet meer. Mijn vingertoppen en voeten tintelden, maar afgezien daarvan had ik geen lichaam – ik zweefde een paar centimeter boven de sneeuw en sleepte enigszins met mijn voeten over de dunne korst. Ik besefte dat de Heilige Paulus gelijk had gehad: de erfzonde werd doorgegeven van de ziel naar het lichaam. Daar was ik, buiten mijn lichaam, en ik voelde me heel puur; het woord 'moord' danste voor me in een reeks heldere lichten: als je maar lang genoeg naar het woord staart, verliest het zijn betekenis totaal.

Ik herinner me dat we door de Circle of Lebanon liepen; graftombes aan weerszijden van het pad, bedekt met sneeuw, tekenden zich af bij het licht van de lantaarn. Toen stond Harper stil; hij liet de zak met gereedschap van zijn schouders in de sneeuw glijden en keerde zich om naar mij.

'Scherm de lantaarn af,' zei hij bondig, 'en houd hier de wacht, bij het pad.' Hij knikte naar de deur van de tombe vóór hem, liet Effie voorzichtig op de grond zakken en begon in zijn tas te zoeken. 'Bij dit graf komt nooit iemand,' legde hij uit. 'Alle familieleden zijn dood. Het is een ideale plek.'

Ik gaf geen antwoord. Al mijn aandacht was gericht op de kleine graftombe. Het was een soort kapelletje en de naam 'Isherwood' stond in gotische letters op de rottende steen. Even zag ik een glas-in-loodraam in de achtermuur, dat door de lantaarn in mijn hand plotseling schitterend verlicht werd. Bij het raam stonden de resten van een voetenbankje waarvan het ooit zo mooie brokaat door ouderdom en vocht vervallen was tot het fijnste kantwerk. Mose had de deur zonder moeite open gekregen en veegde met zijn wanten de opgehoopte sneeuw en bladeren van de marmeren vloer.

'Zie je wel?' zei hij, zonder om zich heen te kijken. 'Dit is de opening.' Over zijn schouder kon ik nog net een marmeren plaat zien die een beetje lichter van kleur was dan de rest, waarin een ijzeren ring zat. 'Er moeten hier beneden tientallen mensen liggen,' vervolgde Mose, en hij begon met een kleine beitel aan de zijkanten van de plaat te wrikken. 'Verdomme!' riep hij geërgerd uit toen de beitel uit zijn hand gleed.

Plotseling sprong de nacht als een hongerige wolf naar mijn keel. Het gevoel keerde terug in mijn verstijfde ledematen en ik begon te zweten. Ik wíst wat we in het grafgewelf zouden vinden, wanneer Mose het eindelijk geopend had. Terwijl de bittere lucht in mijn longen prikte, meende ik de vluchtige geur van jasmijn en kamperfoelie op te vangen...

Toen bewoog Effie.

Ik weet dat het zo was: ik zág het. Ze veranderde iets van houding en ze keek me strak aan met haar vreselijke, grijsgroene ogen. Ik zeg het je: ik zág het.

Harper had zijn rug naar haar toe. Hij had de marmeren plaat los weten te krijgen en was hem nu van zijn plaats aan het wurmen en zijn adem was een drakenpluim van bleke stoom om zijn gezicht. Hij hoorde mijn uitroep en keerde zich om, turend over het pad om te zien of er getuigen waren.

'Ze is wakker! Ze bewoog!'

Ik zag Harper een gebaar van ongeduld maken. Maar ze bewoog écht: eerst bijna onmerkbaar, maar ik kon al voelen hoeveel haat er in haar smalle witte lichaam lag te wachten, en haar gezicht was dat van mijn moeder, dat van Prissy Mahoney, het was de Columbinepop en het dode hoerenkind en hun monden bewogen bijna gelijktijdig om woorden van duistere aanroepingen te vormen, alsof de aarde zich op hun bevel zou kunnen openen en een fontein van bloed op de smetteloze sneeuw zou kunnen losmaken... Maar Harper had het eindelijk opgemerkt; de slaperige lijn van haar wang tegen de donkere cape, het spastische toeknijpen van haar vuisten. Even later was hij bij haar met de laudanumfles; zijn arm legde hij om haar schouders. Ik hoorde haar iets mompelen; ze klonk sloom, als een slapend kind.

'Mo...ose, ik...'

'Sssst. Stil. Ga weer slapen.' Zijn stem was een liefkozing.

'Nee... Ik wil... Ik wil niet...' Ze was nu al wakkerder en worstelde zich door de schaduwen in haar bewustzijn heen. Harpers stem in de schaduw klonk zachtmoedig, verleidelijk.

'Nee, Effie... Ga weer slapen... ssst, ga maar weer...'

Haar ogen ging ineens wijdopen en op dat moment zag ik het Oog van God achter haar verwijde pupillen. Ik voelde hoe Zijn Oog zich op me richtte als een vergrootglas in de zon. Wat ik zag was Zijn immense, monsterlijke onverschilligheid.

Ik schreeuwde.

49

Inwendig vloekend probeerde ik mijn stem zacht en sussend te houden. Dat stomme mens ook! Als het een paar minuten langer had geduurd, zou de hele zaak achter de rug zijn. Ik trok de mantel over haar gezicht in een poging het verkwikkende effect van de kou te beperken, sloeg mijn arm om haar heen en fluisterde zachtjes. Maar Effie kwam snel bij en haar ogen bewogen onrustig achter haar gesloten oogleden; haar ademhaling was snel en onregelmatig. Met één hand opende ik de laudanumfles en ik probeerde haar ertoe over te halen een paar druppels te nemen.

'Kom, Effie... ssst... drink hier wat van... toe dan, braaf zijn.' Maar ik kon haar niet zover krijgen dat ze het middel nam. Rampzalig genoeg begon ze in plaats daarvan te praten.

Henry was niet ver weg. Hij was in paniek geraakt toen Effie haar ogen opende en was een paar stappen het pad afgerend, maar hij was nog binnen gehoorsafstand. Als Effie zich ook maar één woord liet ontvallen over ons plan, wist ik dat Henry, zelfs nu, schrander genoeg was om de rest te raden. Ik sloeg mijn armen steviger om haar heen en probeerde haar woorden te smoren.

'Toe nou...' zei ik, dringender. 'Drink dit op en houd je mond.'

Ze keek me recht aan. 'Mose,' zei ze heel helder. 'Ik had toch zo'n rare droom.'

'Laat dat nu maar even zitten,' siste ik wanhopig.

'Ik...' (Goddank, dacht ik, ze zakt weer weg).

'Luister eens: drink nu maar gewoon je medicijn, als een brave meid, en ga slapen.'

'Je komt... je komt toch wel terug... om me te halen?'

Ik vervloekte haar. Henry liep terug over het pad. Ik probeerde haar neus dicht te knijpen en haar de laudanum door de strot te duwen, maar ze praatte nog steeds.

'Net als... Julia in de graftombe... op het schilderij van Henry. Je komt toch, hè?'

Haar stem klonk plotseling heel helder in de nacht.

Begrijp me goed: ik heb haar nooit iets willen aandoen. Had ze nu maar een paar minuten langer haar mond gehouden... het was echt niet mijn schuld. Ik had geen keus! Henry stond bijna naast me: nog één woord en het zou totaal verpest zijn. Al onze moeite voor niets. Ik kreeg haar niet stil.

Begrijp dat ik puur uit instinct handelde: ik heb nooit de bedoeling gehad haar pijn te doen; ik wilde haar alleen maar de paar minuten die ik nodig had om Henry uit de buurt te houden, laten zwijgen. Het was donker; mijn handen waren gevoelloos doordat ik met die steen bezig was geweest en ik was inderdaad nerveus – iedereen zou nerveus zijn geweest.

Oké, ik geef toe: ik ben niet trots op wat ik gedaan heb, maar jij zou hetzelfde gedaan hebben, geloof me. Ik sloeg haar hoofd, niet zo hard, maar harder dan mijn bedoeling was geweest, tegen de rand van het graf. Alleen maar om haar het zwijgen op te leggen. Ze zou het me niet in dank hebben afgenomen als Henry door mijn toedoen achter ons plan was gekomen; ze zou hebben gewild dat ik deed wat ik kon, zowel voor haar bestwil als de mijne.

Het kreng had alles kunnen verpesten.

Ze zakte in de sneeuw en toen ik haar oppakte, zag ik een bloedvlek de holte waar haar hoofd had gelegen, donker kleuren – een ronde plek slechts ter grootte van een munt. Ik onderdrukte de opkomende paniek. Had ik haar gedood? Ze was broos, er was niet veel voor nodig haar totaal te laten instorten... Het zou niet veel moeite gekost hebben Henry's werk af te maken. Ik bracht mijn gezicht dicht bij het hare en luisterde naar haar ademhaling... die was er niet. Wat had ik dan moeten doen? Ik kon niet reageren: Henry zou onmiddellijk iets hebben vermoed. Het enige wat ik kon doen was wachten. Nog tien minuten en dan zou Henry weg zijn. Dan kon ik voor Effie zorgen. Ik kon niet geloven dat die kleine klap op haar hoofd haar dood was geworden: het was waarschijnlijker dat ik haar niet had horen ademen omdat de wind zo veel herrie maakte. Ik kon me niet veroorloven in paniek te raken om zoiets onbenulligs.

Zachtjes veegde ik de sneeuw van haar af en droeg ik haar naar de grafkelder. Toen ik in de opening keek, zag ik dat het er donker was en ik hing Henry's lantaarn boven de ingang zodat ik niet zou vallen. Een twaalftal smalle treden voerde naar beneden, sommige stuk en verrot van ouderdom. Voorzichtig droeg ik Effies slappe lichaam naar beneden en in het donker keek ik om me heen naar een plek om haar neer te leggen. Het was in de grafkelder iets warmer dan buiten, en het stonk er naar ouderdom en schimmel, maar in ieder geval stonden de kisten niet in de weg: ze stonden op planken met stenen platen ervoor en het geheel was afgedicht met cement. Ik bracht haar achter in de kelder, waar nog een lege plank was die breed genoeg was om op te liggen. Ik maakte van mijn knapzak een kussen voor haar hoofd en wikkelde de cape stevig om haar heen. Zo liet ik haar achter en daarna ging ik weer de treden op naar boven, waar Henry stond.

Ik sloot de kelder weer af en strooide aarde en dode bladeren op de grafsteen, zodat mijn handeling geen sporen naliet. Toen sloot ik de deur, die ik klem zette met een steen. Ik wendde me naar Henry en overhandigde hem met een glimlach op mijn gezicht de lantaarn.

Even staarde hij me met een lege blik aan, toen knikte hij en pakte de lantaarn.

'Dus... het is gebeurd,' zei hij zacht. 'Het is echt gebeurd.'

Vreemd genoeg klonk hij helderder van geest dan hij de hele nacht geklonken had; hij sprak duidelijk en bijna onverschillig.

'Je weet toch wat je verder te doen staat, hè?' drong ik aan, gealarmeerd door Henry's nieuwe kalmte. 'De cadeautjes, de boom, de huishoudster. Alles moet volkomen normaal zijn.' Ik was me er ongemakkelijk van bewust dat we, als ik Effie echt gedood had, niet alleen zijn nek op het spel zetten, maar ook de mijne.

'Natuurlijk.' Hij klonk bijna arrogant. Hij wendde zich half af en ik werd getroffen door de eigenaardige gedachte dat mij te kennen werd gegeven dat ik kon gaan. Bij die gedachte kwam er een grijns op mijn gezicht en plotseling moest ik lachen; ik stikte daar tussen de graven van de wrange humor. De klank van mijn lach paste wonderwel in die spooknacht, terwijl de zware sneeuwvlokken mijn mond, ogen en haar vulden. Henry Chester begon langzaam het pad af te lopen met de lantaarn hoog voor zich uit, als een strenge apostel die de doden voorgaat op de weg naar de hel.

50

Gedurende een tijdloze tijd was er niets. Ik kon niet bewegen; ik kon niet denken, ik kon niet dromen. Toen begon de wereld terug te keren; losse gedachten dreven in mijn hoofd rond als geïsoleerde noten van een onvoltooide symfonie. Ik bewoog me in wolken van herinnering op zoek naar mezelf, totdat er plotseling een gezicht voor me zweefde, als een ballon, en ik me een naam herinnerde... en nog een... en nog een; ze fladderden in het waas om me heen als vallende kaarten: Fanny... Henry... Mose.

Maar waar was zij, mijn donkere zuster? Mijn mededroomster, mijn tweelingzus, mijn dierbaarste vriendin? Er welde paniek in me op en ik keek om me heen om haar te zoeken en toen besefte ik dat ik, voor het eerst sinds we elkaar hadden ontmoet en samen reisden, alleen was, alleen en in het donker. Een golf van herinnering overspoelde me en ik slaakte ontzet een kreet: mijn stem weerkaatste vreemd tegen bevroren steen en toen de zwarte golf wegtrok, besefte ik waar ik was. Ik probeerde te bewegen, maar mijn lichaam was van steen, mijn handen van bevroren klei. Terwijl ik mijn stijve ledematen tot bewegen dwong, merkte ik dat ik me op mijn ellebogen omhoog kon duwen. Moeizaam begon ik mijn naaste omgeving te onderzoeken, met wijdopen ogen in het duister. Ik lag op een soort richel – mijn gevoelloze handen konden me niet vertellen of het hout of steen was, maar ik merkte wel dat hij een paar centimeter naar links ophield. Wat er verder was kon ik niet raden en ik gaf er de voorkeur aan heel stil te blijven liggen en niet het risico te lopen het rottende hout van een oude kist aan te raken... Boven me kon ik vaag de geluiden van de nacht horen en het hoge gehuil van de wind.

Toen ik aan de buitenwereld dacht, was ik even gedesoriënteerd en stelde ik me voor dat ik me diep onder de grond bevond, tussen de wortels van de ceders. Morgen zouden er mensen over het besneeuwde pad naar de kerk lopen: kinderen met felgekleurde jassen aan en hoeden op, die ervan droomden van de Highgate Hill te sleeën, gearmd lopende minnaars, verblind door de zon op de sneeuw, mensen die kerstliederen zongen met lantaarns en gezangenboeken... en de hele tijd zou ik hierbeneden zijn, vastgevroren aan de donkere steen met de doden om me heen...

Bij die gedachte schrok ik en riep ik onwillekeurig: 'Nee!' Mose zou komen. Ik moest wachten en hij zou me komen halen. Dat besef vervulde me met grote opluchting. Even was ik zo verward geweest dat ik had gemeend dat ik al dood was, dat ik voor altijd onder de sneeuw en het marmer gevangen was.

Het warme gevoel dat die opluchting me gaf, deed me weer stilletjes uit mijn lichaam glijden en het licht in gaan, waar mijn zuster al op me wachtte.

51

Terwijl ik Henry over High Street zag verdwijnen, stond ik stil om op mijn horloge te kijken. Het was twee uur in de ochtend, technisch gezien was het nog kerstavond. Ik was drijfnat en nu ik Effie niet meer droeg, begon ik de kou te voelen. Ik besloot Henry om en nabij een halfuur te geven om thuis te komen – het zou niet best zijn als hij op me afkwam terwijl ik het graf aan het openen was – en begon over de weg de paar honderd meter af te leggen naar een vast adresje van me, met een eigenaar die een gezonde minachting voor sluitingstijden had, waar ik even snel iets kon drinken om in die barre nacht warm te worden. Als ik die kelder dan in mijn eentje weer moest openen, zou ik dat doen met een paar borrels in me.

Ik weet wat je denkt en in zekere zin heb je gelijk. Er was namelijk een gedachte bij me opgekomen toen ik Effies levenloze lichaam op de plank in de kelder legde, een gedachte die naar mijn gevoel in een minder morbide omgeving nader onderzocht diende te worden. Tot dusverre was ik alleen bezig geweest met Henry laten geloven dat Effie dood was – noch Fanny, noch ik had in feite verder doorgedacht. Niemand had zich ooit afgevraagd wat er van Effie terecht zou komen, hulpbehoevend als ze was, wanneer die hele poppenkast voorbij was. Nu besefte ik dat ze hoogst waarschijnlijk medische verzorging nodig zou hebben, misschien opname in een ziekenhuis. Ze zou een plek moeten hebben waar ze kon wonen zonder herkend te worden, want als Henry ter ore kwam dat ze nog leefde, zou dat niet alleen het einde van ons lucratieve plan inhouden, maar hoogst waarschijnlijk ook een arrestatie. Eerlijk gezegd wees alles erop dat Effie...

Het was maar een gedachte. Een mens kan nu eenmaal denken. Bovendien: ik zweer je dat ik nooit op die gedachte zou zijn gekomen als ik niet half-en-half geloofd had dat ze al dood was. Denk niet dat ik geen pijn voelde om mijn arme kleine Effie – ik was heus heel erg dol op haar. Maar je moet toegeven dat haar dood ons allemaal heel goed uit zou komen. Bijna alsof het ergens zo bedoeld was. En ook zo poëtisch, vind je ook niet? Als Julia in haar tombe.

52

Langzaam liep ik terug naar Cromwell Square, gehuld in een immense stilte, als de dood. Effies meedogenloze blik had me alle gedachten ontnomen en ik liep gedachteloos terug door de blanke, dwarrelende sneeuw.

Hardnekkig probeerde ik mezelf tot lijden te dwingen: ik hield mezelf bruut voor dat ik Effie vermoord had; ik probeerde voor me te zien hoe ze, nog levend, in de grafkelder lag; hoe ze ontwaakte, schreeuwde, huilde, haar vingers tot op het bebloede bot afschraapte om een uitweg te vinden... maar hoe helder ik het me ook voorstelde, er kwam nog niet de minste huivering of de kleinste steek van berouw. Niets. En terwijl ik naar huis wandelde, werd ik me bewust van een soort resonantie in mijn hoofd, die geleidelijk overging in een vreugdevol, monotoon lied dat tegen mijn trommelvlies vibreerde op het ritme van mijn hartslag: Marta, mijn zwarte mis, mijn requiem, mijn *danse macabre*. Ik vóélde dat ze me in de nacht riep, dat ze naar me verlangde, mijn ziel opeiste. Haar stem was onhoorbaar maar dichtbij, intiem...

Ik kwam bij mijn huis en ze was er al: haar zwarte mantel was strak om haar heen getrokken, zodat ik alleen het bleke ovaal van haar gezicht kon zien terwijl ze me zonder woorden naar binnen wenkte. Zonder ook maar stil te staan om de lampen aan te steken, stak ik mijn armen naar haar uit. Waarom ze was gekomen of hoe ze het huis was binnengekomen, waren vragen die niet eens bij me opkwamen: het was genoeg dat ik haar in mijn armen kon nemen – wat was ze licht, bijna substantieloos in de zware wollen plooien van de mantel! – en mijn gezicht in haar haar kon stoppen en de scherpe geur van de nacht op haar huid kon voelen – een mengeling van jasmijn en sering en chocola...

Mijn lippen brandden tegen de hare, maar haar vlees was verzengend koud; haar vingers trokken spiralen van koud vuur op mijn huid toen ze me uitkleedde. Ze fluisterde in mijn oor en haar stem was als de fluistering van de cipressen op het kerkhof van Highgate. Ze liet de cape van haar schouders glijden en ik besefte dat ze daaronder naakt was, spookachtig naakt in de groenige duisternis, terwijl het licht van de sneeuw weerkaatst werd op haar loodgrijze huid... maar desondanks was ze mooi.

'O, Marta, wat heb ik voor je gedaan... wat zou ik niet voor je doen...'

Ik weet nog dat ik toen het voorbij was, mijn kleren oppakte en door de gang naar mijn eigen kamer liep. Ze volgde me, nog steeds naakt, en haar voeten maakten geen geluid op de dikke tapijten. Ik liet mijn kleren op de grond liggen en gleed tussen de lakens van mijn bed; ze volgde me en we lagen bij elkaar als vermoeide kinderen, totdat ik, veel later, in slaap viel.

Toen ik de volgende ochtend om acht uur wakker werd, was ze verdwenen.

53

Oké, ik geef het toe. Ik dronk meer dan een paar borrels. Tja, het was warm in de Beggar's Club. Ik ontmoette er een paar vrienden die aan het kaarten waren en ze boden me een glaasje aan. Ik kocht ook een rondje en toen bestelden we een hapje, en door die kou en al dat geloop en de drank was ik, hoe zal ik het zeggen... wat verláát. Nou ja, misschien niet verlaat, maar je moet wel begrijpen dat ik onder het lopen hard na had gedacht en dat ik tot een lastige conclusie was gekomen.

Je hoeft me niet zo aan te kijken. Het was heus geen gemakkelijke beslissing. Ik begon gedeeltelijk zelfs aan de cognac om te vergeten wat ik moest doen, en ach, het een leidde tot het ander en toen was het me bijna gelukt haar helemaal te vergeten. Ik weet nog dat ik om vijf uur 's morgens met een soort schok op mijn horloge keek, maar toen was het natuurlijk al te laat. De beslissing was me uit handen genomen.

Ik was er op dat moment te beroerd aan toe om naar huis te gaan; ik gaf de oude tang die de club leidde dus mijn laatste geld in ruil voor een kamer en ik kroop met mijn overhemd nog aan in bed, met de bedoeling te slapen tot het licht werd en dan naar huis te gaan, maar ik lag nog geen vijf minuten tussen de lakens – ik lag al heerlijk te soezen – toen ik half wakker schrok van een geluid. Ik hoorde het weer: een licht, bijna steels gekrabbel aan de deur, als een fluistering van puntige nagels op het oneffen oppervlak. Waarschijnlijk een klant, dacht ik, zo dronken als een tor, die wilde dat ik mijn kamer met hem deelde toen hij ontdekte dat alle andere bezet waren. Nou, ik was niet van plan hem binnen te laten.

'De kamer is bezet,' riep ik vanonder de dekens. Stilte. Misschien had ik me het gekrabbel maar verbeeld. Ik begon bijna meteen weer weg te zakken, maar toen werd mijn aandacht weer gevangen door het geluid van de draaiende deurknop. Ik begon geërgerd te raken. Wat een vervelende vent, waarom liet hij me niet met rust? De deur zat trouwens toch op slot, bedacht ik. Wanneer hij eenmaal begreep dat ik meende wat ik zei, zou hij wel weggaan.

'Ik zei dat de kamer bezet is!' riep ik luid. 'Ga weg. Doe me een plezier en zoek een andere plek, oké?' Dat moest afdoende zijn, besloot ik, en ik draaide me om, genietend van de warmte van de dekens en de gladde lakens.

Toen ging de deur open.

Even dacht ik dat het de deur van de aangrenzende kamer was, maar toen ik over mijn schouder keek, zag ik een streep grijzig licht van het raam en daarin even de contouren van een vrouw. Voordat ik kon reageren, was de deur weer dicht en hoorde ik het zachte geluid van vrouwenvoeten die op het bed afliepen. Ik wilde net iets gaan zeggen – mijn hersenen waren nog steeds beneveld door al die cognac – toen ze naast me bleef staan en ik besefte dat ze zich aan het uitkleden was.

Tja, wat denk je dat ik deed? Je verwacht toch niet dat ik de lakens over mijn hoofd trek en om hulp roep? Of de preutse vent uithang en zeg: 'Maar, juffrouw, we kennen elkaar nauwelijks.' Nee ik zei niks; ik wachtte gewoon. Uit het weinige dat ik van het meisje gezien had, leidde ik af dat ze jong was en een goed figuur had. Misschien had ze me in de club gezien en gedacht... Je hoeft niet zo verbaasd te kijken, het is me al eens eerder gebeurd. Het kwam ook bij me op dat ze misschien in de verkeerde kamer terecht was gekomen en in dat geval leek het me wijzer mijn mond te houden. Bovendien was ik niet half zo moe meer als even daarvoor.

Ze zei niets toen haar kleren met een geruis van zijde op de grond gleden: in het schemerdonker zag ik haar bleke gestalte op me afkomen; ik voelde haar gewicht op de sprei en toen eronder, toen ze eindelijk bij me tussen de lakens kwam liggen. Toen ze me aanraakte, deinsde ik terug. Ze was zo koud dat ik even de akelige illusie had dat haar aanraking mijn huid stuk zou scheuren, maar toen gleden haar armen verleidelijk, erotisch om me heen, zodat ik ondanks de kou die mijn botten besloop, begon te reageren, de wellust van haar ijskoude liefkozingen begon te waarderen. Ik voelde haar lange haar over mijn gezicht vallen toen ze boven op me ging zitten; haar haar was zo licht en koud als spinnenwebben, haar benen waren slank en sterk en sloten zich stevig om mijn ribben. En toch zou ik ondanks alle nieuwheid gezworen hebben dat ze me bekend voorkwam... Puntige nagels krasten zachtjes over mijn huiverende schouders. Ik hoorde haar bijna onhoorbaar iets in mijn gezicht fluisteren; instinctief keerde ik me om om te horen wat ze zei.

'Mose...'

Zelfs haar adem was koud en de haren op mijn borstkas gingen er recht van overeind staan, maar vervelender werd mijn gevoel van onrust, de wetenschap dat ik haar eerder had ontmoet.

'Mose... Ik heb zo lang naar je gezocht... o, Mose.'

Even had ik bijna een flits van herkenning.

'Ik heb gewacht, maar je kwam niet. Ik heb het zo koud.'

Daar had je het weer: bijna... maar nog niet helemaal. Om de een of andere reden wilde ik niet vragen wie ze was, gewoon voor het geval dat... ik schoof onrustig heen en weer. De cognacdampen benamen me het denkvermogen. Er kwam zomaar een herinnering bovendrijven: dat ik tijdens die klopséance van langgeleden *(ik heb het zo koud)* naar een glas keek dat schijnbaar uit eigen beweging over het gladde tafelblad bewoog.

'Ik heb het zo koud...' Haar gefluister klonk verloren, ver weg, als een herinnering van een stem. Ik probeerde het met een joviale aanpak.

'Dat zal niet lang duren, schat. Ik zal je warmen.'

Maar om je de waarheid te zeggen voelde ik mijn opwinding wegzakken. Haar vlees was als klei tegen mijn bevroren vingers.

'Ik heb gewacht, Mose, heel lang. Ik heb gewacht. Maar je kwam niet. Je bent helemaal niet...' Weer een lange zucht, als echo's in een grot.

Toen kwam er een gedachte bij me op die zo absurd was dat ik bijna in lachen uitbarstte, maar mijn lach bleef steken in mijn keel toen ik de implicaties overwoog...

'Effie?'

'Ik...'

'God, nee, *Effie!*' Plotseling was er geen twijfel meer mogelijk. Ze was het; de geur van haar huid, haar haar, dat kleine stemmetje dat in het donker fluisterde. Mijn hoofd tolde en ik vervloekte de cognac; vanuit de verte hoorde ik mijn stem dom haar naam herhalen, als een kapotte pop.

'Maar hoe ben je eruit gekomen? Ik...' Slapjes: 'Ik was van plan te komen, hoor. Echt waar.' Ik verzon haastig een reden: 'Er stond een agent op wacht voor het kerkhof toen ik terugkwam, dus toen kon ik er niet in. Ik heb gewacht en gewacht... Ik was gek van bezorgdheid.'

'Ik ben je gevolgd,' zei ze effen. 'Ik ben je hierheen gevolgd. Ik heb gewacht op je komst. O, Mose...'

De realiteit van mijn verraad hing tussen ons in en weerklonk luider dan woorden. Ik dwong mezelf met nagemaakte oprechtheid te spreken: 'Goh, Effie, je weet niet hoe het was. Die stomme smeris heeft daar urenlang gestaan... Toen ik eindelijk langs hem heen wist te komen, was je al weg. Ik moet je op een paar minuten na gemist hebben.' Ik kuste haar met geveinsde hartstocht. 'Maar laten we op dit moment gewoon dankbaar zijn dat we hier samen zijn en dat je geen gevaar meer loopt. Goed?' Ik dwong mezelf mijn armen om haar heen te slaan, hoewel ik rilde. 'Word nu maar warm, lieveling, en probeer wat te slapen...'

'Slapen...' Haar stem was nu bijna onhoorbaar en haar adem was een vage fluistering in het oor van de nacht. 'Niet meer slapen. Ik heb genoeg geslapen.'

Toen ik vier uur later wakker werd, was ze verdwenen. Ik zou haast hebben geloofd dat ik me het hele voorval had ingebeeld, maar alsof ze wilde bewijzen dat ik haar niet had gedroomd, had ze haar visitekaartje op het nachtkastje naast me achtergelaten: een zilveren broche in de vorm van een kat met gekromde rug.

54

Tabby kwam vroeg in de morgen van de dag voor kerst terug van haar familiebezoek. Ik werd wakker van de geluiden van activiteit beneden en kleedde me haastig aan. Ik ontmoette haar op de trap; ze droeg een blad met chocola en beschuit voor Effie.

'Goedemorgen, Tabby,' zei ik glimlachend, het blad van haar overnemend. 'Is dat voor mevrouw Chester? Ik neem het wel.'

'O, maar het is helemaal geen moeite, meneer...' begon ze, maar ik onderbrak haar en zei minzaam: 'Je hebt vast veel te doen vandaag, Tabby. Kijk maar of we vanmorgen brieven hebben; kom dan naar de salon, dan vertel ik je wat mevrouw Chester en ik van plan zijn.'

'Goed, meneer.'

Ik rende naar boven met het blad. Ik gooide de chocola het raam uit en at twee beschuitjes op. Toen sloeg ik Effies bed open; ik verfrommelde haar nachthemd en gooide het op de grond en deed de gordijnen open. Ik liet de kop op het nachtkastje staan – het was het soort wanorde waarin Effie graag leefde – en met het gevoel zeer ingenieus bezig te zijn geweest, ging ik naar beneden om Tabby te instrueren. Ik had vanmorgen veel meer het gevoel greep op de zaak te hebben; ik merkte dat ik naar Effies kamer en haar spullen kon kijken en haar nachthemd en de kop waaruit ze de gedrogeerde chocola had gedronken, kon aanraken zonder er ook maar een greintje last van te hebben. Het leek wel of mijn samenzijn met Marta de avond ervoor me een nieuwe, ontembare geestkracht had gegeven. Het daglicht had de demonen van de nacht voorgoed verjaagd en toen ik in de salon was, zorgde ik ervoor dat ik een joviale toon tegen Tabby aansloeg.

'Tabby,' zei ik energiek en opgewekt, 'mevrouw Chester heeft besloten vandaag haar moeder te verrassen met een kerstbezoek. Terwijl ze weg is, zullen jij en ik haar verrassen.'

'O ja, meneer?' zei Tabby beleefd.

'Jij gaat zo veel hulst en maretak kopen dat je er het hele huis mee kunt versieren en dan begin je met het bereiden van het lekkerste kerstmaal dat je ooit gemaakt hebt. Ik wil álles: kwarteleieren, gans, paddestoelen... en natuurlijk de fijnste chocoladecake – je weet hoe dol op chocola mevrouw Chester is. Als er iets is wat haar weer blij kan maken is het dat wel, hm, Tabby?'

Tabby's ogen glansden. 'Zeker, meneer,' zei ze blij. 'Ik heb me toch zo'n zorgen gemaakt om de arme jonge mevrouw. Ze is zo smalletjes, meneer, ze moet echt extra voeding hebben. Goeie, stevige kost, meneer, dat heeft ze nodig, wat die dokter ook mag zeggen, en...'

'Zo is het,' onderbrak ik haar. 'Dus Tabby: mondje dicht. Het is ons geheim om mevrouw Chester te verrassen. Als je meteen weggaat, heb je nog genoeg tijd om de boom op te tuigen.'

'O, meneer!' Tabby straalde. 'Mijn jonge mevrouw zal zó blij zijn!'

'Ik hoop het ook.'

Toen Tabby met zwierige tred het huis verliet, veroorloofde ik me de luxe van een glimlach: het ergste zat erop. Als Tabby ervan kon worden overtuigd dat alles in orde was, waren mijn problemen voorbij. Ik verheugde me bijna op het winkelen!

Om ongeveer elf uur nam ik een rijtuig naar Oxford Street en bracht ik ongeveer een uur door met naar de winkels kijken. Ik kocht een zak kastanjes bij een Ierse groente- en fruitventer; sinds ik Marta had leren kennen, had ik niet meer met zo veel smaak gegeten en ik liet de warme schillen in de goot vallen en keek hoe ze wegdreven op de grijze rivier van gesmolten sneeuw. Bij een andere venter kocht ik een el goudkleurig lint, bij weer een andere een paar roze glacé-handschoenen en bij een derde een sinaasappel. Ik vergat bijna dat ik een rol speelde en stond warempel zorgvuldig na te denken over de vraag welke cadeautjes Effie het meest zou waarderen: zou het deze mooie aquamarijn hanger zijn, die schildpad kam, deze muts of die sjaal?

Ik ging een fourniturenzaak binnen en kwam voor een uitstalling van nachthemden, mutsen en onderrokken te staan. Toen verstijfde ik. Voor me zag ik de omslagdoek, het perzikkleurige zijden negligé van mijn moeder, zoals ik het me herinnerde, maar dan nieuw. Tegen de dunne zijde leek het kant net zeeschuim. Er kwam een immense, woeste dwang bij me op: ik móést hem hebben. Ik kon onmogelijk weglopen en hem daar laten, deze glorieuze trofee die getuigde van mijn overwinning op het schuldgevoel. In een roes van vreugde nam ik hem mee de winkel uit.

Niet lang daarna droeg ik een stuk of tien pakjes, waaronder het kostbare pakje; in mijn enthousiasme had ik meer geschenken gekocht dan ik ooit gedaan had. Daarbij was ook een klein pakje dat voor Marta bestemd was: een mooie hanger van robijn met een warme kleur die klopte als een hart. Mijn laatste aankoop was een kerstboom van viereneenhalve meter hoog, die ik liet bezorgen. Met een gevoel van hachelijke voldoening begon ik aan de terugweg naar Cromwell Square.

Toen zag ik haar: een klein, slank figuurtje in een donkere mantel, de kap zo ver naar voren getrokken dat hij haar gezicht deels bedekte. Ik zag haar lang genoeg om een witte hand om de wol geklemd te zien en haar bleke haar opvallend in de schaduw van een steeg te zien wapperen... toen was ze verdwenen.

In een oogwenk zakte mijn zorgvuldig opgebouwde toneelstukje als een kaartenhuis in elkaar. Ik moest vechten tegen het onzinnige verlangen achter haar aan te rennen en de kap van haar gezicht te trekken. Maar dat was belachelijk. De gedáchte alleen al dat het Effie zou kunnen zijn was belachelijk; een belachelijk idee dat Effie met de modder van het graf nog aan haar rokken en die blik van verschrikkelijke honger in haar ogen daar zou lopen...

Onwillekeurig keek ik even heimelijk de steeg in waarin het meisje verdwenen was. Kijken kon geen kwaad, hield ik mezelf voor, alleen maar even kijken... Het was een smalle steeg en de keitjes waren glibberig van de gesmolten sneeuw en wekenlang opgehoopte rommel. In de goot snuffelde een magere bruine gestreepte kat aan een dode vogel; het meisje was weg. Natuurlijk was ze weg, berispte ik mezelf boos. Had ik verwacht dat ze op me zou wachten? Er stonden huizen in de steeg, winkels die ze binnen kon zijn gegaan; het was geen griezelige spookgedaante die me kwam kwellen.

En toch... ik had het koud, heel koud... en toen ik resoluut uit het steegje het licht en de geluiden van Oxford Street in stapte, had ik kunnen zweren dat alle deuren in die eenzame steeg dichtgetimmerd waren; ja, en alle ramen ook.

55

Ik werd wakker van het geluid van kerkklokken: een luid gebeier, dissonante klanken die door mijn dromen rolden en ze tot een scherp, bruut herinneren dwongen. Voor de club was de straat wit, de lucht wit. In de verte zag ik een kleine groep mensen zich door het waas naar de kerk worstelen. Ik belde om koffie te laten komen; ik negeerde het opgewekte 'Vrolijk kerstfeest' van de dienstmeid en dronk de koffie op. Toen de warmte door mijn aderen stroomde, kon ik de gebeurtenissen van de vorige avond weer met mijn gebruikelijke onthechting tegemoet treden. Denk niet dat het me niet aangegrepen had: de nacht had zijn tol geëist in de vorm van dromen en onrustige beelden, maar het waren slechts dromen.

Dat is namelijk het verschil tussen mij en Henry Chester. Hij keerde zijn angsten als hongerige demonen tegen zichzelf; ik zie de mijne voor wat ze zijn: de voortbrengselen van een rusteloze nacht – maar toch namen ze mij te grazen, even keurig als wij die arme Henry te grazen hadden genomen... Ik ben echter geen mens voor bitterheid: een gokker moet met de nodige elegantie kunnen verliezen – ik vraag me alleen maar af hoe ze het klaar hebben gespeeld.

Ik trok de kleren van de vorige avond aan en begon over mijn volgende zet na te denken. Ik had geen idee wat Effie inmiddels aan Fanny verteld had; gisteravond was ik niet in staat geweest te raden of ze ook maar begreep dat ik haar in de steek had gelaten, maar Fanny zou het wel weten en Fanny kon heel wat herrie schoppen als ze daar zin in had.

Ja, Fanny was degene die ik moest spreken voordat ik er ook maar over dacht Henry een bezoek te brengen.

Ik trok dus mijn overjas aan en ging te voet naar Crook Street. Mijn hoofd werd helderder tijdens het wandelen: de lucht was scherp en metalig en prikkelend door de geuren van dennen en kruiden en toen ik voor Fanny's deur stond, was ik klaar voor het gevaarlijkste spelletje blufpoker dat ik ooit gespeeld had.

Ik klopte minutenlang op de deur, maar er werd niet opengedaan. Ik begon net te denken dat er niemand thuis was, toen de klink omhoogging en Fanny's gezicht me aankeek, even wit en uitdrukkingsloos als de wijzerplaat van de klok in de gang achter haar. Mijn eerste gedachte was dat ze naar de kerk was geweest, omdat ze in het zwart gekleed was. Grote plooien van zacht fluweel omhulden haar van keel tot enkels en tegen de rijke stof leek haar huid schrikbarend wit en haar agaatkleurige ogen waren katachtiger dan ooit, maar rood, alsof ze gehuild had. Het was vreemd en verontrustend me Fanny huilend voor te stellen. In al die jaren dat ik haar nu kende, had ik Fanny Miller nog nooit een traan zien plengen. Ik stond nerveus te wiebelen met een brede, belachelijk beweeglijke glimlach op mijn gezicht.

'Fanny, vrolijk kerstfeest!'

Zonder een lach op haar gezicht gaf ze te kennen dat ik binnen moest komen. Ik klopte mijn laarzen schoon tegen de stoep en hing mijn jas op in de hal. Fanny's meisjes waren nergens te bekennen en even had ik de griezelige indruk dat het huis verlaten was. Ik rook centimeters stof – of iets dat op stof leek – op het verrotte hout van de vloer. Even hoorde ik het tikken van de klok in de gang versterkt tot een oorverdovend gebonk, als het kloppen van een reusachtig hart... toen hield het abrupt op en bleven de wijzers dom op één minuut voor twaalf staan.

'Je klok staat stil,' zei ik.

Fanny gaf geen antwoord.

'Ik... ik ben zo snel mogelijk gekomen,' ging ik hardnekkig door. 'Hoe is het met Effie?'

Haar blik was ondoorgrondelijk, haar pupillen waren speldenknoppen. 'Er is geen Effie,' zei ze, bijna onverschillig. 'Effie is dood.'

'Maar gisterenavond... ik...'

'Er is geen Effie,' zei ze weer, en haar stem klonk zo ver weg dat ik me afvroeg of ze, net als Henry Chester, een te sterke voorkeur voor haar eigen drankjes had ontwikkeld. 'Geen Effie,' herhaalde ze. 'Nu is er alleen nog Marta.'

Alwéér dat mens.

'O, juist ja, een vermomming,' zei ik zwakjes. 'Nou, dat is een goed idee; dan wordt ze in ieder geval niet herkend. Maarre... wat gisterenavond betreft...' Ik verschoof onrustig van de ene voet op de andere. 'Ik-eh... het plan is-eh... Henry is er goed ingetrapt. Je had erbij moeten zijn.'

Geen reactie. Ik wist niet eens of ze wel luisterde.

'Ik maakte me zorgen om Effie,' legde ik uit. 'Ik wilde meteen naar haar teruggaan, maar – Effie zal het je wel verteld hebben, ik kreeg wat problemen. Er stond een politieagent voor de poort van het kerkhof. Hij moet de lantaarn gezien hebben en een kijkje zijn gaan nemen... Ik heb uren gewacht. Ik ben ten slotte teruggegaan, maar Effie was al weg. Ik zat behoorlijk in de piepzak.'

Ik werd steeds zenuwachtiger van haar stilzwijgen. Ik wilde net weer wat zeggen, toen ik in de gang achter me een geluid hoorde, een geruis van zijde. Angstig keerde ik me abrupt om en ik zag een schaduw, vreemd langgerekt, langs het beschilderde behang flitsen. In het schemerdonker van de gang kon ik haar nauwelijks zien. Ik moest half raden naar haar gelaatstrekken in het bleke ovaal van haar gezicht. De plooien van haar grijze jurk vielen in een perfecte ronding zacht op de grond en haar donkere haar hing los en steil neer...

'Effie?' Mijn stem klonk hees en ik probeerde joviaal te doen.

'Ik ben Marta.'

Natuurlijk. Ik grinnikte, maar het geluid ging verloren, was potsierlijk in de stilte. Haar stem klonk mat, bloedeloos – het geluid van vallende sneeuw.

Zonder overtuiging zei ik: 'Ik kwam even langs om te zien hoe je het maakte. Eh... niet omdat ik iets... wou, hoor.'

Stilte. Ik meende haar te horen zuchten. Haar adem was als het schrapen van een huid langs bevroren gras.

'Ik ga later op de dag bij Henry langs,' ging ik hardnekkig door. 'Je weet wel, om zaken te doen. Om over geld te praten.' Mijn woorden bleven onverdraaglijk in mijn keel steken, als zweren. Ik voelde een fysiek ongemak wanneer ik sprak. Verdorie, waarom zeiden ze niets? Ik zag Effies mond opengaan – o, nee, het was niet Effie, het was Marta, die stomme Marta, de zwarte engel van Henry's verlangens, zijn verleidster, zijn kwelgeest... Ze had niets met Effie te maken, en al was ze dan misschien een verzinsel, het product van oker en poeders, ik besefte dat dit haar des te gevaarlijker maakte. Het vervelende was namelijk dat ze echt was, zo echt als jij en ik, en ik voelde hoe ze stilletjes genoot terwijl ik me door flarden zinnen heen blunderde op zoek naar de verklaring die me kort daarvoor in de sneeuw nog zo helder voor ogen had gestaan. Ze zou het zeggen: ik wíst dat ze het zou zeggen. Plotseling kon ik nauwelijks lucht krijgen toen ze naar voren stapte en me aanraakte. Haar woede brandde, maar haar zachte vingers op mijn huid hadden een verdovende uitwerking – ik voelde niets.

'Je hebt me verlaten, Mose. Je hebt me in het donker laten sterven.' De stem was hypnotiserend; ik bekende bijna.

'Nee! Ik...'

'Ik weet het.'

'Nee, ik vertelde net aan Fanny...'

'Ik weet het. Nu is het mijn beurt.' De stem klonk afstandelijk, bijna vlak, maar mijn open liggende zenuwen voelden meteen die woede, en daarbij ook een soort humor.

'Effie...'

'Er is geen Effie.'

Eindelijk begon ik het te geloven.

Ik nam zo goed en kwaad als het ging afscheid; op het laatst snakte ik naar adem, terwijl ik me door vadems dikke bruine lucht heen werkte; ik had de geur van stof in mijn mond, mijn neusgaten en mijn longen... Fanny zei geen woord meer tegen me, terwijl ik mijn jas pakte en de sneeuw in wankelde. Ik gluurde angstig over mijn schouder en ving nog één glimp van hen op: ze stonden zij aan zij, hand in hand met hun stille roofdierogen strak naar me te kijken. Op dat moment hadden ze moeder en dochter kunnen zijn: hun gezichten waren identiek, hun haat weerspiegelde zichzelf. Ik voelde de paniek op me inhakken en ik viel in de sneeuw; het vocht sijpelde bij de knieën en ellebogen mijn kleren in en mijn handen waren gevoelloos...

Toen ik weer omkeek, was de deur dicht, maar hun haat bleef bij me, wreed, delicaat vrouwelijk, als een wolkje parfum in de lucht. Ik vond een drankwinkel en probeerde mijn zenuwen in het gareel te krijgen, maar Marta's woede achtervolgde me ook toen ik dronken was en verpestte mijn warmte. Ik vervloekte hen beiden. Iedereen zou denken dat ik Effie min of meer vermoord had. Maar wat hadden ze dan verwacht? Ik had haar toch zeker helpen ontsnappen, ook al was het plan dan een beetje fout gelopen? Ik had Henry een rad voor de ogen gedraaid en ik zou degene zijn die hun het geld verschafte – ik wist zeker dat ze te delicaat waren om zelf de confrontatie met Henry aan te gaan. Gisteren was het nog: ik heb je nodig, Mose, ik reken op je, Mose, maar vandaag... Nee, het had geen zin er doekjes om te winden: ze hadden me gebruikt. Ik hoefde me beslist niet schuldig te voelen over mijn eigen gedrag. Ik keek op mijn horloge: halfdrie. Ik vroeg me af wat Henry aan het doen was. De gedachte vrolijkte me meteen wat op. Spoedig zou het tijd zijn om bij Henry langs te gaan.

56

Mijn euforie hield aan totdat ik op Cromwell Square aankwam. Toen zag ik de krans van hulst en bessen op de deur en besloop me een soort loom gevoel, een verdoving van de zintuigen bij de gedachte aan de rol die ik zou moeten spelen tegenover Tabby wanneer Effie niet thuiskwam. Mijn hand lag al op de deur, toen hij abrupt openging en Tabby's gezicht verscheen, lachend en stralend van opwinding en pret. Een snelle blik op de pakjes in mijn armen deed haar kraaien van plezier.

'O, meneer,' zei ze. 'Wat zal mevrouw Chester blij zijn! Het huis ziet er ook al prachtig uit en er staat net een cake af te koelen in de oven. Gossie!'

Ik knikte nogal stijfjes. 'Je bent druk geweest, zeg. Zou je deze pakjes kunnen meenemen naar de salon en ze daar neerleggen?' Ik stak haar mijn aankopen toe. 'En dan misschien een glaasje cognac?'

'Natuurlijk, meneer.' Ze ging er met de pakjes vandoor, gretig als een kind, en ik vergunde me een zure glimlach.

Ik zat cognac te drinken in de bibliotheek toen de kerstboom kwam. Ik zag de kruier en Tabby hem neerzetten in de salon en vervolgens zag ik hoe Tabby er glazen ballen en slingers in hing en met was witte kaarsjes vastzette op de uiteinden van de takken. Het had iets wonderlijk fascinerends. Terwijl ik met mijn ogen halfdicht en met de prikkelend nostalgische geur van dennennaalden in mijn neusgaten bij het vuur zat, voelde ik een aangename desoriëntatie, alsof ik een andere, jongere Henry Chester was die op de dag voor kerst wachtte op een magische verrassing...

Het werd al donker: Tabby stak kaarsen aan op de schoorsteen en legde nog wat houtblokken op het vuur; de kamer had een huiselijke warmte gekregen, iets sprankelends waarvan, hoewel ironisch onder de omstandigheden, een vreemde kracht uitging: de werkelijkheid van gisterenavond leek even ver weg als de gebeurtenissen uit mijn jeugd en toen ik me tot Tabby wendde om iets te zeggen, geloofde ik bijna mijn eigen verhaal.

'Tabby, hoe laat is het?'

'Iets na vieren, meneer,' antwoordde Tabby, de waspit bij de laatste kaarsjes in de boom houdend. 'Misschien wilt u een kop thee met een pasteitje?'

'Ja, dat zou heel lekker zijn,' zei ik goedkeurend. 'Weet je, breng maar een pot; mevrouw Chester zei dat ze om uiterlijk vier uur terug zou zijn.'

'Ze krijgt een plak van mijn speciale cake,' zei Tabby vriendelijk. 'Ze zal het wel koud hebben.'

Pas toen de pot thee en de pasteitjes en de cake al bijna een uur op het buffet stonden, stond ik mezelf toe enige ongerustheid te veinzen. Het was eenvoudiger dan ik dacht. Het was namelijk zo dat met het invallen van de duisternis mijn eerdere onverschilligheid weg begon te trekken; ik was rusteloos zonder goed te weten waarom. Ik had dorst en dronk cognac, maar ik merkte dat ik van de cognac warm en duizelig werd. Mijn ogen bleven maar naar het pakje met de zijden omslagdoek gaan dat onder de kerstboom lag. Ik kon niet stil blijven zitten.

Eindelijk belde ik om Tabby te laten komen.

'Heb je al iets van mevrouw Chester gehoord?' informeerde ik. 'Ze zei dat ze tegen vieren thuis zou zijn, en het is nu al na vijven.'

'Niets gehoord, meneer,' zei Tabby op haar gemak. 'Maar ik zou me niet ongerust maken. Ze is waarschijnlijk ergens een praatje blijven maken. Ze komt zo.'

'Ik hoop dat er niets gebeurd is,' zei ik.

'Nee hoor, meneer,' zei ze, met haar hoofd schuddend. 'Ik weet zeker dat ze onderweg is.'

Ik wachtte tot de kerstkaarsen op de schoorsteen tot stompjes waren opgebrand. Die in de boom waren allang op en Tabby had ze

303

al vervangen voor wanneer Effie terugkwam. Ik dronk koffie om te ontnuchteren en probeerde een boek te lezen, maar kon me niet concentreren op de dansende lettertjes. Uiteindelijk haalde ik mijn schetsboek tevoorschijn en begon ik te tekenen, mijn gedachten richtend op de lijnen en de structuur van het papier en op de potloden; mijn hoofd was een korf met stille bijen. Ik keek op toen de klok op de schoorsteen zeven sloeg en strekte mijn hand uit naar het schellekoord. Mijn hand bleef halverwege steken; hij hing midden in de lucht als die van een marionet toen een beweging bij de boom mijn aandacht trok. Daar. Het gordijn bewoog, heel even maar, alsof het door onzichtbare vingers bewogen werd. Ik spitste mijn oren: ik meende een soort resonantie te horen, als gespannen draden in de wind. Een tochtvlaag beroerde de vrolijke verpakking van de geschenken onder de boom. Een glazen kerstbal draaide vanzelf rond en wierp een baaierd van licht op de dichtstbijzijnde muur. Toen was het weer stil.

Belachelijk, hield ik mezelf met ingehouden woede voor. Het was de tocht, een slecht passende sponning, een open deur ergens in huis. Belachelijk om je in te beelden dat Effie voor dat raam staat, Effie met haar lange, lichte haar loshangend om haar witte, hunkerende gezicht... Effie die gekomen is om haar geschenk in ontvangst te nemen... en er misschien een te geven ook.

'Belachelijk!' Ik zei het hardop; mijn stem klonk troostgevend solide tegen de achtergrond van de avond. Belachelijk.

Toch moest ik ondanks dat belachelijke van mezelf naar het gordijn lopen, het zware brokaat opzij schuiven en achter het dikke glas de straat in kijken. Bij het licht van de gaslampen lag de straat er verlaten bij, wit: de oplichtende sneeuw werd door geen enkele voetstap ontsierd.

Ik belde.

'Tabby, is er al iets vernomen van mevrouw Chester?'

'Nee, meneer.' Ze was nu minder uitbundig; Effie was drie uur te laat en de sneeuw begon weer te vallen en dempte de nacht.

'Ik wil dat je een huurrijtuig naar Cranbourn Alley neemt en kijkt of mevrouw Chester al op weg is naar huis. Ik blijf hier voor het geval er iets gebeurd is.'

'Meneer?' vroeg ze weifelend. 'U denkt toch niet dat ze... ik weet niet of ik...'

'Doe wat ik je zeg,' snauwde ik, haar twee guinjes in de hand duwend. 'Haast je en laat je door niets ophouden.' Ik legde een treurig lachje op mijn gezicht. 'Misschien ben ik te bezorgd, Tabby, maar in een stad als Londen... Toe dan. En kom gauw terug!'

'Ja, meneer,' zei ze, nog steeds met een frons op haar voorhoofd. Door het raam keek ik toe terwijl ze, van top tot teen ingepakt in sjaals en een mantel, snel over de ongerepte sneeuw wegliep.

Toen ze terugkeerde, had ze twee politieagenten bij zich.

Ik kon nauwelijks voorkomen dat ik schuldbewust opschrok toen ik hen door het hek aan zag komen; de ene was lang en mager, de andere zo dik en rond als Tabby zelf, en ze zwoegden zwaarwichtig door de dichte sneeuw naar mijn deur. Hoewel de paniek over mijn ruggengraat bonkte, moest ik toch een lach onderdrukken die even bitter als onontkoombaar was. Met één hand zocht ik naar de chloraalfles aan de ketting en ik schudde er drie korrels uit, die ik met de laatste slok cognac doorslikte. Ik voelde de grijnslach van mijn wrange vrolijkheid wegtrekken. Ik dwong mezelf te blijven zitten wachten.

Toen ik hen hoorde kloppen, sprong ik op van mijn stoel. Ik struikelde bijna op de trap toen ik naar de deur rende om open te doen. Ik liet mijn gezicht een uitdrukking van een ontzet begrijpen aannemen toen ik hen zag. Tabby's gezicht was samengetrokken van de ingehouden tranen en de wetsdienaren keken opzettelijk neutraal; ze waren blootshoofds.

'Effie!' Mijn stem klonk rauw; ik liet alle wanhopige spanning van die avond in die twee lettergrepen doorklinken. 'Hebben jullie haar gevonden? Maakt ze het goed?'

De lange agent nam het woord; hij hield zijn stem zorgvuldig vlak. 'Brigadier Merle, meneer. Dit' – hij wees met een lange, benige hand naar de andere persoon – 'is agent Hawkins.'

'Mijn vrouw, agent.' Mijn stem was rauw van de verborgen lach – het klonk brigadier Merle ongetwijfeld wanhopig in de oren. 'Wat is er met mijn vrouw?'

'Meneer, helaas is mevrouw Chester niet in Cranbourn Alley aangekomen. Mevrouw Shelbeck was niet thuis, maar mejuffrouw

Shelbeck, haar schoonzuster, was totaal radeloos. We konden haar er ternauwernood van weerhouden om mee te komen.'

Ik fronste mijn voorhoofd en schudde verward mijn hoofd. 'Maar...'

'Mogen we even binnenkomen, meneer?'

'Natuurlijk.' Ik hoefde de rol nauwelijks te spelen; ik was licht in het hoofd en wankelde bijna op mijn benen van de drank, de chloraal en de zenuwen. Ik greep de deurpost beet om mijn evenwicht te bewaren. Het scheelde niet veel of ik viel.

Merles magere arm was verbazingwekkend sterk. Hij pakte me vast toen ik omviel en leidde me de warmte van de salon in. Agent Hawkins liep achter ons aan en Tabby sloot de rijen.

'Mevrouw Gaunt, kunt u misschien een kop thee voor meneer Chester halen?' zei Merle zacht. 'Hij ziet er niet best uit.'

Tabby verliet de kamer, over haar schouder omkijkend naar de twee agenten, haar gezicht smal en bleek van angst. Ik ging moeizaam op de bank zitten.

'Het spijt me, brigadier,' zei ik. 'Ik ben pas ziek geweest en de toestand van mijn vrouw is een belasting voor me geweest. Maar aarzelt u niet me de waarheid te vertellen. Leek mejuffrouw Shelbeck verbaasd dat ze van plan was geweest naar Cranbourn Alley te gaan?'

'Heel verbaasd, meneer,' zei Merle neutraal. 'Ze zei dat mevrouw niets had laten weten.'

'O, god.' Ik legde mijn hoofd in mijn handen om de jolige grijns die achter mijn slappe gelaat op de loer lag, te verbergen. 'Ik had haar nooit alleen mogen laten! Ik had met haar mee moeten gaan, wat de dokter ook gezegd had. Ik had het kunnen weten.'

'Hoezo, meneer?'

Ik keek met een verwilderde blik naar hem op. 'Dit is niet de eerste keer dat mijn vrouw last heeft van... een terugval,' zei ik dof. 'Mijn vriend, de zenuwarts dokter Russell, heeft haar nog geen tien dagen geleden onderzocht. Ze lijdt aan... hysterie en ze denkt dat ze achtervolgd wordt.' Ik vertrok mijn gezicht alsof ik bijna in huilen uitbarstte. 'O, mijn god,' riep ik gepassioneerd uit, 'waarom heb ik haar laten gaan?' Ik stond abrupt op en greep Merles arm. 'U moet haar vinden, brigadier,' smeekte ik. 'Ze kan overal heen zijn gegaan. Er kan van alles...' Mijn stem begaf het keurig netjes. 'Er kan van alles met haar gebeuren.'

En toen huilde ik, huilde ik écht; de tranen biggelden over mijn gezicht en knepen mijn keel dicht. Ik schokte van de grote, hysterische snikken, waarbij beurtelings verdriet en een giftig plezier vrijkwamen. Maar terwijl ik met mijn gezicht in mijn handen zat te huilen, was ik me tegelijkertijd bewust van een soort opgetogenheid, van koude, mechanische vreugdesprongetjes in het binnenste van mijn hart en van de wetenschap dat mijn verdriet, als het dat was, niet Effie gold, of welke bekende dan ook.

57

Pas na zevenen besloot ik mijn uitgestelde bezoek aan Henry te brengen; ik nam een koets naar High Street en liep van het kerkhof naar Cromwell Square. Ik passeerde een groep kinderen die kerstliedjes zongen; er was een meisje van twaalf bij dat een onaardse, kristallijne schoonheid uitstraalde en ik gaf het mooie kind heimelijk een knipoog en al haar vriendinnen ieder een sixpence. Ik kon het me per slot van rekening nu veroorloven. Fluitend liep ik verder in de richting van huize Chester.

Hij deed op mijn geklop bijna onmiddellijk open, alsof hij bezoek verwachtte. Uit zijn uitdrukking leidde ik af dat ik verre van welkom was, maar na een steelse blik te hebben geworpen op de straat, liet hij me binnen. De huishoudster was nergens te bekennen en ik ging ervan uit dat ze weg was.

Des te beter: het zou mijn onderhandelingen met Henry er gemakkelijker op maken.

'Vrolijk kerstfeest, Henry,' zei ik opgewekt. 'Het huis ziet er vanavond zeer feestelijk uit. Maar ja,' voegde ik er liefjes aan toe, 'we hebben ook wel het een en ander te vieren, natuurlijk.'

Hij keek me scherp aan. 'O ja?'

Ik trok vragend mijn wenkbrauwen op. 'Kom, kom, Henry, niet zo bescheiden,' zei ik. 'We weten allebei wat ik bedoel. Laten we zegen dat we deze kerst allebei een oplossing hebben weten te bedenken voor bepaalde... laten we het maar "onaangenaamheden" noemen. Die van jou waren van huwelijkse aard, meen ik, en die van mij zijn van louter financiële aard. We zullen dus vast wel tot een vergelijk kunnen komen.'

Henry was niet dom: hij begon het te begrijpen. De vorige avond was hij nog versuft geweest door de schuldgevoelens en de chloraal, maar vanavond had hij een koeler hoofd dan ik van hem had verwacht, en hij staarde me alleen maar op zijn bekende hautaine manier aan.

'Ik denk het niet, Harper,' zei hij koeltjes. 'Ik vraag me zelfs af of we elkaar nog wel eens zullen zien. Goed. Ik had het nogal druk...'

'Toch niet te druk om met een oude vriend een kerstdrankje te drinken?' zei ik glimlachend. 'Ik cognac, graag. Ik bespreek nooit zaken met een droge keel.'

Henry verroerde zich niet, dus schonk ik zelf maar wat in uit een karaf. 'Doe je niet met me mee?' zei ik uitnodigend.

'Wat wil je?' vroeg hij knarsetandend.

'Wil je?' zei ik verdrietig. 'Waarom ga je ervan uit dat ik iets wil? Ik geloof dat je me niet goed begrepen hebt, Henry: ik zou nooit zo vulgair zijn dat ik ergens om vroeg... Maar als je me iets áánbood, uit naam van onze vriendschap, laten we zeggen een luttel bedrag van driehonderd pond om mijn schuldeisers te betalen, een kerstbonus als het ware, zou het niet bij me ópkomen te weigeren.'

Zijn ogen werden klein van haat en begrip. 'Je kunt me niet chanteren. Jij was er ook bij. Ik zou je er meteen bij lappen.'

'Dat is getuigen tegen een medeplichtige, mijn beste kerel,' zei ik luchtig. 'Bovendien heb ik vrienden die zonodig voor me zouden liegen. Heb jij die ook?'

Ik liet het even bezinken. Ik sloeg de cognac in één keer achterover en zei: 'Waarom doe je niet een beetje mee aan de kerstgedachte? De ene dienst is de andere waard. Denk er maar over na. Wat is nu driehonderd pond voor een man als jij? Is het je dat niet waard, al is het maar om van me af te zijn?'

Henry zweeg even. Toen keerde hij zich met een akelige uitdrukking op zijn gezicht naar me toe. 'Blijf hier,' beval hij, en hij draaide zich om en liep de kamer uit.

Even later kwam hij terug met een metalen doosje dat hij in mijn handen duwde alsof hij ze pijn wilde doen.

'Neem dat, lamlendeling. Het geld zit erin.' Hij zweeg even. Zijn lippen waren zo dun dat je ze bijna niet zag. 'Ik had je nooit moeten vertrouwen,' zei hij zacht. 'Je bent dit steeds al van plan geweest, hè? Je bent nooit van plan geweest iemand anders dan jezelf te helpen. Ga uit mijn ogen! Ik wil je nooit meer zien.'

'Dat begrijp ik, beste kerel,' zei ik vrolijk, het doosje in mijn zak stekend. 'Maar wie weet? Het leven is zoals je weet heel afwisselend. Ik vermoed dat we elkaar nog wel eens zullen zien... tijdens een tentoonstelling, of in de club... of op een kerkhof, wie zal het zeggen? Het zou zonde zijn als we elkaar uit het oog verloren, vind je ook niet? Ik kom er zelf wel uit. Vrolijk kerstfeest!'

Een halfuur later zat ik in een van mijn lievelingskroegjes op Haymarket met het kostbare doosje zorgvuldig opgeborgen in mijn binnenzak voor een warm vuur dure cognac te drinken en in cider gekookte kastanjes te eten uit de hand van een vijftienjarige charmeuze, met haar als sabelbont en een mond als een schijf perzik.

Ik heb nooit veel tijd voor schuldgevoelens gehad. Henry's nederlaag had me in een opperbeste stemming gebracht. Dat, en dat meisje en die doos met geld verdreven, ik moet het toegeven, ook de laatste gedachten aan Effie. Ik had andere, urgentere zaken aan mijn hoofd.

Ik dronk op de toekomst.

58

Toen hij weg was, liep ik in een delirium van woede in de gang heen en weer. O, wat was ik mooi te grazen genomen: ik zag het nu allemaal. Alles wat hij over mijn kunst gezegd had... de uren die hij in mijn huis had doorgebracht, cognac drinkend, naar mijn vrouw kijkend... al die tijd had hij zitten wachten op het moment waarop hij me ten val kon brengen, had hij in zijn vuistje zitten lachen om mijn stumperige, onwetende vriendelijkheid. Ik vervloekte hem. In het heetst van mijn woede had ik zó het hele treurige verhaal aan de politie kunnen vertellen, alleen al om de voldoening hém te zien hangen... Maar ik zou wraak nemen – niet nu, want ik moest kalm blijven, moest mijn zelfbeheersing bewaren om de zaak met de politie goed af te kunnen handelen. Maar wraak nemen zou ik.

Ik liep naar mijn kamer en een beetje chloraal verdund met cognac deed mijn woede naar de bodem van de zee zakken: de verdoving zette snel in en ik kon in mijn comfortabele leunstoel zitten wachten en mijn trillende handen dwingen stil te blijven liggen.

De nacht was echter vol geluiden: hier het scherpe geknetter van een houtblok in de haard, daar het gefluister van belletjes in de pijp van de gaslamp, dat precies leek op het ongelijkmatige ademen van een slapend kind... Ik zat dicht bij het vuur te luisteren en het leek of er achter dat gewone geknetter en gefluister van een oud huis in de winter ook iets anders te horen was, een opeenvolging van klanken die zich in mijn trage brein uiteindelijk vastzetten als de geluiden van iemand die om me heen rustig van de ene kamer naar de andere liep. Eerst wuifde ik het weg (het zachte ruisen van vrouwenrokken tegen het zijden behang), omdat het onmogelijk was om het huis zonder sleutel binnen te komen en ik de deur op slot had gedaan zodra Harper weg was (zachte, lichte voetstappen op het dikke tapijt, het kraken van een leren leunstoel toen ze daar even rustte). Ik schonk nog een glas chloraal-cognac in (het zachte tikken tegen serviesgoed toen ze in de salon de cake proefde – ze had altijd erg van chocoladecake gehouden).

Plotseling kon ik er niet meer tegen. Ik sprong overeind en gooide de deur open, waardoor er een lange ladder van licht vanuit mijn kamer in de gang viel. Niemand. De salondeur stond op een kier. Had ik hem open laten staan? Ik wist het niet meer. Voortgedreven door een naargeestig verlangen dat sterker was dan angst, duwde ik ertegenaan, waardoor hij zachtjes openzwaaide. Even zág ik haar; een bladermeisje met haar bladerkat in haar armen: hun ogen weerkaatsten mij, mijn gezicht als een speldenknop in de putschachten van hun pupillen... toen niets. Niets dan de weerspiegeling van een treurwilg die wit geëtst stond tegen de duisternis van een raam.

Er wás geen meisje. Er was nooit een meisje geweest. Ik keek snel de kamer rond; de cake was onaangeroerd, het serviesgoed stond nog zoals ik het had achtergelaten, de plooien van het gordijn hingen wiskundig loodrecht. Geen zuchtje wind verstoorde de kaarsvlammen, geen schaduw was op de muur te zien. Nog niet het minste spoortje seringengeur. En toch wás er iets... ik fronste mijn voorhoofd en probeerde mijn vinger op de verandering te leggen: de kussens lagen nog onberispelijk, de ornamenten waren niet aangeraakt, de boom...

Ik verstijfde.

Onder de boom lag een driehoekje afgescheurd inpakpapier. Eén stukje maar. Dom probeerde ik te bedenken waar het vandaan kwam. Ik deed twee onhandige passen naar voren en zag toen dat het bovenste cadeautje – de perzikkleurige zijden doek – van de stapel was weggegleden en op zijn kant was gevallen. Automatisch bukte ik om het recht te leggen en toen zag ik dat het touwtje was doorgesneden en dat het papier zo ver was losgemaakt dat plooien zijde en kant door het stijve bruine papier naar buiten kwamen.

Wat ik had gezien wilde niet doordringen tot welk deel van mijn rationele verstand dan ook en terwijl een deel van mij brabbelde en huilde, staarde een ander deel gewoon kalm naar het opengemaakte cadeautje en kwam er een grote wezenloosheid over me. Misschien kwam het door de chloraal, maar mijn hersens werkten oneindig traag en gingen imbeciel afstandelijk van de doek naar het gescheurde papier en van het gescheurde papier naar het doorgesneden touwtje en van het doorgesneden touwtje weer terug naar de doek. Er heerste een enorme stilte om me heen terwijl ik daar in mijn eentje met de doek in mijn handen stond. Het opengescheurde papier gleed eraf en viel met een droomachtige traagheid op de grond mijlenver beneden me. De zijde in mijn handen had een hypnotiserend effect: ik kon er met bovenmenselijke nauwkeurigheid in zien; ik testte de schering en inslag, peilde de fijne sierlijke kantkrullen, de spiralen in de spiralen... De doek leek de hele wereld te vullen, zodat er geen ruimte overbleef voor gedachten, er was alleen maar bewustzijn, oneindig bewustzijn, oneindige overpeinzing...

In mijn afgrond brak het besef door dat ik stond te lachen.

59

Is het niet raar dat geld zo snel verdwijnt? Ik betaalde mijn schulden, althans die waarvan ik de betaling niet kon uitstellen, maar bij lange na niet alle, en een paar dagen lang was ik de levensstijl aan het definiëren waaraan ik graag gewend wilde raken. Ik at er goed van en dronk alleen het beste. Wat vrouwen betreft: er waren er meer dan ik me duidelijk kon herinneren. Het waren allemaal schoonheden en allemaal wilden ze verrukkelijk graag de kleur van het geld van onze brave Henry zien. Denk niet dat ik hem niet dankbaar was: telkens wanneer ik een fles openmaakte, proostte ik op hem en toen Beggar Maid meedeed aan de races in Newmarket, zette ik tien pond op haar in, en ik won ook nog: vijftien keer mijn inzet. Het leek wel of ik gewoonweg niet kón verliezen.

Ik verzuimde echter niet vanuit mijn losbandige broeinestje de gebeurtenissen in de gaten te houden. Er verscheen een artikel over de verdwijning van Effie Chester in *The Times* en er werd bij vermeld dat er mogelijk sprake was van een misdrijf – het leek erop dat ze op de ochtend van de dag voor Kerstmis was weggegaan om haar moeder in Cranbourn Alley op te zoeken, maar daar nooit was aangekomen. De dame in kwestie had een 'broze en nerveuze dispositie' en de politie maakte zich zorgen om haar welzijn. Ik denk dat Henry zijn rol goed gespeeld had; de krant beschreef hem als 'radeloos'. Ik wist echter dat hij labiel was: chloraal en religie hadden gelijkelijk het evenwicht van zijn vrije wil aangetast en ik vermoedde dat hij na de eerste paar weken van smoezen verzinnen weer heel snel zou wegzakken in een soort stille neerslachtigheid en zou fantaseren dat er allerlei soorten vergelding op hem af gingen komen.

Ik voelde dat de kans bestond dat hij zich uiteindelijk zou aangeven bij de politie, in een extase van berouw. Vanaf dat moment zou dit arme persoontje natuurlijk niet meer op centjes hoeven rekenen. Ik nam aan dat Fanny dat vanaf het begin al gepland had, hoewel ik me niet kon indenken waarom. De enige logische reden was dat ze Henry's arrestatie en ondergang wilde bewerkstelligen, maar toch kon ik niet begrijpen waarom ze zo'n onberekenbare manier had gekozen om dat voor elkaar te krijgen. *Ik* liep in ieder geval geen gevaar. De kille ontvangst die me bereid was door de ondankbaren in Crook Street, had me ervan overtuigd dat ik hun niets meer verplicht was; als Henry mij probeerde te beschuldigen, zou ik de waarheid vertellen – of zoveel daarvan als nodig was. Fanny moest haar eigen motieven maar uitleggen en de mogelijke beschuldiging van kidnapping weerleggen; Effie moest dat Marta-gedoe maar uitleggen. Ik was gelukkig van hen verlost. Niemand kon me van meer dan overspel beschuldigen of mogelijk chantage en iedere poging om het zogenaamde lijk te vinden was gedoemd om te falen. Het 'lijk' liep op dit moment door Fanny's huis met geverfd haar en een maag vol laudanum.

Fanny! Ik moet bekennen dat ze voor mij nog steeds een raadsel was: ik had haar graag een bezoekje gebracht, al was het maar om te vernemen wat ze deed. Maar ik was er niet op gebrand die griet, die Marta, weer te ontmoeten, nu niet en nooit niet. Dus besloot ik in plaats daarvan Henry maar een tweede bezoekje te brengen.

Dat zal zo... laat me eens kijken... rond 30 december geweest zijn. Henry had bijna een week de tijd gehad om zijn verschillende zaakjes af te handelen en ik was bijna door mijn geld heen. Ik kuierde dus naar zijn huis en vroeg hem te spreken. De huishoudster keek me uit de hoogte aan en zei dat meneer Chester niet thuis was. Hoogst waarschijnlijk niet thuis voor míj, dacht ik, en ik zei tegen haar dat ik zou wachten. Ze liet me de salon binnen en ik wachtte. Na een poosje werd ik rusteloos en begon ik om me heen te kijken: de salon was nog steeds voor Kerstmis versierd en onder de boom lag een aantal pakjes. Ze wachtten nog steeds op een meisje dat nooit thuis zou komen. Een schrijnend detail, dacht ik waarderend – de politie had het vast op de juiste waarde geschat. Verder had

Henry alle schilderijen aan de muur met stofhoezen afgedekt; het effect was verontrustend en ik vroeg me af waarom hij dat had gedaan. Ik had al bijna twee uur in de salon rondgehangen, toen het tot me doordrong dat de huishoudster gelijk had: meneer Chester was niet thuis.

Ik belde om cognac te laten komen en toen ze met het blad kwam, stopte ik haar een guinje toe en schonk ik haar mijn innemendste glimlach.

'Mevrouw... ik weet helaas uw achternaam niet.' Ik denk dat ze al jarenlang door niemand meer 'mevrouw' was genoemd, en ze hief haar hoofd iets hoger.

'Gaunt, meneer, maar meneer en mevrouw Chester...'

'Mevrouw Gaunt.' Innemender kon mijn glimlach niet zijn. 'Ik ben zoals u wel weet reeds lang bevriend met meneer Chester. Ik ben me bewust van het leed dat hij op het moment doormaakt...'

'O, meneer,' onderbrak ze me, haar ogen deppend, 'mijn arme jonge mevrouw! We zijn zo bang dat de een of andere mán...' Ze hield op met spreken, zichtbaar ontroerd. Ik onderdrukte een grinnik.

'Inderdaad,' zei ik sussend. 'Maar als – wat God verhoede – we aan het ergste moeten denken,' vervolgde ik vroom, 'dan moeten onze gedachten bij de levenden zijn. Meneer Chester heeft vrienden nodig om hem hier doorheen te helpen. Ik besef dat hij u heeft opgedragen bezoekers weg te sturen, of de verkeerde informatie te geven' – ik keek haar verwijtend aan – 'maar u en ik, mevrouw Gaunt, weten allebei dat hij voor zijn eigen bestwil...'

'O, ja, meneer,' viel ze me bij. 'Ik weet het. Die arme meneer Chester. Hij eet niet, hij slaapt nauwelijks, hij zit uren in dat atelier van hem of hij loopt gewoon rond op het kerkhof. Hij was zo dol op mijn jonge mevrouw, meneer, dat hij niet wil dat haar naam genoemd wordt... en u ziet wel dat hij al zijn mooie schilderijen van haar heeft bedekt: hij kan ze niet aanzien, zegt hij.'

'Dus u weet niet waar hij vandaag is?'

Ze schudde haar hoofd.

'Maar u zult me er niet van weerhouden hem alle troost te geven die ik geven kan wanneer ik weer kom?'

'Maar, meneer!' Haar verwijtende toon liet aan duidelijkheid niets te wensen over. 'Als ik het geweten had, meneer... maar er zijn mensen, weet u, die niet zo...'

'Natuurlijk.'

'Het allerbeste, meneer.'

Ik grijnsde. 'Dan zal ik maar een boodschap achterlaten voor ik ga. Misschien zou het beter zijn als u niet zegt dat ik hier geweest ben.'

'Goed, meneer.' Ze begreep er niets van, maar ze deed mee.

'Ik kom er zelf wel uit, mevrouw Gaunt.'

Toen ze weer verdwenen was, opende ik de deur van de salon en sloop ik naar Henry's kamer. Uit mijn zak haalde ik Effies broche – de broche die ze die avond op het nachtkastje had laten liggen – en ik speldde hem op zijn hoofdkussen. Hij glansde in het halfduister. Boven het bed zag ik nog een afgedekt schilderij en ik haalde het doek eraf. Nu zweefde Effie als een bleke succubus boven het bed. Henry zou vannacht goed slapen...

Toen ik het huis aan Cromwell Square verlaten had, ging ik naar Henry's atelier. Het begon te schemeren – het was al laat in de middag – en toen ik er aankwam, was het donker. Het atelier bevond zich in een appartementengebouw en dat van Henry bevond zich op de tweede verdieping. De buitendeur stond open, de trappen waren slecht verlicht door één enkele sputterende gaslamp. Ik moest de trapleuning stevig vasthouden om niet van de ongelijke treden te vallen. Toen ik bij de deur met 'Chester' erop kwam, zat die op slot.

Ik vloekte. Dat was het dan. Maar toen ik me omdraaide om weg te gaan, werd ik overvallen door een plotselinge nieuwsgierigheid, een verlangen in dat atelier te kijken, en misschien nog een visitekaartje achter te laten. Ik inspecteerde het slot: het zag er doodsimpel uit. Een paar keer draaien met een smal zakmes, en het klikte open. Ik tilde de klink op en duwde tegen de deur. Het was donker in het atelier; een paar minuten zat ik in vrijwel volledige duisternis aan de gaslamp te rommelen. Tijdens het lopen hoorde ik onder mijn voeten papier knisperen, maar ik zag het niet. Toen de lamp opvlamde, kon ik om me heen kijken.

Mijn eerste gedachte was dat ik in het verkeerde atelier was beland. Ik wist dat Henry nauwgezet en bijna dwangmatig netjes was; de vorige keer dat ik hier geweest was, hadden er ingelijste doeken aan de muren gehangen, had er links een grote rij niet ingelijste doeken gestaan, had zich achterin een hutkoffer met kostuums en rekwisieten bevonden en hadden er tegen de muur een paar stoelen en een tafel gestaan. Nu heerste er een manische wanorde. De schilderijen waren van de muren getrokken, in sommige gevallen was er behang en pleister meegekomen, en schots en scheef voor het vuur opgestapeld. Op de grond lagen overal niet ingelijste schilderijen, alsof iemand speelkaarten had rondgestrooid. Overal, op ieder beschikbaar stukje vloer of oppervlak, lagen schetsen, verkreukeld, verscheurd of nog heel, schetsen op perkament of linnen of pakpapier, waarvan sommige adembenemend goed waren. Ik had nooit geweten dat Henry zo veel talent had. De haard lag er vol mee, half verkoolde, schamele resten, en ik zat een paar minuten op handen en voeten de schade op te nemen en de schilderijen in mijn handen om en om te draaien om te proberen een reden voor de verminkingen te bedenken.

Na een poosje begon mijn hoofd te tollen. Er waren heel veel afbeeldingen van háár, waterverfschilderijen, krijttekeningen, potloodschetsen, olieverfschilderijen, temperaportretten: contouren van onuitsprekelijke puurheid, studies van ogen, lippen, jukbeenderen, haar... en profil, en face, driekwart profiel... allemaal sober en schrijnend en levensecht. Ik had me al die jaren in Henry vergist: de fletse decadentie van zijn schilderijen, de gekunstelde symboliek van al die vroegere werken hadden de sombere, bijna oriëntaalse puurheid van zijn visie verhuld. Iedere pennen- of potloodstreek was van hoge kwaliteit: wreedheid en tederheid gingen subtiel in elkaar over... en deze meesterwerken waren stuk voor stuk, met god mocht weten hoeveel woede en liefde, weggegooid – het kwam neer op kindermoord... Ik begreep het niet.

In zekere zin kon ik het bijna opbrengen Henry Chester te benijden. Ik had natuurlijk altijd geweten dat een kunstenaar moet lijden om tot grote hoogten te stijgen. Maar leed dat zo groot was dat het dít voortbracht... misschien was het de moeite waard dit te kennen... deze alles overstijgende passie.

Een paar minuten lang zag ik tussen de brokstukken te rouwen als een kind. Toen richtten mijn gedachten zich op meer prozaïsche dingen en werd ik weer mezelf. Ik moest mijn geldzaken nog regelen.

Ik stond even logisch na te denken. Waar zát de man? Ik overdacht de verschillende mogelijkheden... en toen wist ik het. Natuurlijk! Donderdag. Het was donderdag. Martadag. Ik keek op mijn horloge. Vijf over zeven. Waar hij nu ook was, door de straten van Londen lopend, gevangen in een van zijn koude helse cirkels, ik wíst dat hij er om middernacht zou zijn, in Crook Street, voor zijn rendez-vous met zijn liefje. Hoe groot het risico ook zou zijn, hoezeer ze hem ook zou laten lijden, hij zou er zijn.

Even bleven mijn ogen rusten op de tekening die ik tussen de honderden tekeningen op de grond vandaan had gevist: een stijf stuk aquarelpapier met ruwe randen, waarop met bruin krijt vage contouren waren geschetst, waarin haar ogen eindeloos smeulden en eindeloze beloften uitstraalden...

Een man zou er verliefd op kunnen worden.

Ik haalde mijn schouders op en liet de schets weer in de haard vallen.

Ik niet, Henry. Ik niet.

60

Zodra ik het uitgepakte cadeau onder de kerstboom zag, begreep ik dat Effie eindelijk was thuisgekomen. Ik hoorde haar voetstappen in de gang, haar ademhaling in donkere kamers; ik rook haar parfum in deuropeningen, vond haar haren op mijn jassen, haar zakdoeken in mijn jaszakken. Ze was in de lucht die ik inademde, de overhemden die ik droeg. Ze bewoog onder het oppervlak van mijn schilderijen als een verdronken meisje dat net onder het wateroppervlak drijft, zodat ik ze ten slotte met lakens moest bedekken om haar gezicht en haar beschuldigende ogen te verbergen. Ze was in de chloraalfles, zodat het middel me geen rust gaf, hoeveel ik er ook van nam, maar slechts een nog duidelijker beeld van haar in mijn hoofd... Wanneer ik sliep – ondanks al mijn pogingen de slaap te slim af te zijn, sliep ik soms toch – sloop ze door mijn dromen, schreeuwde ze naar me met een stem die even schril en dierlijk was als die van een pauw: 'En mijn verhaal? Hoe zit het met mijn verhaal? En mijn verhaal?'

Ze kende al mijn geheimen. Nacht na nacht bracht ze dingen voor me mee: de fles jasmijnparfum, de blauw-witte deurknop, en eenmaal de kleine witte hostieschijf, rood gevlekt door de aanraking van haar lippen...

Nacht na nacht werd ik wakker, badend in zweet dat bitter was van doodsangst en spijt. Ik kon niet eten: ik proefde Effie in ieder stukje eten dat ik naar mijn mond bracht en telkens wanneer ik in de scheerspiegel keek, zag ik haar in mijn holle ogen. Ik besefte dat ik veel meer chloraal nam dan goed voor me was, maar ik kon me er niet toe zetten de doses te verminderen.

En toch verdroeg ik het omwille van háár, van Marta, mijn Scheherazade. Weet ze het? Wordt ze 's nachts wakker en fluistert ze mijn naam? Fluistert ze hem, al is het misschien zonder tederheid? Heeft ze lief, mijn bleke Persephone?

Ik wou dat ik het wist.

Ik wachtte tot donderdag zoals ik beloofd had. Ik durfde niet anders te handelen. Mijn Scheherazade was niet vriendelijk en ik moest er niet aan denken dat ze me zou afwijzen als ik ook maar een beetje van haar instructies afweek. Op donderdagavond wachtte ik tot Tabby naar bed ging – ik dronk zelfs haar warme melk op voordat ik deed alsof ik ging slapen – en ik ging naar mijn kamer en wachtte. Zodra ik de deur opendeed, voelde ik de verandering: een vluchtige geur van laudanum en chocola in de koude lucht, het gewapper van een kantgordijn voor een halfopen raam... Onhandig probeerde ik de pruttelende gaslamp aan te steken; mijn handen trilden zo hevig dat ik er bijna een minuut over deed, en ondertussen kon ik haar in het donker achter me horen, het bedelmeisje: ik hoorde haar puntige nagels op de zijden sprei en ik hoorde haar ademen, lieve God, ik hoorde haar ademen. Het licht vlamde op en sputterde. Ik draaide me snel om en daar wás ze: even ontmoette haar blik de mijne en keken we elkaar aan. Ik was verlamd; mijn mond hing open en ik stikte haast. Mijn gezonde verstand werd als een bol garen afgewikkeld en gleed in een diepe put. Toen zag ik het stoflaken op het bed en spoelde er een grote, warme golf van opluchting over me heen. Het schilderíj. Het was het schilderíj. Het laken was er op de een of andere manier af gegleden en... Duizelig van opluchting, bijna lachend, rende ik naar het bed... de opluchting bleef steken in mijn keel en mijn benen werden slap. Op het kussen, vastgespeld op de sloop, zat een zilveren broche die ik me herinnerde. Effie had hem die avond gedragen – ik herinnerde me dat hij glansde toen ze bewoog in de sneeuw, ik herinnerde me de kromming van een zilveren kattenrug toen ze me met haar eigen katachtige, zilverachtige blik aanstaarde...

Stom voelde ik aan de broche en probeerde ik de duizelingwekkende val van mijn gedachten te vertragen. Onder mijn linkeroog fladderde een banier ten teken van onbeheerste paniek.

(en mijn en mijn enmijn enmijnverhaal dan)

Als ik het haar had horen zeggen, was ik buiten zinnen geraakt, dat weet ik zeker, maar ik was me ervan bewust dat ze het alleen in mijn gedachten zei.

(enmijn enmijn en mijnverhaaldan)

Ik gebruikte de enige magie die ik kende. Om de onbarmhartige stem in mijn hoofd het zwijgen op te leggen zei ik hardop dat ene toverwoord: met alle hunkerende intensiteit die ik in me had, riep ik de tovenares aan.

'Marta.'

Stilte.

Dat en iets dat op hoop leek. Bijna zoiets als berusting.

Ik wachtte naar het leek urenlang in die onderwaterstilte. Toen, om tien uur, kwam ik overeind uit mijn stoel en waste ik me met koud water; ik kleedde me zorgvuldig en nauwgezet. Ik sloop ongezien het huis uit, de ademloze nacht in. Het sneeuwde niet meer en een droomachtige roerloosheid daalde neer over de stad. Hij nam een mist mee die zo dicht was dat zelfs de gaslampen uit het zicht verdwenen en de groenige bollen in een eindeloos wit waas oplosten. De sneeuw onder de mist leek een geheel eigen straling te hebben, onaards op te lichten als kattenogen, zodat de weinige passanten wandelende lijken leken. Maar de chloraal en de nabijheid van Crook Street hadden mijn geesten bedwongen: ik werd niet gevolgd door een bedelaresje dat haar magere blote armen in een verstarde smeekbede naar me uitstak; de geesten, zo er al geesten waren, durfden Cromwell Square niet te verlaten.

Terwijl ik door de sneeuw liep, beschermd tegen de mist door het licht van mijn lantaarn, begon ik me weer sterk te voelen, weer op de zekerheid te vertrouwen dat zíj op me wachtte: Marta, mijn Marta. Ik had een cadeautje voor haar meegenomen, weggestopt onder mijn jas: de perzikkleurige zijden omslagdoek die ik in Oxford Street had gekocht, opnieuw ingepakt in vrolijk rood papier met een goudkleurig lint eromheen... Terwijl ik liep, ging mijn hand bijna steels naar het pakje; ik woog het op mijn hand, stelde me voor hoe de perzikkleurige zijde tegen haar huid zou staan, hoe prikkelend hij van haar schouders zou glijden, hoe het fijne, door-

322

schijnende weefsel langs de grovere structuur van haar haar zou gaan...

Het was bijna middernacht toen ik in Crook Street aankwam, en mijn opwinding en verwachtingsvolle vreugde omdat ik wist dat ze heel dichtbij was, vlamden zo hoog op dat ik pas toen ik voor de deur stond, besefte wat er mis was: het huis was donker, geen raam was er verlicht, er was zelfs geen lantaarn bij de deur. Verbaasd bleef ik in de sneeuw staan luisteren, maar er kwam geen geluid uit Fanny's huis, nog niet de flauwste klanken van muziek of gelach – niets dan die vreselijke, zoemende stilte die alles omhulde.

Mijn geklop weerkaatste dof in het huis en plotseling was ik ervan overtuigd dat ze weg waren, Marta en Fanny en al die anderen, dat ze gewoon hun biezen hadden gepakt en als zigeuners de onzekere sneeuw in waren getrokken en niets dan spijt en een vleugje magie in de lucht achter hadden gelaten. De zekerheid die ik voelde was zo sterk dat ik luid riep en op de deur bonkte... en toen zwaaide de deur stilletjes open, als een glimlach, terwijl ik binnen in het huis de klok in de gang de overgang van de dag naar de nacht hoorde aangeven.

Ik bleef op de drempel staan met een vage geur van kruiden en oude wierook in mijn neusgaten. Er was geen licht in de hal, maar de lichtende reflectie van de sneeuw was voldoende om een zwakke, etherische gloed op de geboende houten vloer en het glanzende koper te leggen, zodat mijn schaduw in het maanlicht opmerkelijk duidelijk was en grillig over de drempel de gang in viel. Een lauwwarm wolkje geparfumeerde lucht streek over mijn gezicht, als adem.

'Fanny?' Mijn stem klonk indringend, te schel in het verstomde mechaniek van het huis: eindelijk, na al die jaren dat ik er op bezoek kwam, besefte ik hoe immens het was, een doolhof van met tapijt belegde gangen, deuren waarvan ik me niet kon herinneren dat ik ze ooit gepasseerd was, schilderijen met smachtende nimfen en saters met verlopen, gewiekste gezichten, gillende bacchanten met dijen als zuilen, achernagezeten door grijnzende dwergen en lonkende trollen, ingetogen middeleeuwse dienstmaagden uit de hel met smalle heupen en een raadselachtige, doordringende blik in de ogen... Terwijl ik door schemerige gangen vol expliciete, goudomlijste bandeloosheid liep, benam het duister me alle perspectief. Ik versnelde mijn pas, geërgerd door het doffe en dreigende gestamp dat mijn kousenvoeten op het hoogpolige tapijt maakten. Ik probeerde de trap te lokaliseren, maar sloeg slechts een andere gang in; ik draaide aan deurknoppen, maar stuitte slechts op gesloten deuren en gefluister, alsof er een half ontwaakt geheim achter lag te wachten.

'Fanny! Marta!' Ik was nu totaal gedesoriënteerd: het huis leek zich naar alle kanten oneindig ver uit te strekken; het leek of ik kilometers gelopen had.

'Marta!' De stilte weergalmde. Ik meende mijlenver weg geklingel van muziek te horen. Even later herkende ik het.

'Marta!' Mijn stem sloeg over van paniek en ik begon blindelings de gang door te rennen, met mijn handen op de muren slaand, haar wanhopig aanroepend. Ik sloeg een hoek om en rende recht op een deur af waar de gang abrupt ophield. De paniek verdampte alsof hij nooit had bestaan en ik voelde mijn hartslag vertragen tot een bijna normaal ritme, toen mijn hand zich om de porseleinen deurknop sloot en de deur opende naar de hal.

Daar was het trappenhuis – ik begreep niet hoe ik dat gemist kon hebben toen ik eerst die kant op liep en ook zag ik door een klein glas-in-loodraam maanlicht weerkaatsen op het gepolijste hout. Het licht was zo helder dat ik zelfs kleuren kon onderscheiden: hier een rode vlek op de trapleuningen, daar een paar groene ruitvormen op de trap, een blauwe driehoek op de muur... en hoger op de trap een naakte figuur, de subtiele lijn van haar flank en dij, geëtst in paars en blauw en indigo, haar golvende haar als een donkerder sluier die de nacht buitensloot.

Het maanlicht verlichtte een van haar ogen in haar beschaduwde gezicht en verleende de iris een opaalachtige schittering. Ze was zo gespannen als een kat die klaarstaat om te springen; ik zag de strakheid van haar witte keel, de spieren die strak stonden als die van een danseres, zag de kromming van haar voet op de trap, spanning in iedere zenuw van haar lichaam en ik werd vervuld van een enorm ontzag voor die onaardse schoonheid. Even ging ik er zo in op dat ik geen lust voelde. Toen ik op haar afliep, sprong ze met een zacht gelach van me weg en vluchtte ze de trap op met mij achter zich aan. Ik kon haar bijna aanraken – ik weet nog hoe de uiteinden van haar haar langs mijn vingers streken, waardoor mijn hele lichaam bevangen werd door een hete huivering van begeerte. Ze was sneller dan ik en ontweek mijn onhandige omhelzingen terwijl ik achter haar aan stampte. Toen ik op de hoogste overloop was aangekomen, meende ik haar door de deur heen te horen lachen, om me uit te dagen.

Ik kreunde van verlangen; de heerlijke spanning van het moment dreef me naar haar deur (de deurknop was van blauw-wit porselein, maar er was geen tijd om dit echt in me op te nemen). Ik had mijn kleren al van me af laten glijden voordat ik de deur opende en ik liet een spoor van afgelegde huiden (jas, overhemd, halsdoek) op de overloop achter. Toen ik de deur opendeed, was ik absurd half gekleed in sokken, hoed en één broekspijp, en was ik te druk bezig me van de rest van mijn kleren te ontdoen om de omgeving goed in me op te nemen. Achteraf bezien weet ik dat ik er eerder geweest was: het was de kamer van mijn dromen, háár kamer, mijn moeders kamer, door de een of andere ironische goocheltruc overgebracht naar Crook Street; bij het zwakke licht van een afgeschermde kaars kon ik de details onderscheiden die ik me herinnerde van die eerste, verschrikkelijke dag, die door Marta's nabijheid tot iets schier onbeduidends verwaterd was: hier stond haar toilettafel, met de zee van potjes en flesjes, daar stond haar met brokaat beklede stoel, met een groene sjaal nonchalant over de hoge rug gedrapeerd; op de grond lag nog een sjaal; op het bed lagen jurken in een hoop – een massa van kant en tafzijde en damast en zijde...

Zo ik hier al iets van opmerkte, was het slechts met het oog van de begeerte. Ik voelde geen gevaar, voelde niets in de lucht hangen; ik had slechts het kinderlijke gevoel dat alles klopte en voelde een vreugde die puur fysiek was toen ik op het bed sprong, waar Marta me al opwachtte. Samen rolden we tussen de japonnen en bontstola's en mantels; in onze stille worsteling pletten we antiek kant en verpestten we kostbaar fluweel. Eén keer sloeg mijn arm tegen een klein tafeltje, waardoor ringen, kettingen en armbanden op de grond werden geslagen; ik lachte als een waanzinnige, begroef mijn gezicht in haar zoete, naar jasmijn geurende vlees en kuste haar alsof ik het niet kon verdragen als er één centimeter van haar lichaam onveroverd bleef.

Toen de eerste, onbedwingbare waanzin van me afgevallen was, kon ik weer helder denken, kon ik van haar genieten op manieren die door de kracht van mijn behoefte eerst niet mogelijk waren. Ik besefte dat ze koud was, dat haar lippen zo bleek als bloemblaadjes waren, dat haar adem een dunne, ijskoude ademtocht op mijn gezicht was toen ik haar vasthield.

'Mijn arme lief, ben je ziek? Wat ben je koud.'

Haar antwoord was onhoorbaar, ijskoud op mijn wang.

'Ik zal je warmen.' Mijn armen lagen om haar heen, haar voorhoofd nestelde zich in de holte van mijn keel. Haar haar was een beetje vochtig, haar ademhaling was koortsig en te snel. Ik sloeg een deken om ons beiden heen; ik huiverde nu de hartstocht gezakt was en reikte naar mijn chloraalflesje aan de ketting om mijn nek en ik schudde er tien korrels uit. Ik nam er zelf vijf en gaf Marta de overige. Ik zag hoe ze een gezicht trok vanwege de smaak; haar iets geopende lippen waren neergetrokken in een wonderlijk kinderlijke uitdrukking die me een glimlacht ontlokte.

'Zo, wacht maar af,' zei ik vriendelijk. 'Ik maak je zo weer warm. Doe je ogen maar dicht. Ssst. Doe je ogen maar dicht en ga slapen.'

Ik voelde haar tegen me aan rillen en ik werd overspoeld door een gevoel van tederheid: ze was nog zo jong, zo kwetsbaar ondanks haar schijnbare zelfbeheersing. Ik haalde mijn handen zachtjes door het warrige web van haar haar.

'Alles komt goed,' fluisterde ik, zowel ter geruststelling van mezelf als van haar. 'Alles komt goed. Het is allemaal voorbij. Nu we samen zijn, mijn lief, kunnen we beiden gerust zijn. Probeer wat te rusten.'

Een poosje rustten we, terwijl het licht van de kaars steeds zwakker werd en uiteindelijk doofde. Een poosje sliep God ook...

Misschien heb ik gesoesd; het is moeilijk je zoiets te herinneren in het waas van indrukken. Ik dreef in jasmijn en chloraal en mijn geest was op drift en toen ik wakker werd, besefte ik dat ik wel lekker warm onder mijn deken lag, maar dat Marta niet bij me was. Ik ging overeind zitten en knipperde met mijn ogen tegen het licht dat door de gordijnen de kamer in filterde – de kaars was allang opgebrand. Vaag kon ik details van de kamer onderscheiden: het rijke kant en fluweel waren in het maanlicht bevroren tot zilveren as en de buisjes en flesje op de toilettafel twinkelden als ijspegels tegen het donkere hout.

'Marta?'

Stilte. De kamer wachtte. Er bewoog iets bij de koude haard; met bonzend hart draaide ik me om... Niets. Gewoon een los stuk roet in de schoorsteen. De haard grijnsde me vanachter het geelkoperen hek aan.

Plotseling wist ik zeker dat ik alleen in huis was. In paniek sprong ik overeind met de deken nog om mijn schouders en ik riep haar naam met een stem die uitschoot van hysterie: 'Marta!'

Er hing iets aan mijn been, iets kouds. Ik schreeuwde vol walging en veerde op van het bed; het ding klemde zich aan me vast en ik voelde droge, brosse schubben tegen mijn huid. 'Ma-a...aaah!' Ik kronkelde heftig terwijl ik met mijn bevroren vingers aan het ding trok... Ik hoorde het harde geluid van scheurende stof en voelde stukken kant in mijn trillende handen en ik begon ziekelijk te lachen: mijn benen waren verstrikt geraakt in de plooien van een japon die op het bed had gelegen en nu als een hoop losse onderrokken op de grond lag; het met lovertjes bestikte lijfje was vrijwel doormidden gescheurd.

Ik mompelde spottend in mezelf: 'Jurk. Ik vecht met een jurk,' maar de trilling in mijn stem schokte me. Plotseling misselijk sloot ik mijn ogen en ik luisterde naar mijn hartslag die langzaam terugkeerde naar het normale ritme, gelijke tred houdend met het trekken van mijn linker ooglid. Na een poosje kon ik mijn ogen weer opendoen; ik dwong mezelf rationeel te denken en liep naar de haard om te proberen hem aan te steken. Marta zou wel weer gauw terug zijn, hield ik mezelf voor. Ze zou zo door de deur binnenkomen... en zelfs als ze dat niet deed, was er geen reden te denken dat deze kamer – uitgerekend déze kamer – iets van me zou willen, zoals mijn moeders kamer zo veel jaren geleden leek te willen... Bovendien: wat kon een kamer willen? Een offer, misschien? Een bekentenis?

Belachelijk! Het was niet eens dezelfde kamer.

En toch hing er iets in de stilte, iets wat je bijna iets vergenoegds zou kunnen noemen. Ik rommelde in de haard, waarbij ik me moest verzetten tegen de drang over mijn schouder naar de deur te kijken. Even was de kamer rood verlicht toen ik een lucifer afstreek. De vlam laaide op en ging uit. Ik vloekte. Nog eens en nog eens. Eindelijk wist ik de vlammen aarzelend tot leven te brengen; het papier vatte vlam en toen het hout. Ik keek om en zag reusachtige schaduwen op de muren bloeien. Daarna ging ik met mijn rug naar de haard staan, met een gevoel van overwinning, toen ik de eerste warmte van de nieuwe vlammen voelde.

'Er gaat niets boven een vuur,' mompelde ik zacht. 'Niets boven...' De woorden veranderden in mijn keel in papier.

'Marta?' Even zei ik bijna: 'Moeder'. Ze zat op het bed met één voet onder haar lichaam gevouwen en haar hoofd een beetje scheef en ze keek me uitdrukkingsloos aan. Ze had moeders omslagdoek om. Of nee, ze moest het cadeautje gevonden hebben, het hebben opengemaakt en hem omgeslagen hebben om mij een plezier te doen. Misschien had ze de hele tijd al zitten wachten tot ik haar opmerkte.

'Marta.' Ik dwong mezelf op normale toon te praten en probeerde te glimlachen. 'Prachtig.' Ik slikte. 'Echt prachtig.' Ze hield koket haar hoofd scheef, waardoor haar gezicht in de schaduw verdween. 'Je cadeautje,' legde ik uit.

'Cadeautje,' fluisterde ze.

'Inderdaad,' zei ik wat jovialer. 'Zodra ik hem zag, moest ik aan jou denken.' Dat was niet helemaal waar, natuurlijk, maar ik dacht dat ze het leuk vond als ik dat zei. 'En hij staat je heel mooi.'

Ze knikte peinzend, alsof ze het wist.

'Het is nu bijna tijd voor jóúw cadeautje.'

'Er was eens...' Haar adem sloeg koud tegen mijn keel en haar vingers trokken kringetjes op mijn blote rug terwijl ze in het donker fluisterde. Ik voelde de zijde en het perzikkleurige kant onder mijn

vochtige handpalmen en een geur van jasmijn, zwaar en slaapver-
wekkend, sloeg van haar koortsige huid, evenals een donkerdere,
scherpere geur... Een plotseling beeld van wolven kwam even in
mijn versufte hoofd op.

'Er leefden eens een koning en een koningin die één zoon hadden.'

Ik sloot mijn ogen en zonk weg in het gelukzalige halflicht van
de jaden onderwereld. Haar stem was een willekeurige verzameling
luchtbelletjes aan mijn voeten, haar aanraking een koele stroming
uit de diepte.

'De prins hield van zijn beide ouders, maar zijn moeder had zijn
hart – hij verliet nooit haar zijde. De prins had alles wat hij maar
kon wensen... op één ding na. In het kasteel was één kamer waar hij
niet mocht komen, een kamer die altijd op slot zat en waarvan zijn
moeder de sleutel veilig in haar zak hield. Met het verstrijken der
jaren begon de prins steeds meer aan de geheime kamer te denken
en verlangde hij er steeds meer naar te zien wat er in die kamer was.
Op een dag, toen zijn ouders allebei niet thuis waren, zag de prins
toen hij langs de geheime deur liep, dat deze op een kier stond.
Gedreven door nieuwsgierigheid duwde hij hem open en ging hij
naar binnen.'

De lucht was donker van de jasmijn; Marta, ik wéét het.

'De kamer was van goud, maar de prins had alle rijkdom die
hij maar kon wensen. De kamer was scharlakenrood en paars en
smaragd, maar de prins had bálen damast en fluweel om zich mee
te kleden.'

O, Marta, oogster van mijn dromen, kind van mijn diepste duisternis... Ik zag haar verhaal, dat ook het mijne was; ik zág de geheime kamer en mezelf op mijn veertiende bij de deur staan met de
weerspiegeling van een miljoen edelstenen in mijn zwarte ogen.

'De kamer geurde naar de essence van duizend bloemen, maar
de prins leefde in een tuin waar het nooit winter werd. Er was
niets in die kamer wat al die geheimhouding noodzakelijk maakte,
meende hij.'

Scheherazade spreidde haar lange witte vingers, de palmen van
haar handen waren scharlakenrode rondjes bij het licht van het
vuur.

'En toch kon de prins zich er niet toe zetten te vertrekken. Er knaagde een grote nieuwsgierigheid aan hem toen hij, bijna lusteloos, ladenkasten en kledingkasten doorzocht, totdat hij plotseling op een klein en heel gewoon houten kistje stuitte dat hij nog nooit gezien had.'

Mijn hart begon sneller te slaan en mijn slapen werden pijnlijk strak.

'Waarom zou iemand zo'n lelijk oud kistje bewaren, vroeg de prins zich verbaasd af, terwijl alles in het paleis verder zo rijk en mooi was? Hij opende het kistje en keek erin.'

Ze zweeg even – ik zag de glinstering van haar vuurrode lach – en ik realiseerde me op dat moment dat zij het mysterie kende, dat ze het altijd had gekend. Hier was de vrouw die me voorbij die verdoemde ijdelheden van zonde en vlees kon voeren: ze begreep mijn verlangen, mijn hopeloze spijt. Dit was haar 'cadeautje': deze onthulling.

'Ga door, ga alsjeblieft door.' Ik voelde het zweet over mijn wangen lopen bij de gedachte dat ze er nog mee kon stoppen. 'Toe, Marta...'

'Ssst. Doe je ogen dicht,' fluisterde ze. 'Sluit je ogen, dan zie je het vanzelf. Slaap, dan zal ik het je laten zien.'

'Wat zag hij?'

'Ssst...'

'Wat heb ik...'

'Slaap.'

Stel je de zeebodem voor, bedekt met een vadem bruine drab.

Stel je de rust voor...

'De prins wreef in zijn ogen: even zag hij in de kist alleen maar een donker waas, als rook, maar toen hij zich inspande om te zien wat erin zat, kon hij eindelijk een toverstaf van hazelaarshout ontwaren met een zwarte cape vol vlekken eromheen gewikkeld. 'Wat raar,' zei de prins, 'dat zulke oude en lelijke dingen geheim worden gehouden,' en omdat hij jong en nieuwsgierig was, haalde hij de twee voorwerpen uit de kist. Wat de prins niet wist – wat niemand wist – was dat de koningin een heks was die heel, heel lang geleden uit een ver, noordelijk land van over zee gekomen was. Door betoveringen had ze de koning verliefd op haar gemaakt en door betoveringen hield ze haar aard geheim. De mantel had toverkracht en de toverstaf ook, en alleen de koningin kon ermee omgaan. Maar de prins was haar zoon en het bloed van de heks stroomde door zijn aderen. Toen hij de tovermantel omdeed en de toverstaf in zijn rechterhand hield, kreeg hij plotseling een gevoel van macht. Hij tilde de toverstaf op en de macht gloeide in hem als een zon... maar toen de geesten van de toverstaf zagen dat ze door iemand werden opgeroepen die nog maar een jongen was, begonnen ze in opstand te komen en probeerden aan de macht van de tovenarij te ontsnappen. Ze rukten zich los en schreeuwden triomfantelijk en ze krasten met hun klauwen in het gezicht van de prins en ademden hun gemene adem in zijn gezicht, zodat hij voor dood op de grond viel.

'Toen de prins wakker werd, waren de geesten vertrokken en lag de staf gebroken naast hem. Toen hij dit zag, werd de prins bang. Hij legde de staf en de cape terug in het kistje en vluchtte de kamer uit. Toen de koningin terugkwam, zag ze meteen dat er iemand aan haar toverstaf had gezeten, maar ze kon er niets over zeggen, omdat niemand wist dat ze een heks was. Dus wachtte ze op de nacht van de donkere maan om een vloek uit te spreken over de indringer – een verschrikkelijke vloek, want door haar toverstaf te breken, had hij ook haar macht gebroken, en vanaf nu was ze gedoemd als iedere andere sterfelijke vrouw oud te worden. Ze legde al haar haat in de vloek en wachtte, in de wetenschap dat hij spoedig in werking zou treden.

Die avond nog werd de prins gillend wakker uit een afschuwelijke droom en in de dagen en weken daarna werd hij bleek en ziek en sliep hij 's nachts weinig; overdag kreeg hij geen rust en kon hij niet eten. Er gingen maanden voorbij. De koning gaf de beste artsen in het land opdracht zijn geliefde zoon te onderzoeken, maar niemand kon een middel vinden om hem van zijn sluipende, verschrikkelijke ziekte te genezen. De wanhoop van de koning werd nog vergroot, toen zijn vrouw ook ziek werd en met de dag zwakker en bleker werd. Het hele land kreeg opdracht te bidden voor hun herstel.

Op een dag kwam er een oude kluizenaar bij het paleis, een zeer heilige man, die de koning wilde spreken. "Ik geloof dat ik kan vaststellen wat uw zoon en uw vrouw scheelt," zei hij, "maar dan moet ik hen wel eerst zien." De koning, die gek werd van verdriet, stemde toe, en de kluizenaar ging eerst naar de kamer van de koningin en toen naar die van de prins. Zonder een woord te zeggen keek hij de prins in de ogen. Toen zond hij de bewakers weg en sprak hij de prins streng toe.

"Je bent vervloekt, mijn zoon," zei hij, "door de koningin die heks is, je moeder. Als je niet gauw handelt, zul jij sterven en zal zij beter worden."

De prins weende, want hij hield veel van zijn moeder.

"Wat moet ik doen?" vroeg hij ten slotte.

"Je moet naar haar kamer gaan en haar doden," zei de kluizenaar. "Dat is het enige wat de vloek kan opheffen."

De prins schudde zijn hoofd en weende weer, maar de kluizenaar was zo koud als ijs. "De koningin heeft geen andere kinderen," zei hij grimmig, "en je vader is een oude man. Zou je je land voor altijd bestuurd willen zien worden door een heks?"

De prins stemde in, zij het met een bezwaard gemoed, en die nacht verliet hij zijn bed en liep hij zachtjes de lange gangen van het paleis door naar de kamer van zijn moeder.'

Ik weet dat de deur openstond. Vanwaar ik zit, op het zoute slijmbed, kan ik het zien: de knoestgaten in het witte hout, de blauw-witte porseleinen deurknop – wat herinner ik me dat allemaal ineens goed! Er zit een inkeping in de zijkant van het tweede paneel, waar ik ooit per ongeluk met een wicketpaaltje tegenaan geslagen heb. Het huis is donker en ergens, ver achter me, hoor ik vader in zijn speelgoedkamer: een paar vrolijke klanken uit het mechanisme van de dansende Columbine die zich verspreiden in het donker. Ik heb een gebloemd schaaltje met een kaarsstompje bij me; de geur van talg prikkelt mijn opengesperde neusgaten. Een dikke, witte traan valt traag langs de kaars in het bakje en loopt uit op een van de blauwe bloemen. Mijn ademhaling lijkt heel luid in de dikke lucht.

Het kleed is zacht en mijn voeten zakken erin weg, maar ondanks dat hoor ik mijn voetstappen. Om me heen weerkaatst het kaarslicht zich in het glas van haar flesjes en potjes; het tovert duizend prisma's op de spiegel en de muur. Even weet ik niet of het kind in de kamer bij haar ligt, maar het wiegje is leeg – juf heeft het meegenomen voor het geval mijn moeder wakker wordt van het huilen. Ik hef de kaars achter het gloeiendrode schild van mijn hand op en kijk bij het roze licht naar haar gezicht, met een verrukking die des te kostbaarder is, omdat hij verboden is. Een laudanumflesje glinstert op het nachtkastje naast haar: ze zal niet wakker worden.

Een plotselinge, hartverscheurende tederheid overweldigt me terwijl ik naar haar gezicht kijk: haar dunne, blauwe oogleden, de volmaakte ronding van haar jukbeenderen, de waterval van donker haar die het kussen bedekt en over de plooien van de sprei op de grond valt... wat is ze toch mooi. Zelfs nu ze zo verzwakt is en zo bleek ziet, zelfs nu is ze de mooiste vrouw ter wereld, en mijn hart doet pijn van een wanhopige, gekwetste liefde die te diep gaat voor iemand van slechts veertien jaar. Mijn kinderhart voelt alsof het zal barsten van de spanning van al die volwassen emoties: de heftige jaloezie, de eenzaamheid, de ziekelijke behoefte haar áán te raken, door haar aangeraakt te worden, alsof haar aanraking de kankerachtige manier waarop de slang is binnengedrongen in mijn buik, kan tegenhouden en haar armen de nacht kunnen weghouden. Slapend is ze benaderbaar en ik durf bijna mijn hand uit te steken en haar haar, haar gezicht aan te raken; ik zou zelfs haar bleke lippen kunnen beroeren met de mijne... ze zou het nooit weten.

Slapend glimlacht ze bijna: de ogen onder de violette oogleden zijn niet-ziend en zacht en de mauve schaduw van haar sleutelbeen is een volmaakte Chinese penseelstreek tegen haar bleke huid... haar borsten zijn een nauwelijks waarneembare zwelling onder het linnen van haar nachthemd. Mijn hand beweegt bijna vanzelf, een lichaamloze zeester in de schemerbruine nacht. Ik kijk ernaar, gehypnotiseerd, terwijl de vingers haar gezicht aanraken, heel zachtjes, en met een wonderbaarlijke moed naar haar keel glijden... Blozend trek ik mijn hand terug; mijn huid tintelt van schuldgevoel en opwinding. Maar de hand beweegt helemaal vanzelf en zweeft met lome doelgerichtheid naar de deken en trekt nu de deken opzij om haar slapende gestalte te onthullen, de nachtjapon die tot haar knieën is opgetrokken en haar strakke kuiten vrijlaat, de zachte ronding van een dij.

Er zit een blauwe plek vlak boven de knie en ik voel mijn ogen erheen getrokken worden. Mijn hand strekt zich uit om haar aan te raken en ze is gepoederd satijn onder mijn vingertoppen, ze is een eindeloos mysterie, eindeloze zachtheid, verdrinkende zachtheid als onderzees zand... Haar jasmijngeur verbergt nog een andere geur, als van zoute koekjes, en zonder het te merken breng ik mijn gezicht bij het hare, stop ik mijn gezicht diep weg in haar warmte en zoetheid, gespannen van verlangen en opwinding. Met een sprong van wilde vreugde vindt mijn hand haar borst; mijn armen glijden om haar heen, mijn lippen hongeren plotseling naar de hare... Haar adem is een beetje scherp, als van een zieke, maar nu is mijn lichaam één grote pees die zo strak gespannen staat als een harpsnaar, een harpsnaar die de atmosfeer vult met een resonantie van onverdraaglijke puurheid, en die steeds hoger klinkt totdat het punt van de waanzin wordt bereikt en daar voorbij... Ik heb geen lichaam, ik zie mijn ziel als een fijne zilveren draad uitgetrokken worden; hij vibreert schril mee op de klanken van de sferen... Ik hoor lachen en besef dat ik het zelf ben...

Ze slaat haar ogen op.

Ik voel de lijn van haar mond verstrakken onder mijn lippen.

'Moeder...' Hulpeloos krom ik weg; mijn buik is een vuist van ijs.

Haar ogen zijn wreed scherp; ik weet dat ze alles ziet. Alles. De jaren vallen van me af: zo-even voelde ik me oud, maar nu val ik terug naar mijn jeugd: dertien, twaalf, elf, en terwijl ik krimp, wordt zij groter... monsterlijk groot... acht, zeven... Ik zie haar mond opengaan, hoor de verwrongen lettergrepen: 'Henry? Wat ben je...'

Zes, vijf. Haar tanden zijn puntig, onmogelijk woest. Het bloed klopt in mijn slapen. Er ontsnapt een kreet aan mijn longen: haar woede is enorm. Nog erger is haar minachting, haar haat, als een vloedgolf waar doden in drijven. Ik kan haar stem nauwelijks boven het geruis in mijn oren uit horen: er ligt iets zachts in mijn handen, iets dat me met monsterlijke kracht tegenwerkt. Het getij werpt me heen en weer als een stuk drijfhout; ik knijp mijn ogen stevig dicht zodat ik niet hoef te zien.

Plotseling een wonderbaarlijke stilte.

Ik lig op het zwarte zand terwijl het tij zich terugtrekt. De adem van het tij is als een hartslag op mijn trommelvliezen; de terugkeer naar een staat van bewustzijn is als een miljoen lichtpuntjes op mijn netvlies, mijn mond zit vol bloed van het op mijn tong bijten. Ik kruip op mijn knieën op het ronddraaiende tapijt, een touw van bloederig spuug sleept over de vloer, het kussen ligt nog in mijn verkrampte handen.

'Moeder?'

Haar glazige ogen staren me aan, nog steeds met die harde blik erin, alsof ze woedend is om de onwaardigheid van haar houding.

'Moe-oeder?' Ik voel mijn duim omhooggaan naar mijn mondhoek; mijn knieën krommen zich naar mijn ellebogen. In een deel van mijn geest begrijp ik dat ik, als ik me kan oprollen tot een héél kleine bal, kan terugkeren naar die halfvergeten veilige plek, die zilte plek vol duisternis en warmte. Kleiner... nog kleiner. Drie, twee, een...

Stilte.

Hoog boven me klinkt gelach, het harde, trolachtige gebulder van God. De zwarte engel pakt haar zeis op en de Furiën gillen vanuit de hel om hun nieuwe speeltje; ik ken al hun gezichten. Het hoerenkind, met een chocoladeveeg op haar wang... Effies zeewaterogen en schuimende haar... mijn moeder, zo lang vergeten in de genadige blindheid, maar nu voor altijd terug in het geheugen, teruggesleept op haar duistere voetstuk, haar vingers als messen. Dichterbij nu, de stem van de verlokster, Scheherazade, met haar wolven aan haar voeten... haar onaardse lach. In mijn halfslaap doe ik moeite om haar te roepen, haar naam aan te roepen om de opkomende nachtmerrie tegen te houden.

'Marta!'

Ik open bloeddoorlopen ogen, voel het licht van het vuur op mijn bevroren ledematen. De grillige spier in mijn wang houdt mijn oog dicht met een reeks fladderende stuiptrekkingen die te snel zijn om bij te houden. De herinnering, door Marta's verhaal naar boven gekomen, is een marmeren graftombe uit een grotesk sprookje die hoger reikt dan de wolken. Ik strek mijn armen uit om troost bij haar te zoeken...

Het licht is plotseling genadeloos helder. Ik hef mijn handen op om mijn ogen af te schermen, en ik zie haar, Scheherazade, mijn gouden Nemesis, lachen.

'Marta?' De stem is nauwelijks een fluistering, maar terwijl ik spreek, weet ik al dat ze niet Marta is. Ze is Effie, bleek en triomfantelijk; ze is mijn moeder, geil en giftig; ze is het spookkind. Alledrie spreken ze als één, strekken ze hun hongerige armen naar me uit en terwijl ik achterover val en met mijn rug tegen de rand van het bed sla en nauwelijks pijn voel wanneer mijn wervels tegen de hoekbalk drukken, besef ik eindelijk wát ze is, wat zíj zijn. Tisiphone, Megaera en Alecto. De wrekers van de moedermoord. De Furiën!

Een gigantische scheut van pijn schiet door mijn lichaam; scheermessen doorklieven mijn ruggengraat en een hevige trilling houdt mijn linkerzijde in zijn greep.

Terwijl ik in vriendelijke vergetelheid wegzak, hoor ik haar stem, hún stem, fel van venijn en spot: 'En míjn verhaal, Henry? En míjn verhaal?' En in de verte hoor ik God wild lachen.

61

Het begon te sneeuwen toen ik Henry's atelier verliet. Toen ik in Crook Street aankwam, had de nacht een etherische helderheid die me bijlichtte en mijn kleren een poederachtige lichtgevendheid verleende. Toen ik vanaf de hoek naar Fanny's huis keek, zag ik dat de lantaarn die meestal bij de deur hing, niet brandde. Toen ik dichterbij kwam, zag ik dat de ramen ook donker waren, dat de gordijnen dicht waren en dat er geen streepje licht door de zware plooien viel. Ik zag dat de sneeuw bij de deur betreden was, maar er viel geen licht door het glas-in-lood van de portiek. Omdat ik dacht dat er misschien iemand aanwezig was in een van de salons aan de achterkant, klopte ik op de deur. Niets. Ik voelde aan de deur. Zoals te verwachten was, zat die op slot. Ik klopte weer, riep door de brievenbus... geen reactie.

Verbaasd probeerde ik de zijdeur, met even weinig succes. Ik wilde net verbaasd en hoofdschuddend weglopen, toen ik in de schaduw naast het huis iets donkers en omvangrijks zag liggen, half bedekt door de snel vallende sneeuw. Eerst dacht ik dat het een weggegooide kolenzak was; toen zag ik de hiel van een mannenlaars uit de sneeuw steken. Een zwerver, dacht ik, op zoek naar een plek om te schuilen en bevangen door de kou, arme drommel. Ik had een flesje cognac in mijn zak. Ik haalde het eruit, waadde door de sneeuw en stak mijn hand uit naar het lichaam – misschien zat er nog leven in. Ik sleepte hem uit zijn hol bij de muur en toen ik het bevroren masker van het vertrokken, versteende gezicht had geveegd, herkende ik Henry Chester.

Eén oog was open en staarde voor zich uit; het andere hing vreemd scheef. De spieren in zijn linkerwang en -slaap waren vreemd verwrongen, als gesmolten was; zijn linkerhand was een klauw, zijn schouders waren raar gekromd, één heup was uit de kom geschoten en het been lag in een gruwelijke hoek naar buiten gekeerd. Tot hij bewoog zou ik gezworen hebben dat hij dood was.

Er ontsnapte een klank aan zijn lippen; een lang gekreun vanuit zijn keel.

'Aaa-daa. Aah-a.'

Ik duwde de cognacfles tussen zijn opeengeklemde tanden. 'Drink wat, Henry. Zeg maar niets.'

De cognac liep aan weerszijden uit zijn mond en een grimas vertrok weer zijn gezicht toen hij lettergrepen probeerde te vormen. De intensiteit van zijn behoefte te praten was pijnlijk om aan te zien.

'Maak je maar geen zorgen,' zei ik, slecht op mijn gemak. 'Niet praten. Ik ga hulp halen.' Achter de ramen van huizen in de buurt zag ik licht; er wilde vast wel iemand op hem passen terwijl ik een dokter ging halen. Bovendien was alleen blijven met Henry het laatste wat ik wilde.

'Ma-a. Maaah...' De rechterhand klemde zich vast aan mijn mouw; het hoofd ging van links naar rechts; er droop speeksel uit de mond. 'Ma-ahh.'

'Marta,' zei ik zacht.

'Ahh.' Hij knikte krampachtig.

'Ben je hier gekomen om Marta te ontmoeten?' zei ik sussend.

'Ahh.'

'Maar ze was er niet, dus toen heb je gewacht. Klopt dat?'

Weer een spasme. Weer ging het hoofd obsceen heen en weer; zijn geopende oog draaide weg zodat het wit tevoorschijn kwam. 'Nnn-ee. Mm-aah-a. Ahh. Ahhh...' Zijn rechterarm sloeg hulpeloos in de lucht en de tranen liepen uit zijn rechteroog; het andere bleef verstard, een knokkel van dom vlees.

Ondraaglijk, misselijkmakend medelijden deed me overeind komen.

'Ik kan niet blijven, Henry,' zei ik, terwijl ik mijn ogen probeerde af te wenden. 'Ik ga hulp halen. Alles komt in orde.'

Een dierlijk gekreun, waarin ik nog steeds de ijzingwekkende elementen van de menselijke stem kon ontwaren; woorden die door stervend vlees heen naar buiten wilden komen. Woorden? Eén woord. Eén naam. Ik kon de klank niet verdragen, de stervende klank van zijn obsessie. Mezelf vervloekend keerde ik me om en rende weg.

Het was niet moeilijk hulp te vinden: een vrouw in een huis in de buurt nam een guinje aan en haalde een dokter en bood onderdak aan de getroffen man. Twee uur later arriveerde de dokter en werd Henry naar Cromwell Square teruggebracht. Het was een beroerte, zei de dokter. Om kans te maken op herstel moest de patiënt rustig gehouden worden. Een dosis chloraal vermengd met water, geduldig druppel voor druppel tussen de stijve lippen van de patiënt geperst, moest hem kalm houden. Toen ik eindelijk bij hem wegging, omdat ik wist dat ik verder niets kon doen, was Henry weggezakt in een zware verdoving en ademde hij haast onhoorbaar en stonden zijn ogen glazig. Dit was voldoende, besloot ik; ik was geen verpleegster. Ik had de man waarschijnlijk het leven gered, meer kon men niet verwachten. Toen niemand oplette, ging ik stilletjes via de achterdeur weg en verdween ik in de verlaten straten.

Om ons allebei een beetje tijd te besparen, nam ik bij het weggaan Henry's portefeuille mee. Het was overduidelijk dat de arme kerel die avond niet in de conditie was om het over zaken te hebben.

62

Een zachte luchtstroom droeg me naar een stille wereld van sprakeloze gedaanten en onzekere vooruitzichten. De duisternis was van een diep smaragd, maar in de nabije verte zag ik gestalten zonder gezicht, vormen zonder lijn of detail en op de voorgrond een gezicht, belachelijk groot, dat als een opgeblazen vis mijn gezichtsveld in en uit dreef. Even zwom het mijn blikveld uit en probeerde ik mijn hoofd te draaien om het te volgen, maar ik voelde me op een vreemde wijze belemmerd. Ik probeerde de angst en urgentie te herinneren die me naar de veiligheid van de zeebodem hadden gedreven, maar ik voelde me wonderlijk sereen, alsof ik de gebeurtenissen door een donker kristal gadesloeg. Een school foetussen peddelde onhandig door een rif van groen koraal, waar een bleek meisje zweefde; haar lange witte haar steeg als zeewier op in het troebele grijs van de onderzeelucht.

Het gezicht verscheen weer als een maan in mijn blikveld; de mond opende zich als een grot... lettergrepen die onder water raar vervormd werden, spatten als zeepbellen met een reeks vormeloze klanken in mijn gezicht uit elkaar. Op de een of andere manier hadden de klanken betekenis, maar ik kon me niet herinneren waarom. Ik dreef een tijdje rond en toen verdween het gezicht weer naar de achtergrond. De klanken hielden echter aan en ik kon steeds meer van die volhardende klanken maken. Ook het gezicht kwam me vaag bekend voor: de schrandere ogen, de scherpe neus en de kleine, puntige baard. Ik had dat gezicht ooit gekend.

De mond ging open en ik hoorde heel in de verte mijn naam. 'Meneer Chester. Meneer Chester.'

Voor de eerste keer sinds ik de wereld de rug had toegekeerd, zag ik de boekenkasten achter het gezicht; ik zag de deur, het openstaande raam met het fluwelen gordijn en het schilderij op de muur... de werkelijkheid gaapte me met onbarmhartige helderheid aan.

'Meneer Chester? Kunt u me horen?' De stem was die van dokter Russell. Ik probeerde antwoord te geven, maar merkte dat mijn tong er vrolijk een eigen leven op nahield en slap in mijn mond hing; er kwam een geluid uit mijn mond, maar het was een gegorgel dat me ontzette.

'Meneer Chester, wilt u alstublieft knikken als u me kunt horen?' Ik voelde mijn nek krampachtig schokken.

'U hebt een beroerte gehad, meneer Chester.' Zijn stem was te luid, te schalks, alsof hij tegen een doof kind sprak: ik merkte dat zijn ogen de mijne gestaag vermeden.

'U bent heel ziek geweest, meneer Chester. We dachten dat we u gingen verliezen.'

'Hooe...' Ik schrok van het gebalk dat ik produceerde. 'Hooe... Hoe lang?' Dat leek er meer op. Ik had nog steeds nauwelijks controle over mijn stijve kaak, maar ik kon in ieder geval woorden vormen. 'Hoe lang... sinds...'

'Drie dagen, meneer Chester.' Ik voelde zijn gêne, zijn ongeduld vanwege mijn moeizame poging tot praten.

'Een geestelijke heeft u zelfs de laatste sacramenten toegediend.'

'Aaah?'

'Eerwaarde Blakeborough, uit Oxford. Ik heb daar contact met uw broer William opgenomen. Hij stelde voor een geestelijke hierheen te laten komen.' Voor het eerst merkte ik de kleine, bescheiden man met het zachtmoedige, kinderlijke gezicht op die in de hoek van de kamer zat. Toen hij mijn blik opving – híj durfde me wel aan te kijken – glimlachte de geestelijke en stond op. Ik zag dat het een tamelijk kleine man was.

'Ik heb de parochie overgenomen toen uw vader stierf,' zei hij vriendelijk. 'Ik was erg gesteld op Eerwaarde Chester en ik weet zeker dat hij zou hebben gewild dat ik u bezocht, maar tot nu toe wist ik niet waar u woonde.'

'Aahh... ik...'

'Kom. Vermoei u niet,' zei Eerwaarde Blakeborough berispend. 'De dokter – en natuurlijk ook uw goede mevrouw Gaunt – hebben me alles verteld. U moet nu echt rusten. Uzelf te gronde richten is niet de manier om uw arme vrouw terug te brengen.' Hij keek me aan met een mededogen dat me hevig aangreep; ik voelde dat mijn mond in een stille lach openhing en dat mijn rechteroog begon te tranen, maar voor wie wist ik niet. Eerwaarde Blakeborough kwam naar voren en legde zachtjes zijn arm om mijn schouders. 'De dokter vindt dat je moet rusten, Henry,' zei hij vriendelijk, 'en ik ben het met hem eens. Verandering van omgeving, wat buitenlucht zou je meer goed doen dan op deze treurige plek blijven. Ga met me mee naar Oxford. Je kunt bij mij in de pastorie blijven en je huishoudster mag meekomen en voor je zorgen als je dat wilt. Ik weet ook een uitstekende dokter voor je.'

Hij keek me stralend aan. Ik rook munt en tabak in zijn adem en zijn kleren gaven een troostgevende, vertrouwde geur af, als van oude boeken en terpentijn... Ik werd overvallen door een plotselinge nostalgie, een vreselijk verlangen de uitnodiging van deze onschuldige kleine man aan te nemen, weer in mijn oude dorp te wonen, de pastorie te zien waarin ik geboren was. Wie weet, misschien was de kamer met de blauw-witte deurknop nog niet veranderd en stond mijn moeders eikenhouten bed nog onder het glas-in-loodraam. Ik begon nu echt te huilen, met een schaamteloos zelfmedelijden en een gloeiende spijt om de man die ik had kunnen zijn.

Het was te veel voor dokter Russell: vanuit de hoek van mijn verstarde oog zag ik hoe hij zich omkeerde en stilletjes de kamer uitliep, zijn mond vertrokken van afkeer en schaamte... de priester bleef echter onveranderd vriendelijk; hij hield me vast terwijl ik huilde om mezelf, om Effie, om Marta en om mijn moeder, om ontwaakte herinneringen die beter hadden kunnen blijven slapen, om het koude spookkind, om de rode kamer, om de zijden omslagdoek, om Prissy Mahoneys eerste communie, om de kerstboom, die nog glinsterde van de namaakijspegels... en om het feit dat ik naar Oxford wilde gaan.

Ik wílde de vriendelijkheid van deze kleine man, de rust van zijn eenvoudige leven, de klank van vogels in de cipressen, de torenspitsen van de universiteitsgebouwen die oprezen uit de avondmist... Ik wilde die dingen meer dan ik ze ooit gewild had; ik wilde priester Blakeboroughs universele liefde. Ik wilde vergeving.

Ik kwijlde en huilde en voor het eerst hield iemand die geen hoer was, me vast en werd ik gewiegd.

'Dat is dan geregeld,' zei priester Blakeborough.

'N-nee!'

'Maar waarom niet?' De priester was verbijsterd. 'Wil je dan niet eindelijk naar huis?'

Ik knikte omdat ik mijn stem niet vertrouwde.

'Maar waarom dan niet?'

Ik worstelde om mijn woorden helder te krijgen; mijn mond voelde alsof hij vol zat met modder. 'Moet... biechten,' zei ik met moeite.

'Ja, natuurlijk,' zei de priester opgewekt. 'Maar we zullen wachten tot je je beter voelt, goed? Dat kan toch wel wachten.'

'Nee! G-geen... tijd,' zei ik. 'M-moet... nu. Voor als... Je... moet het... weten. Ik kan niet... mee... naar huis... als ik niet...'

'Juist, ja.' De kleine priester knikte. 'Tja, als je je daar beter door voelt, zal ik je natuurlijk de biecht afnemen. Hoe lang is het geleden?'

'Tw-twintig jaar.'

'O!' Eerwaarde Blakeborough keek even geschrokken, maar hervond snel zijn kalmte. 'Goed. Nou... eh... Neem de tijd.'

Mijn verhaal was lang en moeilijk. Tweemaal viel ik stil, omdat ik te uitgeput was om verder te gaan, maar de wetenschap dat ik misschien nooit meer de moed zou kunnen vinden om te spreken, dreef me voort. Toen ik klaar was, werd het al donker en was Eerwaarde Blakeborough reeds lang stilgevallen. Zijn ronde gezicht was bleek en geschokt en toen ik mijn verhaal beëindigde, sprong hij bijna op van zijn stoel. Ik hoorde hem achter me met water uit de waskom plenzen en toen hij zich weer naar me toe keerde, was zijn gezicht asgrauw. Zijn mond was samengetrokken, alsof hij had overgegeven, en hij kon me niet in de ogen kijken. En ik, ik besefte dat mijn destructieve impuls om te biechten mijn schuld totaal niet had verlicht: ik droeg haar nog steeds mee, onveranderd en triomfantelijk, in de zwarte schrijn van mijn hart.

Het Oog van God liet zich niet misleiden. Ik voelde de onontkoombare boosaardigheid: ik had God niet ontlopen. Erger nog: ik had deze kleine man zijn onschuld ontnomen; ik had zijn vertrouwen in de wezenlijke goedheid van de wereld en zijn bewoners diep geschokt. Eerwaarde Blakeborough kon het bijna niet opbrengen me aan te kijken; zijn zelfverzekerdheid en impulsieve vriendelijkheid waren uit zijn gedrag verdwenen en vervangen door een blik van verbijsterde verwarring en verraad. Hij herhaalde zijn uitnodiging niet en vertrok met de eerstvolgende trein.

Daarna waren de gebeurtenissen lukrake dingen die over de afgrond van mijn leven geregen werden als kralen aan een draad. Mijn atelier werd leeggehaald en het olieverfschilderij *De triomf van de dood* werd gepresenteerd in de academie. Dokter Russell kwam en ging, vergezeld van verschillende specialisten die sterk van mening verschilden over wat er met me was gebeurd. Waar ze het echter wel over eens waren, was dat ik hoogst waarschijnlijk nooit meer zou lopen of mijn linkerarm bewegen, maar ik kreeg wel enige controle over mijn rechterarm en mijn hoofd. Tabby hing bezorgd om me heen met mijn medicijn – ik nam nu om de twee uur chloraal en ik begon te rillen en te zweten als de dosis niet regelmatig werd toegediend. Er kwam een heer van *The Times* langs, maar die werd zonder pardon door Tabby weggestuurd.

's Nachts, wanneer ik in bed lag, kwamen ze, mijn allerliefste Erinyen; ze lachten zachtjes in het donker, koud en triomfantelijk, teder en meedogenloos; hun klauwen en tanden waren oneindig liefdevol, verderfelijk verleidelijk. Samen verkenden ze met de tederheid van een moeder de holten van mijn brein, uiterst delicaat scheurend en snijdend... Overdag waren ze onzichtbaar – prikkelwebdraden onder mijn huid, gaas van het fijnste staal, strak samentrekkend om de bloedige kern van mijn hart. Ik bad – of probeerde te bidden – maar God moest niets van mijn gebeden hebben. Mijn leed en schuld stonden hem meer aan. God deed zich tegoed aan Henry Chester.

Een week, zeven dagen van obsceen delirium, mij bezorgd door mijn allerliefste succubi. Net als God waren ze hongerig, kwaadaardig in hun wanhoop.

Ik wist wat ze wilden; ze beten naar de riem, gromden en schuimbekten om een glimp van de prooi op te vangen. Ik wíst wat ze wilden. Het verhaal. Míjn verhaal. En ik wilde het vertellen.

De gehangene

63

De dag waarop ze me arresteerden bevond ik me tussen de gulzige dijen van mijn nieuwste *inamorata*.

O, het verliep allemaal heel beschaafd. De twee agenten wachtten beleefd terwijl ik overeind kwam, me zedig in een Chinese zijden kamerjas hulde en hoorde hoe de oudste van de twee agenten me op enigszins verontschuldigende toon op de hoogte bracht van het feit dat ik gearresteerd werd vanwege de moord op Euphemia Chester, en dat de Londense politie me dankbaar zou zijn als ik hen naar het bureau zou vergezellen als mij dat schikte.

Ik moet toegeven dat de humor van de situatie me niet onberoerd liet. Dus Henry had alles onthuld? Arme Henry! Als er geen geld in het geding was geweest, zou ik misschien hard hebben gelachen, maar aangezien dat wel het geval was, ging ik naar mijn idee zeer stijlvol met de situatie om.

Ik glimlachte, keerde me naar het meisje (dat jammerde en probeerde haar aantrekkelijke kanten – die er wezen mochten – met een laken te bedekken) en wierp haar een kushand toe; ik maakte een lichte buiging naar de agenten, pakte mijn kleren op en liep met oosterse bevalligheid de kamer uit. Ik genoot met volle teugen.

Ik wachtte een vervelend uur lang in een cel in Bow Street, terwijl agenten mijn denkbeeldige misdaad voor de deur bespraken – ik doodde de tijd met oneerlijk patiencen (ik had in mijn jaszak een spel kaarten gevonden) – en toen twee agenten, de ene kraanvogelachtig en flegmatisch en de andere dik en cholerisch, eindelijk mijn cel in kwamen, was de grond één groot mozaïek van gekleurde vlakjes. Ik lachte hen zonnig toe.

'Ah, heren,' zei ik vrolijk, 'wat prettig dat ik eindelijk gezelschap heb. Gaat u toch zitten. Het is helaas wat kaaltjes, maar zoals u ziet...' Ik gebaarde naar een bank in de hoek.

'Brigadier Merle, meneer,' zei de lange agent, 'en dit is agent Hawkins.'

Ik moet de Engelse politie nageven dat ze altijd respect toont voor klasse. Wat een heer ook gedaan moge hebben, hij blijft een heer, en heren van stand hebben bepaalde rechten. Bijvoorbeeld het recht excentriek te zijn: brigadier Merle en zijn agent luisterden geduldig toen ik hun de waarheid vertelde over mijn relatie met Effie, dat gedoe met Fanny en Marta en ten slotte onze poging op het kerkhof te doen alsof Effie dood was. De agenten bleven onaangedaan en trokken mijn verhaal niet in twijfel (Merle noteerde af en toe details in zijn notitieboekje), totdat ik klaar was met vertellen, en ze bleven staan in een houding van eerbiedige desinteresse. Ja, ik ben dol op de Engelse politie.

Toen ik uitverteld was, keerde brigadier Merle zich naar zijn onderschikte. Hij zei zacht iets tegen hem; toen keek hij mij weer aan.

'Dus wat u zegt, meneer,' zei hij fronsend van concentratie, 'is dat hoewel meneer Chester dacht dat mevrouw Chester dood was...'

'Ze in feite leefde. Ik zie dat u de saillante details van het verhaal met een verbijsterende snelheid van geest hebt opgepikt.' De brigadier kneep zijn ogen een beetje dicht en ik lachte hem liefjes toe.

'Enne... kunt u dit ook bewijzen, meneer?'

'Ik heb haar die avond gezien, brigadier; en ik heb haar daarna ook enige malen in Crook Street gezien. Ik weet zeker dat Chester haar heeft gezien op de avond waarop hij die aanval kreeg. Ze was toen springlevend.'

'Juist, ja.'

'Ik zou u sterk willen aanraden, brigadier, iemand naar Crook Street te sturen om Fanny Miller en haar dames te ondervragen. U zult merken dat mejuffrouw Miller mijn verhaal zal bevestigen. Misschien is mevrouw Chester er ook.'

'Dank u, meneer.'

'Als dat allemaal niet lukt, zult u het heel nuttig vinden de tombe van de familie Isherwood op het kerkhof van Highgate te openen, waar mevrouw Chester zogenaamd begraven ligt.'

'Ja, meneer.'

'En wanneer u dat allemaal gedaan heeft, brigadier Merle, zou ik u dankbaar zijn als u niet uit het oog verloor dat ik, ondanks het feit dat ik de politie uiteraard dolgraag met haar onderzoek help, ook een eigen leven heb, en dat ik graag de kans zou willen krijgen dat zo spoedig mogelijk weer op te pakken.' Ik glimlachte.

Merles onderkoelde hoffelijkheid bleef onveranderd. 'Het is maar een formaliteit, meneer.'

Er gingen uren voorbij. Door het raam van mijn cel zag ik de hemel donker kleuren en om ongeveer zeven uur kwam er een bewaker met een blad eten en een beker koffie; om acht uur kwam de bewaker terug om het blad op te halen. Om tien uur bonkte ik op de deur van mijn cel omdat ik wilde weten waarom ik nog niet was vrijgelaten. De bewaker was beleefd en niet te vermurwen; hij gaf me een hoofdkussen en een paar dekens en adviseerde me te gaan slapen. Na een poosje deed ik dat.

Ik geloof dat ik droomde: ik herinner me dat ik wakker werd met de geur van sigarenrook en cognac in mijn neus en dat mijn geest blanco was en mijn perspectief verdwenen. Het was bijna donker; alleen het lampje naast me gaf een rode gloed op het bed; de muren waren in schaduwen gehuld en het raampje was een donker gat.

Voor me, midden in het vertrek, stond een ronde tafel en toen mijn ogen aan het schemerdonker gewend waren, herkende ik hem als een tafel die ik jaren geleden in Oxford in mijn studeerkamer had staan. Wat vreemd dat ik hem hier zag, dacht ik vaag, terwijl ik een hand uitstak om het gladde oppervlak en het versleten inlegwerk op de rand aan te raken... Wat vreemd. Er had iemand gekaart, zag ik: op de tafel lagen kaarten in een concentrisch patroon; ze leken heel wit, bijna alsof er een zachte weerschijn was, als van sneeuw...

Ik stond op en liep zonder na te denken naar de tafel. Een stoel die tegen de tafel had gestaan, gleed naar achteren en ik ging zitten; mijn ogen waren strak op de kaarten gericht. Dat zijn geen gewone kaarten, dacht ik: in het midden van iedere kaart was een versierde letter van het alfabet geschilderd, verweven in het barokke blader- en krullenpatroon van de kaart.

Ik fronste vaag mijn voorhoofd, me afvragend aan welk spel ik ging meedoen. Terwijl ik naar de kring van kaarten keek, in een poging erachter te komen of dit soms een ingewikkelde vorm van patience was, viel mijn oog op een kristalachtige glans op het ta feloppervlak. Een halfleeg cognacglas glinsterde in het rode licht. Tijdens het opkijken moet ik tegen de tafel gestoten hebben, want het glas begon scheef te hangen en viel, waardoor de drank met een wijde, glanzende boog over tafel vloog. Een paar kaarten lagen in de baan en werden meegenomen naar de rand van de tafel, naar waar ik zat. Druppels donkere vloeistof vielen op mijn hand, terwijl ik zag dat de kaarten de hartenboer en schoppenvrouw waren: *Le beau valet de coeur* en *la dame de pique*...: de letters 'M' en 'E'.

Op dat moment wist ik natuurlijk dat ik droomde. De absurde symboliek, de totaal niet subtiele verwijzing naar Baudelaire en de barokke beeldspraak van de dood... de kunstenaar in mij wist het meteen, ondanks de vreemd tactiele kwaliteit van de droom – het gladde, koele oppervlak van de gepolijste tafel, de natte plek op mijn broekspijp waar de cognac was gemorst, de plotselinge kilte in de lucht. Het was zo koud dat mijn neusgaten prikten en mijn adem als een wolk om mijn gezicht hing. Ik keek nog eens naar de tafel en zag dat de gemorste cognac bevroren was – een spinnen- webachtige ijslaag op het donkere eikenhout – en dat het lege glas beslagen was. Ik begon te rillen, ondanks het feit dat ik wist dat het maar een droom was – het was waarschijnlijk koud in mijn gevan- geniscel, dacht ik rationeel, en mijn slapende geest heeft dit tableau bedacht (zo macaber dat Henry Chester er enthousiast van zou zijn geworden) om zich mee te amuseren. De titel zou *Le Remors* zijn, of *De geduldige geestverschijning*: om er een griezelmeesterwerk van te maken ontbrak alleen nog de prerafaëlitische dame, bleek door haar lange slaap, maar toch de schoonheid van de dood bezittend, de noodlottige jonkvrouwe met bloed op haar lippen en wraak in haar ogen...

De gedachte was zo absurd dat ik hardop lachte. Ik liet me verdorie bespoken door mijn eigen verzinsels! Fanny zou dat wel kunnen waarderen. En toch herinnerde ik me Effies gezicht, haar bleke lippen, de grimmige haat in haar stem toen ze zei: 'Er is geen Effie.'

Alleen maar Marta.

Wat had ik een hekel aan dat stomme mens.

'Er ís geen Marta.' Ik zei het hardop – in dromen kan ik doen wat ik wil – en voelde de spanning een beetje wegtrekken. Ik zei het nog eens. 'Er is geen Marta.'

De stilte absorbeerde mijn woorden.

Een ongemakkelijke stilte.

Toen was ze er ineens. Ze zat voor me aan tafel met een glas melkwitte absint in haar hand. Haar haar hing los en viel over de rug van de stoel op de grond in een waterval van kleine krulletjes die bij het rode licht glansden als dieprode wijn. Ze droeg de jurk die ze voor *De kaartspelers* had gedragen, een donkerrode fluwelen jurk met een lage hals, zodat haar huid licht leek te geven. Haar ogen waren enorm groot en onpeilbaar; haar lach, zo anders dan Effies lieve, open lach, was als een doorgesneden keel.

'Effie...' Ik hield mijn stem licht en vlak; er was geen reden waarom mijn keel dichtgesnoerd zat en mijn lippen verbleekten; er was geen reden waarom er onder mijn oksel een prikkende warmte neerbiggelde. Geen reden...

'Nee, niet Effie.' Het was Effies stem niet; het was die hese, gekrast-zilverachtige stem die Marta eigen was.

'Marta?' Ik was gefascineerd, of ik wilde of niet.

'Ja, Marta.' Ze bracht haar glas naar haar mond en dronk; ik zag hoe het heldere kristal besloeg en bevroor waar ze het had aangeraakt. Een aardig detail, dacht ik. Ik zou het op een dag in een schilderij moeten gebruiken.

'Maar Marta bestaat niet,' zei ik weer. In mijn droom leek het ineens heel belangrijk haar te bewijzen dat ik de waarheid sprak. 'Ik heb je Marta zien úítvinden. Je hebt haar gemaakt van makeup en verf en parfum. Ze was gewoon een van de rollen die je moest spelen, zoals het bedelaresje of de schone slaapster. Ze bestaat niet!'

'Maar nu wel.' Dát was Effie, die kinderlijke bewering. Even ving ik zelfs een glimp van haar op – of van haar geest – maar toen werd de blik in die donkere ogen weer gesloten en was ze weer Marta. 'En ze is heel boos op je, Mose.' Ze zweeg even om een slok te nemen en ik voelde haar koude haat, haar woede, als een koude windvlaag. 'Heel boos,' herhaalde ze zachtjes.

'Dit is belachelijk!' zei ik. 'Er ís geen Marta. Er is nooit een Marta gewéést.'

Ze negeerde me. 'Effie hield van je, Mose. Ze vertrouwde je. Maar ze heeft je gewaarschuwd, waar of niet? Ze heeft gezegd dat ze nooit zou toestaan dat je haar verliet.'

'Maar zo zat het niet.' Ondanks mijn afstandelijkheid klonk ik defensief, en dat voelde ik. 'Ik dacht dat het beter was...'

'Je was haar zat. Je vond andere vrouwen, die minder van je eisten. Je kocht hen met Henry's geld.' Ze zweeg even. 'Je wilde haar echt dood hebben. Dat kwam je beter uit.'

'Maar dat is belachelijk! Ik heb nooit beloofd...'

'Dat heb je wel, Mose. Wel waar. Je had het beloofd.'

Ik verloor mijn geduld. 'Goed, goed dan! Ik heb het beloofd!' Mijn woede dreef een migrainespijker in mijn voorhoofd. 'Maar ik had het aan Effie beloofd. Tegen Marta heb ik nooit iets gezegd.' Mijn hoofd begon te draaien als een kindertol en ik was duizelig van razernij en ook zoiets als angst. Ik schreeuwde en kon niet ophouden toen de woorden eenmaal uit me stroomden. 'Ik haat Marta! Ik haat dat mens. Ik haat de manier waarop ze naar me kijkt, ik haat haar omdat ze alles ziet, alles weet. Effie vertrouwde me altijd, had me altijd nodig; Marta heeft niemand nodig. Ze is koud. Koud! Ik zou je nooit hebben verlaten als zij er niet geweest was.' Het was bijna waar. Hijgend hield ik op met praten; de rauwe hoofdpijn klopte in mijn slapen. Ik dwong mezelf diep adem te halen: belachelijk dat ik in een droom mijn zelfbeheersing verloor. 'Ik heb met Marta nog nooit een deal gesloten,' zei ik rustig.

Ze zweeg even. 'Je had naar Fanny moeten luisteren,' zei ze ten slotte.

'Wat heeft Fanny daar allemaal mee te maken?' snauwde ik.

'Ze heeft je gewaarschuwd dat je ons niet in de weg moest staan. Ze mocht je,' zei ze eenvoudig. 'Nu is het te laat.'

Je moet niet lachen als ik je vertel dat ik toen ik in haar droevige ogen keek, een angstig moment van spijt had, van wanhoop als in de koude hel van Dante. Even zag ik mezelf een duizelingwekkende eeuwigheid lang spiraalsgewijs het duister in vallen, als een sneeuwvlok die in een bodemloze diepte geblazen wordt. Plotseling leek het kloppen van mijn hart iets vreselijk fragiels; onder me gaapte het niets en in een belachelijke associatieflits herinnerde ik me weer die avond in Oxford waarop een stem van een dode vanaf de kaarttafel tot me had gesproken: 'Ik heb het zo koud.'

Zo koud...

Op dat ogenblik bedacht ik dat het een beetje absurd was dat ik er zeker van was dat ik droomde; hoe kon een droom zo helder, zo intens, zo echt zijn? Hoe kon ik de absint in haar glas rúíken, het tafelblad voelen, dat nog kleefde van de gemorste cognac? Hoe kon ik voelen dat de haartjes op mijn rillende armen overeind gingen staan? Ik sprong overeind en greep over de tafel heen haar hand; die was koud, een blauw geaderde hand van marmer.

'Effie...' Plotseling wist ik dat ik iets tegen haar moest zeggen, iets wat ontzettend dringend was. 'Marta, waar is Effie?' Haar gezicht bleef onbewogen.

'Je hebt haar gedood, Mose,' zei ze zachtjes. 'Je hebt haar in die grafkelder achtergelaten en ze is gestorven, precies zoals je tegen Henry hebt gezegd. Je wéét dat dat zo is.'

Het was de verkeerde vraag. Ik voelde mijn tijd door mijn handen glippen.

'Maar wie ben jij dan?' riep ik in mijn wanhoop uit.

Ze glimlachte naar me – een klein, koud lachje, als de maan in oktober.

'Dat weet je best, Mose,' zei ze.

'Dat weet ik verdomme helemaal niet!'

'Dan kom je er nog wel achter,' fluisterde ze en toen ik wakker werd in het donker, klam van het zweet en met een pijnlijk lichaam, bleef dat lachje me bij, als een kleine vishaak die aan mijn nekvel trok; ik zie het ook nu nog voor me, nu ik in de onvoorstelbare leegte van een wereld zonder Moses Harper val... Ik zie het door de stille ruimte voor me glanzen als een blikkerende zeis. 'Ni vue, ni connue...' Blind en onwetend, en met de totale ondergang als een zwaard van Damocles boven mijn hoofd, zou ik nog verliefd kunnen worden ook.

Toen me de volgende ochtend verteld werd dat er een vrouwenlichaam gevonden was in de graftombe van Isherwood op het kerkhof van Highgate, verbaasde me dat dan ook nauwelijks.

64

Je zou het natuurlijk graag willen weten. Ik kan die honger in je ruiken als zweet, warm en zuur. Ja, je wilt het heus wel weten. Maar ik vertel je niet waar ik ben – als ik dat deed, zou je me toch nooit kunnen vinden – en bovendien ziet het er voor mensen zonder vaste verblijfplaats overal hetzelfde uit: boerderijen, steden, huisjes... allemaal hetzelfde. Ik ben nu bij de zigeuners. Het is voor het merendeel een fatsoenlijk bestaan en het is veiliger altijd onderweg te zijn. Niemand stelt vragen. We hebben hier allemaal onze geheimen, en onze magie.

In Londen kun je gemakkelijk verdwijnen. De mensen komen en gaan en iedereen gaat op in zijn eigen beslommeringen; niemand merkte de oude vrouw met haar mand met katten op die door de zachte sneeuw liep. Ik heb al mijn bezittingen achtergelaten in Crook Street; ik vermoed dat de meisjes ze verkocht hebben toen ze eindelijk begrepen dat ik niet meer terugkwam. Ik hoop dat ze dat gedaan hebben; het waren goede meisjes en het speet me dat ik hen in de steek moest laten. Maar zo is het leven. Reis met weinig bagage en snel, dat was mijn motto, zelfs vroeger al, toen Marta nog een klein ding was – en ook twintig jaar later zijn we nog bagagevrij en snel, met de sneeuw in onze rug als de engel aan de poort.

De Roma namen ons zonder problemen op – ze weten alles over jagen en opgejaagd worden – en ze gaven ons zelfs een paard en wagen. Sommigen van hen herinnerden zich mijn moeder nog en zeiden dat ik op haar leek. Ik maak drankjes om de mensen van jicht te genezen – of liefdesdrankjes om hen van hun verharde hart af te helpen – en ik heb meer vrienden dan jullie met jullie kerk en jullie gepreek ooit hebben gehad. Ze gaven me ook een nieuwe naam, maar ik vertel niet welke. Het is een zigeunernaam en soms voorspel ik op kermissen de toekomst met mijn tarotkaarten en mijn kristallen bol en met de groene sjaal om het licht heen gedrapeerd. Maar ik leg niet voor iedereen de kaart. Nee, de jonge meisjes, die spreken me aan, de prille meisjes met de glanzende ogen en de wangen die blozen van sprookjesachtige verwachting, en misschien vind ik op een dag een bijzonder meisje, een eenzaam kind, net als Effie, dat kan leren vliegen en de ballonnen kan volgen...

We blijven hopen, Marta en ik. De vorige keer was het bijna gelukt, vertelt ze me, had het ontzettend weinig gescheeld. We zijn nu dichter bij elkaar dan we ooit geweest zijn; de herinnering aan Effie, het verdriet om Effie, schept een band tussen ons; het is geen bitterheid, maar een zachte melancholie om wat had kunnen zijn. Effie, ons kleine meisje. Onze bleke zuster. We hebben namelijk van haar gehouden, meer dan jullie tweeën ooit gedaan hebben. We hielden zo veel van haar dat we haar altijd bij ons wilden hebben... en in zekere zin is ze ook bij ons, in ons hart; arme, dappere Effie, die mijn verloren Marta weer naar huis bracht.

Op winteravonden zit ik in mijn woonwagen met een blauwe kaars aan en Tizzy, Meg en Alecto opgerold aan mijn voeten bij de kachel en dan zing ik voor Marta terwijl ze op mijn schoot zit te spinnen:

'Aux marches du palais...
aux marches du palais...
'y a une si belle fille, lonlà,
'y a une si belle fille...'

'We vinden haar op een dag, Marta.' Dat beloof ik haar terwijl ik haar zachte, blauwzwarte vacht aai. Het is een gevoelig beest met heldere, onschuldige ogen. Een eenzame ziel die een moeder, een zuster nodig heeft. Ooit zullen we haar vinden. Het zal niet lang duren...

65

Het was inderdaad Effie.
Ze lieten me het lichaam in het mortuarium identificeren. Ze bleven beleefd en toonden de stille hoffelijkheid van de beul. Bij iedere ademtocht voelde ik de lus strakker om mijn nek trekken...

Ze lag op een marmeren blok, een beetje scheef, en in een gootje bij mijn voeten stroomde een sterk desinfecterend middel dat kleine gorgelgeluidjes maakte in de gigantische stilte van het mortuarium.

Ik knikte. 'Dat is Effie.'

'Ja, meneer.' Brigadier Merle bleef onbewogen, alsof hij een zaak van weinig belang besprak. 'De arts zegt dat het lichaam al een poos in het graf lag. Sinds de dag voor kerst, of daaromtrent. De kou lijkt het-eh... proces van ontbinding te hebben tegengehouden.'

'Maar verdórie... ik heb haar gezien!'

Merle keek me uitdrukkingsloos aan, alsof hij te beleefd was om commentaar te geven.

'Ik heb haar dágen later nog gezien!'

Stilte.

'Bovendien, als ik geweten had dat ze echt dood was, waarom zou ik u dan in godsnaam verteld hebben waar ze was?'

De brigadier keek verontschuldigend. 'Meneer Chester had de politie al geïnformeerd,' zei hij. 'De... eh... verantwóórdelijkheid drukte te zwaar op hem,' zei hij.

'Henry is ziek!' snauwde ik. 'Hij kan werkelijkheid en fantasie niet uit elkaar houden.'

'Meneer is er geestelijk zeker niet bijster goed aan toe,' zei Merle. 'In feite heeft dokter Russell, de zenuwspecialist, het idee dat aan zijn geestelijke gezondheid getwijfeld moet worden.'

Ik vervloekte Henry. Ik zag welk spelletje hij speelde: de getuigenis tegen zijn medeplichtige en het woord van een bekende arts zouden ervoor kunnen zorgen dat hij nooit terecht zou hoeven staan voor de moord op Effie. Maar ik liet me er echt niet door hem inluizen.

'Heeft u Fanny Miller gesproken?' Ik hoorde de wanhoop in mijn stem, maar kon hem niet beteugelen. 'Zij zal u vertellen hoe het zit. Het was allemaal haar idee. Effie logeerde bij haar.'

Weer die uitdrukking van respectvol verwijt. 'Ik heb iemand naar Crook Street gestuurd,' zei Merle onaangedaan, 'maar helaas was het pand leeg. Ik heb iemand op wacht gezet, maar tot nu toe is mejuffrouw Miller niet teruggekomen. Noch iemand anders, trouwens.'

Het nieuws was als een slag in de nek.

'De buren!' zei ik, naar adem snakkend. 'Vraag het aan hen. Vraag het aan andere...'

'Niemand herinnert zich bij het pand ooit een jonge vrouw gezien te hebben die beantwoordt aan het signalement van mevrouw Chester.'

'Nee, natuurlijk niet!' snauwde ik. 'Ik zeg u toch dat ze vermomd was!'

Merle keek me slechts met treurige scepsis aan en onwillekeurig ging mijn hand naar mijn nek. De onzichtbare lus trok zich strakker.

Ik neem aan dat je de rest van het onverkwikkelijke verhaal kent – iedereen kent het. Zelfs hier tussen het uitvaagsel heb ik nog een zekere faam: ze noemen me 'Meneer Jack' en spreken me aan met het respect dat men reserveert voor een boef van stand die moet hangen. Soms stopt mijn bewaker me een groezelig pak kaarten toe en dan verwaardig ik me even een spelletje bluf te spelen.

Ik win altijd.

Het proces was niet slecht; ik genoot wel van al dat drama. De verdediging was dapper, maar snel uitgeput – ik had hem zó wel

kunnen vertellen dat hij met het verweer van ontoerekeningsvat-
baarheid niet ver zou komen – maar de aanklager was een gemene
oude methodist, die alle details van mijn bonte loopbaan, inclusief
enige episoden die zelfs ík was vergeten, breed uitmat en overdreven veel oog had voor detail. Er waren ook heel wat vrouwen en
toen de rechter zijn zwarte hoed opzette, was zijn beverige oude
stem bijna onhoorbaar door het gejammer en gesnik. Vrouwen!

Ze hebben me mijn drie zondagen gratie gegeven – niet dat
ik op een van die dagen een priester heb gezien – maar eindelijk
kwam hij me opzoeken. Hij zei dat hij het niet kon verdragen als
hij een zondaar naar de galg zag gaan zonder dat die berouw had
getoond. Dat was snel op te lossen, zei ik tegen hem, dan moet je
me niet ophangen. Ik geloof dat hij de humor niet kon waarderen.
Dat kunnen ze bijna nooit. Met een traan in zijn waterige oude oog
vertelde hij me alles over de hel, maar ik herinner me mijn laatste
triomfantelijke schilderij, *Sodom en Gomorra*, nog en ik denk dat ik
meer van de hel weet dan die ouwe geile bok. De hel, daar gaan de
slechte vrouwen heen – ik zei toch al dat ik van hete vrouwen houd
– en misschien kan ik daar van onderaf de gewaden of habijten van
de engelen of wat ze ook dragen, in kijken en eindelijk die oude
theologische kwestie oplossen.

Ik zie dat je geschokt bent, padre, maar onthoud goed dat als
er geen zondaars in de hel waren, de mensen op het balkon geen
amusement zouden hebben, en ik heb altijd gezegd dat er aan mij
een toneelspeler verloren is gegaan. Stop die rozenkrans dus maar
weg en neem een slok – voor geld is hier namelijk alles te koop – en
speel een spelletje bluf met me en wanneer je dan weggaat, kun je
hun vertellen dat je je plicht vervuld hebt. Geef de meisjes een kus
van me en zeg dat ik hen wel zie op het bal. Ik heb nu eenmaal een
bepaalde reputatie hoog te houden.

Maar wanneer ik wakker lig in de vroege ochtenduren, vraag ik
me toch wel eens af hoe ze het geflikt hebben, Fanny en haar donkerharige dochter. En soms, wanneer de seconden onbarmhartig
in het niets vallen, kan ik me er bijna toe zetten te geloven... in dromen, visioenen... in koude kleine nachtelijke bezoekers, met lichte,
ijskoude vingers en hongerige monden en nog hongerigere harten.

In wraakzuchtige droomkinderen... in een liefde die groter is dan de dood en sterker dan het graf.

En in die schemerzone van de slaap lijkt er soms een plaatje op te doemen – ik ben altijd goed in plaatjes geweest wanneer ik nuchter was –, een plaatje dat, als ik me goed concentreer, bijna scherp wordt: een plaatje van een moeder die zo veel van haar dode dochter hield dat ze haar terugbracht in een lichaam van een ander meisje, een triest en eenzaam meisje dat liefde nodig had. Het gemis en de liefde waren samen zo groot dat ze dwars door de donkere ruimten geroepen werd en ze kwam, verlangend naar haar kans om weer te leven. O ja, van dát verlangen weet ik alles af. En het ongelukkige, bleke meisje en het verloren, bevroren donkere meisje schiepen samen één vrouw, met het lichaam van de een en de geest van beiden en ervaringen die de menselijke fantasie te boven gaan...

's Nachts, wanneer dergelijke dingen mogelijk lijken, denk ik dat het heel waarschijnlijk is dat die vrouw nog steeds door de nachtelijke straten loopt, hoewel het lichaam in het mortuarium ligt: ze loopt rond, nog steeds verlangend, nog steeds hongerig... heel koud... en zo sterk dat ze, als ze dat zou willen, door muren en deuren en de grenzeloze ruimte heen zou kunnen gaan om haar moordenaars te confronteren met scènes vol duistere, akelige nachtmerries en waanzin en vervoering. Ze zou verhalen kunnen vertellen over moord of visioenen van de hel kunnen schilderen... maar achter de woede zou altijd verlangen schuilgaan, en een koude, wanhopige honger. De doden zijn niet vergevingsgezind.

Er schuilt een diepgaande logica in deze redenatie, en ook een vreemde, heidense poëzie. Ik herinner me stukjes uit mijn klassieken, waaraan ik toen ik nog op school zat, nauwelijks aandacht besteedde. Ja, ik lees ook Aeschylus en ik weet waar Fanny de namen van haar katten vandaan heeft. Ook weet ik dat ik bijna zou kunnen geloven in... engelen, in demonen, in Erinyen... Eumenides.

Bijna.

Ik heb een reputatie hoog te houden.

De dood

Epiloog

Manuscript afkomstig uit de nalatenschap van
Henry Paul Chester

januari 1881

De zwarte engel beweegt rusteloos en ik kijk naar de lucht, die nu omrand is met de loodkleurige staar van de dageraad. Tijd.

Een plotselinge paniek veroorzaakt rimpelingen in mijn vernielde ruggengraat. Ik voel dat de tic die reeds mijn halve gezicht verstijfd heeft, weer opkomt, meedogenloos, alsof een klein, woedend wezentje achter mijn oogkas gevangenzit en zich een weg naar buiten knaagt. De laatste kaart van ons spel is de dood... Ik wist het van meet af aan, maar hoewel het losse gevoel in mijn ribbenkast opluchting is, verzet mijn brein zich tegen de teloorgang en schreeuwt mijn weefsel zonder woorden: nee nee nee nee! Het deksel van de nacht wordt opgetild en daaronder bevindt zich het Oog van God met zijn uitdrukkingsloze, blauwe iris en ijzingwekkende humor.

Het verhaal is verteld, maar ik ben geen Scheherazade, die wegglipt wanneer het dag wordt met de wolven grommend op haar hielen. De wolf zit achter mijn jukbeen, opgerold in de holte van mijn schedel, wachtend...

Hongerig.

De zwarte engel grijpt haar zeis. Mijn laatste gedachte gaat uit naar Marta: mijn doornenkroon, prinses van bokalen, dollekervel en chloraal, droomkind en beul, tovenares en goedkope hoer. Het vale licht valt op het kromme blad: til maar op, Columbine, neem mijn leven, mijn woorden... maar vertel me: heb je bemind, Scheherazade? Heb je ook maar één keer bemind?

Stilte.

Stel je een dood blad voor dat in een bodemloze put dwarrelt.

Stel je dat heel even voor.